一去不返

GONE FOR GOOD

HARLAN COBEN

[美] 哈兰·科本 著

朴逸 译

H.P.H 哈尔滨出版社

HARBIN PUBLISHING HOUSE

1

妈妈在她临终的前三天告诉我——尽管后来还零星说了点儿别的什么,但这基本上是她留给世间最后的话语了——我的哥哥还活着。

她只说了这么一句,没做更为详尽的解释。而且她只说了这么一次。当时她的状态并不好。心脏跳动的最后阶段一直由吗啡支撑着。皮肤呈现出黄疸色与日晒后形成又逐渐淡去的褐色混合出的某种颜色。眼窝深陷着。一直处于昏睡之中。我觉得她应该有一次再度清醒的时刻——尽管我怀疑即使醒过来,是否会是真正的清醒——我会抓住这个机会告诉她:她是一位了不起的妈妈,我从心底里爱着她,祝愿她一路走好。我们不再提我的哥哥,尽管我们都在想念着他,仿佛他就坐在病床边儿。

"他还活着。"

妈妈就是这么说的。如果她说的是实情,我很难判断这究竟是一件好事还是一件坏事。

四天后,我们安葬了妈妈。

我们回到了家里,开始按照习俗服丧。爸爸气得满脸通红,匆匆踏过客厅那块没有铺满的地毯。当然了,我在家。家里还有从西雅图飞来的姐姐梅莉莎和她的丈夫拉尔夫,有来回踱步的姨妈塞尔玛和姨父默里。我最亲爱的希拉攥着我的手挨我坐着。加在一起,也就这些人。

屋里只有一只花篮,很大很美的那种。希拉看了一眼送花人的卡片,微笑着捏了一下我的手。卡片上没有文字,也没有其他任何信息,只是画着:

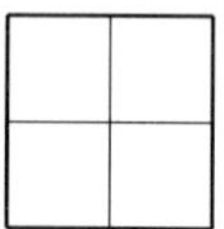

爸爸的目光不时地透过飘窗瞥向外面——在过去的11年里,这扇窗子被人用汽枪射穿了两次。爸爸低声咒骂着:“这帮该死的浑蛋。”转过身来,他又想起了其他一直没有露面的人。“真是岂有此理,伯格曼一家至少他妈的应该过来看一眼呀。”爸爸闭上眼睛,扭过头去。重新升腾的怒火和失去妻子的悲痛在他身上交织着,使得我没有勇气去正视他。

这是我们在饱受背弃的整整一个年代里所遭到的又一次背弃。

我得透透气。

我站了起来。希拉抬头关切地望着我。“我出去转一转。”我柔声告诉她。

“需要我做伴吗?”

“不用了。”

希拉点点头。我们相处将近一年了。过去我从未有过如此心心相印的伴侣。考虑到萦绕在我身上的那种怪怪的气场,这实在是难能可贵。她又捏了一下我的手,还是那种“我爱你”的捏法。一股暖流涌遍我的全身。

我家门前的脚踏垫是一块难看的人工草皮，像是从哪家高尔夫球场偷来的，在它朝向我的左上角还有一朵塑料雏菊花。我迈过它，沿着唐宁普雷斯街信步游走着。这条街上毫无生气地排列着一幢幢普普通通的铝墙板错层式房屋，它们的起源大约可追溯到 1962 年。火辣辣的阳光无情地灼烧着我。在这么热的天里我仍然穿着一套深灰色的西装，浑身上下不舒服。我有点儿变态地想到，这真是一个加快腐烂、化为泥土的理想天气。一时间，我母亲那副让全世界变得灿烂的笑容——在那个恼人的事件发生后再也没见到的笑容，浮现在我的眼前。我驱走了母亲的幻影。

我清楚我要去哪里，尽管我怀疑我是否会向自己承认这一点。我被某种无形的引力拉向那里。有些人会称此为一种甘愿受虐的行为，另外一些人会指出这也许同某种了断的需要相关。我认为或许都不是。

我只是想去看一看那个让一切都末日般完结的地方。

夏日郊区的景色和声响一起向我扑来。骑着自行车的孩子们尖叫着从我身边驶过。在 10 号公路上开着一家福特水星汽车经销店的西里诺先生，忙碌着修剪自家的草坪。斯坦夫妇正挽着手散步，他们拥有几家家用电器连锁店，后来这些店被更大的连锁集团兼并了。利维恩家正在举办一场触式橄榄球①比赛，可是所有的参与者都是生面孔。考夫曼家的后院飘出野炊烧烤的轻烟。

我走过格拉斯曼一家的旧宅。“蠢蛋”格拉斯曼在他六岁的时候一举扬名。他模仿“超人”，猛地撞破玻璃门，从家里飞了出

---

① 触式橄榄球(touch football)：属于橄榄球初学者的运动，男女老少皆可参与，场地面积小，安全系数高，娱乐性强。

来。我还记得他那惨烈的哭喊声和满身鲜血的样子。格拉斯曼因为这一“壮举”被缝了40多针。“蠢蛋”现在长大成人了,并且成了某家公开募股公司的亿万富翁。我估计不会再有人用“蠢蛋”来称呼他了。不过也难说,谁知道呢?

玛丽亚诺的家在这条街的转弯处,房前便道仍然由那只涂着令人讨厌的痰黄色的塑料小鹿把守着。安杰莉·玛丽亚诺算是这片社区的坏女孩儿,大我们两岁,属于那种更优越、极具诱惑力的物种。望着安杰莉穿着那件顽强抗拒地球引力的条纹露背衫在自家后院晒太阳的时候,我第一次饱尝了体内深处荷尔蒙躁动带来的折磨。当时我的嘴巴里的的确确噙满了口水。安杰莉常和她的父母吵架,还偷偷溜到房后的工具棚里抽烟。她的男朋友驾着一辆摩托车。去年我在曼哈顿中城的麦迪逊大道偶然碰到了她。我曾期待着她看起来很糟糕——常听人们说,当年让你第一次怦然心动的那位,到头来你会发现其实并不怎么样——可是安杰莉看起来很棒,似乎也很幸福。

位于唐宁路23号的埃里克·富兰克林家门前的草坪上,有一台洒水器徐徐转动着。我们一起读七年级的时候,埃里克在位于肖特山庄的雄鸡酒店举办了以太空旅行为主题的成人礼①。餐厅的天花板按照天文馆的风格做了装饰——繁星闪烁在漆黑的夜空。座位前的名签表明我坐的餐桌是“阿波罗14号”②。桌子的中央有一枚立在绿色发射台上的精美的火箭模型。穿着仿

---

① 成人礼(Bar mitzvah):犹太民族为年满13周岁的少年举行的成人仪式。

② 阿波罗14号(Apollo 14):阿波罗为古希腊神话中的光明之神。美国20世纪60年代到70年代初组织实施的载人登月工程称为“阿波罗计划”。“阿波罗14号”飞船执行了该计划的第八次载人登月任务。

真太空服的服务生扮成了“水星七杰”[1]。照料我们这张桌的是“约翰·格伦”[2]。辛迪·莎皮洛和我偷偷溜进小礼拜堂拥吻了一个多小时。那是我的第一次，我对正在做的事情懵懵懂懂。辛迪比我明白。我记得那是一次美妙异常的体验，辛迪用舌头爱抚我的各种方式和我癫狂的程度，完全出乎意料。不过我也记得，过了大约20分钟，起初的那种游历仙境般的惊喜逐步演化为些许的厌倦。对“接着该做什么”的不解，伴随着天真的“难道一切就是这么回事”的疑问，一起困扰着我。

辛迪和我悄悄潜回了阿波罗14号桌。我俩头发蓬乱、衣衫不整，一副典型的后热吻状态。（赫比·赞恩领衔的乐队正在为大家演奏乐曲《载我飞向月亮》）我的哥哥肯把我拽到一旁，要求我交代细节。当然，我乐不可支地照办了。他以微笑奖励了我，还伸开五指与我击掌相庆。

当晚，我俩躺在双层床上，肯在上铺，我在下铺。音响播放着蓝牡蛎乐团的《不惧死神》，这是肯最爱听的曲子。我的哥哥向我传授了作为一个九年级学生所理解的生活知识。后来我发现，他的理解在大多数方面是错的（强调的重点过于集中在女孩儿的前胸）。不过每当回想起那一晚，我总是忍俊不禁。

“他还活着……”

我摇摇头，在霍尔德家的旧宅旁拐向考丁顿街。

---

① 水星七杰（Mercury 7）：在“阿波罗计划”之前，美国于1958年实施的第一个载人登月工程项目为“水星计划”。依据该计划筛选出的美国第一批宇航员共七人，被称作“水星七杰”。

② 约翰·格伦（John Glenn）：“水星七杰”之一，1962年完成美国首次轨道飞行。后退役转入商界、政界，曾四次当选美国参议员。1998年以77岁高龄重返太空，参加航天飞机“发射号”飞行。

当年肯和我总是沿着这条街去伯内特希尔小学上课。为了缩短路程,这里的两幢房子间曾铺设着一条小径,我不知道这条小径现在是否还保留着。我的妈妈——每个人,甚至是孩子,都称她为珊妮①——常常在上学的路上偷偷地尾随我们。当她躲到树后的时候,肯和我禁不住直转眼珠。如今,我微笑着忆起母亲对我们的过分呵护。而在当时,妈妈的溺爱使我觉得很难堪,肯却只是耸耸肩膀。我的哥哥很酷,不会理会这类的事情。我却做不到。

我品尝着心中的痛楚,继续向前迈着步子。

也许只是自己的想象,我感觉人们开始注视我。在我经过的时候,那些驶过的自行车、被选手运过来带过去的篮球、旋转摇摆的洒水器、草坪上的割草机,还有喧嚷的触式橄榄球的赛场——所有这一切似乎突然间陷入一片寂静。有的人是出于好奇看着我,因为一个陌生男人穿着深灰色西装在夏日傍晚的街头漫步,怎么着也算是一幅奇景。可是,直觉提醒我,大多数人是在用惊恐的目光望着我。因为他们认出了我,并且令他们难以置信的是我竟然胆敢闯入这块不容亵渎的地界。

我毫不迟疑,径直走向了那幢位于考丁顿街97号的住宅。我的领带松散地挂在脖子上,两手塞在衣服口袋里,站到了人行道牙的下方。我为什么会到这里来?我看到有个房间的窗帘动了。窗户里露出了米勒太太憔悴的、鬼魂般的脸庞。她用眼睛瞪着我。我没有挪动身体,也没有回避她的目光。她继续瞪着我——出乎我的意料,她的表情瞬间变得柔和了,似乎是我们共

① 珊妮(Sunny):此处为音译。Sunny有阳光灿烂和快活开朗等含义,意为主人公的母亲被称为“阳光妈妈”或“快乐女人”。

同经受的痛苦让彼此绝缘的心灵有了某种沟通。米勒太太冲我点点头。我也以点头作为回应，顿时眼眶里充满了泪水。

在《20/20》《黄金时段直播间》①或者其他类似的迎合受众低俗需求的电视节目里，你也许已经了解了这一案件。对于那些尚未了解的人，这里提供来自官方的报道如下：11 年前的 10 月 17 日，在新泽西州的利文斯顿镇，我的哥哥、时年 24 岁的肯·克莱因残暴地强奸并勒死了我们的邻居朱莉·米勒。

在考丁顿街 97 号她家的地下室里。

这里是发现朱莉尸体的地方。她究竟是在这间草草完工的地下室里被谋杀的，还是死后被抛尸在地下室那个染着水渍的斑马条纹沙发后面，现场的证据给不出确切的结论。多数人相信是前者。我的哥哥摆脱了追捕，逃到了无人知晓的某个地方——至少官方报道是这样说的（又一次引述）。

在过去的 11 年里，肯逃过了警方国际范围的追捕。然而，也有过几次所谓的"目击报告"。

第一次是在谋杀案发生一年后。有人报告在瑞典北部的一个小渔村里发现了肯。国际刑警迅速扑向那里，可是我的哥哥不知怎么竟逃出了他们的掌心。据称是有人向他泄了密。我想象不出怎么可能会有这种事和有谁会做这种事。

第二次发生在四年后的巴塞罗纳。报纸上称，肯在那里租住

---

① 20/20：美国 ABC 电视台制作的电视新闻专题节目。节目名称取自于医学中的眼科术语，20/20（英尺）意味着正常视力；黄金时段直播间（Primetime Live）：美国 ABC 电视台的又一档新闻专题节目。曾并入《20/20》，后恢复独立制作。

着一处“海景庄园”(巴塞罗纳并非四面环海)。伴着他的是个——我仍然在引述报纸——“体态柔韧的黑发女人,可能是个跳弗拉曼柯舞蹈的舞女”。一个正在那里度假的利文斯顿人向警方报告说,他看到了正在海滩享用美食的肯和他的西班牙情人。按照他的描绘,我的哥哥黝黑结实,穿着一件敞着领口的白衬衫,没穿袜子的脚趿拉着一双拖鞋。这个叫里克·霍洛维茨的利文斯顿人,恰好是亨特先生教我时的四年级同班同学。大约有三个月的时间,一下课里克就为我们表演吃毛毛虫,让大家好开心。

肯在巴塞罗纳再度逃脱了法网。

最后一次是在法国境内的阿尔卑斯山。据说有人看见我的哥哥在专业雪道上滑雪(超级有趣的是,肯在案发前从未滑过雪)。除了哥伦比亚电视台的《48 小时》就此发过一篇消息外,没有更多的后续报道。经过这些年,我哥哥的逃亡生涯已经被 VH1① 制成了罪案题材的视频歌曲《他们目前在哪里?》。遇到流言四起的时候,而更多情况是在没有什么糟烂节目可播的时候,这段视频就会在荧屏上蹦出来。

很自然,我痛恨电视台以“社区乱象”或其他自作聪明的词语命名的节目的所谓“集中播报”。他们的“特别报道”(哪怕有一次,我希望他们称其为“普通报道”,因为节目中播报的内容早被所有的媒体说滥了)总是播出肯踌躇满志地穿着白色网球服的照片。肯曾经是全美排名前几位的网球选手。我猜不出电视台是从哪里搞到这些照片的。照片里的肯很帅气,是那种让别人看一眼就会憎恨的帅气。桀骜不驯的样子、肯尼迪式的发型、古

① VH1:Video Hits One,美国一家有线电视台,主要播放与音乐相关的节目,总部在纽约。

铜色的皮肤、露出洁白牙齿的笑容。照片中的肯看起来就像是个出身显赫(他并不是)、依靠天生魅力(他有一点儿)和信托账户(他压根儿没有)打发人生的家伙。

我曾在其中一个电视专题节目中露过脸。有位制片人找到我——在这些专题节目中算是较早的一次——声称他愿意“公正地反映各方面的看法”。他指出,有许多人在无情地诋毁我的哥哥,而他们的电视台希望实现一种“平衡”,就是要找个人描述左邻右舍眼中的“真正的肯”。

我当真了。

一位女主持人披着漂染过的金发,带着同情的神色采访我一个多小时。整个过程令人愉快,对我的心灵有种疗伤的作用。结束时女主持人对我表示感谢,还送我走了出来。节目播出时,我发现他们只用了采访中的一个小片段。女主持人提出的问题(“然而可以肯定的是,您并不想告诉观众您的哥哥是个完人,对吗？您并不是在告诉我们他是个圣徒,对吧?”)已经删掉了。我的回答也被剪接了。在放大得异乎寻常的、连我鼻头上的毛孔都清晰可见的特写镜头里,悚然的背景音乐伴着我的声音响起。我的话只剩下了一句:“肯不是个圣徒,戴安娜。”

总之,对这起案件的正式报道大概如此。

我一直不相信这些说法。我并不是说这一切绝无可能。但是我相信更为可能的情况是,我的哥哥死了——在过去的11年里他已不在人世。

更确切地说,是我的妈妈一直认为肯已经死了。她坚定地、毫无保留地持有着这种看法。她的儿子不是一个杀人凶手。她的儿子是一个无辜的受害者。

“他还活着……他不是凶手。”

米勒家的前门开了。米勒先生从屋里走了出来。他把鼻梁上的眼镜往上推了推，攥成拳头的两只手叉在腰间，摆出了一副难言完美的“超人”姿态。

“快他妈的从这儿滚开，威尔。”米勒先生冲我喊道。

我立马滚开了。

一小时后，又一件令人震惊的事情发生了。

希拉和我在楼上我父母的卧室里。一成不变的家具，贴得依然牢固却已褪色的涡纹灰壁纸，镶着蓝色的边。从我记事起这间屋子就是这样。我们坐在宽大的、弹簧已经疲软的床上。曾被妈妈满满地塞在床头柜抽屉里的她的那些私人物品，现在四下散在羽绒被上。爸爸还在楼下那扇飘窗前坐着，他一直气恼地盯着外面。

我不明白究竟为什么要翻看妈妈珍藏的这些东西。不过我明白这会给我带来痛苦。故意对自己施加痛苦同寻求心灵抚慰，有相当奇妙的联系，如同玩火烧手的痛楚也可能带来某种快感一样。我猜我需要这个。

希拉的脑袋略微歪向左边，目光低垂的她专注于手头的事情。我望着她可爱的脸庞，禁不住心旌摇曳。说出来有人可能不信，可是我的确能够盯着希拉一连看上几个小时。这不仅仅是由于她的美丽。她还算不上是人们所说的绝代佳人。她的五官稍有些偏离中心，这可能是基因造成的，更可能是她阴暗晦涩的过去造成的。但是她的身上有一种蓬勃的活力、一种强烈的好奇心，同时还有一种精致的娇嫩，仿佛再受一次打击她就会支离破碎到无法修复的程度。希拉使得我想为她——请容忍我这么说——变得英勇无畏。

希拉没有抬头看我,却露出浅浅的微笑说:“别这样。”

“我也没做什么。”

希拉终于抬起头来,看看我脸上的表情。“怎么了?”

我耸耸肩,只是说道:“你就是我的一切。”

“你是个很能迷住女人的家伙。”

“是呀。”我说,“你说得不错。”

她装作要掴我一巴掌。“我爱着你,你是知道的。”

“你怎么可能不爱我?”

她白了我一眼,然后把目光落到床上妈妈平时躺的那一侧。她的神情变得十分安静。

“你在想什么?”我问道。

“你的妈妈。”希拉微笑着,“我真心喜欢她。”

“你们早一点儿认识就更好了。”

“我也这样想。”

我们开始翻看一沓沓已经泛黄的纸片儿。出生证明——梅莉莎的、肯的以及我的,还有报道肯网球成就的报纸剪报。而在肯过去的卧室里,至今还堆着许多他获得的奖杯——一些做出发球姿势的小铜人。妈妈的收藏中还包括很多老照片,绝大部分是在那件谋杀案发生前拍摄的。珊妮,这是从童年起就伴随着妈妈的称呼。这个绰号非常适合她。我翻到一张她任家长协会主席时的照片。我不知道妈妈当时在做什么,反正她站在台上,戴着一顶看起来傻傻的帽子,而其他妈妈正笑得前仰后合。还有一张是妈妈在主持学校的郊游会,照片里的她竟然穿一身马戏团小丑的服装。珊妮是我们同学最喜欢的家长。孩子们盼望轮到她来拼车接送,并喜欢在我家院子里举办班级野餐。妈妈很酷,不做令人发腻的矫情状,不那么中规中矩,可能有点儿“人来疯”,你永远搞不清楚接下来她会做什么。在她的周围总是充满生气,总有欢声笑语。

我们翻检了两个多小时。希拉很有耐心,仔细端详着每张照片。其中的一张使她停了下来,眯起了眼睛。“这是谁?”

她把那张照片递给我。左边是穿着过于性感的黄色比基尼的妈妈,我猜这身泳装是1972年的式样。妈妈的身材很美,她的胳膊搭在一个留着黑胡须、满脸笑容的矮个子男人肩上。

“侯赛因国王。”

“真的吗?”

我点点头。

“约旦的国王?”

“没错。妈妈和爸爸在迈阿密的枫丹白露碰到了他。”

“然后呢?”

“妈妈上前问他能否合个影。”

“你开玩笑。”

“照片能证明啊。”

“他没带着保镖什么的吗?”

“我猜是妈妈看起来不像揣着什么武器。”

希拉笑了起来。我记起妈妈说过的细节。她和侯赛因国王摆好了姿势,可是爸爸的相机却不给力。爸爸低声嘟囔着摆弄相机,妈妈瞪着眼睛催他快些,那位国王耐心地站在那里。安保头头按捺不住上来帮忙查看,找出并解决了相机的毛病,把它递还给爸爸。

呵，我的妈妈，珊妮。

“她多漂亮啊。”希拉说。

随着朱莉·米勒的被杀，我妈妈身上的某些东西也被消泯了。虽然这类的形容由于被人们用得过滥而显得俗套，不过常常是用这种老式的语言才会最为精准地说明问题。妈妈的笑声沉寂了、彻底地窒息了。谋杀案发生后，妈妈从来没有暴跳如雷地吼叫，也没有歇斯底里地哭泣。我倒是希望她这样做。曾经活力四射的妈妈陷入可怕的沉静，整个人像瘪了的轮胎一样死气沉沉。冷冰冰的妈妈，这应该是对她最贴切的描绘。望着她的这种样子，比观看无以复加地矫揉造作的奇装秀更令人难受。

前门的门铃响了。我从卧室窗户望出去，看到了埃帕斯—埃克森熟食店的送餐车。噢，为前来吊唁的客人们准备的牛肉酱三明治。爸爸原来的估计过于乐观，点了太多的份数。他始终都是这般执迷不悟。待在这幢房子里的他，就像是泰坦尼克号的船长。谋杀案发生后不久，家里的玻璃第一次被人用汽枪射穿。我还记得当时爸爸狂怒地挥着拳头的样子。我觉得妈妈是想搬家的，可是爸爸不干。在他看来，从这里搬走就意味着投降，搬走就等于承认他们的儿子有罪，搬走就是一种变节的行为。

愚蠢至极。

希拉把视线转向我，目光里流露出不加掩饰的爱意，犹如灿烂的阳光洒在我的脸上，一时间我任凭自己沐浴其中。我们是大约一年前在工作中相识的。我是位于纽约41街的圣约家园①的

---

① 圣约家园（Covenant House）：美国一家非营利机构，负责为无家可归或离家出走的青少年提供住处、食物、医疗、教育等服务。总部在纽约，在美国各地及加拿大、墨西哥等国家设有分支机构。

一名资深管理人员。圣约家园是一家为离家出走的青少年提供救助服务的慈善机构。希拉到这里做义工。她来自爱达荷州的一个小镇,尽管从她身上已看不出太多小镇姑娘的痕迹。她告诉我,在许多年以前她自己也是个离家出走的孩子。关于她的过去,她向我披露的就这么多。

“我爱你。”我说。

“你怎么可能不爱我?”她用我刚才的话回了我一句。

我没有冲她翻白眼。希拉待我的妈妈很好,直到最后的一刻。她从曼哈顿的公交总站乘大巴到诺斯菲尔德大道,接着走到圣巴尔纳伯中心医院来看妈妈。在这次病倒前,妈妈只是在生我的时候住过这家医院。这或许体现了某种生命循环的规律,不过对此我还没看透。

妈妈毕竟和希拉相处过。我难以抑制自己的好奇心,打算冒险一试。

“你应该给你的父母打个电话。”我温和地说了一句。

希拉望着我的表情仿佛是被我掴了一掌。她从床上移了下来。

“希拉?”

“现在还不是时候,威尔。”

我拿起一个相框,里面镶着又一张晒得黝黑的爸妈在度假的照片。“要我看任何时候都应该。”

“你一点儿都不了解我的父母。”

“所以我想了解他们。”

她转过身背朝着我。“你一直在救助那些离家出走的孩子。”

“那怎么了?”

“你知道那种情形有多么不堪。”

对此我再清楚不过了。我又一次想到了她略显歪扭的五官——比如她鼻子上的那一小块微微凸起的似乎在暴露某种隐情的地方。我急于了解她的过去。

“我同样知道,你如果不说出来,会更糟糕。”

“我曾经对人说起过,威尔。”

“可没有对我说过。”

“你不是负责治疗我的医学专家。”

“但我是你深爱着的男人。”

“那倒是,”她转向我,“不过现在不说这事儿,好吗?求你了。”

我没有作答。也许她有她的道理。我心不在焉地摆弄着那个相框。事情就这么发生了。

相框的转动使照片在原来的位置上滑开了一点点儿。

我低头看去,在下面有一张照片露出了一道边儿。我把上面的照片挪了一点儿,下面那一张露出了一只手。我晃动相框,想加大照片位移,却不管用。我的手指摸到了相框背面的固定别针,把它们掰开。相框背板掉到了床上,两张照片也随之飘了出来。

一张——原先在上面的那一张——是我的父母乘船游览的照片。我几乎不记得他们曾经有过照片里呈现的这般快乐、健康和轻松的样子。不过,牢牢抓住我眼球的是第二张照片,也就是藏在下面的那一张。

照片下方标示日期的红色数码表明,照片拍摄时间距现在不到两年。它是在一处高冈或是小山上拍摄的。背景里没有房屋，是些覆盖着积雪的山峰，有点儿像《音乐之声》[①]片头的那番景色。照片中的那个人穿着短裤，挎着背包，戴着太阳镜，脚踏一双磨旧了的登山靴。他的微笑如此熟悉，他的面孔也是，尽管上面添了些许皱纹。他的头发留得比过去长了，胡须多了一抹灰色。即使再多的变化也不会让人认错。

照片中的那人是我的哥哥——肯。

① 《音乐之声》(The Sound of Music)：世界著名影片，获 1966 年奥斯卡最佳影片奖。故事背景为二战时期的欧洲。

2

爸爸孤零零地坐在屋后的平台上。夜幕已经降临。他凝视着黑暗,坐在那里一动不动。在我走近他的背影时,一段痛楚的记忆令我心房震颤。

朱莉被杀后四个月的一天,我发现爸爸像现在这样背朝着我,独自待在地下室里。他以为家里没有别人。在他的右手掌上平躺着一把点22口径的鲁格手枪。他轻柔地托着手里的枪,仿佛它是个需要爱怜的小动物。我有生以来头一遭那么害怕,僵在那里动弹不得。爸爸的目光久久地定格在手枪上。过了一会儿,我蹑手蹑脚忙不迭地返上楼梯,然后返身装作刚刚迈进地下室的门。等我重重地踏着台阶走下来,那把手枪已经不见了。

之后,有一周的时间,我始终没离开爸爸的左右。

此刻,我迈过通向后院的那道玻璃拉门,同他打着招呼。"嗨。"

爸爸转过脸来,脸上布满粲然的笑容。面对我,他的脸上从来不乏笑意。"嗨,威尔。"他粗重沙哑的嗓音柔和了许多。爸爸一见到我们这些子女就开心。在这一切发生之前,我爸爸的人缘儿相当不错,大家都喜欢他。他愿意交朋友,令人信赖。可能他的脾气不大好,这反而使他显得更令人信赖。不过,当爸爸对着别人微笑的时候,对方在他的心里却不占丝毫位置。他的全部世界是他的家庭,别的一切对他都不重要。不要说陌生人,即便是朋友,他们经受的困难或痛苦从来不会真正引发爸爸的共鸣和同情——他是一位家庭中心主义者。

我坐到他身旁的躺椅上,不知该如何提起那个话题。我深吸了几口气,爸爸也在这么做。同爸爸在一起,我总有一种奇妙的安全感。他变得更老、更衰弱了,我已经长得更高、更强壮了——但是我知道,一旦遇到什么麻烦,爸爸还是会义无反顾地迎上去为我担当。

而我,还是会退到他的身后,任他为我遮风挡雨。

“后院这些树杈该修剪了。”他的手指向黑暗。

“是呀。”我应着,虽然我看不清那些树。

屋里的灯光透过玻璃拉门映衬出爸爸的侧影。他的怒气退潮了,心灰意冷的表情重又盘踞在他的脸上。我常常感到爸爸一直试图扛起家里的一切,可是朱莉的死使他乱了方寸。爸爸的眼神至今还常流露出发乎于内的无比震惊,仿佛有人冷不防地朝他的肚子猛击了一拳,而他根本无法理解挨上这一拳的缘由。

“你还好吗?”他问我。这是他标准的开场白。

“我还好。我是说,并不好但是……”

爸爸挥挥手,“算了,我问得太蠢。”

重归沉默。爸爸点燃了一支香烟。出于孩子们的健康等原因,过去他从不在家里吸烟。他深深地吸了一口,好像突然想起什么似的看了我一眼,迅速把烟踩灭了。

“没关系的。”我说。

“我答应过你妈决不在家里抽烟。”

我不想同他争辩。我交叉起双手放到膝盖上,决定直奔主题:“妈妈离开前对我说了点儿事儿。”

爸爸的目光转向了我。

“她说肯还活着。”

爸爸怔了一下,只是短短的一秒钟,随即露出了悲伤的微笑。“是那些该死的药弄的,威尔。”

“一开始我也这么想。”我说。

“现在你怎么想?”

我盯着他的脸,想找出他对我撒谎的蛛丝马迹。外面流言不断。肯没有多少钱,人们一直揣度他靠着什么度过漫长的逃亡岁月。当然,我对此毫不怀疑,因为我的答案是——那天晚上肯也同样地死去了。而其他人或者说大多数人更相信,是我的父母在暗中以某种方式接济着肯。

我耸耸肩。“我真想知道,事情过去了这么些年,为什么妈妈会说出这样的话?”

“药物反应,”爸爸重复道,“而且她那时已奄奄一息,威尔。”

对于爸爸这番话的后一部分,似乎可以做出多样的理解。我思考了一会儿,然后问道:“您认为肯还活着吗?”

“不。”他说着,把目光转向一边。

“妈妈同您说过什么吗?”

“关于你的哥哥?”

“是的。”

“和对你讲的内容差不多。”

“说肯活着？”

“是呀。”

“她还说过别的吗？”

爸爸耸了一下肩膀。“她说肯没有杀朱莉。她还说肯快要回来了，只是他得先去做点儿别的事儿。”

“做什么事儿？”

“她的话不靠谱，威尔。”

“您问过她吗？”

“当然了，可是她只自顾自地大声嚷嚷，根本听不进去我说什么。我让她安静，告诉她一切都会变好的。”

他又一次移开了目光。我想拿出肯的照片给他看，后来打消了这个念头。我想先把事情想明白。

“我告诉她一切都会变好的。”爸爸再次重复道。

透过玻璃拉门，可以看见屋里镶着家庭照片的相框。长年的日晒使这些彩色相片泛出模糊的、颇有年代感的黄绿色。房间里没有悬挂或摆放任何拍摄于近年的照片。我们的房子缱绻于过去的时光，牢牢地冻结在11年前。如同一首老歌唱的那样，随着爷爷的逝去，那座爷爷钟①也停摆了。

“我马上就回来。”爸爸说。

我看着爸爸站起身来走开，一直走到他自以为我的目力不能及的地方。其实透过黑暗我依然能看到他的轮廓。我看到爸爸的头低了下来，肩膀开始颤抖。在我的记忆中从未看见爸爸哭过，这次我也不想看到。

---

① 英语称老式的落地钟为 grandfather clock，直译是爷爷钟。

我转身离开，想起了在楼上看到的另外一张照片。照片中的爸爸妈妈乘坐着游艇，晒得黝黑，开心无比。我猜测爸爸会不会也正在回忆那段时光。

我在深夜中醒来，发现希拉没在身边。

我坐起来竖耳听着。没有任何动静，至少在我们这间公寓里没有。我听得到楼下的街道上飘来的深夜来往车辆惯常发出的声音。我朝浴室望去，灯是关着的。事实上，公寓里所有的灯都是关着的。

我想喊她，可静谧的周围含着某种脆弱易碎的或者说如肥皂泡般不堪触碰的东西。我从床上滑下来，双脚落到地毯上。公寓房一般都用这种满铺的地毯，以减弱楼上或楼下传来的噪音。

这套公寓并不大，只有一间卧室。我放轻脚步走向起居室，向里扫了一眼。希拉在里面。她坐在窗台上望着下面的街道。我凝视着她的背影。她那天鹅般优雅的脖颈、美妙的双肩、披散在白色肌肤上的秀发，又一次令我心旌摇曳。我们至今还没有完全告别恋人间跌宕起伏、缠绵无限的初期磨合阶段。不过，那种彼此间从不满足、总是惊叹“哇！活着太棒了！”的热恋，那种在公园里飞快地跑向对方、心脏扑通扑通乱跳的奇妙感觉，很快将会转化为某种更丰富、更深刻的东西。我们感觉到了，真实感觉到了这一点。

在此之前我只有过一次恋爱，那是很久很久以前的事情了。

“嗨。”我招呼道。

她只朝我微微一转，不过已经足够了。我看到泪水正顺着她的脸颊往下淌。她没有发出任何声音——没有哭喊、呜咽或啜泣，只是在静静地流泪。我伫立在门廊里，不知所措。

“希拉？”

在我们第二次约会的时候，希拉为我表演了扑克魔术。她转过头去，让我抽出两张牌，再把它们插回整副扑克牌中。然后她把扑克牌一张一张地撇到地板上，最后手里只剩下我选中的那两张。亮完绝活儿后，她露出得意的笑容，举起那两张扑克牌让我核对。我报之以微笑。她有点儿——怎么说呢？——疯疯癫癫的。希拉确实是个疯疯癫癫的姑娘。她喜欢扑克魔术，喜欢樱桃口味的酷爱牌饮料，喜欢男孩儿组成的乐队。她唱歌剧、读各种各样的书，还经常被贺曼电影频道那些一心想要掏观众腰包的节目感动得哭泣。她能够几可乱真地模仿霍默·辛普森和本斯先生，对于施米勒和阿布的模仿则稍显逊色[①]。希拉最喜欢的是跳舞。她愿意闭上眼睛，把头靠在我的肩上，仿佛要融化在舞曲之中。

“很抱歉，威尔。”希拉头也不回地说。

“为什么这么说？”我问。

她继续望着窗外。“回床上睡觉吧。过一会儿我就回去。”

我想留在她的身边，说些宽慰她的话。可是我没有这么做。此刻的她令人无法接近，仿佛有某种力量正在把她的魂儿勾向别处。对她说点儿或做点儿什么都是徒劳的，甚至是危险的，至少我是这么认为的。于是我犯了个极大的错误，我回到床上等着去了。

希拉再也没有回来。

---

① 霍默·辛普森、本斯先生、施米勒和阿布等，都是美国动画情景喜剧《辛普森一家》中的角色。该剧被称为美国电视史上播放时间最长的动画片。

3

内华达州　拉斯韦加斯市

莫迪·迈耶尔仰面躺在床上酣睡着。突然间，他感觉到有根枪管顶在了自己的前额上。

“醒醒。”一个冰冷的声音传入耳中。

莫迪的双眼瞬间睁大了。卧室里一片漆黑。他试图抬头，但是那把枪把他的脑袋按了回去。他的目光滑向床头柜上的夜光时钟收音机。可那儿并没有时钟，多年前就已没有了。现在他终于醒过神来了。自从丽厄死后，自从他卖掉那套殖民时期风格的四间卧室的大房子后，那台夜光时钟收音机也就没有了。

“嗨，我可不是个废物，”莫迪说，“你们这些家伙是知道的。”

“起来。”

那人挪开了枪。莫迪抬起脑袋，眼睛逐渐适应了黑暗。那人脸上蒙着围巾，不禁让他联想起童年时代听过的广播剧《魅影惊魂》①。

“你需要什么?”

“我需要你的帮助,莫迪。”

“咱们两个认识吗?”

“起来。”

莫迪服从了。他把双腿挪出床外,踉跄着站了起来,可他的脑袋以晕眩不已的方式予以反对。他目前正处在酒精带来的欢愉感逐渐消退、宿醉的恶果如即将来临的风暴积聚能量、蓄势爆发的时期。

“医药箱在哪儿?”那人问道。

原来是这么回事儿,莫迪暗暗松了一口气。他在对方身上查找伤口,但在黑暗中看不清。“是你吗?”他问道。

“不是。她在地下室。”

她?

莫迪将手伸到床下拽出一只皮质的医药箱。箱子又老又破,曾闪亮地缀于其上的他姓名的烫金的首字母,如今早已不见踪影,拉链也已合不上牙。40 多年前莫迪从哥伦比亚大学医学院毕业时,丽厄给他买了这只箱子。其后的 30 年里,他一直在大颈镇做内科医生。他和丽厄生养了三个孩子。如今的他快 70 岁了,住在这间一居室的破房子里,欠着几乎他认识的每个人的钱和人情。

赌博。莫迪嗜赌成性。好多年里,他还算是个有一定自制力

① 《魅影惊魂》(The Shadow):美国系列广播剧,自20世纪30年代推出后不断翻新,播放数十年。在此基础上还衍生出了许多漫话故事、小说、电视剧和电影等。

的赌徒，同内心深处的那些魔鬼友好相处并注意保持距离。然而，魔鬼们终究还是掌控了他，他们总会是赢家。有人评论说丽厄是他和魔鬼之间的调停者。也许他们说得对，反正丽厄一死，莫迪就再也没有什么理由同魔鬼进行抗争了。他在内心放纵着魔鬼，任其逞狂肆虐。

莫迪输掉了一切，包括他的行医执照。他搬到了西部这块儿肮脏的地方，几乎每晚都沉溺于赌博。他的孩子们——都已长大并成家——再也不给他来电话了。他们把妈妈的死归咎于他，认为丽厄是由于他的缘故才过早地离开人世。也许他们是对的。

“快点儿。”那人说道。

“好吧。”

他们走下了通往地下室的楼梯。莫迪看到那里的灯已亮了。他卖掉大房子后栖身的这栋破败不堪的建筑物，曾经是殡仪馆。莫迪租的房间在一楼，这使他获得了使用地下室的便利。地下室曾是存放和整理尸体的地方。

地下室靠里的角落，有一座通常会在公园里见到的滑梯，不过早已生锈了。它的上端连着后院儿的停车场。过去人们就是这样把尸体送进地下室——先在后院儿停车，接着让死者打滑梯。由于年久失修，四面墙上贴的好多瓷砖已经脱落了。要拧开这儿的水龙头，恐怕要用一把老虎钳才行。停尸柜的柜门大多不翼而飞。死亡的气息依旧徘徊在这里，往日在这里暂住过的鬼魂久久不肯离去。

受伤的女人躺在一张铁质的台子上。莫迪搭眼就看出她的状态并不好。他转头看看身旁的蒙面“魅影”。

“快救她。”那人说。

对方的声音让莫迪很不自在。尽管他的语气中含着一股煞气,然而更多流露的却是一种走投无路的孤注一掷,传递的实际是一种恳求。“她伤得可不轻啊。”莫迪说道。

那人用枪对着莫迪的胸口。“如果她死了,你也活不了。”

听明白了。莫迪吞咽了一下,走向躺着的女人。过去的这些年里,他在这儿治疗过为数不少的男人,可碰到重伤的女人还是第一次。莫迪在相当程度上是赖此谋生的——给人缝合,然后让对方赶快走人。如果一个人带着子弹或利刃留下的伤口走进医院的急救室,按照法律医生必须报告有关方面。因此,一些伤者便会选择莫迪这家“临时医院”。

在医学院学过的检伤治疗类选法,也就是人们常说的 ABC,快速地闪过他的脑际——畅通气道(Airway)、呼吸评估(Breathing)和循环检测(Circulation)。她的呼吸带有明显的杂音,吐气时伴有口沫喷出。

“是你把她弄成这样的?”

那人没有回答。

莫迪尽了全力。不过说真的,他所能做的也就是将就着拼合缝补。让她稳定下来,他想。稳定后,让他们马上离开。

处置结束了。那个男人轻轻托起女人。“假如你敢和别人说起这事儿……”

“我受到过比这更恐怖的威胁。”

那人托着受伤的女人匆忙离开了。莫迪留在地下室里。不速之客的惊扰令他紧张不安。他叹口气,决定回到床上去。但是在迈上楼梯之前,莫迪·迈耶尔犯了一个关键性的错误。

他透过后窗向外看去。

那人抱着女人走到车旁，小心地甚至可以说是温柔地将她放倒在车后排座位上。目睹这一幕的莫迪，忽然发现车里有什么东西在动。

莫迪眯起眼睛细看，不由得一阵战栗。

车后座上还有一个乘客，一个无论如何也不应当出现在这种场合的乘客。莫迪的手不由自主地伸向了电话，可是没等拿起听筒，却又停住了。他该把电话打给谁呢？他又该说些什么呢？

莫迪合上眼睛，驱走方才的念头。他拖着沉重的脚步走上楼梯，爬回床上，拉开被子裹紧身体。他望着天花板，想尽力忘掉这一切。

4

希拉留给我的纸条很简短，也很感人：

永远地爱着你。

S①

她始终没回到床上。我估计她一整夜都在那么直瞪瞪地望着窗外。房间里一直静悄悄的，直到清晨大约五点的时候，我听到她轻轻地溜出门去。这并不奇怪。希拉是个习惯早起的人。她令我想起过去看过的军队宣传片儿。片子里说，他们在每天上午九点前就做完了比常人一天做的还要多的事情。你知道希拉这种类型的人：她使你自惭形秽，让你时刻感到自己是个大懒蛋，而你恰恰又爱着她的这一点。

希拉有一次告诉我——只是这么一次——她早起的习惯是

① 希拉的名字 Sheila 的首字母。

当年在农场干活儿时养成的。当我进一步追问细节时，她立刻闭上了嘴巴。她在现在和过去的生活之间划出了一道明确的界限，谁想逾越界限，只会自讨苦吃。

她的行为，带给我的更多是困惑，而不是担心。

我冲了个澡，穿上衣服。哥哥的照片在抽屉里放着。我拿出来端详了很长时间。我的心里有种空落落的感觉，而我的脑袋里则思绪万千，贯串所有想法的主线是：

肯竟然想法活了下来。

你可能想知道，这些年来是什么让我确信哥哥已经死了。我得坦白，这部分是长期固守的直感和某种盲目的不愿放弃的期盼混合形成的产物。我爱哥哥，也了解他。肯并不是个完美的人，他很容易动怒，与别人发生冲突对他是个乐子。肯也卷进去做过一些坏事。但是肯不会是一个杀人犯，我确信这一点。

除了这种他人难以理解的对肯的信任外，我们克莱因一家对此案也有理性的分析。首先，仓皇逃命的肯靠什么生存下来？他的银行账户里只有 800 美元。他从哪里获得帮助以逃脱国际刑警的搜捕？他究竟因何种可能的动机杀害朱莉呢？他怎么会在过往的 11 年里从来不和我们联系呢？在他最后一次回家的时候，他为什么那样紧张不安呢？当时为什么他对我说他处于危险之中呢？而回头想想，为什么我没有尽力从他那里问出更多的东西呢？

然而最具杀伤力的——或者说是令人鼓舞的，取决于从什么样的视角来看待——是现场的血迹。其中一些是肯留下的。肯在米勒家的地下室里流了一大摊血，又从楼梯直到门外留下了一串血滴。在后院儿的一株灌木旁也发现了一摊他的血。我们克莱因家由此得出的结论是，真正的凶手在杀害朱莉的同时也给我哥造成重伤（最后还是杀死了他）。而警察的结论则简单得多：朱莉做了拼死的反抗。

还有一件事为我家的结论提供着支持——这是我的贡献。我猜也是由于这个原因，竟没有人拿它当回事儿。

当晚我看到有个人偷偷躲在米勒家的房后。

就像我说过的，警方和媒体对我的说法并不重视——我只不过是个一心想为哥哥洗刷罪名的家伙——然而这件事对于理解我们为什么一直坚持自己的结论是很重要的。说到底，我的家人面临的选择是：我们或者认可哥哥无缘无故地杀死了一个可爱的年轻女人，然后在没有任何收入的条件下藏匿了11年（不要忘记媒体的大肆报道和警方的全力搜捕）；或者，我们相信肯在与朱莉两相情愿地发生性关系后（这方面有充分的物证），不知怎的就惹了麻烦，惹了什么人，也许就是那天晚上我在考丁顿街的房子外面看到的那个人。这家伙以某种方式把谋杀的罪名转嫁给肯，又设法处理了肯的尸体，使其永远不被人发现。

我并不认为我们的推理无懈可击。但是我们了解肯，他没做人们认为是他做了的事情。既然如此，我们还能有其他选择吗？

有些人认为我们的说法有道理，不过他们大多是些神经兮兮地沉迷于各种“阴谋论”的家伙。这些人宁愿相信埃尔维斯[①]正

---

① 埃尔维斯·普莱斯里（Elvis Aron Presley）：20世纪美国最有影响的歌手，人称“猫王”。于1977年去世。

和吉米·亨德里克斯①困在斐济的某个岛屿上。电视节目对这些空口无凭的猜测极尽挖苦之能事,以至你觉得家里的那台电视机随时都会冲着你爆出一阵冷笑。随着时光的流逝,我逐渐地不再公开为肯辩护了。听起来也许有些自私,不过我需要有自己的生活,需要有自己的事业,我不愿让人家知道我是一个恶名远扬的在逃杀人犯的弟弟。

我敢说,圣约家园是以有所保留的态度录用我的。谁能责怪他们呢?虽然我已是资深的管理人员,我却从来没使用过印有我姓名的信笺纸,我也从来没有在募集善款的聚会上露过面。我的工作被严格地限制在幕后,而在大多数情况下我对此并不在意。

我又一次盯着这张如此熟悉却又显得十分陌生的男人的照片。

莫非妈妈从一开始就说了谎话?

当妈妈对爸爸和我说她认为肯已经死了的时候,她的目的会不会是帮助肯更好地躲藏起来呢?现在回忆起来,最坚定地持有并宣传肯已死亡这个论断的,恰恰是妈妈。难道这么长的时间里,妈妈一直在偷偷接济他?难道妈妈珊妮始终知道肯在什么地方?

值得深思的一连串问题。

我移开目光,打开了厨房里的橱柜。我已拿定主意,今天早晨不回利文斯顿了——一想到要在那栋死气沉沉的房子里坐上一整天,我就禁不住想要尖叫——而且我也确实需要去上班。我相信妈妈对我这样做不仅会表示理解,而且还会给予鼓励。于是

---

① 吉米·亨德里克斯(Jimi Hendrix):美国著名艺术家,被称为是流行音乐史上最伟大的电吉他演奏者。于1970年去世。

我为自己冲了一碗金格雷厄姆斯牌麦片，拨通了希拉办公室电话的语音信箱，说我爱她，请她给我回话。

我的公寓——噢，现在得说是我们的公寓——在第九大道和24街拐角处，离切尔西酒店不算远。我通常往北经过17个街口，走到位于41街、离西侧快速干道不远的圣约家园。在42街开展净化和改造运动①之前，作为流浪儿收容所，圣约家园办在这里再理想不过了。这片乌七八糟的区域，是堕落的人性公然在你的鼻子下面修筑的前沿工事，你无法对之视而不见。42街曾如一座地狱之门，在这里汇集着千奇百怪的色情场所。通勤上班的人和前来旅游的观光客，沿途会碰到各色的妓女、毒品贩子和皮条客，会经过各类的迷幻制品商店、色情表演剧场和电影院。走到这条街的尽头时，人们或是表现出难耐的性兴奋，或是想急着冲个澡、打上一针青霉素。在我看来，这里的种种反常行为，是那样肮脏、那样倒人胃口，完全到了忍无可忍的程度。我是个男人，同我认识的其他男人一样，也有七情六欲。可是我永远都搞不懂，为什么有人面对那些吸毒成瘾、牙齿残缺的荡妇竟然也会产生性欲。

城市的净化和改造，在某种意义上给我们的工作增添了难度。以往圣约家园的救助车总是知道去什么地方施以援手，那些流浪儿在街头明摆浮搁，人们马上就能认出来。而现在我们的工作目标却不是那么一目了然。更糟糕的是，这座城市本身并没有

---

① 42街是纽约曼哈顿的一条重要街道，联合国总部、中央车站、纽约公共图书馆、时报广场等都在这条街上。这条街特别是时报广场一带曾被称为“红灯区”，色情业和毒品交易泛滥成灾。20世纪90年代中期，朱利安尼出任纽约市市长后，开展了一场以打造“新42街”为主题的净化、改造运动，使42街一带面目有了改观。

得到真正的净化——只是看起来比过去干净了。那些所说的正经人、那些前面提到的通勤上班的人和游客,不会再到处看到涂得漆黑的窗户上“未成年人禁止入内”的标志,还有破旧的广告牌上各种色情电影俏皮的片名①了。但是这类污浊淫秽的东西从来不会真正地死去,它们像蟑螂一样东钻西躲,总会设法生存下来。我不认为有谁能够彻底地歼灭它们。

污浊现象的藏匿有其负面效应。当它们明摆在那里的时候,你可以嘲讽它们,体会到自身的一种优越感。公众有这种需求,有些人以此来宣泄情感。乌七八糟的东西公开存在于社会还有一个好处:敌人明晃晃地正面攻击和茂密草丛中蛇样的偷袭,两者你更喜欢哪一种呢?最后我要说——也许是由于我过于近距离地观察这类事情——没有反就不会有正,没有下也就没有上。我不能确定人们会拥有一个没有黑暗伴随着光明、没有堕落伴随着纯洁、没有恶伴随着善的世界。

身后的喇叭声并没有让我立即转身。这是生活在纽约。走在大道上想躲开汽车喇叭的噪音,无异于游泳时想躲开水。直到听见熟悉的嗓音冲我喊“嗨,你这浑蛋!”我才扭过头。一辆面包车——圣约家园的救助车,嘎的一声停在我身旁。是方块儿开的车,车里没有别人。方块儿摇下车窗,摘去了太阳镜。

---

① 美国色情电影吸引观众眼球的一个噱头,就是使用同音词、近音词、多义词等套改经典影片片名。作者在这里具体举了两个片名:一是《Shaving Ryan's privates》,出自《Saving Private Ryan》(《拯救大兵瑞恩》)。saving(拯救)改成 shaving(剃),private(士兵)改用复数时可表示人的私处,再调整一下词序,这部色情片的片名意为“剃光瑞恩的私处”;二是《Bonfire of the Panties》,出自《Bonfire of the Vanities》(《虚荣的篝火》)。vanities(虚荣)改为 panties(女式内裤),这部色情片的片名意为“内裤里的火焰”。

“上车。”他说。

我拉开门跳上车。这辆用于外展救助的面包车里充斥着香烟和汗水的气味，还隐约混杂着夹在我们每晚发放的三明治中的香肠味儿。车里到处是大小不一、形状各异的污渍。仪表盘旁的置物箱成了一个空空的大洞。坐垫儿由于弹簧失去弹性早已塌陷了。

方块儿盯着路面问道：“你这是他妈的去哪儿？”

“去上班啊。”

“为什么？”

“心里能好受点儿。”我说。

方块儿点点头。他开了一整夜的车——做一位扶弱济贫的天使，四处寻找流浪儿给予救助。他的脸上倒没有露出倦容。不过话说回来，打我认识方块儿就没见过他光彩照人的模样。他披着一头 20 世纪 80 年代史密斯飞船乐队式样的长发，从中间分向两边，鬓角油腻腻的。印象中我从没见他把胡须刮干净过，然而我也从没见他留过浓密的大胡子，甚至连电视剧《迈阿密风云》里那种精致整齐的小胡子也没留过。他的脸上明显地点缀着一些麻点儿。他的工作靴已经磨得近似白色了，牛仔裤像是被草原上的北美野牛踩踏过，而且裤腰太松，使他具备了管道修理工专有的令人着迷的风度。一盒骆驼牌香烟卷在袖口里，烟渍使他的牙齿与迪克德洛加牌黄铅笔的颜色相同。

“你看起来糟透了。”他说。

“那是因为被你传染了。”我回答。

他喜欢这种说话方式。我们叫他方块儿，实际是四个方块儿的简称。这一称呼源于他前额上的刺青图案，四个正方形，两个两个摞在一起，很像是体育馆的四格球场。现在的方块儿是个挺有名气的瑜伽课程指导教师，拍了些教学片儿，还办了瑜伽连锁学校。人们大都以为他的刺青图案是具有某种深意的印度教符号，其实不然。

这幅刺青图案曾经是纳粹的“卐”字符号。后来方块儿又在它的周边加上了四条线，把它改造成了现在的方形。

令人难以置信。方块儿是我认识的最为宽厚的人，也算是我最亲近的朋友。当他第一次告诉我这块刺青原本是什么的时候，我惊骇不已。他没做更多的解释，也没流露出什么悔意。如同希拉一样，方块儿从不谈论自己的过去。是其他人的一些零星议论，才丰富了我对他的了解。

“谢谢你送来了鲜花。”我说。

方块儿没有回答。

“也谢谢你参加了葬礼。”我补充说。方块儿用这辆车拉去了一帮圣约家园的朋友。除了亲人以外，为我妈妈送葬的队伍基本是由他们组成的。

“珊妮是个了不起的人。”他说。

“是呀。”

片刻的沉默。方块儿接着又说：“只是出席葬礼的人太少了。”

“谢谢你指出了这一点。”

“去的人那么少，天哪。”

“你们能来对我家是很大的慰藉，方块儿。谢谢你，伙计。”

“你想获得慰藉？那么请记住：人，都是浑蛋。”

“我要拿笔记下这句名言。”

沉默。遇到红灯,方块儿把车停了下来,用由于熬夜而发红的眼睛偷偷瞥了我一下。他放下卷起的袖子,掏出了烟盒。“不想和我谈谈这是怎么回事儿吗?”

“噢,你瞧,改天再聊这事儿好吗?我妈刚去世呀。”

“好吧,”他说,“那就先不说。”

绿灯亮了。面包车重新向前驶去。哥哥的照片闪过我的眼前。

“方块儿?”

“听着呢。”

“我认为,”我说,“我的哥哥还活着。”

方块儿没有马上搭腔。他从烟盒里抽出一支香烟叼到了嘴上。

“这可算是一种顿悟啊。”他说。

“顿悟。”我点头并重复着。

“想必你为这熬夜了。”他说,“那么,是什么让你改变了看法?”

他把车开进了圣约家园的小停车场。我们曾经把车停在街上,可是总有人破窗而入,睡在车里。我们当然不会为这类事情报警,但是不断修理车窗和车锁的费用还是成了难以承受的负担。我们有一阵子干脆不锁车门,让人随便入住。早晨不论谁先上班,第一件事就是敲敲这辆面包车。车里的留宿者得到信号后,便匆匆离去。

可是,这种做法到头来还是行不通。面包车令人恶心得没法用了(不宜做出过于详细的描绘)。流浪汉可不是一群彬彬有礼的家伙。他们呕吐。他们的身上很脏。他们常常找不到厕所。

点到为止吧。

我们还坐在车里。我思量着如何提起话头，“我想问你一个问题。”

方块儿等我继续说下去。

“你从来没向我讲过你对我哥这件事的看法。”

“这是一个问题吗？”

“更多的是一种观察。问题是：为什么？”

“为什么我从未向你讲过我对你哥哥的看法？”

“是的。”

方块儿耸耸肩。“你也从来没问过我的看法。”

“关于这事儿我们谈过很多。”

方块儿又耸了耸肩。

“好吧，我现在问你，”我说，“你认为他还活着吗？”

“我一直认为他还活着。”

原来如此。“这么说，在我们那么多次谈起这事儿的时候，在我对那些不同的看法做出令人信服的反驳的时候……”

“我不知道你究竟是想让谁信服，是我还是你自己？”

“你从来没有认同过我的看法？”

方块儿说：“没有，从来没有。”

“但是你也从来没有同我争论过。”

方块儿深深地吞了一口烟。“你一厢情愿的那些想法似乎也没什么害处。”

“无知是福，是吗？”

“在大多数情况下，是的。”

“但是我提出了一些站得住脚的观点。”我说。

“那是你的看法。”

“你并不这么看？”

“我不这么看。”方块儿说，“你认为你哥没有钱财和能力躲藏起来，可事实上，想躲起来并不需要你说的这些东西。看看我们每天打交道的那些流浪儿吧，假如他们中有哪一个想玩儿失踪，嘿，一眨眼的工夫就不见影儿了。”

“可他们不会遭到国际范围的搜捕。”

“国际范围的搜捕，”方块儿以轻蔑的语气说下去，“你是怎么想的，这个世界上的每个警察早晨起床后都在惦记着你的哥哥？”

他说得不无道理——特别是现在我已经意识到，哥哥也许从妈妈那里获得了财力上的资助。“他不会杀任何人。”

“没根据的瞎说。”他说。

“你不了解他。”

“我们是朋友，对吧？”

“对。”

“你能相信我曾经烧过十字架，还喊过‘希特勒万岁’吗？”

“那不一样。”

“不，没什么不一样。”我们迈出了面包车。“你有一次问过我，为什么不把刺青彻底清洗掉，记得吗？”

我点点头。“你当时告诉我上一边儿待着去。”

“对了。事实上，我可以用激光去掉它，还可以用更加精细的手术来遮盖它。然而我留着它，就是因为它能够提醒我。”

“提醒你什么？关于你的过去？”

方块儿的黄牙跳跃着。“关于潜在的可能性。”

“我不知道你是什么意思。”

“因为你无可救药了。”

“我哥哥永远也不会去强奸和杀死一个无辜的女人。”

“有些瑜伽学校向学生传授印度教的经文,”方块儿说道,“但是被一遍又一遍地重复的某种东西,并不等于是真理。”

“你今天挺深刻的。”我说。

“而你像个白痴。”他用脚踩灭了烟头儿,“你能说一说为什么你改变了看法吗?”

我们快走到门口了。

“到我办公室吧。”我说。

我们默默地走进了收容所。人们以为这里会像垃圾场,事实并非如此。我们的准则是,要把收容所办成一处家长们乐意让遇上麻烦的孩子来此栖身的地方。起初,这种提法让那些赞助者大为吃惊——如同大多数慈善机构的人一样,他们认为这样的目标是难以企及的——不过这也使他们在关系慈善理念的要害问题上受到了极大的触动。

我和方块儿保持着沉默。这是因为,只要我们一迈进这里,我们的兴奋点和注意力就会聚焦到孩子们身上。他们有权利获得其他人拥有的东西。来到这里的孩子们,在可悲的生活中头一次被摆到了以他们为中心的位置。我们像与失散多年的兄弟重逢一样问候着每个孩子。我们专注地倾听,从来不会心不在焉地敷衍孩子。我们停下脚步,正脸面对着孩子。我们同孩子握手,拥抱他们。我们直视对方的眼睛,从来不让目光游移到他们的肩后。如果你所做的一切是装出来的,这些孩子会立刻觉察出来,他们具有惊人的判别真伪的直觉。我们全身心地、无条件地关爱着这里的孩子们,每天都是如此,做不到这一点就趁早回家。然而,这并不意味着我们的工作总能取得成功,甚至并不意味着在多数情况下的成功。收容所得而复失的孩子要比挽救回来的孩子多,有某种特殊吸引力一再地把他们拉回大街。但是在这里,在我们的收容所,孩子们能够享受安适的生活,得到真挚的关爱。

快要走进办公室的时候,我们发现有一男一女正等在那里。方块儿猛地停步,扬起鼻孔,像个猎狗似的嗅着空气。

“警察。”他对我说。

那个女人微笑着走上前来。男人在她的身后,随便地靠墙站着。“是威尔·克莱因先生吗?”

“怎么?”我问道。

她以颇为夸张的动作亮了一下证件。那个男人也是如此。“我叫克劳迪娅·费希尔,这位是达瑞尔·韦尔考克斯。我们两人都是联邦调查局的探员。”

“联邦调查局。”方块儿对我说着,跷起大拇指,仿佛对我受到如此规格的关注表示钦佩。他眯起眼睛仔细看一眼证件,又抬头瞧瞧克劳迪娅·费希尔。“嗨,您怎么把头发剪了?”

克劳迪娅·费希尔啪地合上证件,对着方块儿扬起了眉毛。“您是?”

“一个容易产生性欲的男人。”

她皱皱眉头,把目光转向我。“我们希望同您谈几句话。”她接着又补充道,“单独谈。”

克劳迪娅·费希尔身材娇小,有些傲慢。她属于那种高中就读书用功、体育不甘人后、弦绷得有些过紧、不大会主动找乐子的女生。她的头发很短,后面的边缘被削薄,是20世纪70年代末期流行的样式,但很适合她。她戴着不大的圈形耳环,长了个鹰一样的鼻子。

我们天然地对执法人员存有戒心。我并不想包庇罪犯,可是我也不想在警方的抓捕行动中充当工具。我们的收容所必须是一个安全港。与警方合作会损害我们的声誉,对于我们来说,街头巷尾的口碑意味着一切。我愿意把我们的机构比作一个中立国家,它是流浪儿的瑞士。同时,我个人的经历——联邦调查局处理我哥哥案子的方式——也很难让我对他们产生好感。

“我倒是希望他留在这里。”我这样说。

“可这同他没有一点儿关系。”

“那就当他是我的律师。”

克劳迪娅·费希尔上下打量着方块儿——他的牛仔裤、发式,还有那块刺青。方块儿用两手做出个竖起衣领的模拟动作,冲着她挤眉弄眼。

我走向我的办公桌。方块儿一屁股坐在桌前的椅子上,把蹬着工作靴的两只脚举起来“砰”地砸到桌面,扬起了一股灰尘。费希尔和韦尔考克斯仍旧站在那里。

我摊开双手。“我能为您做点儿什么,费希尔探员?”

“我们在找希拉·罗杰斯。”

这可超出了我的预料。

“您能告诉我们在哪儿可能会找到她吗?”

“您为什么要找她呢?”我问道。

克劳迪娅·费希尔给我一个纡尊降贵的笑容。“您只需要告诉我们她在哪里,好吗?”

“她有什么麻烦了吗?”

“就目前而言,”她停顿了一下,收起了笑容,“我们只是想问她一些问题。”

“什么样的问题?”

“您是在拒绝同我们合作吗?”

“我没有拒绝任何事情。”

“那就请您告诉我们希拉·罗杰斯在什么地方。”

“我想知道为什么。”

她望了一眼韦尔考克斯。韦尔考克斯对她轻轻地点点头。她朝我转过头说:“今天早些时候,韦尔考克斯探员和我到18街希拉·罗杰斯工作的地方去过。她没有上班。我们打听在哪里能够找到她,她的老板告诉我们她请了病假。我们又去查了她最近的登记住所,房东说她已在几个月前搬走了。而她备案的目前住址和您的完全一样,克莱因先生,都是西24街378号。我们已去过那里,还是没找到希拉·罗杰斯。”

方块儿指着她说:“您说话的样子真甜。”

费希尔没理睬他。“我们不希望有麻烦,克莱因先生。”

“麻烦?”

“我们需要问希拉·罗杰斯几个问题,马上就问。我们可以用大家都方便的方式开展工作。如果您不想配合的话,我们也可以换成不太愉快的方式。”

方块儿搓着双手。“噢噢,这是在威胁。”

“您看怎么做好,克莱因先生?”

“我看您二人得马上从这儿走开。”

“您对希拉·罗杰斯了解多少呢?”

事情变得非同寻常,我的脑袋开始疼了起来。韦尔考克斯从上衣口袋里掏出了一页纸,递给了克劳迪娅·费希尔。"您了解罗杰斯女士的犯罪记录吗?"费希尔问道。

我想尽力做出不动声色的样子,可即使是方块儿,也不禁露出惊诧的表情。

费希尔开始读那页纸上的内容。"入店行窃、卖淫、藏匿并试图销售毒品。"

方块儿用鼻孔哼了一声。"初学乍练的新手。"

"持械抢劫。"

"这还像点样儿。"方块儿点着头说。他抬起眼皮望着费希尔,"这一条没有定罪和做出判决吧?"

"您说得对。"

"也就是说她可能没干过这事儿。"

费希尔又一次皱起眉头。

我用手抻着下嘴唇。

"克莱因先生?"

"我帮不了您。"我说。

"帮不了还是不想帮?"

我还在揪着嘴唇,"语义学的游戏。"

"您的做法让人觉着有点儿似曾相识,克莱因先生。"

"什么意思?"

"包庇。先是包庇您的哥哥,现在又来包庇您的情人。"

"快滚吧,你。"我说道。

方块儿对我做了个鬼脸儿,明显是对我毫无分量的反击感到失望。

费希尔毫不退缩。"您还没有把这事儿想清楚。"

“什么意思?”

“有关的后果。”她接着说下去,“比如,假如您由于协助罪犯作案而被捕,您认为圣约家园的赞助方会做出什么样的反应呢?”

方块儿抓住了她的这句话。“您知道这样的问题该去问谁吗?”

克劳迪娅·费希尔皱皱鼻子,仿佛方块儿是她刚刚从自己的鞋上刮下来的某种脏东西。

“乔伊·皮斯蒂罗。”方块儿说,“我打赌乔伊会知道答案。”

这回轮到费希尔和韦尔考克斯大为震惊了。

“您有手机吗?”方块儿问,“我们现在就可以问问他。”

费希尔瞧瞧韦尔考克斯,又瞧瞧方块儿。“您是说您认识乔瑟夫·皮斯蒂罗局长?”她问道。

“给他打电话。”方块儿说,“噢,等等,你们也许不知道他的私人号码。”方块儿伸出手弯一弯手指,做了个“拿给我”的姿势。“您不介意吧?”

费希尔把手机递给他。方块儿按完键子,把电话放到耳边。他的身体朝后大仰着,脚仍然搁在桌子上。假如他再扣上一顶牛仔帽,活脱脱一幅牛仔小憩图。

“乔伊?嗨,伙计,还好吗?”方块儿听了片刻随后发出一阵笑声。他东拉西扯地闲聊着,我注意到费希尔和韦尔考克斯的脸色变白了。一般情况下,我很乐于观赏这种硬碰硬的力量型对垒——方块儿从过去坎坷多舛,跋涉到今天,获得社会名流的身份,在此过程中建立起了颇为广泛深厚的人脉关系——不过此时我的脑子十分混乱。

过了几分钟,方块儿把手机交给费希尔探员。“乔伊想和您说几句。”

费希尔和韦尔考克斯走到走廊并关上了房门。

“哥们儿,联邦调查局啊!”方块儿说着,再次竖起大拇指表示钦佩。

“没错,我也觉得挺刺激。”我应承着。

“这可不简单,呃,我是说,希拉竟然有前科。谁能想得到呢?”

能想到的人肯定不是我。

费希尔和韦尔考克斯回到了屋里,脸色有所恢复。费希尔露出过于谦恭的微笑,把手机再次递给了方块儿。

方块儿把手机放回耳边问道:“怎么了,乔伊?”他听了一会儿,说声“Ok”,挂断了电话。

“怎么回事儿?”我问。

“这是乔伊·皮斯蒂罗,是 FBI 在东海岸的大哥大①。”

“他……”

“他想亲自见你。”方块儿说。

他的眼睛望着别处。

“什么?”

“我不认为他会对我们说些中听的东西。”

① FBI 是美国联邦调查局的英文缩写。FBI 在全美设有 50 余个分局(分部)。其中,东海岸的纽约市、西海岸的洛杉矶市和首都华盛顿市三地分局局长(也译分部主管)的地位,相当于 FBI 总部的其他助理局长。

5

乔瑟夫·皮斯蒂罗局长不仅要亲自见我,而且是要单独会面。

“我知道你的母亲去世了。”他说。

“您是怎么知道的?”

“什么?”

“您读了报纸上的讣告?”我问道,“还是有哪个朋友告诉了您?您怎么会知道她去世了呢?”我们四目相对。皮斯蒂罗很魁梧,脑袋上除了一圈儿短短的灰发外全秃了,肩膀如保龄球般圆滚滚的,粗糙的双手交叠在桌面上。

“噢,”我继续说下去,意识到旧日的怒火又在重新燃起。“您是不是派了探员监视我们?监视我妈妈,在医院里,在她临终的床边,在她的葬礼上。护士们说起的那个新来的勤杂工,就是您诸多探员当中的一个?那个连葬礼司仪的名字都记不住的轿车司机,也是您的人吧?”

我们两人都没有把死盯着对方的目光挪开的意思。

“我为你的不幸感到难过。”皮斯蒂罗说。

“谢谢您。”

他的身子向后靠去。“为什么你不告诉我们希拉·罗杰斯在哪里?”

“为什么您不告诉我找她的原因是什么?”

“你最后见到她是什么时候?”

“您结婚了吗,皮斯蒂罗探员?”

他不乱阵脚。“26年了,我们有三个孩子。”

“您爱您的妻子吧?”

“是的。”

“那么如果我找上门来,要求传唤您的妻子,并且做出威胁,您会怎样做呢?”

皮斯蒂罗缓缓地点点头。“假如你是为联邦调查局工作,我会告诉她好好配合你。”

“仅仅是这样?”

“嗯,”他竖起了食指,“有一个附带的条件。”

“什么条件?”

“她得是无辜的。如果她是清白无辜的,我就不会害怕什么。”

“那么您不会好奇地想知道究竟发生了什么事吗?”

“好奇?当然了,要求做出解释……”他的声音渐渐地消失,然后又说道,“现在让我问你一个假设性问题。”

他停住了。我坐直了身子。

“我知道你认为你的哥哥已经死了。”

他又做停顿,我保持沉默。

“但是假设你发现他还活着,藏匿在某个地方——而且再做一个大胆假设,你发现是他杀死了朱莉·米勒,”他向后靠去,“当然,是假设,所有这些完全是一种假设。”

“继续说下去。”我说。

“好啊,那你将会怎么做呢?你会把他交给警察,还是告诉他自寻生路,或者你会伸手帮他?”

更长时间的沉默。

“您把我找到这里,不会只是为了玩儿假设游戏吧。”

“的确,”他说,“我不是为此而找你的。”

他的办公桌右侧有一台电脑。他把屏幕挪动了一下,以便我能看见。然后他敲击了几个键子。一幅彩色图像闪了出来,我的心登时收紧了。

画面呈现的是一个普通的房间,可角落里的落地灯被打翻在地。地毯是米黄色的,墙的一侧摆着茶几。屋内一片狼藉,仿佛经历了一场龙卷风或类似灾难的袭击。房间的正中央有个男人躺在一大摊据我判断是鲜血的液体当中。血液的颜色比深红、比铁锈的褐红都要重,近乎黑色。那个男人仰面躺着,四肢伸张,看着如同是从高空坠落了下来。

在我看电脑里的这幅图像时,皮斯蒂罗的眼睛一直盯着我,观察着我的反应。我瞥了他一眼,重新把目光转向屏幕。

他敲敲键盘,又一幅图像取代了刚才的画面。同样的房间。从镜头的这个角度看不到那只落地灯。鲜血依然浸泡着地毯。然而,画面的主角是另外一个人,以胎儿样的姿势蜷缩着躺在地上。第一个画面中的男人穿的是黑色的T恤和裤子。这个家伙穿着法兰绒衬衫和蓝色牛仔裤。

皮斯蒂罗又按了一个键子。这次是个全景的画面。两个人都在图像里，第一个躺在房间中央，另一个在靠近房门的位置上。我只能看到其中一个人的脸，看上去是张陌生的面孔。另一张面孔没有朝向镜头。

我心里泛起一阵恐慌，不禁想，其中的一个会不会是……

然而我马上记起了他们对我的询问。同肯没有关系。

“这些照片是上周末在新墨西哥州的阿尔伯克基拍的。”皮斯蒂罗说。

我皱眉道：“我不明白。”

“犯罪现场乱得一塌糊涂，但是我们还是找到了一些毛发和纤维之类的东西。”他向我微笑。“我对新技术在办案上的应用不算在行，你简直无法相信他们目前正在采用的一些检测手段。不过有些时候，那些老办法还是管用的。”

“我必须听懂您这是在说什么吗？”

“有人把那个地方擦拭得很仔细，可是现场调查人员还是提取了一枚指纹——很清晰，不属于那两个受害者。我们用计算机对指纹进行比对，今天早晨终于有了突破。”他向前探过身子，脸上的微笑荡然无存。“你不想猜一猜吗？”

我仿佛看到了希拉——我美丽的希拉凝视窗外的样子。

“我很抱歉，威尔。”

“指纹属于你的女朋友，克莱因先生，就是那个有不少犯罪前科现在却突然去向不明的女人。”

6

新泽西州　伊丽莎白市

他们快要到达那处墓地了。

菲利普·麦圭因坐在用手工精心打造的梅赛德斯－奔驰轿车的后排座位上。他的这辆车是加长型的，车身两侧用装甲加固，车窗用的是防弹单向玻璃，价值40万美金。他望着窗外模糊地掠过的低档的快餐店、寒酸的零售店和老旧的购物广场。他的手上托着一杯刚刚在车里的小吧台上调好的威士忌苏打。麦圭因低头看了看这杯琥珀色的液体，稳稳的几乎不见波纹。这不禁让他感到惊奇。

“您没事吧，麦圭因先生？”

麦圭因转向他的同伴。弗雷德·坦纳是个高大的汉子，其身躯的尺寸和硬度，与城里的赤褐色砖石建筑没有多大差别。他的手就像街上的下水井盖儿连着几根腊肠般粗大的指头。他的眼神流露出无以复加的自信。坦纳一副老派打扮——到现在还穿着那种涂过青漆似的闪亮的西装，小拇指上炫耀地戴着一枚超大也过于花哨的金戒指。坦纳总是戴着这枚戒指，一说起话来就情不自禁地摆弄它。

“我没事儿。”麦圭因说的不是实话。

车开到22号公路，进入了派克大道。坦纳不停地把玩套在拇指上的戒指。他50岁了，比老板大了15岁。他的脸庞像是一座由粗糙的平面和直角构成、经受过长年风吹雨打的纪念碑。发型是精心理过的超短小平头。麦圭因知道坦纳非常棒——一个冷酷无情、训练有素、杀人如麻的王八蛋。坦纳不懂什么是仁慈，就像他从来不懂什么是风水一样。坦纳能够熟练地使用他那两只大手或其他各类武器。他曾对付过一些残暴无比的家伙，每次总是得胜而归。

不过，麦圭因知道，今天的这一回合对他来说将是一次全新的挑战。

“这家伙到底是谁？”坦纳问道。

麦圭因摇了摇头。他穿着量身定制的艾堡德西装。他在曼哈顿下城的西侧租下了三个楼层。如果是过去的时代，人们大概会用黑道家族的委托人或黑社会分支的头目等不大中听的称呼来定义他。但那时是那时，现在是现在。穿着丝绸衬衫出没于幽暗密室的日子，早已成为历史了（尽管好莱坞不断程式化地向你推送这样的情景）。坦纳毫无疑问地还在怀念着过去的日子。然而，现在他们有了自己的办公室和秘书，还有电脑打印出的工资发放表。他们缴纳税金，经营着合法的生意。

但是，他们并没有变得规矩，一点儿也没有。

“为什么我们要开车上这儿来？”坦纳继续问道，“他应该来见您，不是吗？”

麦圭因没有回答。坦纳是不会明白的。

如果幽灵打算见你,你就去见他。

不论你是谁,拒绝去见他,就意味着幽灵会找到你的头上。麦圭因有一流的安保措施,有身手不凡的保镖。但是幽灵会胜出一筹。幽灵有耐心,下功夫琢磨你,等待合适的时机。到时候他就会找到你,和你一对一。结果是可以想见的。

不。还是让事情有个了断为好,还是前来见他为好。

在离墓地还差一个街区的地方,轿车停了下来。

“你知道我需要什么。”麦圭因说。

“我手下的人早已就位。这事儿我都安排好了。”

“见到我的信号之前,先不要动手除掉他。”

“对,是呀。我们已经约定好了。”

“千万不要低估他。”

坦纳握住了车门的把手,阳光照射下他的戒指闪闪发光。“没有冒犯的意思,麦圭因先生。不过他再怎么着也还是个人,不是吗?他的血应该和我们的一样,也是红色的吧?”

麦圭因可没有这般肯定。

坦纳跨出了车门。相对于坦纳的大块头而言,他的动作还是很优雅的。麦圭因向后靠到椅背上,吞下了一大口威士忌。他是纽约城里最有权势的一小撮人中的一个。你如果不是一个狡猾奸诈、冷酷残忍的浑蛋,你就不可能一路爬到宝塔的尖儿上。你显得懦弱,你就完蛋了。你稍有懈怠,你就死定了。一切就这么简单。

最重要的,是你永远也不能向后退却。

麦圭因懂得这一切,他对此理解得一点儿不比别人差。可是此刻的他最想做的是逃跑。收拾些能够带上的东西一跑了之，让人永远也找不到他。

就像他的老朋友肯一样。

麦圭因在后视镜里遇上了司机的目光。他深吸了一口气，点了点头。汽车重新启动。他们向左拐，驶入威灵顿公墓的大门。轮胎碾过铺着沙石的路面。麦圭因告诉司机停车，司机照办了。麦圭因出来走到车的前部。

“我需要你的时候会给你打电话。”

司机点点头，开车离去了。

剩下麦圭因孤零零的一人。

他竖起衣领，以警惕的目光扫视着整个墓园。没有动静。不知道坦纳和他的手下藏在了什么地方，也许就在见面地点的附近，躲在哪一棵大树或哪一丛灌木后边。如果他们办事地道，麦圭因当然就无法看到他们。

天空晴朗，迎面刮来的风好似死神用镰刀在抽打他①。麦圭因不由得把脖子缩进了肩窝。22 号公路上越过隔音板传来的交通噪声，仿佛是为死者演奏的小夜曲。有股焦煳的味道在凝固的空气中弥漫，让麦圭因在片刻间联想到了火化着的尸体。

四周不见人影。

麦圭因找到了那条小路，沿着它向东走去。经过一块块墓碑时，他下意识地关注着死者的生卒年月。他计算着死者的年龄，猜测着那些长眠于此的年轻人究竟遭遇了什么样的命运。一个熟悉的名字，丹尼尔·斯金纳，让他停下了脚步。斯金纳死于 13

---

① 在西方，死神亦被称为“狰狞的收割者”(Grim Reaper)。相传死神为骷髅状，穿黑斗篷，手持镰刀。镰刀意为死神在收割生命。

岁,他像小天使般微笑着的照片嵌刻在墓碑上。麦圭因望着他的照片轻轻地笑了起来。斯金纳是个狠毒的小恶棍,没完没了地欺侮一个四年级的学生。可是有一天——按照墓碑的记载,是5月11日——那个颇有些个性的四年级学生带了一把厨房用的刀自卫。他用挥起的第一刀也是唯一的一刀,刺穿了斯金纳的心脏。

拜拜了,小天使。

麦圭因尽力驱赶着回忆。

后来的一切都是由此而产生的吗?

他继续往前走,向左转后放慢了脚步。不远了。他四下张望,仍然没有任何动静。这一带是一番安宁祥和、郁郁葱葱的景象,不过这些此地的居住者对此未必会留意。麦圭因迟疑了一下,又往左拐,沿着一排墓碑一直走到了一处墓穴的前面。

麦圭因停住了。他读着石刻的名字和日期,思绪飞回了往昔。他原想知道这会给自己带来什么样的触动,然而发现并没有产生太多的感触。他不再环顾周围,因为他能够感觉到幽灵的真实存在。

"你应当带些鲜花呀,菲利普。"

听到这个轻柔温和且有些含糊不清的声音,他的血液立刻凝固了。麦圭因缓缓地转回身。约翰·阿谢尔塔手里拿着一束鲜花走上前来。麦圭因往旁边挪开两步。阿谢尔塔迎视着他的目光,麦圭因感到有只钢铁利爪掏进了自己的胸窝。

"好久没见面了。"幽灵说道。

被麦圭因称为幽灵的阿谢尔塔走向那块墓碑。麦圭因僵在原地一动不动。幽灵从他身边经过时,气温似乎骤然下降了

30度。

麦圭因屏住了呼吸。

幽灵跪下了，把花束轻轻地放在地上。他闭上眼睛跪了一会儿，然后站了起来，伸出钢琴师般细长的手指，以过于亲昵的神态抚摩着墓碑。

麦圭因转移视线，尽力避开眼前这一幕。

幽灵的肤色近似眼球的白内障，呈乳白色，或者说是沼泽地白雾蒙蒙的颜色。蓝色的血管显露在他可以说是漂亮的脸庞上，像是干涸的泪痕。一双如贝岩样黯淡的眼睛，见不到一丝生气。同他窄窄的双肩相比显得过大的脑壳，状如灯泡。两侧的头发刚刚刮过，一丛泥褐色的头发在头顶中央冒出来，又喷泉般地散落到周围。他的五官透出某种精致的，甚至可以说是女性化的特质，就像一个做出梦魇表情的德累斯顿瓷娃娃。

麦圭因又向后退了一步。

有的时候你会遇到这样的人，他们与生俱来的优秀品质会在你眼前爆出绚烂的光亮。而有的时候你会遇到完全相反的人——只要他们一出场，腐烂的恶臭和嗜血的腥气马上会让你窒息。

"你想干什么？"麦圭因问道。

幽灵低下头。"你听说过'战壕里没有无神论者'这句话吗？"

"听说过。"

"那是瞎扯，你要知道，"幽灵说，"事实上，与这句话相反的意思才是真实的。当你在战壕里、当你和死神面对面的时候——只有在这样的时候你才会确信并没有什么上帝。所以，你为了你的生存、为了能够多喘上一口气而拼死战斗。所以,你看到任何活着的人都会大喊救命——因为你不想去死,因为在内心的最深处你明白:死亡意味着一切的结束。没什么来世,没什么天堂,也没什么上帝。这一切根本不存在。”

幽灵抬起脸望着他。麦圭因僵直在那里。

“我想念你,菲利普。”

“你想干什么,约翰?”

“你应该知道。”

麦圭因确实知道,可是他什么也没说。

“我明白,”幽灵继续说,“你现在遇到了一些麻烦。”

“你听说什么了?”

“只是些传言。”幽灵露出微笑。他的嘴巴像是两片薄薄的剃刀,光是看着它,几乎就会令麦圭因发出尖叫。“我就是为这个回来的。”

“这是我的事情。”

“但愿这是真的,菲利普。”

“你想干什么,约翰?”

“你派了两个人到新墨西哥州。他们搞砸了,对吗?”

“是的。”

幽灵用耳语般的声音说:“换了我就不会失手。”

“我还是不明白你究竟想干什么。”

“你应该承认,你不会不承认,我同这事儿也有利害关系,难道不是吗?”

幽灵等待着。麦圭因终于点了点头:“我想是的。”

“你有人脉,菲利普,你能搞到我搞不到的信息。”幽灵的眼睛朝墓碑望去,有那么一刻麦圭因觉得从他身上看到了些许近乎于人性的东西。幽灵继续问道,“你能肯定他回来了吗?”

“相当肯定。”

“你怎么知道的?”

“FBI 里有人告诉了我。我们派到阿尔伯克基的那俩人,就是去进一步核实这件事的。”

“他们低估了对手。”

“显然是这样。”

“你知道他跑到哪儿去了吗?”

“我们正在调查呢。”

“但是没使多大的劲儿。”

麦圭因没作声。

“你宁愿他再度消失,我说的对吧?”

“那样事情就好办多了。”

幽灵摇头,“这次怕是不行了。”

沉默。

“那么,谁能知道他在哪儿呢?”幽灵问道。

“他的弟弟或许知道。一小时前 FBI 把威尔找去了,对他进行讯问。”

这一信息引起了幽灵的注意,他猛地抬起头来。“讯问什么?”

“我们现在还不知道。”

“这么说,”幽灵的声音变得温和,“从他下手可能是个好主意。”

麦圭因设法让自己点了个头。就在这时,幽灵走近他,伸出了手。麦圭因浑身发抖,一动也不能动。

“连老朋友的手都不敢握吗,菲利普?”

是这样。幽灵又朝近跨出一步。麦圭因的呼吸变浅,他在想是否应该给坦纳发出信号。

一颗子弹,只要一颗子弹就能结束这一切。

“和我握手,菲利普。”

这是命令,麦圭因听从了。他的行为完全违背了他的意志,他的手不由得从身边抬起,慢慢地伸了出去。他知道,幽灵杀人不眨眼,他已经轻轻松松地杀了好多人。他不只是个杀手,他是死神,他就是死神本身。幽灵只是轻轻地触碰你,似乎就能刺破你的皮肤,穿透你的血管,给你注入某种毒液,使你的心脏在瞬间碎裂。如同幽灵在许多年前挥舞的那把厨房的刀。

麦圭因躲开了他的目光。

幽灵迅速缩短了两人身体间的距离,一把攥紧了麦圭因的手。麦圭因忍住没有尖叫,并试图挣脱这只湿冷黏腻的手。幽灵却攥住不放。

突然间,麦圭因感觉到有个东西——某种冰冷而锐利的东西刺进了他的手心。

手攥得更紧了。疼痛让麦圭因喘不上气来。不管幽灵手里拿的是什么东西,它正像一把匕首似的刺进麦圭因手上的神经束。力量又加重了一点。麦圭因单膝跪到了地上。

幽灵等着麦圭因抬起头来。两人的目光锁定在一起。麦圭因确信他的肺将停止呼吸,体内的其他器官也将一个接着一个地失去功能。幽灵的握力松弛下来,他把那个锐利异常的物件留在麦圭因的手心里,并替他合拢了手指。然后,终于,幽灵放开了他的手,往后退去。

“坐车回去的路上可能会很孤单,菲利普。”

麦圭因终于能够发声:“这话是他妈什么意思?”

可是幽灵已转身走开了。麦圭因低下头,张开了手指。

在他手里迎着阳光闪闪发亮的,是坦纳的那枚金戒指。

7

同皮斯蒂罗局长的会面结束后,方块儿和我跳上了面包车。“去你的公寓?”他问我。

我点点头。

“我听着呢。”他说。

我复述了与皮斯蒂罗的谈话内容。

方块儿摇头。“阿尔伯克基。伙计,我讨厌那个地方。你去过那儿吗?”

“没有。”

“你人到了西南,可那儿的一切给你的感觉是这不是真实的西南。整个地方像是用迪斯尼的布景搭起来的。”

“我会记住这个,方块儿,谢谢了。”

“那么希拉是啥时候去那儿的?”

“我不知道。”我回答。

“好好想想。上个周末你们在哪儿?”

“我和我家里人在一起。”

“那希拉呢?”

“她应该是待在城里。”

“你给她打电话了吗?”

我想了想。“没有,是她给我打的。”

“有号码显示吗?”

“是未知号码。”

“有人能证实她确实是在城里吗?”

“这个不好说。”

“就是说她也可能在阿尔伯克基。”方块儿说。

我思考着他的看法。“还可以有别的解释。”我这样说。

“比如?”

“那个指纹可能是很久以前留下的。”

方块儿皱起了眉,眼睛依旧盯着路面。

“也许,”我接着说下去,“她去阿尔伯克基是上个月,他妈的也许是去年。指纹能留存多长时间?”

“我猜会留存一段时间。”

“所以呀,情况可能就是这样。”我说,“或者,可能是她的指纹留在了哪一件家具上——没准儿是一把椅子——而这件家具也许本来是在纽约,后来不知怎么运到了新墨西哥州。”

方块儿用手扶了一下太阳镜。“扯远了。”

“应该有这种可能性。”

“是呀,当然了。嗨,也许是有人向她借手指头用用,你知道吗,带着她的手指头去阿尔伯克基度周末。”

一辆出租车猛地别到我们前面。我们的车忙向右躲,差点儿撞到站在人行道外三英尺远的一群人。曼哈顿总是这个样子。没有人规规矩矩地停在路边等交通信号。他们冒着生命危险,成群结队地闯过红灯，只为了抢占那一点儿虚幻的先机。

“你了解希拉。”我说。

“是的。”

这个词很难说出口，然而我还是说了出来。“你当真相信她会是个杀手？”

方块儿沉吟了一会儿。红灯亮了。他把车停下来望着我。“听着就像是你又要说一遍你哥的事情。”

“我想说的是，方块儿，我只不过想说还存在着另外的可能性。”

“而我想说的，威尔，只不过是你的脑袋长到了你的括约肌上。”

“什么意思？”

“一把椅子？天哪，你是当真吗？昨夜希拉流着眼泪对你表示歉意——到了早上，噗的一下，她人没了。联邦调查局的家伙现在告诉咱们，在凶杀现场发现了她的指纹。可你想出来的都是些什么玩意儿？运去了一把椅子？要不就是她从前到过那儿？”

“这并不意味着人是她杀的。”

“这意味着，”方块儿说，“她卷入了这件事儿。”

我琢磨着他的话，靠到椅背上望着窗外，却没看见任何东西。

“你有什么见解吗，方块儿？”

“一点儿都没有。”

我们又向前开了一会儿。

“我爱她，你知道的。”

“是的。”方块儿回答。

“我希望看到的最好的情形，就是她只是欺骗了我。”

“可能比这还糟糕。”

会是这样吗？我记起我们第一次共同度过的那一整夜。我们躺在床上，希拉把头靠在我的胸前，用胳膊搂着我。我们沉浸在满足的、宁静的、不禁慨叹世界如此美好的那种感觉之中。我们静静地躺着不动，不知道时间过了多久。“过去并不存在。”她低声说了一句，好似在喃喃自语。我问她是什么意思，她继续把头偎在我的胸前，眼睛却望着别处，没有搭我的话茬儿。

“我必须找到她。”我说。

“是啊，我知道。”

“你想帮我吗？”

方块儿耸耸肩。“离开我你可不行。”

“没错，”我说，“我们应该从哪儿入手？”

“套一句老话，”方块儿说道，“你想往前走，就得先回头看一看。”

“是你刚编出来的吧？”

“对了。”

“不过听起来有点儿道理。”

“威尔？”

“啊？”

“我不想重复那些人人皆知的套话。不过，如果我们回头去看，你可能会查出一些让你很不好受的东西。”

“几乎是毫无疑问。”我点点头。

方块儿把我捎到门口，便向圣约家园驶去。我走进公寓，把钥匙扔到桌子上。我应该大声喊希拉的名字，确认一下她是否真的不在房间里。可是整个公寓看上去空空荡荡、了无生气，我何必多此一举？四年来被我称作家的这处地方，不知怎的，现在看起来有些陌生和异样，有一股陈腐的味道，仿佛这间房子空置了很长时间。

那么，现在该干点儿什么？

我认为应该搜一搜房间，查找蛛丝马迹，不管它们可能意味着什么。但是我马上就想到希拉是多么的清苦和朴素。她喜欢简简单单的生活，哪怕它看起来过于平淡和乏味，而且她也教我这样对待生活。属于她的东西很少，当初搬到这里时她只带了一个行李箱。她并不贫穷，我看过银行给她寄来的结单，她为这个家花的钱远远多于她的那一半房租。她一直信奉的人生哲学是不要被财产所累。我对她的观点稍加发挥，提出了新的见解。我的见解是，财产不是一般地拖累你，它会牢牢地束缚你，死死地把你钉在那里。

我的 XXL 尺寸的阿默斯特学院①运动衫搭在卧室的椅子上。我拿起它，深切地感到心头的痛楚。我带着她在去年秋天的周末校友日回过我的母校。阿默斯特的校园里有座小山。陡坡的最上端是一座典型的新英格兰风格的四方院，山脚连着开阔的学院体育场。不知是出于谁一时突发的创意，几乎所有的学生都称这座小山为“国会山”②。

希拉和我手牵手漫步在夜晚的校园。我们躺在“国会山”松

---

① 阿默斯特学院(Amherst College)：亦称安城学院，位于马萨诸塞州，素有“小常青藤”之称，在美国大学本科文理学院排名前几位。

② 小山的英文单词为 hill。如将首字母大写，前面再加定冠词 the，即为 the Hill。这在美国英语中指的就是国会山(Capital Hill)。学生们不是一般地称校园的小山为 hill，而是称“the Hill”，体现了一种幽默感。

软的草坪上，望着秋日明净的夜空，聊了很长很长时间。我记得当时的我体验着过去从未有过的宁静、平和、惬意和快乐。我们仰面躺着，希拉的手放在我的腹部。依然凝望着天空的她，让她的手悄悄地溜进了我的腰带下面。我稍转过头望着她的脸庞。当她的手触到，嗯，“矿藏”的时候，我看到她露出了顽皮的笑容。

“重新体味一下大学时代的日子。”她这样说。

好啊！尽管我兴奋异常，可就是在那一刻、在那座山丘上、在她的手还停留在那里的时候，仿佛是靠着超乎自然力的某种启示，我第一次意识到、真正地意识到，她就是我的那一位，我们俩将永远地相守在一起。我在遇到希拉之前唯一的那场恋情的梦魇，曾经不停地纠缠着我，迫使我拒人于千里之外。在那一刻我意识到，初恋带给我的阴影终于被驱散了。

我端详着这件运动衫，重新闻到了草地上忍冬叶子的味道。我把它贴到胸口，又一次问起同皮斯蒂罗谈话后已经问过自己无数遍的问题：这一切都是骗人的吗？

不。

这一切是装不出来的。方块儿说人有无穷的做坏事的能力，也许是对的。但是，希拉和我之间的心心相印绝不是能够伪装出来的。

那张纸条还放在台子上。

永远地爱着你。

S

我不能不相信她，我对她负有这样的义务。她有她的过去，我无权对此说三道四。不论过去发生过什么,想必希拉自有她的理由。她爱着我,我明白这一点。我现在需要做的是找到她,帮助她,想办法使我们重新变为——怎么说?——过去的我们。

我不会怀疑她。

我拉开抽屉查看。希拉有个银行账户,还有一张信用卡,据我所知,至少是一张。可是抽屉里连一张纸片儿都看不到。没有银行过去的对账单,没有收据,没有存单,什么都没有。我猜这些东西早就被处理掉了。

我一动鼠标,电脑的屏幕保护程序,就是那种人们熟悉的跳来跳去的线形图案,一下子消失了。我登录后输入希拉的用户名,又点击她的邮箱。什么也没有,一封邮件都没有,真是怪事。说真的,希拉极少上网,可是一封邮件都没有?

我点击文件夹,空的。我查书签网站,也是空的。我查历史记录,还是什么都没有。

我靠到椅背上,盯着屏幕,脑子里冒出个念头。我权衡了一会儿,考虑这样做是不是一种背叛。没关系。方块儿说过,为了确定下一步该怎么办必须回头查看过去,这是有道理的。他还说过调查出来的东西也许会让我难以接受,说得同样有道理。

我登录了 switchboard. com,这是一家大型的电话查询网站。在姓名栏里我填上了罗杰斯,州一栏填了爱达荷,城市一栏填了梅森。我是从希拉来圣约家园当志愿者时填的表格上记住这些信息的。

显示结果只有一条。我在一张小纸片上草草记下了电话号码。是的,我要给希拉的父母打电话。如果要调查她的过去,最好是从源头查起。

我刚要伸手去抓电话，电话铃声却响了起来。我拿起听筒。我的姐姐梅莉莎问道："你在干什么呢？"

我想了想应该怎样回答，最后说："我这儿有点儿情况。"

"威尔，"我听见她拿出了大姐的腔调，"我们在这里为妈妈服丧①。"

我闭上了眼睛。

"爸爸一直在问你。你必须过来。"

我环顾这间显得陌生、散发着陈腐味道的公寓。没有什么理由再待下去了。我又想到了仍在我口袋里的那张照片——我哥哥站在山谷中的照片。

"我这就过去。"我说。

梅莉莎在门口迎着我，问道："希拉在哪儿？"

我用她有原来定下的事情要办这类的话含糊地搪塞着，钻进了屋里。

今天我们还真的有了一位活生生的非家庭成员的来访者——爸爸的老朋友路·法利。我记得他们二人已有十年没见面了。路·法利和爸爸兴致盎然地谈论着许久以前的事情，话题和当年的一支垒球队有关。我依稀地记起爸爸穿着一身栗色的、用厚厚的聚酯纤维织成的、胸前印着弗兰德雷牌冰激凌广告的运动服的样子。我似乎又听到了爸爸球鞋的防滑钉擦过门前车道的声音，感受到了他把手放在我肩头上的那种分量。太久以前的事情了。爸爸和路·法利开怀大笑。我已经有许多年没有听过

---

① 按照犹太民族的习俗，亲人去世后家属要度过七天服丧期，在这七天中服丧者要待在家里。

爸爸这么笑了。他用微微湿润的眼睛望着远处。我的妈妈有时也去看他们的比赛。我仿佛又看到她坐在露天看台上，穿着一件无袖衫，露出晒得黝黑、优雅健美的臂膀。

我凝视着窗外，仍在盼望着希拉会突然出现在我的面前，所有的一切到头来不过是一场天大的误会。我的思维在很大程度上已经阻滞了。尽管我妈妈的死早在预料之中——如同其他这类患者一样，患癌的珊妮缓慢地、逐渐地朝着死亡行进，在最后的时刻却突然地急速坠落——我至今还难以接受所发生的一切。

包括希拉。

在这之前，我爱过一次，又失去了爱。在谈情说爱的问题上，我得承认我的想法有些守旧。我相信世上存在着那种真正的心灵伴侣。人们都有过初恋。我的初恋情人离我而去，给我的心灵留下巨大的创伤。在很长一段时间里，我认为自己永远不能痊愈。我这样想是有理由的。其中的一个理由，就是我们之间并没有完全地斩断情丝。不过这并不说明什么。在她抛弃我之后——到头来，她对我的所作所为不可能有其他注解，就是抛弃——我确信自己今后在情感上注定了或是随便找个不怎么样的女人凑合，或是……永远地孤身一人。

然而，后来我遇到了希拉。

我想到希拉用她那双绿色的眼睛紧盯着我的样子，我想到她的红发留给我的丝一般柔顺的感觉，我想到第一次见面时她外表的吸引力给我的全身带来的冲击——那样的巨大，那样的势不可当。我无时无刻不在想她。我感受到腹部的躁动。不论什么时候，只要我的目光落到她的脸上，我的心就会跳起快乐的两步舞。在面包车上，方块儿有时会突然拍一下我的肩膀，因为我的脸上经常会挂着傻傻的微笑，思绪早就飞到了那个被方块儿戏称为“希拉岛”的地方。我陶醉得晕头晕脑。我们拥抱在一起看录像机播放的老电影，互相爱抚，不停地挑逗，看我们究竟能挺多久。温暖的惬意和火热的情欲彼此争风，直到——这就是录像机设置暂停键的原因，不是吗？

我们手牵着手长距离地散步。我们坐在公园里，悄声地对过往的陌生人做出挖苦。在晚会上，我喜欢站在大厅的另一侧，远远地注视她，看她的步伐，看她的每一个动作，看她同别人交谈的神态。每当我们四目相遇，都会有瞬间的震颤、会心的一瞥，还有撩拨肉欲的微笑。

希拉有次请我填写她在杂志上找到的一份愚蠢的问卷。其中有这样一道题：你爱着的那个人最大的缺点是什么？我想了想，填上“常常把雨伞忘在饭店”。希拉喜欢这个答案，但是要求我说出她的更多缺点。我指出她过于留恋男孩儿乐队的演奏，总喜欢听阿巴合唱团老掉牙的专辑。她一本正经地点着头，承诺她会改掉这些“缺点”。

我们之间无话不谈，就是不谈过去。干我这行的见过不少这种缄口不谈过去的人，对此我不太在意。现在，作为一种后见之明，我的确很想了解她过去的情况。可在那时，我不知怎么说好，她对过去的刻意回避反倒增添了一种神秘感。而更重要的——请容忍我这么说——那时我们好像没有过去。没有过爱情、没有过同事、没有任何的过去，我们相遇的那一天就是我们降临人世的时刻。

是呀，就是这样。

梅莉莎坐在爸爸的旁边。我观察着他们的侧影。姐姐长得很像爸爸,我长得更像妈妈。姐姐的丈夫拉尔夫正在餐台旁转悠。他是一个标准的担任中层经理的美国人,一个不错的家伙。穿着短袖衬衫,里边还有一件贴身背心,同人握手很用力,皮鞋锃亮,头发也很亮,才智却有限。他从不轻易松开自己的领带,这倒不是他为人拘谨,而是只有把一切都安排得中规中矩才会让他感到舒心。

我同拉尔夫之间没有什么相同之处,不过说得公正一点,我对他也实在缺乏了解。他们住在西雅图,几乎从来没有回过这里。我至今还记得处在青春叛逆阶段、偷偷溜出去和本地的坏小子吉米·麦卡锡厮混的梅莉莎当年的样子。那时的姐姐,眼里闪烁着光芒,语出自然,语出惊人,甚至是语出不当,却给人们带来了许多快乐。我不知道后来发生了什么,是什么改变了她或者说是吓坏了她。人们认为这是一种成熟的表现。我觉得不仅仅是这样,其中一定另有缘由。

梅莉莎——我们总是称她为梅——向我使了个眼色。我俩溜进了小屋。我把手伸进口袋,触摸着肯的照片。

“拉尔夫和我上午就要离开了。”她告诉我。

“太快了。”

“这是什么意思?”

我摇摇头。

“我们得照顾孩子们,拉尔夫还有他的工作。”

“是呀,”我说,“你们能回来就很好了。”

她的眼睛瞪圆了。“你这么说可太过分了。”

是有点儿过分。我回头看了看,拉尔夫坐在爸爸和路·法利旁边,正在吞下一份看起来难以下咽的牛肉酱三明治,生卷心菜的菜丝粘在他的嘴角上。我想对梅说声对不起，可就是说不出口。梅是我们三个中最大的，比肯大三岁，比我大五岁。朱莉被杀后，她逃跑了。我只能用这样的字眼儿来形容她。她和新婚丈夫还有婴儿突然穿越整个国家，搬到了西海岸。多数时候我对此还是能够理解的，但对于她这种被我视之为背弃的行为，我始终有股怒火压在心底。

我又想起口袋里那张肯的照片，突然间做出了决定。“我想给你看一样东西。”

我觉察到梅莉莎的身体一缩，仿佛是准备应对即将来临的打击，不过这很可能只是我的错觉。她梳着纯粹的家庭主妇式的、郊外社区的女人们喜欢的那种泛着银色的金发，弹性发丝齐到肩头——也许这是拉尔夫喜欢的发式，可在我看来总是不大对劲儿，不适合她。

我们往外移得更远，来到了车库门前。我回头看看，在这里还是看得到爸爸、拉尔夫和路·法利。

我打开了门。梅好奇地望了我一眼，不过还是跟了上来。我们踏上了车库冰凉的水泥地面。这地方简直就是美国社会早期火灾隐患的标本。生锈的油漆罐、发霉的纸盒、闲置的网球棍、破旧的柳条箱——乱七八糟的东西堆得到处都是，这里仿佛刚刚发生了一起爆炸。地上有不少油渍，灰尘沾在上面使它们的颜色逐渐变成了暗淡的土灰色。无处不在的灰尘使得我们几乎无法呼吸。天花板上垂下来一根绳子。我记得当时爸爸在这里清出来一小块儿地方，在绳端拴上一个棒球，让我练习挥棒击球的动作。真不敢相信这根绳子至今还悬在这里。

梅莉莎一直看着我。

我不知道应当如何去做。

“昨天希拉和我翻了翻妈妈的东西。”我开始说。

她的眼睛略微眯了起来。我打算从头讲起。我们如何翻检她的抽屉,看到了一沓出生证明,还有妈妈在利文斯顿镇的小型舞台演出中扮演玛姆①的节目单。我们又如何沉迷于那些老照片——记得和侯赛因国王照的那一张吗,梅?——但是,所有这些我都没有说出来。

我二话不说,伸手从口袋里掏出那张照片,把它举到梅的眼前。

梅莉莎看了片刻,迅速转过脸去,似乎怕被照片烫着。她喘着粗气向后退去。我跟上前,可她举起一只手制止了我。当她再度抬起头来,脸上已变得毫无表情。没有了刚才的惊奇,没有气恼,也没有快乐,什么都没有。

我又举起照片。这次她的眼睛眨都没眨一下。

“这是肯。”我傻乎乎地说了一句。

“我看出来了,威尔。”

“你的全部反应就是这些?”

“你希望我有什么样的反应?”

“他活着。妈妈知道他活着,她有这张照片。”

沉默。

“梅?”

“他活着,”她说,“我听见了。”

---

① 玛姆(Mame):20世纪60年代以来流行的百老汇音乐剧《玛姆》中的女主人公。玛姆风趣滑稽、聪明富有,面对经济大萧条给她的命运带来的变化拼力抗争,演绎出一连串感人的故事。

她的反应——或者说缺乏反应——让我无言以对。

“还有什么别的事儿吗？”梅莉莎问我。

“什么……这就是你要说的吗？”

“还有什么要说的，威尔？”

“噢，对了。我忘了你必须马上赶回西雅图。”

“是的。”

她从我的身边移开。

怒气重新升腾。“对我说点儿什么，梅。只想逃跑会有用吗？”

“我没有逃跑。”

“胡扯。”我说。

“拉尔夫在那儿有份工作。”

“是呀。”

“你怎么敢对我指手画脚？”

我回想起我们姐弟三人在鳕鱼角附近的旅馆游泳池里玩儿“马可·波罗”①的情景。我还回想起托尼·博纳兹到处说梅的坏话，肯听到后脸涨得紫红，同博纳兹大打了一场，尽管当时肯要比对方小两岁、体重轻20多磅。

“肯还活着。”我又说了一遍。

她的声调中含着乞求。“那你想让我怎么样？”

“你表现得好像和这事儿没关系。”

---

① 马可·波罗(Marco Polo)：以意大利旅行家马可·波罗名字命名的水中游戏，在美国青少年中颇为流行。一位被蒙住眼睛的少年在游泳池里喊“马可”，其他伙伴必须应答“波罗”；蒙眼者不断呼喊并循着应答声追赶他人；如“波罗”躲闪不及被“马可”触到，就要转而充当蒙眼追赶别人的角色。

“我真不能肯定这同我有什么关系。”

“你说的是他妈什么话?”

“肯已经不再属于我们的生活。”

“你只能代表你自己。”

“好吧,威尔。肯已经不再属于我的生活了。”

“他是你的弟弟。”

“肯脚上的泡是他自己走的。”

“那么现在——怎么着? ——对你来说他已经死了吗?”

“他要是真的死了,不是更好吗?”她摇着头,闭上了眼睛。我等待着。“也许我是逃避了,威尔,不过你也同我一样。我们面对着这样的选择,我们的兄弟要不就是死了,要不就是个冷酷的杀手。不管是哪个,是的,对我来说他都已经死了。”

我又一次举起照片。“他不一定真的有罪,你知道的。”

梅莉莎望着我,突然间重新变成了大姐。“得了吧,威尔,你应该比我更明白。”

“他保护过我们。当我们都是孩子的时候,是他照料着我们。他爱着我们。”

“我也同样爱他。可是我知道他是个什么样的人。他喜欢暴力,威尔,这你也明白。他是能够为我们挺身而出。但是,你不觉得这也是由于他喜欢同别人打架吗? 你知道出事那个时候他已经和一些坏事搅在一起了。”

“那不等于说人一定是他杀的。”

梅莉莎又一次闭上了眼睛。我看得出她正在挖掘着内心所有的力量。“看在上帝的分儿上,威尔,你说说那天晚上他都干了些什么?”

我们的目光在那里相遇并停留。我沉默不语，心里掠过一阵突来的寒意。

“不提凶杀案，好吧？你说说肯和朱莉·米勒发生关系是为什么？”

她的话语刺透了我，在我的心里快速生根，并开出了一朵越来越大、越来越冰冷的黑罂粟。我觉得快要窒息了。当我终于能够开口说话时，我发现游丝般的声音似从很遥远的地方传来。“我们两人已经分手一年多了。”

“你是说你已经不再想她了？”

“我……她是自由的，肯也是自由的。没有理由——”

“他对不起你，威尔。你早就应该认清这一点。再怎么说，他和你爱着的女人上床睡觉。什么样的哥哥才会这么做？”

“我们分手了。”我支吾地说着，“我无权要求她怎么样。”

“你爱着她。”

“但和这事儿没什么关系。”

她继续虎视着我。“现在是谁在逃避？”

我向后踉跄了两步，几乎瘫倒在水泥阶梯上。我用双手捂住自己的脸，好大一会儿才回过神来。“不管怎么说，他是我的兄弟。”

“那么你想做什么呢？找到他，把他交给警察？还是帮助他继续躲藏下去？到底做什么？”

我没有答案。

梅莉莎从我的身边跨过，打开门朝屋里走去。“威尔？”

我抬头看着她。

“这件事已经同我的生活没有关系了，我很抱歉。”

我仿佛又看到了她十几岁时的样子。她在床上叽叽喳喳地说着话，头发梳理得十分夸张，屋里散发着泡泡糖的气味。肯和我坐在她卧室的地板上，滴溜溜地转动着我们的眼珠。我还清楚地记得她的肢体语言。如果梅是趴在床上，两脚在空中踢来踢去，那么她就是正在大谈男孩儿和派对之类的事情。如果她是仰面躺在床上，眼睛盯着天花板，好了，她就是正在沉浸于自己的梦想之中。我回味着她儿时的梦想，猜测着这些梦想没有一个成为现实的原因。

“我爱你。”我说。

梅莉莎似乎读懂了我的心思，开始哭了起来。

我们永远不会忘记自己的初恋。我的初恋以谋杀案而告终。

我在利文斯顿中学读高中一年级的时候，朱莉·米勒一家搬到考丁顿街。从此她和我相识。两年后我们开始约会了。我们一起参加学校的各种舞会。我们被封为班级的最佳情侣。我们几乎形影不离。

不过，我们的分手并不是一件完全出乎意料的事情。我们上了不同的大学，相信彼此的承诺能够经受住时间和距离的考验。结果并非如此，尽管我们比大多数这种状态的恋人坚持得更久。在大学三年级的时候，朱莉给我打来电话，说她想和别人相处，说她已经开始和毕业班的一个叫作——我可不是开玩笑——巴克[①]的学生约会。

我应该经得住这种打击。我还年轻，而且这种情况并不鲜

① 巴克(Buck)：英语人名。同时 buck 这一单词又有金钱、猛男等含义。

见。我也几乎挺过来了。我是说,我也终于能够和其他女孩儿约会。伤口的愈合需要时间,但我已经开始正视现实。时空上的距离有助于消弭伤痛。

但是,后来朱莉死了,她似乎从坟墓中伸出一只手揪住我的心不放。

直到有了希拉。

我没有拿出那张照片给爸爸看。

我在晚上十点回到了自己的公寓。房间仍旧空空荡荡,没有生气,也略显陌生。电话里没有任何留言。如果没有希拉的日子就是如此,我可半点儿也不想过这样的日子。

记着爱达荷州她父母电话号码的小纸片儿还摆在桌子上。爱达荷和纽约的时差是多少?一小时,也许两小时?我记不得了。不过那里应该是晚上八点或九点。

不算太晚。

我一屁股瘫坐在椅子上,眼睛盯着电话机,等着它告诉我接下来应当怎么做。它没有那么智能。我拿起了那张纸片儿。我请希拉给她的父母打电话的时候,她的脸上血色顿失。这是昨天的事情,仅仅是昨天。我思索着应该怎么做,冒出来的第一个念头、超出其他一切的念头,就是想问问我的妈妈。她会帮我找到正确答案的。

又一阵新的悲伤涌遍了我的全身。

到头来,我明白我终究要有所行动。我必须要做些事情。而给希拉的父母打电话,是我目前唯一能想到的事情。

三声铃响后,一个女人接起了电话。“你好?”

我清了清嗓子:“是罗杰斯夫人吗?”

对方稍停顿了一下。“什么事儿?”

“我是威尔·克莱因。”

我等待着,想看看这个名字对她是否有些意义。但她的声音却一点儿也没表露出来。

“我是您女儿的一位朋友。”

“哪个女儿?”

“希拉。”我告诉她。

“我明白了。”那个女人说,“我知道她一直在纽约。”

“是的。”我说。

“您是从纽约打来电话的吗?”

“是的。”

“我能为您做些什么,克莱因先生?”

问得好,我自己也不知道答案。所以我从最简单的问题入手。“您知道她目前在哪里吗?”

“不知道。”

“您没有见到她或和她通过电话吗?”

她用一种疲惫的声音回答:“我已经有许多年没有见到她或和她通电话了。”

我张张嘴又合上了。试图找出一条可以突围的路径,却一再碰到路障。

“您知道她失踪了吗?”

“是的,警方已经同我们联系过了。”

我倒下手,把听筒贴到另一只耳朵上。“您向他们提供有价值的信息了吗?”

“有价值的信息？”

“您知道她有可能去哪儿？她能跑到哪里？会有亲属或者是朋友为她提供帮助吗？”

“克莱因先生？”

“我在。”

“希拉在好久以前就已经逃离了我们的生活。”

“为什么会是这样？”

我脱口问了一句。在我的预判中，对方会严厉地斥责我，狠狠地告诉我少管闲事。可是她重新陷入了沉默。我等待着她先开口，她比我沉得住气。

“我只是想……”我听见自己开始结巴，“她是个非常好的人。”

“你们之间超出了一般的朋友，是不是，克莱因先生？”

“是这样。”

“警方提到希拉和一个男人住在一起。我猜他们说的应该是您吧？”

“我们在一起有一年了。”我说。

“听起来您在为她担心。”

“是的。”

“这么说，您爱着她？”

“非常爱她。”

“她却从来没有对您讲过她的过去？”

我不知道应该怎么回答，尽管答案显而易见。“我试图慢慢地了解她。”我说。

“不可能的事，”她说，“连我都不了解她。”

我的邻居偏挑这个时候以极大的音量播放他的四声道的新音响,低音鼓震得墙壁都在摇晃。我拿着的是无绳电话,所以我跑到了公寓里最远的角落。

“我想帮助她。”我说。

“让我问您一些事情,克莱因先生。”

她的语气让我不禁捏紧了话筒。

“来过的那个联邦调查局的探员,”她继续说道,“他说他们对有关事情一点儿也不知道。”

“有关什么的事情?”我问。

“有关卡丽,”罗杰斯夫人说,“关于她现在会在什么地方。”

我困惑了,“谁是卡丽?”

又一次长长的停顿。“我给您一点儿忠告好吗,克莱因先生?”

“谁是卡丽?”我追问。

“接着过您的日子。忘掉您曾经认识我的女儿。”

她挂断了电话。

8

我从冰箱里掏出一瓶布鲁克林拉格啤酒，拉开了玻璃滑门，踏进了被我的房屋经纪人誉为“阳台”的地方。这里约莫有一张婴儿床大小，如果只是一动不动地站着，可能会一次装进一个人，也许是两个人。当然没有椅子。由于处在三楼，也见不到更多的景致。然而它所提供的晚风和夜色还是让我喜欢。

夜晚的纽约灯火通明，显得有些虚幻，不过总体上还是蓝黑色的调子。也许它是一座不夜城，可是如果拿我住的这条街作为判断的依据，这座城市还是禁不住要悄悄地打个盹儿的。紧贴着道牙停着许多汽车，一辆顶着一辆。它们看起来已经被主人遗弃了好长时间，却还在路上激烈地角逐着自己的位置。夜晚的声音听起来忙碌，热闹。我听到了乐曲声，听到了对面比萨店的喧哗，还听到了西侧快速十道上车流的呼啸。车流的声音比白天减弱了许多。它是曼哈顿的摇篮曲。

我的脑袋已经发木了。我不知道正在发生着什么，我也不知道下一步应该做些什么。打给希拉母亲的电话不仅没有给出我想知道的答案，反而引出了更多的新问题。梅莉莎的话刺痛了我，但是她毕竟提出了一个值得深思的问题：既然我已经知道了肯还活着，我准备做些什么呢？

当然，我想找到他。

我迫不及待地想找到他。不过，那又能怎样呢？我不是个侦探，也没那个本事。如果肯希望被人们找到，他就会主动来找我。硬要去查找他的下落，恐怕会惹来灾祸。

而且，对于我来说，另一件事儿说不定更为要紧。

先是我哥哥逃之夭夭，现在又是我爱的人不见踪影。我皱着眉头。好在我身边还没有一条狗，如果有，怕也是早已沦落天涯了。

正当我把酒瓶举到唇边的时候，我看到了他。

他站在街角，离我们这栋楼约有50码远。他穿着一件风衣，戴着一顶似乎是卷檐儿软呢帽的东西，两手藏在口袋里。从远处看去，他的脸像是个在夜幕衬托下泛着白光的球体，五官不是很分明，脸盘儿显得过圆。我看不清他的眼睛，然而我知道他在注视着我。我能够感受到他的目光投射到我身上的分量。绝对没错。

那人一动不动。

路上的人不多了，可凡是在路上的人，他们，嗯，他们在活动着。纽约人就是如此，他们活动着。他们行走在路上，怀着明确的目标行走。即使由于交通信号或过往车辆而不得不停下脚步，他们的身体也像是压紧的弹簧，随时准备一跃而起。纽约人是动态的。任何静止的状态与他们无缘。

可是这个人却像块大石头一样立在那里，一动不动地盯着我。我使劲儿眨眨眼。他还是站在那里。我转过身去，然后回头看他。他仍在那里，一动不动。而且，还有一件事儿。

这个人身上的什么东西让我觉得似曾相识。

我不想妄加猜测。我们之间的距离不近，现在又是夜间，我的视力不算太好，何况路灯也不是很亮。如同动物感觉到某种可怕的威胁，我脖子后面的毛发本能地立了起来。

我决定和他对视下去，看他做何反应。他仍然一动不动。我不知道这样对峙了多久。我感到血液已经停止流向我的指尖，冰冷的感觉已经浸透了全身，然而在我的内心却积聚着某种力量。我目不转睛地盯着他。那个五官不甚分明的人也在做着同样的事情。

房间里的电话响了。

我移开了目光，我的手表提醒我快11点了。这时打来电话可够晚的。我不再理会那个人，进屋拿起了听筒。

方块儿问我："睡了吗？"

"没有。"

"出来兜兜风？"

今晚他开那辆面包车。"你了解到一些东西吗？"

"半小时以后到工作室来找我。"

电话挂了。我回到阳台往下看，那人不见了。

这所瑜伽学校的校名很简单，就叫方块儿。我当然要拿这件事儿开开玩笑。方块儿这名字不简单了，像雪儿和法比奥①似的。学校，或者说工作室，看你想用哪个称呼，设在联合国广场附

① 雪儿（Cher）：美国著名女演员和歌唱家；法比奥（Fabio）：著名足球运动员，2002—2010年担任意大利国家足球队队长。

近的大学城一栋六层楼里。学校起步的时候很不起眼儿,在默默无闻的状态中艰辛跋涉。后来有位当之无愧的名人、也就是那位人们再熟悉不过的流行音乐歌星“发现”了方块儿。她同朋友们打了招呼。几个月后,《时尚》杂志报道了方块儿的学校,接着是另一家时尚杂志《ELLE》。有家制作电视商业资讯节目的公司也加入了扶持方块儿的行列,请方块儿录制教学节目。原本就热衷于推销的方块儿,欣然接受了这一提议。于是,“方块儿瑜伽功夫”这一品牌被媒体炒热、擦亮,后来还注册了商标,申请了专利。哈,制作录像节目的当天,方块儿甚至刮了脸。

剩下的事情都已是历史了。

突然间,曼哈顿或是汉普顿海滩的社交活动,如果没请到这位人人喜爱的健身教练,就显得不时髦、排场小。开始方块儿为保证教学推掉了大部分邀请,可是他很快学会了如何去编织人际网,他已经很少有时间为人授课了。即使想参加他的那些资历最浅的弟子教授的课程,至少也要排两个月才能排到。每堂课的学费是25美金。他有四间教室,最小的教室一堂课有50名学生,最大的接近200名。他雇了24位教师轮番授课。我走进学校的时候已经是晚上11点半了,可还有三个教室正在上课。

算算账吧。

在电梯里就可以听到锡塔尔琴①凄怆的旋律和瀑布泼溅的声音。两种声音混合在一起,在我听来如同被电击枪命中的小猫叫声一般熨帖。出电梯映入眼帘的首先是纪念品商店,里面摆满了各种香烛、书籍、洗液、录音带、录像带、CD、DVD、水晶、串珠、

① 印度的一种大弦弹拨乐器。

斗篷,还有扎染制品等。柜台后面站着两个像是患了厌食症的20来岁的年轻人,都穿着黑衣服,浑身散发着一股格兰诺拉麦片的味道。他们是想永葆青春,等着瞧吧。他们一个是男的,一个是女的,尽管很难分辨清楚。他们的声音很平板,还有点儿自以为是的味道,就像是新开张的一家时兴餐厅的服务生领班。他们身体上穿的孔——真是穿了不少孔——挂着各种银饰品和绿松石。

"嗨。"我说。

"请您把鞋脱掉。"可能是男孩儿的年轻人说。

"好吧。"

我蹬掉了鞋。

"您是?"可能是女孩儿的年轻人问道。

"我来见方块儿。我是威尔·克莱因。"

我的名字没有引起他们的任何反应。一定是新来的。

"您和瑜伽方师有预约吗?"

"瑜伽方师?"我重复道。

他们只是盯着我。

"告诉我,"我说道,"瑜伽方师要比普通人方块儿更聪明吗?"

真是令人惊奇,年轻人竟然没笑。可能是女孩儿的年轻人在电脑上敲了几个字。他们俩皱着眉头望着显示器。可能是男孩儿的年轻人拿起电话按下几个键子。锡塔尔琴声变得更响了,我感到难忍的头痛即将发生。

"威尔?"

风情万种地罩着一套紧身连衣裤的旺达,大步跨进了屋里。

她的头高昂着,锁骨凸起,双目将四周的一切尽收眼底。她是方块儿的首席教师,也是他的女朋友。他们在一起已经有三年了。人们说紧身衣一定是薰衣草色的才最漂亮,旺达证明了这一真理。旺达是个极其出众的美人儿——高挑的身材、长长的双腿、柔韧的体态、无与伦比的容颜,加上她黑色的皮肤。是的,她是黑人。其中值得嘲弄的含意,当然避不开了解方块儿黑白相间历史的我们这帮家伙的注意。① 她张开双臂搂住了我。她的拥抱如同燃烧的木材冒出的青烟般温暖。我希望这样的拥抱永远地持续下去。

"你好吗,威尔?"她温柔地问道。

"好些了。"

她抽开身,一双眼睛打量着我是否诚实。她参加了我妈妈的葬礼。她和方块儿之间没有秘密,方块儿和我之间没有秘密。用代数的等量代换法推导可以说明,她和我之间也没有什么秘密可言。

"他的课就要结束了,"她说,"是关于瑜伽呼吸控制法的。"

我点点头。

她歪了一下脑袋,仿佛刚想起什么事情一样。"你走之前能留点儿时间给我吗?"她想用轻松的口吻说话,却不怎么成功。

"当然了。"我说。

她飘过了走廊——是"飘"。如此优雅的步态,用一个"走"字可太不够——我跟在后面,眼睛直视着她天鹅般的脖颈。我们经过了一处很大很华美的喷泉,我不禁想朝它投一枚硬币。我朝

① 方块儿(Square)一词,也有棋盘上的方格儿的意思。这种方格儿是双色相间的。

一间教室瞥去，里面鸦雀无声，是一种纯粹的安静。这有点儿像电影中的场景。一群俊男靓女——不知道方块儿在哪儿找来这么多一表人才的学生——排成行，体位为勇士式[①]，面无表情，两腿分开，手臂伸展，弯曲膝盖的那条腿呈90°。

旺达和方块儿共同使用一间办公室，在右侧。进屋后旺达坐到一把泡沫塑料椅子上，双腿盘成莲花座。我以普通的姿势坐在了她的对面。她闭上眼睛有一会儿没有说话，我看得出她是想让自己放松下来。我等待着。

"就当我没和你说起这事儿。"她说。

"好的。"

"我怀孕了。"

"嗨，太棒了。"我站起身，准备给她一个祝贺的拥抱。

"方块儿对这事儿还有点儿接受不了。"

我停住了。"你这是什么意思？"

"他害怕了。"

"怎么会？"

"你不知道这件事儿，对吧？"

"是啊。"

"他对你无话不谈，威尔。他知道这事儿已经有一个星期了。"我明白了她的意思。

"他也许不想在这会儿说，"我说，"考虑到我妈妈刚去世什么的。"

她不客气地瞪了我一眼。"别来这一套。"

---

① 勇士式（warrior pose）：瑜伽体式的一种。

“好,我道歉。”

她避开了我的目光。脸上依旧是十分冷静的表情,不过有些绷不住了。“我本来以为他会很高兴。”

“他不是吗?”

“我觉得他想让我,”——她一时找不到合适的词——“打掉这个孩子。”

我大吃一惊。“他这么说的?”

“他什么也没说。只是到了晚上不是他的班他也去开面包车。课也上得比平时多了。”

“他在躲着你。”

“是这样。”

办公室的门未经敲一敲就被推开了。方块儿歪着没刮胡须的脸走了进来。他冲旺达敷衍地笑了一下,旺达转过脸去。方块儿晃着大拇指对我说:“出去遛遛。”

安稳地坐到车上后,我们才开始说话。

方块儿说:“她告诉你了。”

这是一句陈述,并非提出问题。所以我不必费神去肯定或否定它。

他把钥匙插进点火孔。“我们俩没谈过这事儿。”他说。

又是一句不需要回答的陈述。

圣约家园的面包车径直开往小巷深处。许多孩子自己来到我们的门口寻求帮助,还有不少孩子通过这台车获得救助。外展救助必须同社区底层阴暗肮脏的角落产生联系。我们要和那些离家出走的孩子、那些街头的小顽童、那些人们称之为“被社会抛弃"的青少年打交道。流落街头的孩子有点儿像杂草——请原谅这种比喻——在街头混的时间越长,就越难把他们从那里连根拔出来。

我们失去了很多这样的孩子,比我们挽救过来的孩子要多得多。忘掉刚才关于杂草的比喻吧。听起来有些蠢笨,因为它似乎暗示着我们是为了保护良苗儿而在使劲儿地铲除杂草。事实上恰恰相反,我们把这些孩子从街头"拔"出来是为了挽救和保护他们。还是试着打这样一个比方吧:街头的黑暗像是恶性肿瘤。早期的诊断和治疗,是保证病人长期存活的关键。

这个比喻也没好到哪儿去,不过你能理解它的意思。

"联邦调查局的家伙们太夸张了。"方块儿说。

"怎么说?"

"关于希拉的前科。"

"接着说。"

"关于拘捕她的事儿。都是很久以前发生的,你想听听吗?"

"是啊。"

车向街道昏暗的深处开去。在纽约城里,妓女出没的地点不是固定不变的。通常她们会集中在林肯隧道和贾维茨会议中心附近。近来警方进一步加大了清理打击的力度,于是妓女们往南跑到了18街的肉品包装区和更远一点儿的西侧。今晚有大量的妓女活跃在这一带。

方块儿朝她们摆了一下头。"希拉过去可能是她们当中的一个。"

"她在街上混过?"

"从中西部离家出走到这儿的姑娘,往往一跳下巴士就投入这样的生活。”

这类事情我见得太多了,不会为之大惊小怪。不过我们今天谈论的不是哪个陌生人或者是街头上哪个走投无路的女孩儿,而是我所遇见的最令我心仪、让我叫绝的姑娘。

“那是好久以前了,”方块儿好像看穿了我的心思,接着说道,“她第一次被捕是在 16 岁。”

“卖淫?”

他点点头。

“在以后的 18 个月里又被拘捕了三次。档案上说,她为一个叫路易斯・卡斯特曼的皮条客干活儿。她最后一次被捕时,随身带着两盎司的货和一把刀。警方想以贩毒和持械抢劫两个罪名起诉她,不过后来却不了了之了。”

我向窗外望去,夜色更加灰黑暗淡。街头滋生着太多太多的罪恶。我们为了遏止它而努力地工作。我知道我们是成功的,我知道我们改变了许多人的命运。然而我也知道,在这里、在夜幕下热闹非凡的污水池里发生过的一切,会给这些人留下不可磨灭的印迹。损害已经造成了。这些人可以尽力去修补这种损害,这些人可以开始新的生活,但是这种损害的影响会永久存在。

“你害怕什么?”我问方块儿。

“我们不是在谈那事儿。”

“你爱她,她也爱着你。”

“不过她是黑人。”

我转向他,等着他说下去。我知道他指的不是那种浅层的意思,他不是一个种族主义者。但是就像我说过的那样,以往的生活造成的损害是永久的。我见过他们两人之间关系紧张时的状况，虽然远不像他们之间的爱情那样强烈，然而这份紧张毕竟存在着。

“你爱她。”我重复道。

他继续开着车。

“也许你最初喜欢上她，是有一点儿这方面的因素，”我说，“可是她已经不再是你赎罪的对象了。你已经爱上她了。”

“威尔？”

“什么？”

“够了。”

方块儿突然间向右打舵。车前灯的光亮播洒在夜幕下的孩子们身上。这些孩子没像遇到袭击的耗子一样四下逃散。事实上，他们无声地盯着我们的车，眼睛眨都不眨。方块儿眯起眼睛，锁定目标后停下了车。

我们默默地走下车来。孩子们用毫无生气的目光望着我们。我想起了音乐剧《悲惨世界》里芳汀的一句歌词——我不知道小说里是否也有同样的语句——“难道他们不懂得他们是在向已经死去的人表达爱意吗？”

这里有女孩儿和男孩儿，还有些易装癖和两性人。我见过这类地方所有反常倒错的现象，然而——我会被人指责为具有性别偏见——我从来没有见过一位女性顾客。我并不是说女人从来不去购买性服务。我敢肯定也有女人这么做。但她们从来不会游荡在街头做这类事情。街头买春的顾客总是清一色的男人。他们也许想要丰满的或是皮包骨的女人、年轻的或是年老的、性取向正常的或是变态到无以复加的，也许还有人想要大男人、小男孩儿，或者是动物。有些人甚至还会带着女人一起来这里，拉上女友或是妻子参与自己的胡闹。不管怎样，在这些偏僻小巷里晃悠的顾客，总是男人。

尽管人们常常提到那些变态扭曲的癖好，但到这里来的男人大多还是为了用钱来换那种……行为，那种面对他们展现也拉着他们一道上演的行为，如果可以这么说的话。这种行为在停靠的汽车里就能容易地完成，细想想这对当事人双方都是合乎情理的事情。首先是方便，你不用花费金钱和时间去寻找一间屋子。还有你所担心的感染性病的风险，尽管仍然存在，但也相对减小了。怀孕就更不用担忧了。你也不用把你全身的衣服都脱下来……

更多的细节就不说了。

在街头混的老手们——我说的老手是那些过了18岁的孩子——热情地同方块儿打招呼。他们认识他，也喜欢他。对于我的出现，他们更多地表现出的是警惕。我有一阵子没上街了。不过一些资深的流浪者还是认出了我，难以相信的是我见到他们还挺高兴。

方块儿走到一个名叫坎迪的妓女面前。我推断坎迪也许不是她的真名，这可骗不过我。坎迪用下巴指了指两个缩在门洞里发抖的姑娘。我看了看她们，都大不过17岁。她们的脸画得就像两个刚刚发现了妈妈的化妆箱的小女孩儿。我的心不由得一沉。她们穿着短得不能再短的短裤、细高跟儿长靴和人造毛皮大衣。我常常纳闷儿她们的这身行头在哪里能找到，是不是那些皮条客开着专门的妓女百货店。

“鲜肉。”坎迪说。

方块儿眉头紧蹙，点点头。对我们有价值的线索大多来自这些混迹街头的老手。有两个原因。第一个原因颇具讽刺意味，就是如果把新手从圈子里带走，就会减少竞争。在街头讨生活，会很快变得衰老和丑陋。日益丑陋的坎迪就是最好的例证。任何黑洞效应都比不上这种生活让人老得快。那些新来的姑娘，尽管由于还没有打下自己的地盘儿而不得不蜷缩在门洞里，但还是会被人发掘出来。

不过，我觉得以上的分析可能太刻薄了。第二个理由或者说更重要的理由——请不要以为我过于单纯和天真——就是这些老手愿意施以援手。她们从新来的姑娘身上看到了过去的自己，看到了人生歧路。也许她们还缺乏承认自己走错了路的勇气，然而，她们知道对自己来说一切已经太晚了，她们已经无法回头。我曾经跟道上的许多“坎迪”争论过，我曾经一再坚持任何改变永远都不会晚，一切都还来得及，可事实上是我错了。这进一步说明我们必须尽快地向她们伸出援助之手。一旦错过了某个特定的节点，就无法挽救她们。这种毁灭是不可逆的，街头会无情地吞噬她们，她们将渐渐枯萎，她们将成为黑夜的一部分、成为其中一个阴暗的独立主体。她们与我们渐行渐远，最后或者丧生街头，或者挤进监狱，或者精神错乱。

“拉葵尔在哪儿?”方块儿问道。

“在一辆车里干活儿呢。”坎迪说。

“她会回到这里吗?”

“会的。”

方块儿点点头，转向那两个新来的女孩儿。其中一个已经快走到一辆别克君威车旁了。难以想象的挫败感。你想走上前去阻止这一切。你想把那个小姑娘扯到一边，然后伸手掐住那个嫖客的喉咙，再把他的肺掏出来撕碎。至少你想把他赶走或者给他曝光……或者再做点儿什么。可是你不能这么做。如果做出类似的事儿,你将失去这里的信任,而你一旦失去信任,你将一事无成。

很难做到袖手旁观。幸好我不是一个特别勇敢或喜欢冲突的人,也许这会让事情变得容易些。

我看到车的右前门打开了。那辆别克君威正在吞噬那孩子。她慢慢地消失了,沉没于黑暗之中。我一边望着,一边感到从未有过的绝望、无助。我瞅了瞅方块儿,他的目光聚焦在那辆车上。别克君威开走了,那个小姑娘就像从来没有存在过似的离开了。如果那辆车永不复返,小姑娘也就永远消失了。

方块儿走向留在原地的那个新来的姑娘。我跟了过去,离他有几步远。那个姑娘哆嗦着下唇,似乎想抑制哭泣,她的眼睛里燃烧着抗拒我们的火苗。我真想把她拉进面包车里,如果需要就对她动点儿硬的。不过做这份工作最重要的是要善于克制,这也是方块儿能成为头儿的原因。他在一码远的地方停下来,注意不去侵犯她的个人空间。

"嗨。"他说。

她仔细地打量他,嘟囔一句:"嗨。"

"我盼着你能帮我个大忙。"方块儿往前迈了一步,从衣袋里掏出一张照片。"我不知道你是否见过她。"

姑娘根本不看那张照片。"我没有见过任何人。"

"请不要这样,"方块儿说着,露出一副天神才会有的笑容。"我不是警察。"

她尽力想让自己显得强硬一点儿。"我自己会看,"她说,"你和坎迪她们谈了好半天。"

方块儿又挪近了一点儿。“我们,是这样,我的朋友和我在这儿”——我适时地挥挥手,露出微笑——“我们是想救照片上这个姑娘。”

姑娘开始有些好奇,眯起了眼睛。“为什么救她?”

“一些坏人想抓她。”

“谁要抓她?”

“给她拉皮条的。你瞧,我们是为圣约家园工作的。你听说过它吧?”

她耸耸肩膀。

“那是个值得抽空去转转的地方。”方块儿以轻描淡写的口吻说着,“倒没什么大不了的。你可以到那儿站站脚,吃顿热乎饭。那儿也有能让你暖暖和和睡觉的床。可以打打电话,找几件衣服什么的。啊,这个姑娘,”他举起了照片。这是一张带着牙齿矫正器的白人女孩儿的学生照。“她的名字是安吉尔。”一定要给出一个名字,这样才更可信。“她在我们那里住,上几门课。她真的是个非常可爱的孩子。她还找到了一份工作。她通过努力改变了自己的生活,你知道吗?”

这个姑娘没说话。

方块儿伸出了自己的手。“每个人都叫我方块儿。”他这样说。

姑娘叹口气,握住了他的手。“我叫杰丽。”

“很高兴认识你。”

“好。可是我没见过这个安吉尔。而且我在这儿正忙着。”

到这时你必须把握好火候。假如你逼得太紧,你就会永远地失去他们。他们会重新躲回洞里再也不肯出来。你现在想做的一切——你能做的一切——就是播下种子。你让她知道这里有个避风港、有个安全的地方,她可以在这里得到食物,安顿下来。你为她提供一个偶尔离开街头时可以去的地方。一旦她去了那里,你就会对她给予无条件的关爱。不过不是现在。现在这么做会吓着他们,会把他们赶跑。

尽管你心急如焚,却不能操之过急。

只有很少的人可以像方块儿那样把这项事业长期地做下去。而坚持下来的人、特别善于做这方面工作的人,他们会……多少显得有点儿另类。不得不这样。

方块儿有些迟疑。从我认识他起,他就把这个"寻找失踪女孩儿"的把戏作为与街头浪子们沟通的破冰之器。照片里的那个姑娘真的是安吉尔,不过已经于15年前死了,在街头活活冻死的。方块儿在一处垃圾箱后面发现了她。葬礼上安吉尔的妈妈把这张照片送给了他。我印象中方块儿走到哪儿都带着这张照片。

"好吧,谢谢你。"方块儿拿出一张名片递给她。"假如你碰到她,告诉我好吗?你任何时候都可以打电话。有什么事情都可以打。"

她接过那张名片,触摸着它。"好,也许。"

方块儿又迟疑了一下,然后说:"再见。"

"再见。"

接着我们做出了世上最违反常理的事情。我们走开了。

拉葵尔的真名是罗斯科。至少他或她是这么告诉我们的。我一直不知道拉葵尔究竟是男还是女,我也许应该问问他(她)

本人。

方块儿和我发现那辆轿车停在一个紧锁着的货物仓库门前。此类街头交易的常见地点。车窗罩着一层雾。我们没靠近那辆车,对那里正在上演什么我们心知肚明,却丝毫不感兴趣。

片刻车门打开,拉葵尔下了车。你现在可能已经猜出,拉葵尔是个易装癖,由此也就产生了对其性别的困惑。你称那些变性人为“她”,无可厚非。对于那些喜欢穿着异性服装招摇的伪娘,有时也可以称“她”,不过这么称呼往往是出于某种政治正确的考虑。

对于拉葵尔的称呼存在的问题,可能就属于这种情况。

拉葵尔迈出车门,从手包里掏出一支比安卡牌口气清新喷雾剂,喷了三下,稍停,略一思索,又喷了三下。那辆车开走了。拉葵尔朝我们转了过来。

许多伪娘都有一些秀色。拉葵尔却不然。他是一个将近两米高的黑人,体重稳稳地保持在300磅以上。他的臂部肌肉就像是一头肥猪正在香肠的肠衣里挣扎,而他的胡须让我想起霍默·辛普森。他的音调高得像动画片里吸入了氦气的贝蒂娃娃,和他一比,迈克尔·杰克逊的男高音听起来就像是卡车车队老板的哼唱。

拉葵尔声称他目前29岁,可在我认识他的六年里他一直这样说。他一周工作五天,风雨不误,而且身后有一拨粉丝客户。如果他愿意,他完全可以离开街头,找一处固定的场所,以预约客户的方式做生意。然而拉葵尔喜欢这里,这是一般人不能理解的事情之一。街头是黑暗的、危险的,可也是个令人陶醉和兴奋的地方。这里的夜晚有不可名状的活力和激情,让人兴奋不已。对于一些孩子而言，是在麦当劳餐厅打工干些粗活儿，还是去寻求夜晚街头的刺激，可能确实是一个需要选择的问题——而且当你没有了任何前程，你也就没有了任何选择。

拉葵尔看到我们后，迈开蹬着细高跟儿鞋的两脚摇摇摆摆地向这里走来。他应该穿 14 码男鞋，踩着高跟儿鞋肯定不容易。拉葵尔在一盏路灯下停住了。他的脸就像一块经过几个世纪风吹雨打的岩石。我不了解他的确切身世，在这方面他不说实话。有人说他曾做过全美橄榄球赛的选手，后来弄伤了膝盖。我还听他自己说，由于在学术能力评估测试中的好成绩，他获得过大学的奖学金。不过也有人说他是海湾战争的老兵。你可以相信其中的某一个说法，或者干脆再给他编一个新版本。

拉葵尔拥抱了方块儿，还在他的腮帮上啄了一下。然后他的注意力转向了我。

“你看起来很不错，甜心威尔。”拉葵尔说。

“谢谢，拉葵尔。”我说。

“你真是令人垂涎欲滴。”

“我正在健身，”我说，“好让自己变得更可口。”

拉葵尔伸出一只胳膊揽住我的肩膀。“你这样的男人会让我陷入爱河。”

“我真是受宠若惊。”

“你这样的男人可以带我远走高飞，抛开这里的一切。”

“哈，但是想想这个烂泥坑里会有多少人为此伤心欲绝。”

拉葵尔咯咯地笑。“你说得对。”

我向拉葵尔亮出了希拉的照片，是我拥有的唯一一张照片。回头想想也够奇怪的，我们俩倒是不热衷于照相，可是手头只有一张她的照片？

“你认出她来了吗？”我问他。

拉葵尔端详着照片。“这是你的女人，”他说，“我在流浪儿收容所里见过她一次。”

“对。你是否从别的渠道对她有所了解呢？”

“没有。怎么了？”

没有理由对他撒谎。“她跑了。我在寻找她。”

拉葵尔又研究了一会儿那张照片。“能给我吗？”

我已经在办公室里把照片翻印了几张，所以我递给了他。

“我问问别人。”拉葵尔说。

“谢了。”

他点点头。

“拉葵尔？”这是方块儿。拉葵尔转向他。“你记得一个叫路易斯·卡斯特曼的皮条客吗？”

拉葵尔的脸拉了下来，目光转向别处。

“拉葵尔？”

“我得回去干活儿了，方块儿。这是生意，你是知道的。”

我跨上前挡住了他。他俯视着我，仿佛我是他需要从肩头掸下去的头皮屑。

“她曾经在街上干过活儿。”我对他说。

“你的姑娘？”

“是的。”

“而且她是给卡斯特曼干活儿？”

“是的。”

拉葵尔在胸前画十字。“一个坏家伙。甜心威尔，卡斯特曼是最坏的。”

“怎么说?”

他舔了舔嘴唇。“姑娘们到街上来,她们不过是商品,你知道我的意思。她们同到这儿的那些家伙做生意。她们赚钱,她们就能站住脚。如果赚不到钱,嗯,你知道会怎么样。”

我知道。

“但是卡斯特曼,”——拉葵尔悄声说起这个名字,就像有人在悄声议论癌症——“他和别人不一样。”

“怎么不一样?”

“他摧毁自己的商品。有时候他这么做就是为了取乐。”

方块儿说:“你总是用过去时来谈论他。”

“那是因为他已经有,呃,三年多没在这儿露面了。”

“他活着吗?”

拉葵尔一声不吱,瞅着别处。方块儿和我交换了一下眼神,等待着。

“他还活着,”拉葵尔说,“我猜是这样。”

“这是什么意思?”

拉葵尔只是摇头。

“我们需要同他谈谈,”我说,“你知道在哪儿能找到他吗?”

“我只是听到一点儿传言。”

“什么样的传言?”

拉葵尔再次摇摇头。“到南布朗克斯的 D 大道和莱特街的拐角处查一查吧。听说他可能在那儿。”

拉葵尔走开了,穿着细高跟儿鞋迈出的步子比刚才稳当了一点儿。一辆车开过来,停下了。我再次看到一个人消失在夜色之中。

9

对大多数住家来说,在半夜一点钟敲醒他们是件让人踌躇的事情。对这一户却不必顾虑那么多。房屋的窗户全都用木板封起来了。房门是由一大块夹层板做的,上面的油漆斑斑驳驳,或者说正在一片片地脱落。

方块儿敲敲门,马上就有个女人在屋里喊道:“干什么?”

方块儿回答:“我们要找路易斯·卡斯特曼。”

“快走开。”

“我们需要同他谈谈。”

“你们有搜查令吗?”

“我们不是警察。”

“那你们是干什么的?”女人问道。

“我们是圣约家园的人。”

“这儿没有离家出走的,”她有些歇斯底里地喊道,“快走开。”

“你可以做个选择,”方块儿说,“要不让我们现在和卡斯特曼当面谈谈,要不过会儿我们带一伙警察回来。”

“我什么事儿都没干。”

“我随时可以给你编出个事儿来，”方块儿说，“把门打开。”

女人迅速做出了决定。我们听到门栓滑开了，接着是解开铁链的声音。门开了一道缝儿。我想迈进去，方块儿用胳膊拦住了我，等着房门完全打开。

“快点儿，”那女人用巫婆般的声音叫道，“快进屋去，我不想让人看到。”

方块儿用手拉了一下，门终于全部打开了。我们跨进门里，女人马上关上了门。有两件事情让人无比震惊。一是黑暗。唯一的光源来自右边远远的角落里一只昏暗的灯泡，我能看到一把老掉牙的椅子和一张咖啡桌，别的就看不清了。二是味道。调动你生动的记忆回想户外新鲜的空气，然后再想象一下与之截然相反的东西吧。室内窒闷的空气和难闻的味道让我不敢呼吸。有点儿像医院的气味，还有别的我说不清的味道。我想问问这间屋子，上次开窗通风是什么时候。而它似乎向我耳语：从来没有过。

方块儿转向那个女人。女人退缩到角落里，在黑暗中我们只能看到她的轮廓。“人们都叫我方块儿。”他说。

“我知道你是谁。”

“我们过去见过吗？”

“这并不重要。”

“他在哪儿？”方块儿问。

“这里除此之外只有一间屋子，”她说，缓缓地抬手指了一下。“他可能睡着了。”

我们的眼睛逐渐适应了室内的昏暗。我走向女人，她没有退缩。我走得更近。她抬起头来，我猛地倒吸了一口冷气。我咕哝着道歉,开始朝后退去。

"不,"她说,"我希望你看看。"她穿过房间,停在那盏灯的前面,脸完全转向我们。方块儿和我都值得钦佩地保持着镇定,实际上做到这一点并不容易。

摧毁她容颜的那个人,不论是谁,干得非常彻底和仔细。她也许一度是个美人儿,却仿佛做了反向整容术。曾经也许是很端正的鼻子,现在扁得像是被厚重的皮靴踩踏过的甲壳虫。脸上原本也许是嫩滑的皮肤被割得四分五裂。她的嘴角也被豁开了,看不清裂口的终端究竟在哪里。还有许多紫色的伤疤纵横交错地分布在她的脸上,如同三岁的娃娃用绘儿乐牌彩笔随意涂抹出的作品。她的左眼偏向一边,死气沉沉地固定在眼眶里,另一只眼睛则直勾勾地望着我们。

方块儿说:"你在街上干过活儿。"

她点头。

"你叫什么名字?"

她似乎费了很大劲儿才张开嘴。"塔尼娅。"

"谁把你弄成这样?"

"你们认为是谁?"

我们没有费神去回答。

"他在那道门后面,"她说,"我在照顾他,我从来不伤害他,你们懂吗?我连一巴掌都没打过他。"

我们俩都点了点头,我不知道究竟为什么点头,估计方块儿也说不清楚。我们朝那道门走去,里边听不到一点儿动静,也许他在睡觉。我对此并不关心,他必须醒过来。方块儿握住门把手,回头看了我一眼。我用表情回应我不要紧。他打开了门。

屋里的灯亮着。说真的,亮得太过分了。我不得不用手遮住灯光。我听到嘟嘟作响的声音,看到床边摆着一些医疗设备。不过,最先抓住我眼球的不是这些。

墙壁。

这才是第一眼就会注意到的地方。我能看见一点儿褐色的软木墙板,但是墙体的绝大部分都被照片覆盖着。数百张的照片。有些放大成海报那么大,有些是标准的三乘五英寸,大多数介于这两种尺寸之间。所有照片都用闪亮的图钉固定在木墙板上。

照片中的人物,无一例外都是塔尼娅。

至少,我猜是塔尼娅。这些照片是在毁容前拍下的。看来我是对的,塔尼娅曾经很美丽,大部分照片像是出自模特儿的写真集。满墙的照片让人无法回避。抬起头,天花板上也是照片,就像教堂里描绘地狱的穹顶画。

"救救我,求你们了。"

床上传来微弱的声音。方块儿和我向那里走过去。塔尼娅跟在我们后面进了屋,清了清嗓子。我们朝她转过身。在强烈的灯光下,她那些伤疤像是获得了生命,如无数条蛆虫在脸上蠕动。她的鼻子不仅是扁扁地塌了下去,而且形状怪异,如同错位的泥塑。那些旧日的照片闪烁着光亮,将她笼罩在前后对比的诡谲氛围之中。

床上的男人呻吟着。

我们等待着。塔尼娅用那只好眼睛看看我,又看看方块儿。那只眼睛似乎在告诉我们要牢记一切,把这里的景象深深地刻入脑海,永远不要忘记她曾经是怎样的而他又对她做了些什么。

“一把折叠式剃刀，”她说，“都生锈了。他花了整整一个小时来做这事儿，而且他切开的不仅仅是我的脸。”

再也没说一句话，塔尼娅离开了房间，关上了身后的门。

我们静静地站了一会儿。然后，方块儿问道：“你是路易斯·卡斯特曼吗？”

“你们是警察？”

“你是卡斯特曼吗？”

“是的，而且是我干的。天哪，不管你们让我坦白什么，我都招，只要把我从这儿弄出去就行，看在上帝的分儿上。”

“我们不是警察。”方块儿说。

卡斯特曼平躺着，有根管子连着他的胸脯，一台机器始终在嘟嘟地响，上面有什么东西像手风琴似的一起一伏。他是个白人，刚刮了脸并擦洗过，头发干干净净。他的床边有栏杆和操纵装置。我看到角落里有个便盆，还有盥洗池。除了这些，房间里空无一物。没有抽屉、没有梳妆台、没有电视、没有收音机、没有表、没有书、没有报纸、没有杂志。百叶窗拉得严严的。

我有点儿恶心，产生了想呕吐的感觉。

“你这是怎么了？”我问。

卡斯特曼的眼睛——仅仅是他的眼睛——转向我。“我瘫痪了，”他说，“他妈的是四肢瘫痪，脖子以下”——他停住了，闭上了眼睛，——“哪儿都没感觉。”

我不知道应该从何说起，方块儿看起来也是一样。

“求求你们，”卡斯特曼说，“你们得把我从这儿弄出去，免得……”

“免得什么？”

他闭上眼睛,然后又睁开了。“我中枪了,是三年,或者是四年前?我已经搞不清楚了。我不知道现在是哪一天、哪个月,甚至不知道到底是哪一年。灯总是亮着,所以我也不知道到底是白天还是黑夜。我不知道现在谁是总统。”他费力地咽下口水。“她疯了,伙计们。我试过大声喊人来救我,可不管用。她把房间全贴上了吸音的软木。我躺在这儿,整天整天躺在这儿,看着这些照片。”

我发现自己很难说出话来。但是方块儿却不为所动。“我们到这儿不是来听你讲故事的,”他说,“我们想打听你的一个姑娘。”

“你们找错人了。”他说,“我已经好久没到街上去了。”

“不要紧,反正她也好久不干那活儿了。”

“谁?”

“希拉·罗杰斯。”

“噢,”卡斯特曼听到这个名字后微笑了,“你们想知道什么?”

“所有的事情。”

“如果我拒绝告诉你们呢?”

方块儿碰碰我的肩膀,对我说:“我们走。”

“什么?”卡斯特曼的声音中流露出恐惧。

方块儿低下头看着他。“卡斯特曼先生,你不想合作,那也好,我们就不多打扰了。”

“等等!”他大叫,“好,行吧,你知道自打我到这里,一共有几个人来过这儿吗?”

“不关我的事儿。”方块儿说。

“六个,全加起来才六个。而且至少有一年,我也不知道确切的时间,一个人也没来过。来的六个都是我过去的姑娘。她们到这儿来是为了取笑我,是为了看我把屎拉在自己身上。而你知道什么是病态吗?我竟然盼着她们来,不管来干什么,只要能打破这种千篇一律的日子,你懂我的意思吗?”

方块儿露出不耐烦的神情。“希拉·罗杰斯。”

那根管子发出湿漉漉的抽吸声。卡斯特曼张开嘴,冒出了一个大气泡。他闭上嘴后又试了一次。“我见到她是在——天哪,我得想想——10年、15年前吧。那时我在公交总站干活儿。她是坐巴士来的,我忘了是从艾奥瓦还是爱达荷来的,反正是那种破地方。”

在公交总站干活儿,我太了解那是怎么回事儿了。皮条客们在终点站等待着,挑选刚从巴士下车的孩子——那些不顾一切离家出走的孩子,那些“鲜肉”。他们来到大苹果①,有的想当模特儿或是演员,有的想获得重生,有的想摆脱无聊,有的是为了逃避虐待。皮条客如同掠食的猛兽潜在那里窥视着,然后猛扑过去,放倒猎物,贪婪地噬咬尸体。

“我有本钱。”卡斯特曼说道,“首先我是个白人。中西部来的几乎都是白妞儿。她们害怕那些大摇大摆的黑人。但是我就不一样了。我穿一身像样的西装,还拎个公文包,比别人更有耐心。不管怎么着,那天我在127号出口等着。那是我最喜欢的地方,能清楚地看到六条线路到达的车。希拉从巴士上下来,伙计,她的模样可真是辣得烫人。差不多16岁,正是花样年华。还是

---

① 大苹果(Big Apple):纽约市的别称。

个处女，尽管当时我不能马上确定这一点，我是后来搞清楚的。”

我感到自己的肌肉在绷紧。方块儿缓缓地移到了我和那张床之间。

“于是我开始对她献殷勤，向她抛出最让人心动的诱饵，你们知道吧？”

我们知道。

“我和她谈如何把她打造成一个超级模特儿。我会说话，不像别的那些浑蛋死缠烂打，我像丝绸般油滑。可是希拉比多数的女孩儿聪明，很谨慎，我看出她不相信我说的这些。不过没关系，我不给她施加压力。我表现得中规中矩、完全守法。不管怎么说，她们愿意相信这一套，对不对？她们都听过有的超级模特儿在冰激凌店被星探慧眼识才的桥段，嘿，她们就是奔着这个才跑到这儿来的。”

那台机器不再嘟嘟作响。我听到了液体汩汩的流淌声，接着它又开始嘟嘟地响起来了。

“希拉还是不能完全相信我。她直截了当地告诉我她决不做那些乱七八糟的事情。我告诉她，没问题，我也同样。我是个生意人，我说，是个专业摄影师，还是个眼力不错的星探。我们要做的就是拍点儿片子，我们要创作一个写真集。直接说明白——不胡搞、不吸毒、不拍裸照，她觉得不舒服的事情都不做。你们知道吗，我真是个相当不错的摄影师，我有这方面的才能。看到这儿面墙了吧？塔尼娅的这些片子——都是我拍的。”

我望着曾经美丽的塔尼娅的这些照片，心里不由得泛起一阵寒意。等目光收回床边时，卡斯特曼正在凝视我。

“你。”他说。

“我怎么了?”

“希拉。”他微笑了,“她对你有着特殊意义,对吧?”

我没回答。

“你爱她。”

他把“爱”这个词拖得很长。嘲弄我。我置之不理。

“嘿,我可不会责怪你,伙计。她是个上等货,而且,她会用嘴巴——”

我朝他扑过去。卡斯特曼笑了起来。方块儿拉住了我,盯住我的眼睛,摇了摇头。他是对的。

卡斯特曼停住笑声,眼睛依然盯着我。“你想知道我后来是怎么把她推到街上的吗,纯情的小伙?”

我不说话。

“和我对塔尼娅做的一样。瞧,我找的都是一流的货,其他同行根本钓不来这样的姑娘。这是一种高端运作。我让希拉上套了,终于把她带到我的工作室。大功告成,我需要的就是这个。我给她一个选择,她按我的想法做了。”

“怎么会?”我问道。

“你真想继续听下去?”

“怎么会?”

卡斯特曼闭上眼睛,脸上仍然挂着微笑,反刍着他的记忆。“我给她拍了许多照片,拍得很美也很干净。拍完后,我把刀架在她的脖子上,接着把她铐在床上,整个屋子——”他笑出声来,用眼睛向四下扫了扫,“都是用软木消音的。我给她用上毒品,在她迷迷糊糊的时候拍照,让这些照片看起来完全是两相情愿的。顺便说一句,希拉就是这样失去贞操的。都录下来了,确切地说是同我一道。多美妙,不是吗?”

怒火重新在我体内升腾,好像要把我燃成灰烬。我不知道我还能挺多久,控制自己不去掐断他的喉咙。但我也提醒自己,我这么做正中他的下怀。

“我说到哪儿了?噢,对了。大约有一个星期,我一直铐着她,给她拍片子,还给她用最好的毒品。很贵,不过这也是做生意必须负担的成本。从事任何生意都得有培训的过程,是不是?希拉终于染上了毒瘾。我告诉你吧,你不可能把放出来的魔鬼重新装回瓶子里。当我给她解开手铐,她恨不得舔我的脚指头,央求我给她打上一针。你知道我在说什么吗?”

他停了下来,仿佛在等待有人喝彩。我感到有什么东西正在把我的五脏六腑撕成碎片。

方块儿以不带任何情感的语气问道:“从那以后,你把她推到大街上了?”

“对了。我还教了她一些技巧,如何让一个男人快点儿上钩,如何同时对付更多的男人什么的。所以说,我是她的良师。”

我感觉我马上要吐了。

“继续说。”方块儿要求。

“不,”他说,“除非——”

“那咱们就拜拜了。”

“塔尼娅。”他说。

“她怎么?”

卡斯特曼舔着嘴唇,“给我点儿水好吗?”

“不行。塔尼娅怎么着?”

“是这个婊子把我关在这儿的,伙计。这样做可不对。是啊,我是伤害了她，可我有我的理由。她想离开我，同花园城来的那个嫖客结婚。她以为他们俩恋爱了。我说，别瞎扯了，以为你也会演一出《风月俏佳人》[①]？她还想把我的一些最好的姑娘带走，让她们到花园城去，和她还有那个男的一道生活，从此金盆洗手、改邪归正。我不能容忍这样的事情。”

“于是，”方块儿说，“你给她上了一课。”

“是啊，当然了。事情就是这样。”

“你用剃须刀把她的脸弄成了这样。”

“不仅是脸——男人没准儿用个袋子套住她的头，你知道我的意思吗？不过，是呀，你已经明白主要的意思了。这也是为了杀鸡给别的姑娘看。但是你瞧，有趣的是，她的男朋友不知道我对她做了什么。他离开花园城的大房子，赶到这儿来准备营救她。那个白痴有一把点22手枪。我嘲笑他，他就冲我开了枪。花园城的偏执狂会计师，用点22手枪砰的一枪打中了我的腋下，子弹钻进了我的脊椎。我一下就变成了这样，你能相信吗？然后，呃，这挺精彩，向我开枪后，花园城偏执狂会计师才看明白我对塔尼娅做了什么。你知道那位大情圣怎样了吗？”

他等着我们的反应。我们看出他不过是想要个修辞学的设问效果，没搭理他。

“他吓坏了，把她甩了。明白了吗？他看到了我在塔尼娅脸上留下的杰作，马上就从她身边跑开了。那位大情圣，再不想和她有任何瓜葛了。他们俩后来再没见过面。”

---

① 《风月俏佳人》(Pretty Woman)：美国著名影片，也译作《漂亮女人》《麻雀变凤凰》等，朱莉娅·罗伯茨和理查·基尔主演，叙述一个妓女和一个有身份的人相恋的故事。

卡斯特曼又开始笑起来。我尽力保持冷静,稳住呼吸。

“于是我住进了医院,”他继续说,“彻底退出了这个行当。塔尼娅到头来两手空空,就把我从医院接出来带到这里。现在是她在照顾我,你们明白我在说什么吗?她在拖延我的生命。我拒绝吃东西,她就从喉咙里给我往下灌。你们瞧,我说出了你们想知道的事儿,你们也得为我做点儿事儿呀。”

“什么事儿?”方块儿问。

“杀了我。”

“我们办不到。”

“那就向警察报告,让他们来逮捕我。我会坦白所有的事情。”

方块儿问:“希拉·罗杰斯后来怎样了?”

“答应我。”

方块儿看着我说:“我们知道得够多了,我们走。”

“好吧,好吧,我告诉你们……希望你们考虑一下我的请求,好吗?”

他的眼睛从方块儿转向我,又转向方块儿。方块儿不动声色,我不知道我是一副什么表情。“我不知道希拉现在何处。他妈的,我真的不明白到底发生了什么事儿。”

“她为你干了多长时间?”

“两年,也许是三年。”

“她是怎么脱身的?”

“啊?”

“你不像是个能让手下人随便跳槽的家伙。”方块儿说,“所以我问你她后来怎么样。”

“她在街上干活儿,开始有了一些固定的客户。她干得很不错,在这期间傍上了一些大玩家。这种情况有时会发生,但不常见。”

“你说的大玩家是什么样的人?”

“毒贩子,而且是生意做得很大的毒贩子,我想是这样。我认为她开始携带和转运毒品。更糟糕的是,她在我这儿要收手不干了。我准备给她点儿颜色看看,就像你说的,可是她已经有一些重量级的朋友。”

“比如?”

“你知道伦尼·米斯勒吗?”

方块儿后背一仰。“那个律师?”

“是黑帮律师。”卡斯特曼纠正道。“她由于携带毒品而被捕,那个律师为她辩护。”

方块儿皱起眉头。“伦尼·米斯勒帮一个携带毒品的街头女郎打官司?”

“你明白我的意思了吧?她被释放了。我开始四处打探,想弄清楚她在搞什么鬼。可是有个大团伙派几个打手找上门来,警告我别管闲事儿。我可不傻。我这儿也不缺新来的小妞儿。”

“后来呢?”

“再也看不到她了。后来听说她上了大学。你能相信吗?”

“你听说是哪所大学了吗?”

“没有,我甚至觉得这消息不靠谱,可能是瞎传。”

“还有什么?”

“没有了。”

“没有别的传言吗?”

卡斯特曼的眼珠开始转动，我看出了他走投无路的绝望。他想让我们留在这里，可是他又没有更多的东西可以告诉我们。我看了看方块儿，他点点头转身准备离去，我跟在后面。

“等等！”

我们不理睬他。

“求你们了，伙计，我恳求你们。我对你们说了所有的事情，是不是？我是很配合的。你们不能这么把我抛下。”

我想象得出他在这间屋子里日日夜夜无尽无休地耗下去的情景，但我毫不在意。

“真他妈是浑蛋！”他大嚷着，“嘿，你，你这个情种。你听到了吧，你在捡我的残羹剩饭。你记住：她为你做过的每一件事儿，她让你爽得不行的每一次——都是我教的。你听见了吗？你听见我在说什么吗？”

我的两腮烧红了，但是我没有转身。方块儿打开了门。

“真该死。”卡斯特曼的腔调软了下来。“发生过的一切永远不会消失，你要知道。”

我有些迟疑。

“她可能看起来是个干干净净的好姑娘，但是她已经走过那条道，她就不可能变回原来的样子，你知道我说什么吗？”

我尽力去抵制他的话。可是这些话还是撞进并回响在我的脑海中。我走出去，关上房门，重新回到昏暗之中。塔尼娅在外屋等着我们。

“你们会报警吗？”她的发音含糊不清。

我从来不伤害他。我连一巴掌都没打过他。这是她的话。说得一点儿不假。

我们没再多说一句话，匆匆来到户外，一头扎进了夜晚新鲜的空气当中。我们就像浮出水面的潜水者一样，大口大口地吸气，然后跳上面包车逃也似的离开了。

10

内布拉斯加州 格兰德艾兰市

希拉想孤独地死去。

真奇怪，疼痛正在减弱，她想知道这是怎么回事。没有灯光，没有顷刻间的顿悟，没有死亡将至的释然，没有围绕在身旁的天使，也没有分别许久的亲人赶来握住她的手。她想到了奶奶，那个总是让她感到与众不同、总是喊她“宝贝儿”的女人。

她孤独地待在黑暗之中。

她睁开了眼睛。这是在梦境中吗？难说。她之前已产生过幻觉，游移在清醒和昏迷之间。她记得她看见过卡丽的脸庞并恳求卡丽赶快离开。这是真实的吗？也许不是，也许仍是一种幻觉。

当疼痛在加剧、在大大地加剧的时候，清醒和昏迷、现实和梦境之间的界限变得模糊了。她不再做任何抗争。这是一个人应对痛苦的唯一选择。你想抵御痛苦，却不管用。你想把痛苦分隔在可调控的不同时间段内，也不管用。终于，你找到了唯一可行的途径：放弃理智。

你松开手让理智离去。

不过，当你还能记起发生过什么的时候，理智真的已离你而去了吗？

深刻的哲学问题，不过这是为那些会活下去的人准备的问题。到头来，有过那样多希望和梦想、经过那样多的破坏和重建之后，正值青春年华的希拉·罗杰斯将在痛苦中、在他人的手中结束生命。

多么富有诗意的报应。她这样想。

此刻，当她感到体内有什么东西正在撕扯、破裂和移位的时候，她也实实在在地获得了一种顿悟，一份可怕的、无法回避的清醒。似乎是窗帘被拉开了，仅此一次，她看清了事情的真实面目。

希拉·罗杰斯想孤独地死去。

但是，她知道他也在这间屋子里。她能够感到他把手轻轻地放在了她的额头上，这让她浑身发冷。在她意识到她的生命之火即将熄灭的时候，她提出了最后的请求。

“求你，”她说，“快走开。”

11

方块儿和我没有议论我们的见闻。我们也没有给警察打电话。我想象着路易斯·卡斯特曼囚禁在那间屋子里一动不能动，没有书籍、电视或收音机做伴，除了那些老照片什么也看不到的情形。假如我是个更善良一点儿的人，也许会觉得他有点儿可怜。

我想到了那位对路易斯·卡斯特曼开枪、后来却变卦了的花园城先生。他的抛弃给塔尼娅留下的创伤，也许比卡斯特曼留下的更深。我想知道花园城先生会不会时时地想起塔尼娅，或者干脆就像没她这么个人似的继续过自己的日子。我想知道塔尼娅的那张面孔会不会出现在他的梦中。

我对此表示怀疑。

我之所以想到这些，是出于好奇以及我所了解的一切带给我的震惊。但是，我想这些也是为了让自己不再去想希拉，不去想希拉曾是个怎样的人，不去想卡斯特曼对她都做了些什么。我提醒自己，她是个受害者，被人劫持和强奸，还遇到了许多更为可怕的事情，她后来所做的一切都不是她的错，我不该用异样的眼光看待她。可是,这么明确和浅显的道理,在我的心中被撼动了。

我为此而痛恨自己。

快到凌晨四点的时候,面包车停到了我的公寓楼前。

“事到如今你是怎么想的?”我问道。

方块儿摩挲着自己的胡子茬儿。“卡斯特曼最后讲的那番话,说在她身上发生的一切不会消失,你要知道他是对的。”

“你这是经验之谈?”

“老实说,是这样。”

“那么?”

“那么,我认为她的出走同她过去做过的一些事情有关系。”

“就是说我们调查的路子是正确的。”

“可能。”方块儿说。

我抓着车门把手说:“她做过的那些事儿,或者是你做过的那些事儿,也许永远不会抹掉,但是你们不应该永远地背负着罪责。”

方块儿朝窗外望去。我等他说话,可他只是望着窗外。我迈下车。他开车走了。

电话里竟然有条留言,这让我很是吃惊。我查看液晶显示器,留言的时间是晚上 11 时 47 分,真够晚的。我猜一定是家里人打来的。其实不然。

我按下播放键,一位年轻女士说:“嗨,威尔。”

我听不出是谁的声音。

“我是凯蒂。凯蒂·米勒。”

我愣住了。

“很长时间了,是不是?呃,抱歉这么晚打给你。你可能都睡了吧,我说不好。听着,威尔。听到留言后你能尽快给我回话吗?什么时间都行。威尔,我需要同你谈些事情。”

她留下了她的电话号码。我目瞪口呆地站在那里。凯蒂·米勒,朱莉的妹妹。我上次见到她……她大概六岁。我微笑着想起有一次——凯蒂那时候也就四岁吧——她躲在她爸爸的军用大皮箱后面,突然在极不合适的时候跳了出来。我记得朱莉和我已没时间提上我们的裤子,连忙用一条毯子盖住身体,笑得上不来气儿。

小家伙凯蒂·米勒。

她现在应该是,嗯,17 或是 18 岁了吧。想想挺奇怪的,我知道朱莉的死对我家人的影响,我也能想象得出米勒先生和太太受到的打击。不过我还从来没有认真地想过这会给小凯蒂带来怎样的冲击。我又一次想到我们拉上毯子傻笑的情景,并记起当时我们是在地下室的沙发上胡闹。而后来朱莉的尸体就是在那张沙发旁边被人发现的。

为什么,经过了这么多年,凯蒂要给我打电话?

我提醒自己,这也许只是一个表示哀悼的电话,尽管从哪个角度去想都有点儿怪怪的,至少她来电话的时间就不对。我重新播放她的留言,想从中寻找隐藏着的含意,却什么也没听出来。她说什么时间打过去都行。不过现在已是凌晨四点,而我也太疲惫了。不管是怎么回事儿,等到早晨再说吧。

我爬上床,又想起了最后一次见到凯蒂·米勒的情形。米勒家不希望我们一家人参加葬礼,我们遵从了。两天后我独自一人来到 22 号公路附近的墓地,坐在朱莉的墓碑旁。我没有说话,没有哭泣，也没有体验到慰藉或是解脱或是别的什么感觉。米勒家白色的奥兹莫比尔车开到这里停了下来，我赶紧开溜。可是无意中我和小凯蒂的目光交会在一起。她的脸上奇怪地流露出一种无奈、一种超出她年龄的心照不宣的神情。我从中看到了悲伤和惊恐，也许还有怜悯。

我离开了墓地。从那以后我再也没有见过她，没有同她说过话。

12

内布拉斯加州　贝尔蒙特镇

女警长伯莎·法罗什么样的场景都见过。

凶杀现场从来都不会让人愉悦。不过，尽管皮开肉绽、头破血流的凶杀景象催人呕吐，但它的惨烈程度同各类汽车事故血肉与金属对抗产生的效果比，还是小巫见大巫。想象一下吧，两辆车面对面地碰撞；一辆卡车撞飞隔离带驶入对面的车道；一棵树撕开一辆轿车，从保险杠撕到后座；超速行驶中冲出山崖的护栏，等等。不用说，都是些真正惨不忍睹的现场。

但是，眼前几乎看不到血迹的现场里这具女人的尸体，不知怎的却让她感到更为可怖。伯莎·法罗看得出这个女人的脸由于恐惧、惊愕也许还有绝望而完全扭曲。她也看得出这个女人是在极度痛苦的折磨中死去的。扭断的手指、变形的胸腔、青紫的瘀伤，而且她知道这是这个女人的同类、是其他的人一手造成的，是血肉之躯对于血肉之躯的戕害。这不是高速行驶中突然遇到一块冰面或分神调试电台的结果，不是驾着卡车着急送货或在酒精影响下疯狂超速的结果。

这是有人蓄意而为的结果。

“是谁发现她的?”她问自己的副手乔治·沃克。

“伦道夫家的孩子。”

“哪个孩子?”

“杰里和鲁恩。”

伯莎算了一下,杰里差不多有16岁,鲁恩大概14岁。

“他们当时和吉普赛一起遛弯儿。”乔治补充说。吉普赛是伦道夫家的德国狼狗。“它把她闻了出来。”

“孩子们现在在哪儿?”

“戴夫送他们回家了,他们吓得够呛。我已取了笔录,他们什么也不知道。”

伯莎点点头。一辆旅行车沿着高速公路飞驰而来。这个镇的法医克莱德·斯默特把旅行车嘎吱一声停下,猛地打开车门,朝着他们跑了过来。伯莎手搭凉棚朝他望去。

“别忙,克莱德。她不会跑到别处去。”

乔治窃笑着。

克莱德·斯默特习惯了她的打趣。他快50岁了,和伯莎年龄差不多。他们两人在警局一起干了将近20年。克莱德不理会她的嘲弄,从他们身边跑过,低头看了一眼尸体,脸登时沉了下来。

“噢,上帝啊!”法医说。

克莱德在尸体旁蹲下来,轻轻地拨开死者脸上的头发。“天哪!”他喊道,“我是说——”他说不出话来,不停地摇着头。

同样,伯莎对他也早已习惯了。克莱德的反应并不让她感到意外。她知道,大多数法医在工作中都保持公事公办、客观冷静的态度。克莱德却做不到。对他来说,人并不只是一堆细胞组织和化学成分。伯莎在相当多的场合见过克莱德面对尸体哭泣。他总是以令人难以置信的、近乎离谱的敬意对待现场的每一位死者。他剖检尸体时,似乎是正在施展起死回生的法力。他向死者家人宣布不幸的消息时,总是真诚地沉浸在他们的哀痛之中。

“你能确定大致的死亡时间吗?”伯莎问。

“不太久。”克莱德轻轻说道,“皮肤仍处在尸僵的初始阶段。我看不超过六个小时。我还得测定一下肝温,再就是——”他注意到了死者朝着非正常方向扭曲的手指。“噢,上帝啊!”他又一次哀叹道。

伯莎转头问她的副手:“有什么能够确认身份的东西吗?”

“没有。”

“会是抢劫吗?”

“太残暴了,”克莱德抬起头说,“有人故意折磨她。”

片刻的沉默。伯莎看到克莱德的眼眶里噙着泪水。

“还有什么?”她问。

克莱德迅速低头望去。“她不是个流浪者,穿戴不错,营养状况良好。”他又查看她的口腔,“牙齿维护得挺好。”

“有强奸的迹象吗?”

“她穿着衣服。”克莱德说道,“不过,天哪,她还有什么苦头没吃过?这里的血迹很少,肯定不是凶杀的第一现场。我推测是有人开车经过这里,把她抛了下来。等把她放到尸检台上,我知道的会更多。”

“那好吧,”伯莎说,“我们得查一下失踪人员名单,还要对比一下指纹。”

克莱德点点头。警长伯莎·法罗走开了。

13

我不用给凯蒂回电话了。

电话铃声像赶牛棒一样戳醒了我。我睡得很深很沉,没做梦,所以也就没有一个缓缓游出水面的过程。刚刚还沉浸于水下的黑暗,猛地被铃声惊醒后在床上挺起身子,不由得阵阵心颤。我看了一眼数字钟,上午 6 时 58 分。

我抱怨地哼哼着倾过身去。没有来电显示。毫无用处的设置。你想躲避的或是打算对你隐瞒身份的任何一个人,都可以想法把自己的号码隐蔽起来。

我对着听筒打招呼的轻快语调,连我自己听着都过于缺乏睡意。“你好?”

“嗯,是威尔·克莱因吗?”

“是啊。”

“我是凯蒂·米勒,”然后又补充道,“朱莉的妹妹。”

“嗨,凯蒂。”我说。

“昨天夜里我给你留了个口信儿。”

“我是早晨四点才回到这儿的。”

“噢,我猜我把你吵醒了。”

“没关系。”我说。

年轻的声音听起来有点儿悲伤,还有点儿不大自然。我记起了她是哪一年出生的,便粗粗地做出计算。“你快毕业了吧?”

“今年秋天上大学。”

“去哪儿?”

“鲍登①。一所不大的学院。”

“在缅因州,”我说,“我知道它,是个相当著名的学校。祝贺你。”

“谢谢。”

我将身体向上拔了拔。为了打破接下来的沉默,我用老套的方式寒暄一句:“好久不见了。”

“威尔?”

“嗯?”

“我想见见你。”

“好啊,那太好了。”

“今天怎么样?”

“你在哪里?”我问道。

“我在利文斯顿。”她又补充道,“我那天看见你走到我家门前了。”

“这事儿我很抱歉。”

“如果你愿意的话,我可以到城里去。”

“不用。”我说,“我今天得去镇里看看我爸。在此之前见上

---

① 鲍登学院(Bowdoin College):美国一流的文理本科学院。严格控制招生数量,师生比仅为1:9。

一面怎么样?”

“好,可以。”她说,“但是别到这里,你记得高中的篮球场吗?”

“当然了,”我说,“我十点在那儿等你。”

“好。”

“凯蒂,”我说着把听筒挪到另一只耳朵旁,“恕我直言,你来电话可有点儿不同寻常。”

“我知道。”

“你为什么要见我?”

“你认为是为什么?”

我没有马上作答。不过回不回答已无关紧要,她早就把电话挂了。

14

威尔离开了公寓。幽灵从旁观察着。

幽灵没有跟踪威尔。他知道威尔的目的地。但是他一直观察着，手指收紧，再伸开，收紧，再伸开，两臂拢在一起，身体有些颤抖。

幽灵记得朱莉·米勒。他记得那间地下室里她赤裸的胴体。他记得她的皮肤带给他的触觉，开始还是温热的，过了一会儿逐渐变得像大理石一样僵冷。他记得她那紫里透黄的脸色、凸起的双眼中红色的血点、由于恐惧和惊奇而扭曲的五官、破裂的毛细血管，还有淌出的口水冻结在脸的一侧像是刀伤的疤痕。他记得她断气时脖子以极不正常的姿势歪扭着，一根金属线深深地嵌进了她的皮肤、切开了她的气管、差点儿让她身首分离。

还有那些鲜血。

勒颈是他喜欢的杀人方式。他曾去印度拜师。那里的暗杀帮是所谓“沉默行刺”的信奉者，对于神秘的勒杀技艺掌握得炉火纯青。经过这么多年的磨炼，幽灵早已成为使用枪械、刀具和其他各类武器的高手。但是，只要有可能，他还是愿意体验勒杀那种冷酷的利落、全然的静默、赤裸裸的威慑以及个性化的魅力。

那种屏住呼吸的感觉。

威尔已经淡出了他的视线。

他是肯的弟弟。

幽灵想着他看过的那些功夫影片，那些讲述兄弟间有一人被谋杀后其他兄弟为死者报仇的电影故事。他想知道如果他干脆杀掉威尔·克莱因，将会带来什么样的后果。

不，这次不行，这件事不会只是复仇那么简单。然而他还是好奇地想着威尔。不管怎么说，他是整个事情的关键。这些年的时光改变他了吗？幽灵希望他有所改变。当然，他很快就会得出答案。

是啊，差不多到了去找威尔并同他叙叙旧的时候了。

幽灵穿过街道向威尔住的那栋楼走去。

五分钟后，他进入了威尔的公寓。

我乘巴士到了利文斯顿大街和诺斯菲尔德大道的交叉口。这里是利文斯顿广阔的郊外社区的发源地。一所老旧的小学被改造成了一座面向穷人的零售商场，其中的一些专卖店生意冷清，门可罗雀。我同一些从城里赶来打工的家庭用人一起跳下了车。这是一种奇异的对称性反向流动。那些住在如利文斯顿这类镇子的人一早儿赶往市区；那些为他们清扫房间和照看孩子的人一早儿从市区赶往这里。一种生活的平衡。

我沿着利文斯顿大街向南朝利文斯顿高级中学走去。中学的旁边还聚集着利文斯顿公共图书馆、利文斯顿地方法院和利文斯顿警察局。找到这里的门道了吧？上述四幢建筑都是砖结构的,而且看起来是一起建的。同样的建筑风格,同样的建筑材料——仿佛是一个挨着一个生下来的。

我在这里长大。童年时我到图书馆借阅过克利弗·S. 刘易斯和玛德琳·英格的经典书籍。18 岁的时候,我为了一张超速罚单走进地方法院大楼上诉,后来输了官司。我的高中时代是在这里最大的那幢建筑中度过的,毕业班 600 名学生里有我一个。

我沿着环岛走了半圈儿后向右转去。我来到篮球场,站在一个生锈的篮圈下面。网球场在我的左侧。我在高中时打过网球,说真的,打得还不错,尽管我不是很喜欢运动。我缺乏那种一心想出人头地的竞争精神。我不想输,但我也没有为赢做出足够的努力。

"威尔?"

我转过身。一看到她,我感到全身的血液都凝固了。不同的穿戴——她穿着紧身牛仔裤,大约 20 世纪 70 年代时兴的木底鞋,过紧过短的一件 T 恤衫,露着平坦的、有刺青的小腹——不过长相和头发……我的腿在发软。我朝着足球场的方向望了片刻,我敢打赌我看见了朱莉站在那里。

"我明白,"凯蒂·米勒说,"像是看见了鬼魂,对吗?"

我转过脸看她。

她在说话间把自己纤细的双手塞进紧身牛仔裤的口袋里。"我爸爸至今不敢正眼看我,一看就要哭出来。"

对此我不知道该说些什么。她走近我,同我一道望着中学大楼。"你是在这儿上学,对不对?"我问。

"上个月毕业了。"

"喜欢它吗?"

她耸耸肩。"很高兴能毕业。"

明亮的阳光衬托出那幢建筑冷漠的轮廓。有那么一会儿，它看起来有点儿像监狱。高中生活就是这样。我在读高中时算是个不错的学生，担任学生自治会的副主席，也是网球队的两个队长之一。我身边有不少朋友。然而当我试图发掘高中时代令人愉悦的记忆时，结果并不乐观。高中的几年因压力一直惶惶不可终日。回头来看，高中时期——也可以说是青春期——有点儿像是一场旷日持久的战斗。你需要生存下来、坚持下去、平安地离开战场。我在高中时期并不快乐，我相信每个人的感觉大同小异。

“我为你妈妈感到难过。”凯蒂说。

“谢谢。”

她从后面的裤袋里掏出一盒香烟，还请我吸一支。我摇摇头，看着她点燃香烟，克制住自己不对她进行说教。凯蒂的眼睛瞅着除了我以外的任何东西。“我是个不速之客，你知道吗，我出生很晚，是在朱莉已经上高中的时候。我的父母听人说他们不会再有孩子了，然后……”她抖抖肩膀，“所以他们并没有预见到我的到来。”

“我们其他人也一样，并不都是计划得十分周到。”我说。

她为此轻轻笑出声来，这笑声在我内心深处引起震动。这是朱莉的笑声，甚至连笑声渐渐消失的方式都是。

“我为爸爸做的事儿感到抱歉，”凯蒂说，“突然见到你，他有点儿控制不住自己。”

“我不应该到那儿去。”

她深深地吸进一口烟，歪了一下脑袋。“为什么你要去我家呢？”

我稍加思索。“我也不知道为什么。”我回答。

“我看到你了。你从街角一拐过来我就看到了。感觉有点儿古怪,你要知道。我记得我还是小孩儿的时候,看着你从自己家那边走过来,我从我的卧室窗户看着你。我现在还住在那间卧室里,所以我似乎是在重睹历史,那种感觉很奇怪。”

我朝右侧看过去,停车场里空空荡荡的。不过在学校上课的时候,那里是父母坐在车里等候孩子的地方。我的高中时光也许不那么愉快,但是妈妈在那辆老旧的红色大众车里等我的情形却令我难忘。她读着一份杂志。学校的铃声响起后我走向她的车。当她看到我时,当她只是感觉到我的接近而抬起头的瞬间,她露出微笑——珊妮的微笑,从心灵深处迸发的微笑,出于完全无私的爱而让人炫目的微笑。随着心底的轰然闷响,我不禁意识到,再也不会有人对我发出那样的微笑了。

这实在让人难以承受。凯蒂的脸上嫁接着朱莉的音容笑貌。这里的一切带给人的回忆,有点儿太过分了。

“你饿吗?”我问她。

“哦,我想是的。”

她有车,一辆旧的本田思域。很多小饰物挂在后视镜上。车里有股口香糖和果味型香波的味道。我听不出音响里播的是什么音乐,反正我对此也不在意。

我们一路无言,把车开到了第10街一家典型的新泽西风味快餐店的门口。柜台后面挂着本地电视台主持人的签名照片。每个卡座旁都有迷你点歌机。菜单的篇幅显得比汤姆·克兰西①的小说略微长了一点儿。

---

① 汤姆·克兰西(Tom Clancy):美国当代作家,著有《猎杀“红十月”号》《燃眉追击》《惊天核网》和《细胞分裂》等。

一位胡须浓密、体香剂味道浓郁的侍者问我们一共几位。我们回答是两位，凯蒂又补充说我们需要一张允许抽烟的桌子。我不知道这里竟然还留有吸烟区，显然这类大型快餐店的管理在滑坡。一坐下，她就把烟灰缸摆到自己前面，像是自我防卫。

“你来过我家门口后，”她说，“我就去了墓地。”

侍者给我们的杯子倒上水。她吸了一口烟，往后一靠，朝上吐着烟圈儿。“我有许多年没去了。看到你后，不知为什么，我觉得应该去一趟。”

她仍然不看我。我感觉这很像收容所里的那些孩子。他们躲避你的目光。我对此不太在意，因为这并不打紧。我试图捕捉他们的视线，然而我已懂得人们对目光交流的意义估计得过高了。

“我已经记不清朱莉的模样了。我看着她的那些照片，不知道我记忆中的她是真实的，还是我自己想象出来的。我想，呃，我记得我们曾经去大冒险主题公园玩儿‘旋转茶杯’，然后我又翻翻那些照片，我就弄不准我究竟是确实记得这事儿，还是我记住的只是那些照片。你明白我的意思吗？”

“我想是的，我明白。”

“而你来过之后，我觉得，我是说我没法儿在屋里待下去了。爸爸一直发火，妈妈一直流泪。我不得不从屋里出来透透气。”

“我没想让任何人难过。”我说。

她挥挥手阻止我说下去。“不要紧。从某种奇怪的角度说，这对他们有好处。大多数时间里我们都在小心翼翼地回避这件事儿，你知道，这让人紧张兮兮的。有时候我真想……我真想大喝一声：‘她已经死了。’”凯蒂冲我探过身来。“你想听听真正吓人的事情吗?”

我做了个让她继续的姿势。

“我们至今还原封不动地保留着那间地下室。那张旧沙发,那台电视机,那块儿地毯,那只我曾经躲在后面的旧箱子。所有的东西都还在。没有人用它们,可是它们还摆在那儿。我们的洗衣间还在它的旁边。我们只能穿过那里去洗衣间,你能想象吗?我们就是这样生活的。在楼上我们踮着脚尖走路,就好像我们的脚下是冰面,我们担心有一天地板会突然开裂,那样的话我们都得掉进那间地下室里。”

她停下来,使劲儿抽了一口烟,仿佛那是一根空气吸管儿。我朝后靠去。就像我前面说过的,我一直忽视凯蒂·米勒,没有仔细想想她姐姐的谋杀案会给她带来什么。当然了,我想到过她的父母,想到过他们承受的巨大悲痛。我常常思索为什么他们还要继续生活在那幢房子里,不过话说回来,我也永远不理解为什么我的父母同样拒不搬家。我曾提到过,获得慰藉同自寻痛苦之间有着某种联系。有时人之所以不愿摆脱痛苦,是由于他们宁愿痛苦也不愿忘记。始终不离开载满痛苦的老房子,就是最好的例证。

我一直没有认真考虑过凯蒂·米勒的状况。伴随着那些遗迹长大、伴随着姐姐挥之不去的阴魂长大,会是什么感觉呢?我又一次望着凯蒂,仿佛过去不认识她。她的眼睛像只受惊的小鸟不断地瞥来瞥去,我从中发现了泪水。我伸出胳膊,握住了她的手,连她的手都那么像朱莉。过去的情景清晰再现,骇得我想要把手抽回来。

“这一切真是奇异。”

我认为说得太对了。“我也有同样的感觉。”

“这事儿需要有个了结,威尔。我的整个生活……不管那天晚上发生了什么,需要有个了结。有时我看电视节目,当坏蛋被逮住时,有人会说,‘这并不能让她重新活过来’。我就想,他说得对,但是重点不在这里,而在于事情就此画上了句号。抓住了那个坏蛋,从某种意义上说这件事儿就算有了个了断。人们需要这种了断。”

我不清楚她说这番话的意图。我尽力把她想象成是圣约家园里的一个孩子,她需要我的关爱和帮助。我坐在那里望着她,想表明我正在认真地倾听。

“你不知道我是多么恨你哥哥——不仅是由于他对朱莉做了什么,还由于他的逃亡给我们所有人带来的后果。我祈祷他们能找到他。我做梦都会梦到他被人包围,他与他们打斗,最后警察射杀了他。我知道你不愿意听我这么说,但是我希望你能明白。”

“你希望一切尽快结束。”我说。

“是这样,”她说,“只是……”

“只是什么?”

她抬起了头,我们的目光第一次交会在一起。我又一次感到周身冰冷。我想抽回我的手,可是我却动弹不得。

“我见到他了。”她说。

我以为我听错了。

“你哥哥,我见到他了。至少我认为那人是他。”

我终于能够发出声来:“什么时候?”

“昨天。在墓地里。”

有位女服务员来到桌旁。她从耳边取下铅笔,问我们点些什么。有片刻的工夫我俩谁也没吭声。服务员清了清嗓子。凯蒂点了沙拉之类的东西。服务员转向我,我点了一份奶油煎蛋卷。她问我喜欢什么样的奶油——美国的,瑞士的,还是英国的切达干酪。我告诉她切达就挺好。再来点儿家常炸薯片或是法式炸薯条?家常炸薯片。白面包、黑麦面包还是全麦面包?黑麦的。不点酒水和饮料。谢谢您。

服务员终于离开了。

"告诉我。"我说。

凯蒂捻灭了香烟。"就像我刚才说的,我去了墓地。就是想出门透透气,不管是哪儿。你知道朱莉葬在哪里,是吗?"

我点点头。

"那就对了,我在那儿见过你。她的葬礼之后的两天。"

"是呀。"我说。

她的身子前倾过来。"你爱她吗?"

"我不知道。"

"但是她伤了你的心。"

"也许是这样。"我说,"很久以前的事儿了。"

她低头望着自己的手。

"告诉我发生了什么。"我说。

"他看起来变化相当大,我是说你的哥哥。我对他原来的样子记不大清了,只能记住一点点,但是我看过那些照片。"她停住不说了。

"你是说他也去了朱莉的墓地?"

"在一棵柳树旁边。"

"什么?"

“那儿有棵树，也许有100码远。我没有从前门走，我是翻过围栏进去的。所以他没有注意到我。我从后面走过去，看到他站在那棵柳树下直勾勾地望着朱莉的墓碑。他没有听到我的脚步声，你要知道。他完全处于一种神情迷离的状态，我冷不防地拍拍他的肩膀，他向空中蹿了有一英里高，当他转身看见我……嗯，你知道我看起来是什么样儿，他几乎叫出声来，以为我是鬼魂什么的。”

“你能确定是肯吗？”

“不能确定，不能。我是说，我怎么能够确定？”她又掏出一支香烟，然后说，“是呀，是的，我知道那是他。”

“你怎么能够肯定是他呢？”

“他告诉我不是他干的。”

我头晕目眩，两手无力地垂到身旁抓住坐垫儿。当我终于能够开口说话时，我一字一句地缓缓问道：“他具体说了些什么？”

“开始时就是这么一句：‘我没杀你的姐姐。’”

“你是怎么说的？”

“我说他撒谎。我告诉他我要大声喊叫了。”

“你喊叫了吗？”

“没有。”

“为什么不呢？”

凯蒂一直没有点燃那支烟。她把烟从嘴里拔出来放到桌面上。“因为我相信他，”她说，“也许是由于他声音里的某种东西，我不知道。这么长时间我一直恨着他，你不明白我是多么恨他，可是现在……”

“那么你做了什么？”

“我往后退了几步,还是想喊叫。但是他走到我的近前,双手捧起我的脸,盯住我的眼睛说:‘我要找出那个杀手,我发誓。’就是这么说的。他又盯了我一小会儿,然后松开手跑掉了。”

“你告诉谁——”

她摇头。“没有告诉任何人。有时我甚至不能确定这事儿是不是真实的,似乎整个事情都是我凭空想象出来的,也许是梦到的或是编造的。就像我对朱莉的记忆那样。”她抬起头来问我,“你相信是他杀了朱莉?”

“不。”我说。

“我在电视节目上见过你。”她说,“你坚持认为他已经死了,因为在现场发现了他的血迹。”

我点点头。

“你现在仍然认为他已经死了吗?”

“不,我不再这么认为了。”我说。

“是什么使你改变了看法?”

我不知道如何回答,后来说道:“我也正在寻找他。”

“我愿意提供帮助。”

她说的是愿意,然而我知道她的意思是需要。

“威尔,请让我帮助你。”

我说了声 Ok。

15

内布拉斯加州　贝尔蒙特镇

警长伯莎·法罗在她的副手乔治·沃克肩后皱着眉头看着。“我恨这些玩意儿。”她说。

“那可不应该，”沃克回答道，手指在键盘上舞蹈着。“电脑是我们的朋友。”

她的眉头皱得更紧了。“我们的这位朋友现在做什么呢？”

“扫描那位无名女士的指纹。”

“扫描？”

“怎么向一个患有科技恐惧症的人解释……”沃克抬起头，揉搓着自己的下巴。“这就像是一台复印机和一台传真机两者合二为一。电脑把指纹复印下来，再用电子邮件发送到西弗吉尼亚的刑事司法信息中心。”

如今所有的警署都开通了网络，连他们这种偏僻闭塞的乡村小镇也不例外。指纹可以通过互联网进行识别。如果相同的指纹信息已经保存在国家刑事司法信息中心庞大的数据库里，电脑就会在很短的时间内发现匹配的样本,准确无误地提供身份信息。

“我记得这个信息中心是在华盛顿。”伯莎说。

“已经不在那儿了。参议员伯德促使它搬了家。”

“这个参议员干得不错。”

“是的。”

伯莎抓起枪套来到了走廊。克莱德的验尸房就设在警署的办公楼内,倒是很方便,弊端是时而会闻到刺鼻的气味。验尸房的通风很差,隔上一段时间就会有浓烈的甲醛和腐烂的气味散发出来,久久挥之不去。

迟疑片刻,伯莎·法罗开门走进了验尸房。这里没有光洁明净的大抽屉或是闪闪发亮的器械或是其他通常在电视里看到的东西。克莱德的验尸房很像是个将就着使用的临时处所,而他也只是时断时续地来这里工作,因为事实上没有那么多事情可忙。送到这里的基本都是些交通事故的死亡者。去年,唐·泰勒喝多了,竟然意外地朝自己的头部开了一枪。他那位饱受煎熬的妻子喜欢开玩笑说,老家伙唐之所以开枪,是因为他把镜子里的自己错当成了一头驼鹿。唉,婚姻。不过说实话,这间验尸房遇到的主要是这类事情。把这间由看门人的门房改成的屋子称作验尸房,应该算是慷慨冠名。这里一次只能放置两具尸体,如果需要存放更多,克莱德就需借用沃利殡仪馆的停尸间。

台子上放着无名女士的尸体。穿着蓝色防护服、戴着白色术用手套的克莱德站在旁边。他正哭泣着。手提音响配合着眼前情景在大声播放着悲怆的歌剧。

“解剖了吗?”伯莎问道,尽管答案不问自明。

“没有。”克莱德用两根手指抹了一下眼睛。

“你在等着她本人的批准吗？”

他用通红的眼睛瞪了一下伯莎。“我还在做外部检查。”

“致死的原因呢，克莱德？”

“尸检结束前还拿不出肯定的结论。”

伯莎走近他，把手放到他的肩头，给予慰藉和支援，尽管起不了多大作用。“初步的估计是什么，克莱德？”

“她被人打得很厉害。看到这儿了吗？”

他用手指了指通常被称作胸腔的部位。几乎看不出应有的轮廓，骨头全都塌下去了，像是被一只靴子踩踏过的塑料盒。

“这么多青肿的地方。”伯莎说。

“是啊，瘀血变色。你再看这儿。”他的手指触着从靠近腹部的皮肤下伸出来的东西。

“弄断了肋骨？”

“砸碎了肋骨。”他更正道。

“什么？”

克莱德耸耸肩。“可能是用很重的圆头手锤，或者是类似的东西干的。我猜——仅仅是一种猜测——有一根断裂的肋骨刺穿了某个重要的器官。可能是戳破了一侧的肺，或是刺破了胃。那根骨头也可能一下子穿透了心脏，果真如此就算是她的幸运。”

伯莎摇着头。“她不像有福分的人。”

克莱德转身低头，又开始哭了起来。他的身体随着抑制不住的啜泣起伏着。

“看她胸口的这些瘢痕。”伯莎说。

他没有抬眼,回答说:“香烟烫的。”

她也是这么猜的。扭断的手指,香烟的烫痕,不需要是歇洛克·福尔摩斯也能推断出她曾惨遭酷刑。

“把活儿干完,克莱德。血样、药检,什么都别落下。”

他抽着鼻子,转身说:“是的,伯莎,当然了,没问题。”

门砰地开了。他们回过头去,来者是沃克。他说:“有了。”

“这么快?”

沃克点点头。“在信息中心的名单里排得很靠前。”

“你说什么?什么名单靠前?”

沃克示意台上的尸体,“我们这位无名女士,是联邦调查局急着查找的人。”

16

凯蒂开车送我到了赫克雷路，这里离我父母家大约有三个街区。我们不想让任何人看见我们二人在一起。也许是我们疑神疑鬼，不过，谁知道呢。

“那么现在该怎么办？”凯蒂问道。

我也正在思索这个问题。“我说不好。但是，如果肯没有杀死朱莉——”

“那就是别的什么人干的。”

“嗨，我们在这方面挺棒的。”我说。

她露出微笑。“那么我们就应该找出嫌疑人。”听起来有点儿荒唐——“我们”是谁？是卧底侦缉队[1]？——不过我还是点点头。

“我马上就进行调查。”她说。

“调查什么？”

她给了我一个十几岁孩子特有的、调动了全身各部位的耸肩

---

① 《卧底侦缉队》(the Mod Squad)：美国电影，描述几个青少年做警方的卧底摧毁贩毒团伙的故事。

动作。“我还不知道。我想也许是朱莉的过去。尽量查出是谁想杀掉她。”

“警察已经查过了。”

“他们的调查只是锁定在你哥哥身上,威尔。”

她说的有道理。“好吧。”我说,尽管仍然觉得有点儿荒唐。

“我们今晚再联系。”

我点点头迈出了车门。南茜·朱儿①也没说声再见就一溜烟儿地跑了。我站在原地,沉浸在孤寂之中,一时不想移步走开。

郊外社区的街道上空荡荡的,可是铺装良好的私家车道上却挤得满满的。我年轻时候常见的那种镶嵌木板的客货两用车,早已被各式各样的新式车型取代——有微型面包车、家用货车(不知道这称呼究竟是什么意思)、多功能越野车等等。这里的大多数房屋都是在1962年前后的房产热中盖起来的标准的错层式住房。而由于后来的扩建许多房子的体积显得过于膨胀。还有一些房子在1974年左右对外立面进行了过度装修,使用了大量颜色过白也过于光滑的石料。现在它们看起来已经很旧了,就像我在高中舞会上穿过的那件淡蓝色的晚礼服。

我回到了家。门前没有停放的汽车,屋里没有吊唁的宾客。没什么奇怪的。我大声喊着爸爸,没人应答。我发现他一个人在地下室里,手里拿着一把小刀。他占据着屋子的中央,周边围着一些装衣物的旧纸箱。捆绑纸箱的胶带已经被割开。爸爸一动不动地站在那些纸箱中间,听到我的脚步声也没有回头。

“这么多纸箱,她早就收拾好了。”他轻声说道。

---

① 南茜·朱儿(Nancy Drew):美国影片《少女妙探》的女主角。

这些纸箱是妈妈的。爸爸把手伸进一个纸箱，扯出了一条细长的银色束发带。他转向我举起它。“你记得这个吗？”

我们俩都露出了微笑。每个人都有追逐时尚的经历，但我估计谁也比不过我的妈妈。她打造时尚、定义时尚、化身为时尚。例如，她开创了束发带时期。她把头发留得很长，戴上印有各类花朵、色彩绚烂的发带，俨然是一个印度公主。这一潮流持续了几个月——我记得束发带时期历时六个月——这期间她的头顶上须臾不离发带。当发带终于功成身退之后，麂皮流苏时期又不可阻挡地扑面而来。继之而起的是紫色复兴时期——请相信我，我对之始终持保留态度，因为看起来我们就像是与一个大大的茄子或是吉米·亨德里克斯的少女粉丝[①]生活在一起。再接着，就是短杆马鞭时期，而这位马鞭不离手的女士同马匹最密切的联系，不过是看了一场伊丽莎白·泰勒主演的电影《玉女神驹》。

她对于时尚的追求如同其他许多事情一样，随着朱莉·米勒的被害而彻底宣告结束了。我的妈妈，珊妮，把她的衣物装进纸箱，堆在地下室阴冷肮脏的角落里。

爸爸把那根发带扔回纸箱里。“我们曾经想搬家，你知道的。”

我并不知道。

“三年前，我们想在西奥兰治找个公寓，也许再到西南部的斯科特斯戴尔找个过冬的住处，那儿离表姐埃斯特还有哈罗德很近。但是当我们发现你妈妈有病后，这一切就都放下了。”他看着我。“你渴了吗？”“不渴。”

---

① 吉米·亨德里克斯曾创作《紫色迷雾》（Purple Haze）等著名歌曲和吉他曲，他本人和他的歌迷常在他演出时穿紫色衣服。

“来点儿健怡可乐？我知道我可以喝一杯。”

爸爸匆忙地越过我向楼梯走去。我看着这些旧纸箱，侧面有妈妈用粗粗的记号笔写下的字迹。墙边的架子上还放着肯用过的两副网球拍。其中一副是他用过的第一副球拍，那时他只有三岁，妈妈替他保存了下来。我转身跟着爸爸走出去。我们到了厨房，他拉开冰箱。

“你会告诉我昨天是怎么回事儿吧？”他开始了。

“我不知道您在说些什么。”

“你和你姐，”爸爸拿出了一瓶两升装的健怡可乐。“你们是怎么回事儿？”

“没什么事儿。”我说。

他点着头，打开了橱柜，取出两个玻璃杯，又打开制冰器，往杯子里放了些冰块儿。“你妈妈常常偷听你和梅莉莎说话。”

“我知道。”

他微笑了。“她不是一个很谨慎的人。我告诉她别这么做，可是她让我住嘴，说那是当妈妈的职责。”

“您是说偷听我和梅莉莎？”

“是呀。”

“为什么不偷听肯呢？”

“也许她不想知道肯的秘密。”他倒着饮料。“近来你对你哥的事很好奇。”

“这是自然会提出的问题。”

“当然，很自然。葬礼后你问我他是不是还活着。第二天你和梅莉莎为了他争吵起来。所以我再问你一遍：到底怎么回事儿？”

那张照片还在我的口袋里。不要问我为什么。今天早上我已经用扫描机复印了几张彩色的,反正我就是放不下这件事儿。

这时门铃响了。我们俩猛地站了起来,着实吓了一跳。爸爸仿佛不在意地耸耸肩,我告诉他我去开门。我迅速地呷了一口健怡可乐,把杯子放回台子上,快步赶到前门。当我拉开门,当我看清来者是谁,我险些向后栽倒。

米勒夫人。朱莉的妈妈。

她端出一只用箔纸裹着的大盘子,低垂着眼睛,仿佛正在向圣坛奉献祭品。有那么一会儿我完全愣住了,不知该说什么好。她抬眼望我,我们四目相对,就像两天前我站在她家门外的人行道边时一样。我从她眼中读到的痛苦是活生生的、震人心魄的。我不知道她从我的目光中是否会感受到同样的东西。

"我只是想……"她开始说道,"我是说,我就是……"

"您请进。"我说。

她尽力微笑。"谢谢你。"

爸爸从厨房走出来问道:"谁在那里?"

我让到一边。米勒夫人走进门,手里仍然捧着那只大盘子,仿佛用它来做保护。我爸的眼睛瞪得老大,我看到有什么东西正在爆炸。

他低沉的声音充满愤恨。"见鬼,你来这里干什么?"

"爸爸。"我说。

他不理我。"我在问你,露西尔。你到这里究竟想干吗?"

米勒夫人垂下她的头。

"爸爸!"我更加急切地喊道。

没用。他眯起的眼睛露出更强烈的敌意。"我不希望你到这儿来。”

“爸爸，她来这儿是为了——”

“出去。”

“爸爸！”

米勒夫人往回退缩着，把大盘子推到我的手上。“我还是走吧，威尔。”

“不，”我说，“不要走。”

“我不应该来。”

爸爸怒吼：“太对了，你根本就不该来。”

我用力瞪了爸爸一眼，可是他的目光还是锁定在米勒夫人身上。

米勒夫人仍然低垂着目光说：“我为你们全家而难过。”

爸爸不为所动。“她死了，露西尔。你现在来这一套什么用都没有。”

米勒夫人逃走了。我站在那里端着盘子，难以置信地望着爸爸。他转向我说：“把那臭垃圾扔了。”

我不知道应该怎么做。我想追上去向她道歉，可是她已跑出半个街区，步伐越来越快。爸爸走回厨房，我跟进去，把盘子“砰”地放到餐台上。

“您这是干什么？”我质问他。

他端起饮料。“我不想让她来这儿。”

“她来这儿是为了表示哀悼。”

“她来这儿是为了减轻她的罪恶感。”

“您说什么呀？”

“你妈妈已经死了。她对你妈做不了什么。”

“这听起来一点儿也不在理。”

“你妈给露西尔打过电话,你知道吗?谋杀案发生后不久。她想表达她的哀悼。露西尔告诉她滚一边儿去。她责怪我们养了一个杀人犯,她就是这么说的,这一切是我们的错,我们养了一个杀人犯。”

“那是11年前的事儿了,爸爸。”

“你能理解她的话对你妈的刺激有多大吗?”

“当时她的女儿刚被杀死,她处在巨大的痛苦之中。”

“于是她等到今天才来补她的过?在一切都毫无意义的时候?”他用力地摇头说,“我不想听到这些。而你妈妈,威尔,也没法儿听到这些了。”

前门开了,姨妈塞尔玛和姨父默里合乎礼数地带着哀伤的微笑走了进来。塞尔玛立即接管了厨房。默里忙着收拾他昨天发现的墙壁上一块松动的插座板。

爸爸和我不再谈论刚才的事儿了。

17

克劳迪娅·费希尔探员直起后背,敲了敲门。

“进来。”

她转动门把手,走进了联邦调查局纽约分局局长乔瑟夫·皮斯蒂罗的办公室。除了华盛顿的头头,这位局长就是 FBI 最为资深、最有权势的官员了。

皮斯蒂罗抬起头来,看到了自己不喜欢从对方脸上看到的东西。“怎么了?”

“我们发现希拉·罗杰斯已经死了。”费希尔报告说。

皮斯蒂罗发出一声咒骂,问道:“怎么死的?”

“在内布拉斯加州的路边发现了她。没有身份证明。他们在信息中心找到了相匹配的指纹档案。”

“妈的。”

皮斯蒂罗咬着自己的手指甲。克劳迪娅·费希尔默默地等待着。

“需要对尸体做直观的检查和确认。”

“确认了。”

“什么?”

“我没经请示已经把希拉·罗杰斯的面部照片发送给法罗警长。她和法医证实是同一个女人。身高和体重也都对得上。”

皮斯蒂罗靠到椅子上,抓起一支铅笔举到眼睛能够平视的高度研究着。费希尔仍然立正站着。他用手势让她坐下,她听从了。“希拉·罗杰斯的父母住在犹他州,是吗?”

“爱达荷州。”

“不管是哪儿,我们需要联系他们。”

“我已经让当地的警方处于待命状态,他们的头儿认识那家人。”

皮斯蒂罗点点头,“干得不错。”这回他从嘴里拿出了那支铅笔。“她是怎么死的?”

“可能是殴打导致的内脏出血。尸检还在进行中。”

“上帝呀。”

“她被拷打过。她的手指折断并完全扭曲了,可能是用钳子夹的。她的身上有多处烟头儿烫伤。”

“她死了有多长时间?”

“可能是昨夜什么时候,或者是今天凌晨死的。”

皮斯蒂罗看着费希尔,想起威尔·克莱因,那个希拉的情人,昨天就坐在她现在坐的这把椅子上。“够快的。”他说。

“您说什么?”

“如果她的确像我们认为的那样是出逃了,那些人找到她可够快的。”

“除非,”费希尔说,“她是和那些人一起跑的。”

皮斯蒂罗身子又向后仰去。“或者她根本就不是逃跑。”

“我没大弄懂您的意思。”

他更仔细地研究着那支铅笔。“我们一直认为,希拉·罗杰斯由于同凶杀案有牵连,所以突然间逃之夭夭,是不是?”

费希尔前后俯仰着她的脑袋。“是,也不是。我的意思是,她何必回一趟纽约然后再逃跑?”

“也许她是为了参加那位妈妈的葬礼,我不知道。”他说,“不管怎样,我对于这个案子的看法变了。也许她从来就不知道我们已盯上她了,也许——听我说,克劳迪娅——有人绑架了她。”

“怎么绑架呢?”费希尔问道。

皮斯蒂罗放下铅笔。“按照威尔·克莱因的说法,她是在早晨六点离开公寓的?”

“五点。”

“好,五点。让我们用原来大家都已接受的看法把情况理一下。希拉·罗杰斯五点走出门。她准备逃到什么地方藏起来。有人设法找到了她,接着折磨她,又把她扔到内布拉斯加的荒郊野外。听起来怎么样?”

费希尔缓慢地点头。“如您所说,够快的。”

“是不是太快了?”

“也许是的。”

“就时间因素而言,”皮斯蒂罗说,“比这更合理的解释是,有人当场抓住她,就在她刚刚离开公寓的时候。”

“然后带她坐飞机到内布拉斯加?”

“或者像个魔鬼似的疯狂开车。”

“或者……”费希尔欲言又止。

“或者?”

她望着自己的头儿。“我觉得,我们得出了相同的结论,这个时间表显得过于紧凑了。或许她在那个夜晚之前就已经失踪了。”

“这意思是?”

“这意思是,威尔·克莱因对我们说了谎。”

皮斯蒂罗咧嘴笑了。“没错。”

费希尔的语速开始加快。“更有可能发生的情况是这样的:威尔·克莱因和希拉·罗杰斯一道参加了克莱因母亲的葬礼,然后他们回到了他父母家。按照克莱因的说法,他们当晚开车回到了自己的公寓,但是没有其他人能够证实。所以,”——她想慢下来,却没有做到——“也许他们并没有回家。也许他把她交给了同谋犯,他们拷打她,之后又杀了她,抛弃了尸体。在这期间威尔开车回到他的公寓,第二天早上去上班。当韦尔考克斯和我去办公室询问他的时候,他编出这套她早晨离开公寓的故事。”

皮斯蒂罗点点头。“有趣的分析。”

她站起来立正站好。

“能说出他有什么动机吗?”他问。

“他需要让她沉默。”

“为了什么?”

“在阿尔伯克基发生过的事情。”

两人都陷入默默的思考。

“这种看法还不能让我完全信服。”

“我也不是完全信服。”

“但是我们都认为威尔·克莱因并没有完全说出他所知道的事情。”

“肯定是这样。”

皮斯蒂罗长出了一口气。“不管怎样,我们需要告诉他有关罗杰斯女士已经死亡的坏消息。”

“是的。”

“给犹他州当地警署的头儿打个电话。”

“爱达荷州。”

“管它是哪儿,让他通知家属。然后请他们坐飞机过来正式确认死者。”

“威尔·克莱因呢?”

皮斯蒂罗想了想。“我联系一下方块儿。也许他能帮我们转达死讯。”

18

我的公寓房门开着一道缝儿。

自从姨妈塞尔玛和姨父默里进屋后，爸爸和我就小心翼翼地互相回避着。我爱爸爸，我认为我已将这种爱表露无遗。不过在我内心深处的某个角落，我又隐隐约约地、实际是毫无道理地为了妈妈的死而责怪他。我不知道为什么会有这样的念头，而且即使是面对自己也很难承认有这种念头。不过自从查出妈妈有病，我就以有些异样的态度来对待爸爸。似乎爸爸没有充分地尽到自己的责任，或者说我是怪罪他在朱莉被杀事件后没有很好地保护妈妈。他还不够强大，他作为丈夫还做得不够好。如果他真正地爱妈妈，难道还不能确保妈妈康复，慰藉妈妈的心灵？

就像我说过的，这一切想法毫无道理。

我房间的门只是开着一道缝儿，却足以使我踌躇不前。我总是锁门——知道吗，我可是住在曼哈顿一幢没有门房的楼里——不过近来我有些心不在焉。也许是我急着去见凯蒂·米勒，所以忘了锁门，这能说得通。门锁的锁舌有时犯卡，也可能我一开始就没有把门关紧。

我皱起眉头。这些都不大可能。

我把手放到门板上,再轻微不过地推了一下。我以为门会嘎吱作响。并没有。我听到某种声音。起初非常微弱。我把耳朵贴近门缝儿,顿时感到全身一震。

我看到的一切都很正常。事实上,灯是关着的,窗帘也是拉着的,所以没有太多的光亮。没有,没什么看起来不正常的东西——或者重复一下,没有什么我能看清的东西。我站在走廊,身子又往里探了一点儿。

问题在于,我听到了音乐声。

如果仅是这样,还不足以让我如此警觉。我不像有些具有高度安全意识的纽约人那样,出门时有意让屋里的音乐继续响着。然而我必须坦白承认,健忘是我的一大特征。我完全可能忘了关掉我的 CD 播放机。单是这件事本身,不会让我这般不寒而栗。

真正让我恐惧的,是播放的曲子。

原因就在这里。正在播放的歌曲——我试图回忆起最后一次听它是在什么时候——是《不惧死神》。我打了个冷战。

这是肯最喜欢听的歌。

演唱这首歌的蓝牡蛎乐团以重金属音乐见长。可是他们的这首流传最广的歌曲,却相对柔和,甚至可以说是纤美。肯有时会抓过他的网球拍充当吉他,独自演奏和哼唱此曲。我知道我的 CD 唱片中没有这首歌曲。它承载的记忆太多了。

这儿他妈的到底发生了什么?

我走进屋里。我说过灯是关着的,屋里很暗。我停住脚,感到自己出奇地愚蠢。哼,为什么不马上把灯打开呢?这不是一个很好的主意吗?

当我伸手去够开关时，内心里又一个声音对我说，你为什么还不快跑？每当电影出现类似的场景，观众不都是冲着银幕这样喊叫吗？杀手藏在房间里。那个十几岁的傻丫头，发现了她最好的朋友已不见头颅的尸体。她没有像一头发疯的野兽一样逃跑和尖叫。相反，她竟然决定利用这个难得的机会，揭开这幢黑暗中的房子的秘密。

嗨，只要我脱下衣服换上比基尼，我就可以出演这一幕了。

音乐声渐弱，进入吉他手的独奏。我等着它完全静下来，剩下的曲子不长了。可是音乐又重新开始。同样的曲子。

他妈的到底是怎么回事儿？

逃跑，尖叫，这才是正确的选择，我马上就要这么做。只是缺少一个逃跑的理由，目前我还没有一脚绊到一具无头尸体。这种情况下角色该怎么演？我到底该怎么做？给警察打电话吗？我能想象出下面的情景：您遇到了什么麻烦，先生？嗯，我的音响正在播放我哥哥最喜爱的一首歌，所以我尖叫着跑到了大厅，您能拔出枪来马上赶到这里吗？啊哈，好吧，我们马上出发。

这听起来有多傻？

我假定已经有人破门进入了我的房间，就是说有个家伙正潜伏在我的公寓里，不过他是带着自己的 CD 来到这里……嘿，最有可能干出这种事儿的人会是谁呢？

我的眼睛已经适应了黑暗，同时我的心脏也逐渐恢复了正常跳动。我决定不开灯。如果这儿真的有个入侵者，没有理由让他看到我站在这里，使我成为攻击的目标。不过，也许开灯会吓他一跳，让他暴露出来。

天哪，我真不是这块料。

好吧,就这么定了。不开灯。接着呢?

音乐。循着音乐寻找。声音是从我的卧室里传出来的。我朝卧室的方向转过身。门关着。我朝它走过去。蹑手蹑脚。我不是一个十足的笨蛋。我刚才进屋时让第一道门保持着完全敞开的状态——以备求救呼喊或返身逃跑。

我笨拙地侧身蹭着向前滑动,左脚朝着前面的卧室,但是右脚却坚定地朝着门口的方向。这让我记起方块儿的瑜伽中的一种体位。分开双腿,弯向一侧,可是重心和“意识”都要落在相反的一侧。身体朝一个方向运动,意念却朝着另外的方向,这就是一些瑜伽信徒——幸好不是方块儿——所强调的“拓展你的精神境界”。

我滑行了一码远,接着又是一码。我想起当年蓝牡蛎乐团的巴克·达摩。我不仅记得这个名字,还知道他的真名叫唐纳德·罗瑟,这一事实颇能说明我的童年是怎样度过的。他总是在歌中唱到我们人人可以像他们一样,像罗密欧和朱丽叶一样。

当然会一样。一个字,就是“死”。死了都一样。

我来到卧室的门前。我咽一口唾液,用手推了推它。纹丝不动。必须转动把手。我伸手握住金属把手,回头看了一眼,后面那道门依然敞开着,我的右脚尖也依然指向那个方向,尽管我对自己的“意识”不抱乐观态度。我尽可能轻轻地转动门把手,然而发出的声音在我听来仍似一声枪响。

我稍一用力,把门推开了一点点,便松开把手。音乐声变大了,轻快而清晰,也许用的是两年前我过生日时方块儿送我的那台博士牌 CD 播放机。

我伸头进去,只想快速地扫描一下室内。就在这一刻,有人薅住了我的头发。

我根本没来得及发出惊叫。我的头被用力地拽了过去,双脚脱离了地面,身体飞越房间,双臂以超人的姿势前伸,腹部朝下“砰”的一声摔落在地。

空气嘶嘶地逃离了我的肺部。我想翻身。但是他——我猜想这里应该用“他”——早已扑上来,跨坐在我的背上,用一只胳膊缠住了我的脖子。我拼命挣扎,可是他的力气大得不可思议。他的胳膊往后一用力,便阻断了我的呼吸,使我喘不上气儿来。

我无法动弹,任由他摆布。他将头凑向我,我的耳边能够感到他的呼吸。他的另一只胳膊动了一下,好像在找更好的角度或是平衡,随后他抬手一捏。我的气管马上就要破裂了。

我的眼珠凸了出来。我用手去乱抓脖子。没用。我用指甲去抠他的前臂,结果像是抠到了坚硬的红木上。我的颅压已升高到不堪忍受的程度。我胡乱扑腾,我的对手却纹丝不动。我的头盖骨马上就要爆裂。就在这时,我听到了他的声音:

“嗨,威尔小子。”

他的声音。

我立刻就听出是他的声音。我没听到它也许有——天哪,我还试图记起什么——10 年、15 年的时间?反正是从朱莉死了以后。一些特定的声音,主要是人的语音,会存储在大脑皮层的某个专门区域。如果愿意的话,可以把它称为逃生区。只要听到这些声音,你身上的一切纤维都会绷紧,马上会感觉到危机的来临。

他松开了我的脖子——很突然,也很彻底。我瘫在地板上,猛烈地扭动着,费力地喘息着,极力想吐出感觉堵在喉咙里的东西。他笑着从我身上下来。“你是有意让着我,威尔小子。”

我翻过身,倒着向后爬开。我的眼睛证实了耳朵已经告诉我的事实。我简直不敢相信。他有了一些变化,但是我不可能认错。

“约翰?”我问,“约翰·阿谢尔塔?”

他露出了没有任何感情含量的微笑。我觉得又回到了从前。那种恐惧,度过青春期后再也没有体验过的恐惧,再度附体。幽灵——每个人都这么喊他,尽管都没有勇气当面喊——总是带给我恐惧感,而且我认为并不仅仅是我一个人有这种感觉。他能让所有的人都感到害怕,虽然我一直属于被保护的对象。我是肯·克莱因的弟弟。对于幽灵来说,这就够了。

我属于懦弱的人。在我的一生中我总是在躲避肢体的直接冲突。有人认为这是由于我谨慎、成熟。其实不然。真相在于,我是一个胆小鬼。我强烈地害怕暴力。也许这是正常的,是一种生存的本能,但是我至今还在为此羞愧。令人奇怪的是,我哥哥则是幽灵最好的朋友。肯身上具有令人忌妒的进攻精神。有没有这种精神,是众多的跃跃欲试者和少数能够真正实现梦想的卓越人物之间的重要区别。肯在网球比赛中不可一世、放手一搏、永不认输、不论跑出边界多远都要奋力扑救每一个球的好胜的劲头,总是让人联想起约翰·麦肯罗①年轻时的样子。甚至在孩提时代,肯与人动手也是往死里打,对手倒下后他还要上去踹上几脚。我可从来不喜欢这些。

幽灵走上前来,没等我做出反应,就抱住了我。他的个子很

---

① 约翰·麦肯罗(John McEnroe):美国网球名将,1985年前曾连续四年获世界排名第一。由于性格暴躁、言论火爆、常与对手起争执,被传媒和观众称为“坏小子”。

矮，长着上身长、双臂短的奇怪身材。他的脸颊压在我的胸口上。“好长时间没见了。”他说。

我不知道该说什么、从哪儿说起。“你是怎么进来的？”

“什么？”他松开了我，“噢，门是开着的。我很抱歉，这么偷偷地进来吓了你一跳，不过……”他微笑着，不经意地耸耸肩。“你一点儿都没变，威尔小子。你看起来很棒。”

“你不该这么……”

他歪着脑袋，让我想起了他准备大打出手时的样子。约翰·阿谢尔塔是肯的同班同学，在利文斯顿高中比我高两年。他是学校摔跤队的队长，也是埃塞克斯郡连续两年的轻量级冠军。他或许还能问鼎州冠军，可是由于在比赛中有意造成对手肩膀脱臼（这已经是他在这场比赛中的第三次犯规），他被取消了比赛资格。我至今还记得对方选手疼得嗷嗷叫的情景，那无力地悬垂下来的胳膊激起了在场一些观众的强烈愤慨。我记得当这个选手被抬出去的时候阿谢尔塔露出的一抹微笑。

爸爸说幽灵身上有一种拿破仑情结。我觉得这是一种过于简单化的解释。我不知道他究竟是什么毛病，也许幽灵具有强烈的证明自己比别人厉害的需要，他比别人多一条Y染色体，或者他压根儿就是现今世上一个最坏的大浑蛋。

不管怎么说，他肯定是个精神病。

不必讳言，他以伤害别人为乐。他走到哪里，就会给哪里带来末日降临的感觉。连那些比他大不少的学生对他都唯恐避之不及。你不要望他的眼睛，不要挡他的去路，因为你永远也不知道什么会惹怒他。他会毫不迟疑地向你袭来，他会打折你的鼻子，他会用膝盖猛顶你的胯下，他会狠抠你的眼睛，他会在你转过身时突然朝你扑上来。

在我中学二年级的时候,他把米尔特·塞浦斯坦打成了脑震荡。塞浦斯坦是个呆头呆脑的新生,在穿涤纶印花衬衫时经常佩戴避免钢笔漏水儿的口袋防护套。他的错误在于斜倚在了幽灵的存物柜上。幽灵微笑着拍拍他的后背,让他离开了。这一天的晚些时候,塞浦斯坦正和班级同学走在一起,幽灵突然从后面跑上来,胳膊朝着他的脑袋狠狠地抡去。塞浦斯坦根本没有看见幽灵,就被击倒在地。幽灵笑着猛踢他的头部。塞浦斯坦不得不被人送进圣巴尔纳伯医院的抢救室。

对此没有人敢说看见了什么。

14 岁的时候——如果那些传言准确的话——幽灵杀死了邻居家的一条狗,手段是把鞭炮插进了狗的直肠。然而比这还可怕的、比别的什么都更可怕的是,大家说在他刚刚十岁的时候,稚嫩的幽灵竟然用一把厨刀杀死了一个叫丹尼尔·斯金纳的男孩儿。据说比幽灵大两岁的斯金纳找碴儿欺负幽灵,而幽灵做出的反应就是把刀直接捅进斯金纳的心脏。人们还传说,幽灵进了少年教养所,还接受了心理治疗,但是时间都不长。肯声称自己和这件事儿无关。我问过爸爸,爸爸对肯的说法既未肯定也未否定。

我想把过去的事儿抛到一边。“你想干什么,约翰?”我永远也不能理解我哥哥同他的友谊。我的父母对此也不支持,尽管幽灵在大人们眼里显得挺乖巧。他脸上患有白化病的皮肤(“幽灵”的绰号先是由此而来)遮蔽了他原本精致的五官。他可以算是漂亮,长着长长的眼睫毛,下巴中间有一道如同德利杜威①的

① 美国电影《铁骑惊魂》(Dudley Do-Right)中的一位年轻骑警。

深沟。我听说他毕业后参了军。有人说他在与秘密军事行动有关的特种部队或是绿色贝雷帽部队服役，还有其他类似的传闻，但是没有人能够证实。

幽灵又歪了一下脑袋。“肯在哪里？”他以一种出手前特有的柔和音调问道。

我没有应答。

“我离开了很长时间，在海外。威尔小子。”

“你都干什么了？”我问。

他咧嘴向我亮出了牙齿。“现在我回来了，我觉得应该和我最好的老朋友叙叙旧了。”

我不知道对此做何回答，然而我猛然间记起了昨夜在阳台上的那一幕。站在街口盯视我的男人，就是幽灵。

“那么，威尔小子，我如何能找到他呢？”

“我不知道。”

他举起手拢在耳后。“你说什么？”

“我不知道他在什么地方。”

“那怎么会呢？你是他的弟弟。他很爱你。”

“你到这儿想干什么，约翰？”

“嘿，”他又一次亮出了牙齿，“你高中时候的辣妹女友朱莉·米勒怎么样了？你们俩结婚了吗？”

我盯着他。他保持着微笑，我知道他是在耍弄我。很奇怪的是，他和朱莉的关系挺好。我对此无论如何也理解不了。朱莉声称在表面现象的背后、在这个脱缰野马般的神经病身上，我们还需要看到另外一些并不坏的品质。我有一次开玩笑说，她大概是从他的爪子上拔下过一根刺。目前我在想如何应对眼前的局面。

我确实在考虑逃跑,不过我知道永远办不到。我知道我不是他的对手。

我真的是心惊胆战。

“你走了很长时间?”我问道。

“好多年,威尔小子。”

“那你最后一次见到肯是在什么时候?”

他装出深入思考的样子。“噢,大约是在,多少,12 年前? 从那以后我就出国了,再没有任何联系。”

“啊——哈。”

他的眼睛眯起来。“听着好像你对我还有怀疑,威尔小子。”他走近了我,我尽力不做畏缩状,“你怕我?”

“不。”

“你哥没在这里,他不再保护你了,威尔小子。”

“我们也不再是高中生了,约翰。”

他直视着我的眼睛。“你真的以为世界有了那么大的变化?”

我不愿怯阵。

“你看起来吓得够呛,威尔小子。”

“出去。”我说。

他的答复令人措手不及。他突然低下身子,把我的双腿猛地一扳,我四仰八叉地摔在地上。没等我动弹,他发力锁肘牢牢控制住我。我的指关节承受着剧烈的压痛,他却又将它向三头肌方向扳过去。我的胳膊肘被扭得极度错位,锥心的疼痛顺着臂膀传遍全身。

我尽可能顺着他的力扭动身体,放弃无谓的抵抗,只想着如何减轻他给我带来的痛苦。

幽灵用我从未听过的冷静的声音说道:“你告诉他别再躲藏了,威尔小子。你告诉他会有别的人受到伤害,可能是你,或者是你的父亲,或者是你姐姐。甚至也可能是今天与你见面的那个狐狸精小米勒。你就这么告诉他。”

他的双手敏捷得异乎寻常。就在一瞬间,他一面松开我的胳膊,一面朝我的脸上猛击一拳。我的鼻子开花了,重重地跌回地板,头晕目眩,神志模糊。我可能昏迷过去了,反正说不清楚。

我抬眼向上望去,幽灵已经消失了。

19

方块儿递给我一个冰袋儿。“我应该见见这个家伙,是不是?”

“是呀,”我说着,把冰袋儿放到显然是十分脆弱的我的鼻子上。“他看起来就像是偶像明星。”

方块儿在沙发上坐下,把两脚抬到了茶几上。“说说是怎么回事儿。”

我向方块儿述说着。

“这家伙听起来像个王子。”方块儿说。

“我说没说他折磨动物的事儿?”

“说了。”

“说没说他的卧室里收藏着不少骷髅?”

“哎呀,这一定能给女人们留下深刻的印象。”

“我不明白,”我挪开了冰袋儿,鼻子里像是塞满了碎裂的硬币,“为什么幽灵要找我哥哥?”

“他妈的,这当然是个问题。”

“你认为我应该向警察报告吗?”

方块儿一耸肩。“再说一遍他的全名。”

“约翰·阿谢尔塔。”

“我估计你不知道他最近住在哪里。”

“不知道。”

“但他是在利文斯顿长大的?”

“是的。”我说,“在伍德兰大街。伍德兰大街57号。”

“你还记得他的住址?”

这回轮到我耸了耸肩膀。利文斯顿就是这样一个镇子,彼此能记住这类的事情。“我不清楚他妈妈是怎么回事儿,在他还小的时候就从家里跑走了。他爸爸是个酒鬼。他有两个哥哥。我记得一个叫肖恩,是越战老兵,留着长长的头发和乱蓬蓬的胡须,整天自言自语,绕着镇子转来转去。人们都说他疯了。他们家的院子像个垃圾场,长满了杂草。利文斯顿的人们受不了这个。警察还为这事儿给他家开了罚单。”

方块儿记下了这些信息。“我想法查查看。”

我的头更疼了。我强打精神问道:“你上学的时候碰到过像他这样的家伙吗?一个为了自己取乐专门去伤害别人的神经病?”

“当然了,”方块儿说,“我自己就是这样的家伙。”

我将信将疑。我知道方块儿曾是个无法无天的小阿飞。可是想象他会和幽灵一样,想象在大厅里他一经过我的身边我就发颤,想象他砸碎一颗颅骨并为发出的响声而大笑……这无论如何是不可思议的。

我把冰袋儿重新放回鼻子上,两者相触时不禁抽搐了一下。

方块儿摇着头。“可怜的宝贝儿。”

“可惜你没想着当个医生。”

“你的鼻子可能骨折了。”

“我也这么想。”

“你想去医院吗?”

“不,我可是个硬汉子。”

方块儿发出窃笑声。“反正他们也帮不上什么。”他停住了,嘣嘣牙床,然后说,“发生了一点儿事情。”

我不喜欢他说这话的腔调。

“我接了个电话,是联邦调查局讨人喜欢的可爱的乔伊·皮斯蒂罗打来的。”

我又把冰袋儿挪到了一边。“他们找到希拉了?”

“不知道。”

“他想干吗?”

“他不说。他只是请我带你去一趟。”

“什么时候?”

“现在。他说他出于礼貌应当给我打个电话。”

“这是什么意思?”

“我要知道就见鬼了。”

“我是克莱德·斯默特,”这个男人用埃德娜·罗杰斯所听过的最温柔的声音说道,“镇里的法医。”

埃德娜·罗杰斯望着她的丈夫尼尔和法医握手。她只是朝他点了点头。女警长也在这里,还有一位她的助手。埃德娜·罗杰斯注意到,所有在场的人都恰如其分地露出了一副凝重的表情。那个叫克莱德的男人想说一些体现安慰之意的言辞,被埃德娜·罗杰斯制止了。

克莱德·斯默特走向那张台子。结婚已42年的尼尔和埃德娜·罗杰斯并肩站在一起等待着。他们没有肢体的接触,他们没有从对方那里汲取力量。他们最后一次相互扶持,距今已经有好多年了。

终于,那位法医停止了谈话,拉开了死者身上的布单。

尼尔·罗杰斯看到希拉的面庞后,像个受伤的动物踉跄着朝后退去。他的眼睛向上翻着,发出凄厉的哭声,让埃德娜不由得想起了暴风雨即将来临时丛林里的野狼。尽管她还没有亲眼见证,可是丈夫的极度痛苦已经使她懂得,不会有延缓的判决,不会有最后的奇迹了。她鼓起全部的勇气向女儿望去。她伸出了一只手——即便女儿已经死去,那种试图爱抚女儿的母性永远不会消失——可是半路止住了。

埃德娜目不转睛地盯着女儿。她的视线变得模糊了。她觉得女儿的容颜正在发生变化,过往的岁月在一步步地退走、一层层地剥落,她第一次分娩带来的这个长女重新变成了她怀里的婴儿。等待着宝贝女儿的,是未来的整个人生;而她作为妈妈得到的,则是做对所有事情的新的机会。

埃德娜·罗杰斯开始失声痛哭。

20

“你的鼻子怎么了?”皮斯蒂罗问我。

我们又来到了他的办公室。方块儿待在外面的休息室里,我坐在皮斯蒂罗办公桌对面的椅子上。我这次注意到,他坐的椅子比我的要高出一截儿,也许是为了追求一种威慑的效果。去圣约家园找过我的女探员克劳迪娅·费希尔抱着膀子,站在我的身后。

“您应该看看另外那个家伙变成了什么模样。”我说。

“你同别人打架了?”

“我只是摔倒了。”我回答。

皮斯蒂罗不相信我的话,不过那也无所谓。他把两手摊在桌子上。“希望你向我们从头到尾地重新叙述一下有关情况。”他说。

“叙述什么?”

“关于希拉·罗杰斯失踪的情况。”

“你们找到她了吗?”

“请你配合我们。”他用拳头挡住嘴咳了一下,“希拉·罗杰斯是什么时候离开你的公寓的?”

“为什么?”

“克莱因先生,请你在这件事儿上帮助我们。”

“我认为她是在早晨五点离开的。”

“你对这一点很肯定吗?”

“认为,”我说,“我用的词是‘认为’。”

“为什么你不能肯定呢?”

“我睡觉呢。我觉得我听到她离开了。”

“五点?”

“是的。”

“你看表了?”

“您当真吗,不会吧?”

“不然你怎么会知道那是五点呢?”

“也许是我体内的生物钟非常准确,我说不好。我们能换个话题吗?”

他点点头,在椅子上挪动了一下。“罗杰斯女士给你留了张纸条儿,对吗?”

“对。”

“那张纸条儿放在哪儿了?”

“您是想说,放在我房间的什么地方?”

“是的。”

“那有什么关系?”

他最大限度地露出屈尊俯就的笑容。“请。”

“在厨房的餐台上,”我说,“餐台铺着塑料贴面,假如这有帮助的话。”

“纸条儿上到底写的是什么?”

“这是我私人的事情。”

“克莱因先生——”

我叹了口气。没有理由和他顶下去。“她告诉我她永远地爱着我。”

“还有别的吗?”

“这就是全部。”

“只是她永远地爱着你?”

“没错。”

“你仍然保留着这张纸条儿吗?”

“保留着。”

“我可以看看它吗?”

“您能告诉我为什么让我到这儿来吗?”

皮斯蒂罗往后一靠。“离开你父亲家后,你和罗杰斯女士直接就回到你的公寓了吗?”

话题的突然转换让我一时不能适应。“您在说什么?”

“你去参加了母亲的葬礼,对不对?”

“对。”

“然后你和希拉·罗杰斯回到了你的公寓。你是这么告诉我们的,对吗?”

“我是这么对您说的。”

“这是真的吗?”

“是真的。”

“回公寓的路上你在哪里站过脚吗?”

“没有。”

"有人能够证实这一点吗?"

"证实我没有停下来过?"

"证实你们两位回到了公寓并且在那天晚上剩下的时间里都待在那里。"

"为什么需要有人证实这一点呢?"

"请你回答,克莱因先生。"

"我不知道是否有人能够证实。"

"你和什么人谈过话吗?"

"没有。"

"有没有哪位邻居见过你们?"

"我不知道。"我回头看看克劳迪娅·费希尔。"为什么你不去查访一下那些邻居呢?你们这些家伙不是很擅长干这事儿吗?"

"希拉·罗杰斯为什么要去新墨西哥州?"

我转回身。"我不知道她去过那里。"

"她从来没对你说过她要去那儿?"

"对此我一无所知。"

"你自己怎么样,克莱因先生?"

"什么我怎么样?"

"你在新墨西哥有熟人吗?"

"我甚至不知道去圣达菲的路怎么走。"

"是圣荷西,"皮斯蒂罗纠正着我,并为自己不伦不类的幽默露出笑容,"我们有你最近的电话通话单。"

"多谢您对我的关心。"

他抖抖肩膀。"现代科技。"

“这合法吗？调我的电话单？”

“我们有许可令。”

“我打赌您会有。那么您想知道些什么呢？”

克劳迪娅·费希尔直到现在才第一次挪动身体。她递给我一张纸。我瞅了一眼，发现是一份通话记录的复印件。其中一个我并不熟悉的号码，用黄色的高亮彩笔特别标注了出来。

“在你母亲葬礼的头一天晚上，你的公寓接过一个从新墨西哥州天堂山的公用电话亭打来的电话。”他的身体朝我探过来一点儿。“那是谁的电话？”

我仔细看着那个号码，仍然是一头雾水。电话是晚上六点十五分打来的，通话持续了八分钟。我不知道这意味着什么，但是我抬起了头，这场谈话的整体氛围让我很不舒服。

“我应该找个律师吗？”

这让皮斯蒂罗对我的步步紧逼有所放缓。他和克劳迪娅·费希尔交换了一下目光。“你任何时候都可以请一位律师。”他字斟句酌地说。

“我要方块儿来这里。”

“他不是律师。”

“尽管如此。我不知道究竟发生了什么，可是我不喜欢您的这些问题。我到这里来以为您会向我提供一些信息。不承想，我却遭到了你们的审问。”

“审问？”皮斯蒂罗张开两手。“我们只是聊聊天。”

我身后响起刺耳的手机铃声。克劳迪娅·费希尔迅速抄起电话的样子就像怀亚特·厄普[①]。她把手机贴到耳边说:“费希尔。”听了大约一分钟后,她也没说再见就挂断了电话。接着她对皮斯蒂罗点点头,好像做出了某种确认。

我站了起来。“我实在是受够了。”

“坐下,克莱因先生。”

“你们这一套让我厌烦,皮斯蒂罗,我实在——”

“这个电话……”他打断了我。

“怎么着?”

“坐下,威尔。”

他直呼我的名字。我讨厌他的声调。我仍然站在原处等着。

“我们刚才一直等待着亲眼确认的结果。”他说。

“确认什么?”

他没有直接回答我的质询。“我们请希拉·罗杰斯的父母从爱达荷州飞了过来。这是亲属的正式确认。尽管她的指纹已经告诉了我们所需要的一切。”

他的面容变得柔和了。我的膝盖已经软了下来,可我尽力站直身子。他用沉重的目光盯着我,我下意识地摇摇头,但是我已知道,我无法回避这一沉重的打击。

“很遗憾,威尔,”皮斯蒂罗说,“希拉·罗杰斯死了。”

---

① 怀亚特·厄普(Wyatt Earp):美国西部淘金热时期的枪战高手。

21

否认现实具有神奇的功效。

尽管我已心如刀绞，尽管我已周身寒彻，尽管我的眼泪正在夺眶而出，我还是尽力保持着一种超然客观的态度。我点着头，集中注意力听清了皮斯蒂罗认为可以透露给我的一些细节。她的尸体被丢弃在内布拉斯加的路边，他这样告诉我，我点头。她被人杀害了，杀人者用的是“一种相当残忍的方式”（皮斯蒂罗的原话），我又点头。在她身上没有找到任何可以辨别身份的东西，通过扫描找到了相匹配的指纹档案，之后希拉的父母飞来对尸体做了正式确认。我再一次点头。

我没有坐下，也没有哭出声，只是僵直地站立在那里。我感到胸口里有什么东西变得沉甸甸的而且在迅速地膨胀，压迫得我喘不上气儿来。

皮斯蒂罗的声音似乎是从遥远的地方传来，似乎是通过某种过滤器或是从水下传来。我的脑海中闪过我们日常生活的情景：希拉坐在沙发上读书。她的双腿盘着，毛衣的袖子显得过长。她神情专注，伸着手指随时准备翻开下一页。读到有的段落时她的眼睛会眯缝起来。感受到我的目光时她会抬起头来灿烂地微笑。

希拉死了。

我的思绪仍然停留在回忆中，停留在希拉活生生地存在过的那间公寓里。我想紧紧抓住眼前的幻影，紧紧抓住已经失去的东西。这时，皮斯蒂罗的话语穿过迷雾回响在我的耳畔。

“你应该早点儿和我们合作，威尔。”

我仿佛从梦中惊醒。“什么？”

“如果你当初对我们说了实话，也许我们能够救出她来。”

当我回过神儿来的时候，人已经走出来上了面包车。

方块儿时而猛烈地扭动方向盘，时而狠狠地发誓要复仇。我从未见他这般狂躁不安过。我的反应则恰恰相反，像是被人拔去了电源插头。我凝视着窗外，企图继续顽固地否认现实，然而我也意识到，现实正在重重地捶打我周围的墙壁。我不知道在这一番番的猛烈冲击下，墙壁还能挺多久。

“我们会逮住那个家伙。”方块儿又一次这样说。

至少在眼下，我对此并不那么在意。

在我的公寓楼前，我们把车并排停到了别的车旁边。方块儿从车上跳了下来。

“我会没事儿的。”我说。

“反正我也得上去，”他说，“我想让你看样东西。”

我麻木地点点头。

我们进屋后，方块儿把手伸进口袋，掏出了一把手枪。他握着枪在公寓里转了一圈儿。没人。接着他把枪递给了我。

“把门锁上。如果那个该死的浑蛋再来这儿，就用枪崩了他。”

“我不需要这玩意儿。”我说。

“崩了他。”他重复道。

我的目光停留在这把枪上。

“你想让我在这儿吗？”他问我。

“我想我最好是一个人静静地待一阵。”

“是呀，好吧，不过如果你需要我，就打我的手机。随时都会开着。”

“好，谢谢。”

他没再说什么就离开了。我把手枪放在桌子上，站在那里环视着我的房间。希拉的一切东西都不复存在，她的气味正在消退，屋里的空气变得更加稀薄、更加缥缈。我恨不得关上所有的窗户和房门，在上面钉上扣板，尽可能多地保留她的气息。

有人杀死了我心爱的女人。

又一次？

朱莉的被杀与此有所不同，甚至可以说大相径庭。是的，我仍想否认现实，可是有个声音穿过破裂的墙壁向我低语：一切都同以往不一样了。我知道这一点，而且我知道这次我再也恢复不过来了。面对有些打击，人能够咬住牙承受并且会慢慢地重新爬起来，在肯和朱莉身上发生的事情应该算是这一类。这次的打击却不同。我的心里五味杂陈，而最强烈的感觉莫过于绝望。

我再也不能和希拉在一起了。有人谋杀了我心爱的女人。

我的意念聚焦在了后一点。谋杀。我想到她的过去，她所经受的一切苦难。我想到她是多么勇敢地奋力挣扎，又想到某些人——可能是同她的过去有联系的人——竟然会偷偷地跟在她的后面，并伺机对她下了毒手。

愤怒开始在我体内奔涌。

我走到桌前，弯下腰，从最下面的抽屉深处掏出了一个丝绒盒。我深吸了一口气，打开了盒子。

这是一枚钻戒，钻石是一点三克拉的，色泽为G，等级为VI，圆形的切工。白金的指环样式简洁，上面同时镶着两粒长方形的小宝石。这是我在两个星期前从47街钻石专卖区的一家店里买来的。只有妈妈看过这枚戒指。我本打算趁她还活着正式向希拉求婚。可是那以后妈妈的状况一直不好，这事儿就暂时放下了。让我宽慰的是，妈妈已经知道我找到了合适的人，而且她对我的选择极为赞成。我一直等待着一个恰当的时机向希拉献上这枚钻戒。

希拉和我相爱着。我会以某种老套的、颇为尴尬的、自以为富有创意的方式向她求婚，而她会变得泪眼模糊，然后说一声愿意，张开双臂紧紧抱住我。我们会步入婚姻的殿堂，成为终生厮守的伴侣。多么美好的一切啊。

有人夺走了这一切。

用来抵御现实的墙壁开始土崩瓦解。悲伤彻头彻尾地淹没了我，使我无法呼吸。我瘫在椅子上，把两只膝盖抱在胸前，前后晃动着开始哭泣。真正的哭泣，撕心裂肺、悲恸欲绝的哭泣。

我不知道我痛哭了多久，不过我迫使自己止住了哭泣。就在这一刻，我决心击退和战胜悲伤。悲伤不得不蜷缩在那里。可是愤怒却不然。愤怒是同悲伤一起到来的，只是它没有蛰伏，它流连着、徘徊着，寻觅大举进入的机会。

于是，我敞开胸怀迎接愤怒。

22

凯蒂·米勒听到她爸爸正放开嗓门吵嚷,便在门口停住了脚步。

“你为什么要跑到那儿去?”爸爸喊道。

她的妈妈和爸爸站在起居室里。这间屋子和这家的其他地方一样,给人以连锁酒店般的感觉。家具是实用的、闪亮的,却没有一丝暖意。墙上的油画都是帆船和静物等与家庭生活不相干的东西。屋里没有小塑像、度假纪念品和家庭的收藏品,更看不到这家人的照片。

“我是去问候一下。”她妈妈说。

“真是见鬼,你为什么要这么做?”

“我觉得这么做是对的。”

“对的? 是她的儿子杀了我们的女儿。”

“是她的儿子。”露西尔·米勒重复道,“不是她。”

“别和我扯这个。是她养大了他。”

“那不等于是她杀的人。”

“你过去可没相信这套鬼话。”

她妈妈挺直了后背。“老早以前我就是这么想的,我只是没说出来。”

沃伦·米勒转身在屋里来回踱步。“而且那个浑蛋把你撵了出来?”

“他很痛苦。他只是想发泄一下。”

“我绝不允许你再去那里,”他一边说,一边无奈地挥动着手,“你听见了吗?你不是不知道,是她帮助那个犯了杀人罪的儿子藏了起来。”

“那怎么?”

凯蒂使劲儿抑制住了她倒吸一口气的声音。米勒先生猛地转过头。“你说什么?”

“她是他的妈妈。换了我们,又会有什么区别?”

“你这是在胡说些什么?”

“假如事情反过来,假如是朱莉杀了肯以后需要藏起来,你会怎么做?”

“你在胡说八道。”

“不,沃伦,并不是。我想知道,我想知道如果角色换位的话,我们会怎么做?我们把朱莉交给警察?还是我们会想办法救她?”

她爸转身离去的时候看到了站在门口的凯蒂。他们的目光相遇了,如同她一生中已有过的无数次,爸爸仍然不能直视她的眼睛。沃伦·米勒不再说一句话,咚咚地走上了楼梯。他走进了那间后来设置的“电脑室”,顺手关上了门。电脑室是朱莉过去的卧室。有九年的时间,这个房间原封不动地保持着朱莉生前住过的样子。后来突然有一天,没有任何事先的沟通,她爸冲进屋里把所有东西打包挪到了别处。他把墙壁刷成白色,又到宜家家居买来一台电脑桌。于是这里变成了电脑室。有人把它理解为是彻底告别过去或至少是逐步迎接新的生活的开端。事实上完全相反。整个事情不过是一种强做的姿态,就像一个垂危的病人硬要显示他能从床上爬起来,其结果只能是进一步加重自己的病情。凯蒂从来不去这间屋子。尽管那里已没有了朱莉住过的明显痕迹,却不知为何反倒使朱莉的魂灵显得更加栩栩如生。你的记忆和想象力代替了你的眼睛,你不断地想象出那些你永远也不愿意看到的情景。

露西尔·米勒走进了厨房,凯蒂默默地跟了进去。妈妈开始洗碗。凯蒂望着她,希望——同样是无数次地——自己能说点儿安慰妈妈的话。她的父母从来不对她谈论朱莉。从来不。在过去的时光里,凯蒂也许有五六次撞到他们谈论朱莉被杀的事情。每次都以沉默和泪水宣告结束,就像今天这样。

"妈?"

"没事儿,宝贝儿。"

凯蒂走到妈妈身边。她的妈妈更用力地刷洗着。凯蒂注意到妈妈的白发更多了,腰弯得更明显了,皮肤也变得更灰暗了。

"您会吗?"凯蒂问道。

妈妈不作声。

"您会帮助朱莉逃跑吗?"

露西尔·米勒继续刷洗着。她把碗碟放进洗碗机,倒进清洗剂,让它转动了起来。凯蒂又等了一会儿,可是妈妈一直不说话。

凯蒂蹑手蹑脚地走上楼梯。她听到电脑室里传出爸爸痛苦的呜咽声。关着的房门起到些隔音的作用,然而哭声仍然清晰可闻。凯蒂停住脚步，把手掌放在了门板上，似乎感受到哭声给它带来的震颤。她爸哭起来总是痛彻心扉、大恸不已。他哽咽着，一遍又一遍地呼唤着“天哪，请不要这样”，仿佛在苦苦哀求一个正在折磨他的人快点儿把子弹射进他的脑袋。凯蒂站在那里听着。哭声丝毫没有减弱。

过了一会儿，凯蒂转身走回了自己的房间。她把一些衣物塞进背包，准备一次性地了断所有这一切。

我仍然把腿蜷缩在胸前，坐在黑暗之中。

快到午夜了。我查看来电显示屏。按常理我应当关掉电话，可是闭眼不接受现实的愿望依然颇为强烈，使我还在盼望着皮斯蒂罗能打来电话，告诉我这一切全是天大的误会。面对沉重打击，人的心理大都如此，总想在困境中找出一条出路，为此愿与上帝谈判，愿做出任何承诺。试图让自己确信，一切皆有可能，一切也许只是一场梦、最可怕的一场噩梦，总会有某种途径让一切返回过去。

我只接过一次电话，是方块儿打来的。他告诉我，圣约家园的孩子们明天想为希拉举办一个追思会。他征求我的意见，我说希拉一定会很高兴的。

我望着窗外，那辆面包车又绕着街区转了一圈儿。是方块儿，他在暗中保护我，已经在这里转了一夜了。我早就知道他不会离开我。也许他正巴不得有点儿情况发生，也好冲着谁把满腔的怒火发泄出去。我想到方块儿关于他自己曾和幽灵差不多是一类人的说法。从方块儿以往的经历和希拉过去经受的一切中，我体味到一个人的过去会给他或她带来多么强烈而深刻的影响。

我惊叹于他们竟然有勇气游过奔腾咆哮的激流。

电话又响了。

我低头望着手里的啤酒。我不是那种一醉解千愁的人,虽然我多少有些希望自己是这类人。我现在需要变得麻木,可实际的情形恰好相反。我的皮肤好像被剥开了,使得我更清晰地感知着一切。我的双臂和双腿变得越发沉重。我感到我淹没在水下,虽然离水面只差几英尺,可我的腿却被一双无形的手死死地拖住,无论我怎么挣扎也无法摆脱。

我等着答录机帮我处理来电。二声铃响后,我听到咔嗒一声,接着是我的声音告诉对方听到嘟声后留言。“嘟”声响过后,我听到一个有点儿熟悉的声音。

“克莱因先生?”

我坐直了身子。留言的女人正在努力抑制抽泣。

“我是埃德娜·罗杰斯。希拉的妈妈。”

我立刻伸出手抄起电话。“我在这儿。”我说。

她的回答只是哭泣。我也开始哭了起来。

“我没想到这一切会让人这么痛苦。”过了一阵子她说。

孤零零地坐在曾经是“我们”的公寓里,我又开始前后摇晃着身体。

“很久以前我就和她断绝了关系,”罗杰斯夫人继续说道,“她不再是我的女儿。我还有别的孩子。她离开了我们,永远地消失了。我并不希望这样,但是事情就这么发生了。甚至当警察到我家来,甚至当他告诉我她已经死了的时候,我还是无动于衷。我只是点点头,又挺起了脊梁,你知道吗?”

我不知道。我什么也没说,只是听着。

“然后他们带我飞到了这里，内布拉斯加。他们说已经比对了她的指纹，可是他们需要家庭成员亲眼做出确认。所以尼尔和我开车到博伊斯机场，接着飞到这里。他们领我们到了这个小小的警察局。电视里演的都是隔着玻璃，您知道我的意思吧？人们站在外面，有人把尸体推来，隔着玻璃来看。这儿可不是这样。他们带我到屋里，尸体上盖着单子。她甚至没在担架上，她就那么躺在一个台子上。然后那个男人拉开了单子，我看到了她的脸。14 年里第一次，我看到了希拉的脸……”

她说不下去了。她又开始哭泣，过了好久也无法止住哭声。我把听筒举在耳边等待着。

“克莱因先生，”她开始说道。

“叫我威尔吧。”

“您爱她，威尔，是不是？”

“非常爱她。”

“您让她感到了幸福吗？”

我想起了那枚钻戒。“我希望是的。”

“我在林肯市过夜。明天早晨我想飞到纽约去。”

“那太好了。”我告诉她关于追思会的事情。

“结束后您有时间和我们谈谈吗？”她问我。

“当然了。”

“我需要打听一些事情，”她说，“同时我必须告诉您一些事情——一些很难接受的事情。”

“我不大懂您的意思。”

“明天见，威尔。到时候我们谈一谈。”

夜里来了一位客人。

后半夜一点，门铃响了。我以为是方块儿。我好不容易站了起来，拖着脚步穿过房间。我突然想起了幽灵。我回头望了一眼。那把枪还在桌子上。我停住了。

门铃又响了。

我摇摇头。不，我还没有失去理智，至少现在还没有。我走到门口，通过窥孔望出去。不是方块儿，也不是幽灵。

是我的爸爸。

我开了房门。我们站在那里彼此相望，仿佛隔着遥远的距离。他有点儿上气儿不接下气儿，眼睛又红又肿。我一动不动地站在那里，感到我身上的一切顷刻间土崩瓦解了。他点点头，张开双臂，示意我靠上前去。我进入他的怀抱，把面颊贴在那件粗糙刺脸的毛衣上。它闻起来有种陈旧的潮湿的味道。我开始啜泣。他发出嘘声，抚摩着我的头发，更紧地抱住我。我的双腿已经瘫软，但是身体没有滑倒在地板上。我的爸爸支撑住我，抱着我站了很长很长时间。

23

内华达州　拉斯韦加斯市

莫迪·迈耶尔把两张 10 点的牌分成两手，示意庄家给两边都发牌。第 1 张牌是 9，第 2 张是 A。第一手是 19 点。接着是黑杰克。

他连交好运，已连续赢了八手牌。过去的 13 手中共赢了 12 手——实实在在的一万一千美金。莫迪正处于最佳状态。外人永远难以体验的赌局赢家的那种快感，正在使他的胳膊和下肢出现兴奋的震颤。这种感觉爽极了，什么也比不上它。赌博，莫迪早就领教了，是一个最风骚的妖姬。你追求她，她鄙视你、拒绝你，让你痛不欲生。然而，当你准备放弃追求的时候，她竟然又向你媚笑，把温暖的手放在你的脸上，柔情地爱抚你，而这一切是那样的美妙，真他妈的美妙……

庄家爆牌了。噢，又赢了。发牌的庄家，是个披着一头打理过分的干草样头发的中年女人。她把牌拢到一边，付给他赢的筹码。莫迪正在赢钱。尽管嗜赌者互戒会的那帮笨蛋四处兜售他们那一套,可你的的确确能够在赌场赢钱。总得有人赢,不是吗?胜负总是有概率的,赌场不可能打败所有的人。嘿,赌场的确能够战胜许多赌客,可是滚动的骰子也可能带给你好远,让你成为为数不多的胜者。就是说,总有些人会赢,会满载着赌赢的钱回家。只能是这样。不可能不是这样。互戒会的那些家伙总是说没人能在赌场赢钱。这些过度渲染的胡话,使他们的组织显得毫无信誉。如果他们是在向你撒谎,你怎么会相信他们能给你提供帮助呢?

莫迪是在拉斯韦加斯赌钱。拉斯韦加斯——指的是真正的拉斯韦加斯,指的是这座城市的本体。它不是游客随意闲逛并为仿麂皮鞋和运动鞋讨价还价的商业街,不是呼啸的口哨和快乐的尖叫,不是仿制的自由女神像和埃菲尔铁塔,不是太阳马戏团的演出或游乐场的过山车,不是3D技术的观光电影或化装的角斗士表演,当然也不是翩翩起舞的喷泉水柱、轰然爆发的冒牌火山和孩子们挪不开脚步的电子游戏厅。真正的拉斯韦加斯在这里。在这里,男人们蓬头垢面,牙齿七零八落,一张赌台的几个人也许能凑够一副满口的牙齿。他们的肩膀垂落时还能抖下从车里带来的尘土。这些人正在输掉可怜的薪水。他们睡眼惺忪,筋疲力尽,脸上深深的皱纹诉说着日出而作的艰辛。一个男人逃离了他所痛恨的那份工作的奴役后,往往会跑到这里。因为他不愿回到那台拖车或别的类似的称作家的地方,不愿面对破旧的电视、啼哭的婴儿,还有那个曾经在货车后座上与他百般亲热、如今却公然以深恶痛绝的目光瞧着他、挂出一副"别烦我"表情的妻子。他怀着就他所知最有可能成真的梦想来到这里,隐隐约约地相信只要再迈出一步就能彻底地改变自己的生活。然而这种希望从来不会持续下去。莫迪甚至怀疑是否真的存在着这种希望。这些赌徒在心底也都懂得，他们的希望永远只是泡影，他们永远也改变不了自己的命运，他们注定了一辈子要与失意和落魄为伴。

赌台换上了一位新庄家。莫迪靠向椅背，望着他赢来的筹码，往日的阴影再一次掠过他的心头：他思念丽厄。有些日子里，他醒来后仍然朝她转过身去，却猛然记起她已不在人世。这时的他会陷入深深的悲痛之中，难以从床上爬起来。现在，莫迪将目光投向赌场里这些脏兮兮的家伙。莫迪要是再年轻一些，他就会称这些家伙为窝囊废。不过他们来这里想必都有各自的苦衷。也许自打生下来他们的屁股上就烙着字母L①。莫迪的父母来自波兰一个犹太小镇，心甘情愿地为莫迪做出牺牲。他们偷渡到这个国家，把熟悉的一切抛在大洋彼岸，在极度贫困中拼搏挣扎——所有这些都是为了他们的儿子将来能过上更好的日子。没日没夜的辛劳使他们过早地进入了坟墓。不过他们还是挺到了莫迪从医学院毕业的时刻。他们感到一生的努力终于有了结果，他们欣慰地相信这个家族的发展将从此步入光明灿烂的坦途。夫妇俩闭日时都很安详。

莫迪得到一张6，又得到一张7。他再要一张，是10，爆牌了。接着他又输了一手。该死。他需要这笔钱。向赌徒发放高利贷的洛卡尼，对打断欠债者的腿丝毫不以为意。他已经向莫迪追债了。莫迪以向他告密的方式求得放宽还款期限。想到这里，莫迪觉得自己才是窝囊废中最大的窝囊废。莫迪已经向洛卡尼说出了有关那个蒙面男人和受伤女人的事儿。洛卡尼开始并未留心，

① L是英语单词Loser的首字母。Loser有输家、失败者、失意者、倒霉蛋、背时鬼、窝囊废等含义。

可是这个信息还是扩散出去了，而且突然间竟有人想打听更多的细节。

莫迪向他们讲述了几乎所有的细节。

只是，他没有也不会对他们讲起汽车后排座位上的那个乘客。他不明白这一切究竟是怎么回事儿，但是有些事情他是不会做的。即使已沦落到这种地步，莫迪也不会对人说出这件事儿。

他有了两张 A，便要求分牌。有个男人坐到了他身边。莫迪与其说是看到还不如说是感觉到了他的存在。他这一身老骨头如同感知行将到来的天气变化一样，感受到了不速之客的来临。他没有转过头去，这是因为，虽然听起来毫无道理，他害怕看见这个人。

庄家给他发牌。一张 K，一张 A。莫迪赢了两手黑杰克。

身旁的人靠近他低语。“见好就收，莫迪。”

莫迪慢慢转过身，看到这人有一双死灰色的眼睛，皮肤白得近乎透明，似乎将体内的每根血管都展露在人们眼前。他向莫迪微笑着。

“该收手了，”清脆的嗓音继续低语。“快把筹码换成现金。”

莫迪尽力不让自己发抖。“您是谁？想干什么？”

“我们需要谈一谈。”那人说。

“谈什么？”

“关于您最近用您那受人推崇的医术治疗过的一位特殊病人。”

莫迪咽了口唾沫。为什么他非得向洛卡尼说起这事儿呢？他应该用别的办法拖延账期，什么办法都行。“我已经把我了解的一切都告诉他们了。”

面色苍白的男人仰起头。“是这样吗,莫迪?”

“是的。”

那双死灰色的眼睛紧紧地盯着莫迪。两人都不说话,一动不动。莫迪觉得脸在发热。他试图挺起后背,然而他感到,在对方目光的灼烧下,他正在一点点地枯萎。

“我可不相信你全都说了,莫迪。我认为你隐瞒了一些事情。”莫迪没有吭声。

“那天晚上他们的车上还有谁?”

莫迪盯着他的筹码,想尽力显得镇定一些。“你在说什么呀?”

“车里还有别人,对不对,莫迪?”

“哎呀,快走开,好吗?我正在赢钱呢。”

幽灵从座位上站起身,摇了摇头。“不,莫迪,”他说话间轻轻碰了碰莫迪的胳膊。“我想告诉你,你马上就要走背字儿了。”

24

追思会在圣约家园的礼堂举行。

方块儿和旺达坐在我的右边,爸爸坐在我的左侧。爸爸一直把手放在我的身后,时不时抚摩一下我的后背。感觉真好。礼堂里人很多,多数都是孩子。他们拥抱我,哭着告诉我他们多么想念希拉。仪式持续了近两个小时。

今年 14 岁、写一首流行歌曲能赚十美金的特雷尔,用小号吹奏了一首他为悼念希拉而创作的乐曲。这是我听过的最悲伤、最美妙的声音。被诊断出患有双相障碍、刚刚 17 岁的丽莎,强调她得知自己怀孕后,只有希拉是她唯一可以倾吐此事的人。萨米讲了希拉如何教他随着"糟糕透顶的白人姑娘的音乐"跳舞的有趣故事。16 岁的吉姆告诉前来哀悼的人们,他曾经自暴自弃,并且已做好了自杀的准备,而希拉的微笑使他意识到,世间还存在着这般真诚美好值得珍惜的东西。希拉说服他在世上多逗留了一天,接下来是一天又一天。

我努力驱赶悲痛,仔细地聆听孩子们的追忆。这些孩子值得我这么做。这家收容所对于我、对于我们意义非凡。当我们对我们的付出是否真的有成效、有帮助产生怀疑的时候，我们总是会提醒自己：这一切都是为了孩子。这些孩子并不讨人喜欢。多数孩子让人看不入眼，让人难以产生怜爱之情。多数孩子会悲苦一生，等待着他们的是被抓进监狱或沦落甚至暴尸街头的命运。然而这并不意味着我们可以放弃，而是恰恰相反。事实上，这意味着我们必须更多地关爱这些孩子，无条件地关爱他们，毫不退缩地关爱他们。希拉懂得这个道理，她热爱这份事业。

希拉的妈妈——至少我认为那是罗杰斯夫人——在仪式大约进行了20分钟的时候走了进来。她是个高个子女人。她的脸干涩枯萎，类似于某种物品在阳光下晒得过度的样子。我们的视线相遇了。她做出发问的表情，我点头做出肯定。在仪式余下的时间里，我隔一会儿就转过脸看看她。她端坐在那里听着大家对于她女儿的评说，脸上带着近乎敬畏的神情。

在大家集体起立为死者祝福的时刻，我看到一个让我大为吃惊的身影。我正在扫视着众多熟悉的面孔，突然间看到了一张几乎完全被纱巾遮盖了的脸庞和那副仍留有印象的身材。

塔尼娅。

破了相的、一直“照顾”着路易斯·卡斯特曼那个浑蛋的女人。当然这只是我的猜测，不过我在很大程度上确信她就是塔尼娅。同样的头发、同样的身高和体形。尽管她的脸几乎是遮着的，我还是能够从她的眼睛里看出某种熟悉的东西。我原来没有想到这一点，在过去混迹街头的日子里她和希拉很有可能彼此认识。

我们又坐下了。

最后致辞的是方块儿。他很雄辩也很风趣，用语言描绘出一个栩栩如生的希拉。对此我自愧不如。方块儿告诉孩子们,希拉曾经是“你们当中的一员”,也是一个离家出走并且不停地同自己内心的魔鬼搏斗的人。他提到希拉刚来圣约家园的那一天。他提到希拉的生命在这里像鲜花一样得到绽放。而最重要的是,他强调,希拉在这里和我一起坠入了爱河。

我感到空荡荡的,体内的一切似乎都被掏空了。我的心灵又一次受到重创,因为我意识到失去希拉的痛苦将永远伴随着我。我可以回避现实,我可以兜圈子去调查和挖掘隐藏着的某些秘密,但是这一切到头来不会改变任何事情。我的悲伤永远不会离我而去,它将取代希拉成为我永恒的伴侣。

追思会结束时,在场的所有人都不知道如何是好。我们都呆呆地坐在那里一动不动,直到特雷尔又吹起了他的小号。大家开始站起身,再一次流着眼泪同我拥抱。我记不得在那里站了多久,只是一一接受了所有人的慰问。大家流露的真情实感让我感动,不过也使我更加思念希拉。由于这一切实在令人难以承受,麻木的感觉又重新回到我的身上。如果没有这种麻木,我断断撑不下去。

我抬眼寻找塔尼娅,她已没了踪影。

有人高声地请大家到自助餐厅用餐。参加追思会的人陆续朝那里缓缓地走去。我看到希拉的妈妈站在角落里,两手攥着一只手袋儿。她看起来精疲力竭,似乎全部的生命力都从一道仍然洞开的伤口流泻出去了。我朝她走去。

“您是威尔?”她问我。

“是的。”

“我是埃德娜·罗杰斯。”

我们没有拥抱或亲吻面颊,甚至连手都没有握一下。

“我们去哪儿谈谈?”她问道。

我带她沿着走廊朝楼梯走去。方块儿看出我们想单独会面,便引导人们为我们让开路。我们走过了那些新的医疗器材,也走过了心理治疗室和戒毒室。这里的好多女孩子是新生儿的或是即将分娩的母亲,我们要照顾好她们。有不少孩子有严重的精神方面的问题,我们要为他们提供帮助。当然了,他们当中有许多人还有吸食毒品的毛病,我们在这方面也做出了最大努力。

我们走进了一间空着的宿舍。我关上房门。罗杰斯夫人背朝着我。“追思会开得真好。”她说。

我点点头。

“希拉竟然变得——”她停下来,摇了摇头。“我一点儿都不知道。我真希望能看到她这个样子。我真希望她能给我打来电话,告诉我这些。”

我不知道该说些什么。

“当希拉活着的时候,她从来没有让我有过以她为荣的时候。”埃德娜·罗杰斯从手袋儿里抽出一块手帕。她迅速而用力地揩了揩鼻子,又把手帕放回手袋儿。“我知道这么说不大中听。她是个美丽的宝宝。上小学的时候表现得很好。可是随着慢慢长大,不知从什么时候起”——她望向别处,抖了抖肩膀——“她变了。她的脾气变坏了,总是抱怨,总是不高兴。她从我的钱包里偷钱,一次次地从家中逃走。她没有朋友,那些男孩儿让她心烦。她恨学校,她恨自己生活在梅森这个地方。终于有一天她逃学后离家出走了,而且这一次她再也没有回来。”

她看着我,似乎在期待着我的回应。

“您再也没有见过她吗?”我问。

“再也没有。”

“我不明白,”我说,“究竟发生了什么呢?”

“您是说是什么让她终于出走?”

“是的。”

“您一定以为发生了什么大的事件,对不对?”她的声音变大了,还具有了某种挑战的意味。“一定是她爸爸虐待她了,或者是我揍了她,类似的能够说明这一切的事情。这类问题总是用这种套路来解释,清清楚楚,有前因也有后果。可是根本就没有这样的事儿。她爸爸和我,我们不是完人,我们有很多毛病。可是她的出走并不是我们的错。”

“我的意思并不是指——”

“我知道您指的是什么。”

她的眼睛燃起怒火。她噘起嘴唇,毫不客气地盯住我。我想换一个话题。

“希拉给您打过电话吗?”

“是的。”

“经常打吗?”

“最后一次来电话是在三年以前。”

她停下来等着我继续发问。

我问道:“她是在什么地方打的电话?”

“她不会告诉我的。”

“她说什么了?”

这一次她过了好半天才做出回答。她开始在屋里转来转去,瞧瞧床再瞧瞧衣柜,抖一抖枕头,掖一掖床单。“隔上半年左右,希拉会往家里来一次电话。通常不是喝多了就是吸了毒品，管它是什么，反正她的情绪非常不稳定。她动不动就哭，我也跟着哭，她还对我说起一些很可怕的事情。”

“都是什么样的事情？”

她摇头。“在楼下，那个前额上刺着图案的男人说的那些事情，关于你们两个人相爱的事儿，都是真的吗？”

“是真的。”

她挺直身子望着我。她的嘴唇略微弯曲，做出了一个可以理解为是微笑的表情。她的语调中夹杂的一些东西让我不大舒服。“这么说希拉是和她的头儿一起睡觉。”

埃德娜·罗杰斯的嘴唇弯曲出更为明显的微笑，看起来她像是变了一个人。

“她是一名志愿者。”我说。

“啊——哈。她都为您志愿地提供了哪些具体服务，威尔？”她问道。

我感到后背一阵战栗。

“还想对我做出评判吗？”她问。

“我认为您应该离开这里。”

“真相很不容易接受，是不是？您以为我是个残忍的妖魔，是我无缘无故地抛弃了自己的孩子。”

“我没有资格对此说三道四。”

“希拉是个不知羞耻的孩子。她撒谎，她还偷——”

“也许我开始有所理解了。”我说。

“理解什么？”

“她离家出走的原因。”

她眨了眨眼睛，对我怒目而视。“您不了解她。您到现在也不了解。”

“您一点儿都没听到他们刚才说什么了吗？”

“我听到了。”她的声音变得柔和了。“但是我从来不认识他们说的这个希拉，她也从来不让我去认识。我认识的希拉——”

“请原谅我的冒昧，我真的毫无心情听您再这么贬损她。”

埃德娜·罗杰斯住嘴了。她闭上眼睛，坐到了床沿儿上。屋里一时变得十分安静。“我不是为此而来。”

“您为什么来这里呢？”

“我希望听些好话，这是一点。”

“您已经听到了。”我说。

她点头。“我听到了。”

“您还需要什么？”

埃德娜·罗杰斯站起身，朝我走了过来。我忍住没有从原地挪开。她直勾勾地望着我的眼睛。“我是为卡丽来的。”

我等待着。见她不再继续说下去，我说：“您在电话里提到过这个名字。”

“是的。”

“我过去就不认识什么卡丽，现在我还是不认识。”

她又向我露出冷酷的、扭曲的微笑。“您不会对我撒谎的，是吧，威尔？”

我感到一丝新的寒意。“不会。”

“希拉从来没提过卡丽这个名字吗？”

“没有。”

“您肯定吗？”

“是的。她是谁?”

“卡丽是希拉的女儿。”

我仿佛挨了一闷棍。埃德娜·罗杰斯看到了我的反应。她看起来很欣赏这一幕。

“您那位可爱的志愿者从来没有提到她有个女儿,是吗?”

我不作声。

“卡丽现在12岁了。而且,不,我不知道谁是她的爸爸。我相信同样希拉也不知道。”

“我不明白。”我说。

她从手袋儿里掏出一张照片,递给了我。这是医院里为新生儿拍摄的照片。一个婴儿裹在毯子里,睁开不久的眼睛茫然地望着外部世界。我翻过照片,背面手写着“卡丽”,下面还标出了出生日期。

我觉得天旋地转。

“希拉最后一次给我打电话,是在卡丽九岁生日那天。”她说,“我和卡丽聊了一会儿。卡丽,就是这么回事儿。”

“那么她如今在哪里?”

“我不知道,”埃德娜·罗杰斯说,“所以我才到这里来,威尔。我想找到我的外孙女。”

25

我跌跌撞撞地走回家,看到凯蒂·米勒坐在我的公寓门口,她的背包放在两腿之间。

她赶忙站了起来。“我打过电话,可是……”

我点点头。

“我的父母,”凯蒂告诉我,“我一天也不能在家里待下去了。我想也许我能在你的沙发上过夜。”

“现在可不是时候。”我说。

“噢。”

我把钥匙插进锁孔。

“我正在尽力把各种事情联系在一起,你知道吗?就像我们说过的。我开始琢磨,是谁杀了朱莉。在你们俩分手后,你对朱莉的生活究竟了解多少?”

我们两人走进了公寓。“我不知道现在这时候是否合适。”

她终于注意到我的脸色。“怎么了?发生什么了?”

“与我非常亲密的一个人死了。”

“你是说你的妈妈?”

我摇头。“又一个十分亲密的人。她被谋杀了。”

凯蒂倒吸一口气,把背包抛到地上。“有多亲密?”

“非常。”

“是你的女朋友?”

“是的。”

“你爱她?”

“我非常爱她。”

她凝视着我。

“怎么了?”我问。

“我说不好,威尔。看起来有人专门谋杀你爱着的女人。”

同样的想法早些时候也在我的脑海里出现过,又被我驱走了。一经说出来,显得更加荒诞无稽。

“朱莉是在同我分手一年多以后被杀的。”

“那时你早就不再想她了,是吗?”

我不想重复谈论这个话题。我问:“我们分手后朱莉的生活是怎样的?”

凯蒂以十几岁孩子特有的姿态一屁股坐到沙发上,浑身好像没长一根骨头。她的右腿压着胳膊,脑袋向后仰,下巴上扬。她仍穿着那条有裂口的牛仔裤,上身换了件T恤衫,由于绷得过紧,里边的杯罩看着像是套在了外面。她的头发拢在后面梳成个马尾巴,有几绺散出来遮住了她的脸。

“我想,”她说,“如果肯没有杀她,那就是别的什么人干的,对不对?”

“是呀。”

“所以我开始了解她当时的生活。你知道,给老朋友打打电话,请他们回忆一下她那时的情况,诸如此类的事情。”

“你发现什么了吗?”

“她当时的生活像一团乱麻。”

我努力集中精力理解她的话。“怎么会?”

她把两脚落到地上,坐了起来。“你都记着什么?”

“她当时在哈维顿读四年级。”

“没有。”

“没有?”

“朱莉辍学了。”

我很吃惊。“你肯定吗?”

“四年级的时候。”她说,接着问我,“你最后见到她是什么时候?”

我想了想。当时真的已经好久没见面了。我这样回答她。

“你们分手的时候呢?”

我摇摇头。“她是在电话里提出分手的。”

“当真吗?”

“是的。”

“够冷酷的,”凯蒂说,“而你就接受了?”

“我想见见面,可是她不同意。”

凯蒂看着我的样子表明我刚刚说出的是人类史上最站不住脚的理由。回头想想,也许她是对的。我当时为什么不跑到哈维顿去?为什么我没有坚决要求当面谈一谈?

“我认为,”凯蒂说,“朱莉后来干了一些坏事。”

“这是什么意思?”

“我不知道,也许我想得有点儿离谱。我对当时的事情记得不太多。不过我记得她在死前看起来很开心,我很久没见她这么开心过了。我想也许是她的情况在好转,我也说不清。”

门铃响了。我的肩膀随着铃声耷拉下来,我再没心情去接待另外的人。凯蒂看出了我的心思,跳起来说:“我去开门。”

送货员送来一篮水果。凯蒂接过水果拎到屋里。她把水果放到桌子上。“有张卡片。”她说。

“打开它。”

她从小小的信封里抽出了卡片。“这是圣约家园的一些孩子慰问你的水果。”她从信封里又抽出什么东西。“还有一张做弥撒的通知。”

凯蒂盯着卡片不放。

“怎么了?”

凯蒂读了一遍,接着抬头望着我。“希拉·罗杰斯?”

“是呀。”

“你的女朋友的名字是希拉·罗杰斯?”

“对。怎么了?”

凯蒂摇着头放下卡片。

“怎么回事儿?”

“没什么。”她说。

“别这样。你认识她?”

“不认识。”

“那是怎么回事儿?”

“没什么。”这次凯蒂的语气很坚定。“别想这事儿了,好吗?”

电话响了。我等着答录机说话。通过扬声器我听到了方块儿的声音。“接起电话。”

我照做了。

没有任何开场白，方块儿说：“你相信她妈妈的话吗？希拉有个女儿？”

“我相信。”

“那我们需要做什么？”

从听到这个消息以来我第一次面对这个问题。“我有个看法。”

“洗耳恭听。”

“也许希拉的突然失踪和她的女儿有关系。”

“什么样的关系？”

“也许她想找到卡丽或者想把她带回来。也许她听说卡丽有了麻烦。我不知道，反正有事儿。”

“听着不无道理。”

“如果我们能够查出希拉当时的行踪，也许我们就能找到卡丽。”

“也许我们会落得个希拉的下场。”

“有风险。”我表示同意。

片刻的迟疑。我望一眼凯蒂，她呆呆地望着某处，手指抻着下嘴唇。

“这么说你想继续调查。”方块儿说。

“是的，不过我不想让你陷入危险。”

“所以这时候你打算告诉我，我可以随时拔腿撤出。”

“对了。这时候你也打算告诉我，你会和我一起坚持到最后。”

“真是催人泪下。”方块儿说道，“这事儿我们就算说完了。是叫罗斯科还是叫拉葵尔，他刚刚来电话。他可能已经得到了有关希拉如何出走的重要线索。你对夜间兜风还有兴趣吗？”

“接我。”我说。

26

菲利普·麦圭因从监视器里看着他的难缠的老对手。接待员呼叫他。

“麦圭因先生?”

“让他进来。”他说。

“是,麦圭因先生。不过他是和——”

“让她也进来。”

麦圭因站起身来。他的这间办公室在曼哈顿岛西南角的一栋大楼里,从这里能够俯瞰哈德逊河。在天气逐渐炎热后的几个月里,那些簇新的披着霓虹彩灯、甲板大厅气派豪华的超大邮轮,将会一艘又一艘地从窗前经过,其中有些甚至和他的窗户一般高。可今天河上一艘都没有。麦圭因不停地按着监控摄像机的遥控器,观察着他的宿敌、联邦调查局的皮斯蒂罗以及他那位女下属的一举一动。

麦圭因在保安设施上砸了重金。这些钱没有白花。他的监视系统由 83 台摄像机组成。任何一个走进他的私人电梯的人,都会被数字摄像机从不同角度拍摄下来。不过,这套系统真正的与众不同之处在于,那些摄像机的拍摄角度安排得十分巧妙,以至任何一个正在走进来的人同时可以被拍得似乎他正在离开这里。走廊和电梯都涂着薄荷绿。看着也许不怎么样——实际上,真是很难看——可是对那些懂得特效处理和数字图像技术的人来说,这才是问题的关键。在绿色背景前拍摄的影像可以拉出来,不露痕迹地移植到其他背景上。

他的敌手们对来这里往往不存太多戒心。毕竟这里是他的办公区。他的敌手推测,没有人会胆大妄为地在自己的地面上公然杀害别人。他们都错了。他的胆大妄为的本性,加上警方恰好也是以同样的逻辑考虑问题,再加上他能够拿出受害者安然无恙地离开此地的摄像证据,使这里成了对人下手的一个理想场所。

麦圭因从最上面的抽屉中取出了一张老照片。他早已懂得了这样的道理:永远不要低估某个人或某种局面。他同时也懂得,让对手低估自己,就能使自己获得更大的优势。他望着照片里的三个 17 岁的小伙子——肯·克莱因、“幽灵”约翰·阿谢尔塔,还有他麦圭因。他们都在新泽西州的利文斯顿长大,尽管麦圭因的家住在镇子里与肯和幽灵家完全相反的一侧。他们在高中相识,互相吸引,在彼此的目光中找到了归属感、认同感——也许他们对此做了过高的估价。

肯·克莱因是个狂躁的网球运动员。约翰·阿谢尔塔是个变态的摔跤运动员。麦圭因是学生自治会的主席,是魅力无边的万人迷。他凝视着照片上的面孔。你永远也看不出来,你看到的只是三个高中时代的风云人物,你看不到外表后面更多的东西。

几年前的科伦拜恩校园枪击案①发生后，麦圭因怀着极大的兴致关注着媒体的各种反应。整个社会都在寻求着合乎情理的解释：这两个学生杀手在学校和社会中处于边缘化状态，他们被其他孩子嘲弄和欺负，他们缺乏父母的关爱和教育，他们沉迷于电子游戏，等等。但是麦圭因知道上述理由并非那么重要。大概时代已经有了些许变化，然而当年的他们——肯、约翰和麦圭因——也完全可能成为这样的杀手。因为真相在于，这同你是否有充裕的金钱，是否有父母的关爱，同你是努力保持自己的个性还是拼命跟上社会的主流，都没有什么关系。

有些人就是暴戾成性。

办公室的门开了。乔瑟夫·皮斯蒂罗和他的女弟子走了进来。麦圭因的脸上绽放出笑容，把照片搁到一边儿。

"嗨，沙威②，"他对皮斯蒂罗说，"你还在为了我偷的几块面包而追捕我吗？"

"对呀，"皮斯蒂罗说，"对了，那就是你，麦圭因。一个被追捕的无辜男人。"

麦圭因将注意力转向那位女性探员。"告诉我，乔伊，为什么你的身边总是跟随着这么可爱的女同事？"

"这是克劳迪娅·费希尔探员。"

"真迷人，"麦圭因说，"请坐吧。"

---

① 1999年4月20日，美国科罗拉多州杰弗逊郡的科伦拜恩高中发生校园枪击事件。埃里克·哈里斯和迪伦·克莱伯德两名高中生，持枪并携带爆炸物进入校园，枪杀12名学生和1名教师，并造成其他24人受伤。两名杀人者随后自杀身亡。

② 沙威（Javert）：法国小说《悲惨世界》中的警探，穷其一生追捕最初因偷一块面包而犯罪的冉·阿让。

“我们还是站着吧。”

麦圭因抖抖肩膀表示请他们随意，然后坐到了自己的椅子上。“今天我能为两位做点儿什么？”

“你有麻烦了，麦圭因。”

“你是说我？”

“的确如此。”

“而你们到这儿是为了提供帮助？多难得啊。”

皮斯蒂罗哼了一声。“我追你好久了。”

“是啊，我知道。不过我有些朝三暮四。建议：下次带来一束玫瑰，为我拉开房门，还要点燃蜡烛。我是个喜欢浪漫的男人。”

皮斯蒂罗双手攥成拳头撂在桌上。“我有时想待在一边儿，看着你被人家生吞活剥。”他咽下口水，强忍心中怒火。“可是更多的时候，我还是想看到你由于你自己所做的一切而在监狱里慢慢烂掉。”

麦圭因转向克劳迪娅·费希尔。“他放狠话的时候非常性感，你觉得呢？”

“猜猜我们刚刚找到了谁，麦圭因？”

“霍法①？也该是时候了。”

“坦纳。”

“谁？”

皮斯蒂罗发出冷笑。“别和我玩儿这一套。他是个大恶棍，他为你干活儿。”

“我记得他在我这儿的保安部工作。”

---

① 吉米·霍法（Jimmy Hoffa）：1913 年出生，美国劳工领袖，曾任国际卡车司机工会主席。1975 年在底特律市郊一处停车场神秘失踪，至今仍是一桩悬案。

“我们找到了他。”

“我可不知道他已失踪了。”

“真有趣。”

“我以为他休假呢，皮斯蒂罗探员。”

“永久性的休假。我们在帕塞伊克河里找到了他。”

麦圭因皱起眉头。“多不卫生啊。”

“他的脑袋上有两个子弹打穿的洞。我们还发现了一个叫彼得·阿普尔的家伙，他被人勒死了。他过去是军队的狙击手。”

“成为你梦想着的自己。”①

只有一个被勒死，麦圭因暗想，幽灵冲着另一个开枪的时候一定有些失望。

“嗯，让我们瞧瞧，”皮斯蒂罗继续说下去，“这两个死了，加上我们在新墨西哥州发现的那两个，一共是四个。”

“你甚至都不用扳着手指头数。他们付你的薪水太少了，皮斯蒂罗探员。”

“你愿意同我谈谈这事儿吗？”

“非常愿意，”麦圭因说，“我承认，是我把他们杀了。满意了吗？”

皮斯蒂罗隔着写字台探过身去，两人的脸相距只有几英寸。“你快完蛋了，麦圭因。”

“你中午喝了洋葱汤。”

皮斯蒂罗依旧紧紧逼视对方。“你知道希拉·罗杰斯也死了吗？”

---

① 成为你梦想着的自己(Be all you can be)：美国征兵广告中的一句宣传语。

"谁?"

皮斯蒂罗站直了身子说道:"好啊。同样你也不认识她,她没为你干过活儿。"

"很多人在为我干活儿,我是个生意人。"

皮斯蒂罗望了费希尔一眼,说:"咱们走。"

"这么快就走了吗?"

"我等这一天等了好久。"皮斯蒂罗说道,"人们是怎么说的?复仇是一道最好放凉了再去吃的菜。"

"就像维希奶油浓汤。"

皮斯蒂罗又发出一声冷笑。"祝你愉快,麦圭因。"

他们走了。麦圭因坐在那里,足有十分钟一动未动。他们造访的目的是什么?很简单,敲山震虎。又一次低估了他。他按下三号线。这是一条保密专线,每天都有人检查以保证不被窃听。他迟疑了一下,开始拨号。这会显出他的慌乱吗?

他权衡着利弊,决定冒险一试。

一声铃响后幽灵拖着长腔接起了电话。"喂?"

"你在哪儿?"

"刚下飞机,从拉斯韦加斯飞回来。"

"了解到什么了吗?"

"啊,是的。"

"我听着呢。"

"那辆车上还有一个人和他们在一起。"幽灵说。

麦圭因在椅子上挪动着。"谁?"

"一个小姑娘,"幽灵说,"11 岁或是 12 岁。"

27

凯蒂和我站在街上，方块儿把车停到了我们身边。凯蒂身子靠向我，在我的脸颊上吻了一下。方块儿冲着我扬扬眉毛，我朝他皱皱眉头。

“我以为你要在我的沙发上过夜。”我对她说。

自从见到那只水果篮子后，凯蒂一直有些心神不宁。“我明天回来。”

“你不想对我说说是怎么回事儿吗？”

她把两手深深地插进兜里，耸了耸肩。“我需要再做一点儿调查。”

“调查什么？”

她摇摇头。我没有逼她。她走之前对我咧嘴笑了一下。我钻进了面包车。

方块儿问：“这位是？”

在朝上城开去的路上我解释了发生的事情。车里有几十份三明治，还有一些袋装的毯子。方块儿将把它们分发给那些孩子。三明治和毯子，同他手里那张失踪的安吉尔的照片一样，是沟通的媒介，会带来一个良好的开端。就算效果没那么理想，至少也能让孩子们得到些充饥和保暖的东西。我看过方块儿拿着这些东西做出了令人惊叹的事情。第一天夜里，孩子往往会拒绝任何的帮助，甚至可能出言不逊，充满敌意。方块儿不会计较这些，而是坚持不懈地接近孩子。方块儿相信，锲而不舍才是感化孩子的法宝。让孩子知道你就在他的身边，你对他不离不弃，你对他只想给予、不求索取。

过了几个夜晚，那个孩子会接过三明治。又一个晚上，他会接受毯子。过一阵子，他会主动找你、找这辆面包车。

我伸手到后面，把一份三明治拿到面前。"你今晚还想加班？"

他低下头，从太阳镜的上方望着我，干巴巴地说："不，我就是饿了。"

他又开了一会儿车。

"你还想躲避旺达多久，方块儿？"

方块儿拧开了收音机。卡丽·西蒙[①]的歌曲《你是如此自负》。方块儿跟着哼唱起来，然后问我："还记得这首歌吗？"

我点头。

"有人传说这首歌说的是沃伦·比蒂[②]。是真的吗？"

"不知道。"我说。

车继续向前行驶着。

---

① 卡丽·西蒙（Carly Simon）：1945 年出生，美国著名女歌手、词曲作者，奥斯卡、格莱美奖获得者。

② 沃伦·比蒂（Warren Beatty）：1937 年出生，美国著名男演员、编剧、导演和制片人，曾获奥斯卡和金球奖最佳导演奖。

“我想问问你,威尔。”

他的目光仍盯在路上。我等待着。

“当你得知希拉有个孩子,你很吃惊吗?”

“大吃一惊。”

“那么,”他继续说,“如果你得知我也有个孩子,你会有多惊讶?”

我看着他。

“你不理解我的处境,威尔。”

“我很想去理解。”

“让我们一件事儿一件事儿地去解决。”

今晚路上的车辆出奇地少。卡丽·西蒙渐渐地消失了,接着是董事局主席①恳请他的女人再给他一点儿时间,只要再有一点儿时间他们的爱情就会牢不可破。

明了不过的乞求中充满了无尽的绝望。我喜欢这首歌。

我们穿过城,沿着哈勒姆河公路向北开去。我们遇到了挤在人行天桥下面的一群孩子,方块儿将车开到路旁停好。

“停下干会儿活儿。”

“需要我帮你吗?”

方块儿摇着脑袋。“要不了多大一会儿。”

“你想用那些三明治吗?”

方块儿望着那些即将得到帮助的孩子,思考了一下。“不用。我有更好的东西。”

---

① 董事局主席(Chairman of the Board):美国一个著名音乐组合的名称,20世纪70年代该组合奠定了在美国歌坛上的地位,至今仍在进行巡回演出。《再给我一点儿时间》(Give Me Just a Little More Time)是其成名作。

“是什么?”

“电话卡。”他递给我一张。“我让瑞旭公司赞助了一千多张。孩子们怕是要抢疯了。”

果然奏效。一见到电话卡,孩子们便把他团团围住了。方块儿的确有两下子。我望着孩子们的脸蛋儿,试图把这群脏兮兮的孩子分解为一个个有愿景、梦想和希望的独立个体。孩子们在这里挺不了多久。他们人身所面临的可怕威胁自不待言,不过他们往往能够熬过这一关。更重要、更可怕的问题是,他们的灵魂、他们的自我意识正在这里遭到腐蚀。这种腐蚀一旦达到了某种程度,他们就变得不可救药了。

希拉在她还没有被腐蚀到这种程度时获救了。

然而有人却杀死了她。

我克制自己不去想她。现在没有这个时间。集中精力做好手头的事情。要继续行动。行动能够遏制悲伤。让悲伤给你力量,不要让悲伤把你撂倒。

听起来可能有点儿俗套,然而为了她我必须这么做。

几分钟后方块儿回到了车上。“出发。”

“你还没说我们要去哪儿。”

“第二大道和128街拐角。拉葵尔和我们在那儿碰面。”

“那儿会有什么?”

方块儿咧嘴笑笑。“可能的线索。”

我们把车开下高速公路,又经过一大片住宅区。虽然还隔着两个街区,我一眼就认出了拉葵尔。这不是什么难事儿。拉葵尔的身材尺寸相当于一个小王国的领土面积那么大,而他的服饰让人以为是里伯仑博物馆①扩张到街头进行展出。方块儿到他身边放慢车速,不禁皱起了眉头。

“怎么了?”拉葵尔问道。

“粉色女鞋配上绿色衣裤?”

“这是珊瑚色搭配土耳其玉。”拉葵尔说,“再加上这只橘红色的手包,起到画龙点睛的作用。”

方块儿抖了下肩膀,把车停在一家挂着褪色的“古德伯格药店”招牌的店铺门前。我跨出车门,拉葵尔紧紧地抱住了我,我感觉像是被裹在了湿湿的泡沫橡胶里。他的脸上散发出一股Aqua Velva须后水的味道,使我不禁想道,至少拉葵尔作为一个案例可以证明,使用Aqua Velva须后水的男人果然是不同凡响②。

“我真为你难过。”他悄声低语。

“谢谢你。”

他放开了我,我终于能够自由呼吸了。他哭了起来,眼泪裹挟着睫毛膏顺着脸颊淌下来,混杂在一起的各种颜色沿着粗糙的胡须四处分流,使他的整张脸活像是斯宾莎礼品店后库里的大花蜡烛。

“艾比和萨迪在里面,”拉葵尔说,“他们在等你们。”

方块儿点点头,走进了那家药店,我跟在后面。我们进门时

---

① 里伯仑博物馆(Liberace Museum):位于美国拉斯韦加斯,专门展出古今世界名人的服装和其他用品。

② Aqua Velva是一种男士须后水品牌。Aqua Velva的广告语是:“这才像个男人!使用Aqua Velva的男人果然是不同凡响。”(Feel like a man! Because there's something about an Aqua Velva man!)作者引用这句广告语对那些喜欢同易装癖拉葵尔厮混的男人进行揶揄。

门铃发出“叮咚”的声响。里面的气味让我想起汽车后视镜上悬荡着的樱桃树形的空气清新剂。店里的货架堆得又高又满，绷带、除臭剂、香波和感冒药等全都堆放在那里，看起来杂乱无章。

一个上了岁数、戴着半月形系绳老花镜的男人出现在我们面前。他在白衬衫外面套了一件毛坎肩儿，一头又厚又高的白发如同法官戴的假发套。他的眉毛格外浓密，使他看着像一只猫头鹰。

“瞧啊！方块儿先生来了！”

他们俩拥抱在一起。上了岁数的男人用力地在方块儿的后背上拍打了几下。“你看着很棒。”他说。

“您也一样，艾比。”

“萨迪，”他喊道，“萨迪，方块儿先生来了。”

“谁？”

“那位瑜伽先生。脸上有刺青的那位。”

“在脑门儿上的那位？”

“就是他。”

我摇着头向方块儿探过身去。“还有哪些你不认识的人吗？”

他耸耸肩。“我在生活中富有魅力。”

萨迪从柜台后面走了出来。她是一位瞧上去更老的女人，即使穿上拉葵尔的高跟儿鞋也不会高过五英尺。她皱着眉对方块儿说：“你看起来太瘦了。”

“别烦人家。”艾比说。

“闭嘴。你吃得够多吗？”

“当然了。”方块儿回答。

“你都皮包骨了,只剩下骨头了。”

“萨迪,你能不烦他吗?”

“闭嘴。”她露出狡黠的笑容。“我这儿有逾越节的点心,想来点儿吗?”

“过会儿吧,谢谢。”

“我给你用特百惠保鲜盒装上一点儿。”

“那太好了,谢谢您。”方块儿转向我。“这是我的朋友威尔·克莱因。”

两位老人用悲伤的眼神望着我。“他就是那个男朋友?”

“是的。”

他们上下打量我,然后又彼此对视着。

“我可说不准。”艾比说。

“您完全可以信任他。”方块儿这样说。

“也许我们能信任他,也许不能。我们在这里就像是牧师一样,我们不能张嘴乱说,你明白这一点。而且她这人又特别固执。我们什么也不说,不论什么事儿都不说。”

“我知道这一点。”

“如果我们说了对我们一点儿好处都没有。”

“我完全理解。”

“乱说,我们就会被杀掉。”

“没有人会知道,我向您保证。”

一对老人又对视了一会儿。艾比说:“拉葵尔是个好小伙子,噢,或者说是个好姑娘。我也搞不懂,有时候我都被弄糊涂了。”

方块儿朝前迈了一步。“我们需要您的帮助。”

萨迪以一种十分亲密的神情拉起丈夫的手,使我几乎想转过脸去。萨迪说:“她是个非常美丽的姑娘,艾比。”

“而且那么善良,”他补充说。艾比接着叹口气,眼睛望着我。这时门开了,“叮咚”声又响了起来。一个衣冠不整的黑人走了进来。他说:“是泰洛恩让我来的。”

萨迪迎上前去。“我来打理你的事儿。”她说。

艾比仍然用眼睛盯着我。我瞅瞅方块儿,一点儿也不明白这是怎么回事儿。

方块儿摘下太阳镜。“艾比,求您了,”他说,“这事儿非常重要。”

艾比举起一只手。“好吧,好吧,别总是给我这副脸色看。”他朝前面挥了挥手。“往这儿来。”

我们走到药店的后面。他掀起柜台的活板,让我们弯腰走进去。我们穿过了药粒瓶子、装着处方药的袋子,还有研钵和捣杵。艾比拉开了一道门,我们向下走进了地下室。艾比打开灯。

他宣布说:“这里就是一切事情发生的地方。”

我没看到更多的东西。这里有一台电脑、一台打印机,还有部数码相机。就这些了。我望望艾比,又朝方块儿望去。

“有谁能给我解释一下吗?”

“我们的生意很简单,”艾比说,“我们不留任何痕迹。如果警察想检查这台电脑,好啊,拿去就是了。他们什么东西也找不到。所有的信息都储存在这里,”他用手拍拍自己的脑门儿。“而且每天这里都会丢失许多信息,我说的对吗,方块儿?”

方块儿朝他微笑着。

艾比看到了我困惑的表情。“你仍然不明白吗?”

“我还是一头雾水。”

“伪造的身份证明。”艾比说。

“噢。”

“我指的不是没到合法年龄的孩子拿着去喝酒的那种东西。”

“是呀,我想是这样。”

他压低了声音。“你对这方面的事情了解多少?”

“我知道得不是很多。”

“我说的,是人们在他需要消失的时候用的东西。去逃亡,去重新开始。你遇到麻烦了?噗的一下,我就让你消失,就像是个魔术师。你不信?如果你需要离开,是那种真正的逃离,你不会去找那些旅行社的,你得来找我。”

“明白了,”我说,“你们这项”——我找不到恰当的词——“服务的需求量大吗?”

“说出来会吓你一跳的。噢,平心而论这不是什么光彩的事情。很多时候你帮的是想逃跑的假释犯人或者是保释犯人,还有一些警方正在追捕的人。我们也为许多非法移民提供服务。他们想留在这个国家,我们就想法儿让他们成为公民。”他朝我发出微笑。“而每隔上一阵子我们也会帮助一些更好的人。”

“希拉·罗杰斯。”我说。

“完全正确。你想知道整个运作过程吗?”

没等我回答,艾比又开始了。“和电视上演的不一样。”他说,“电视上总是把事情搞得很复杂,对吗?先找一个死去的孩子,然后寄出他的出生证明之类的东西。他们伪造一些非常复杂的证件。”

“实际操作不是这样吗?”

“完全不是。”他坐在电脑前开始敲击键盘。“首先,那么做需要的时间太长。其次,自从有了网络这些乱七八糟的东西,一个死人很快就真的变成死人了,他们不可能继续活下去。你死了,你的社会保障号码也就死了。否则我就可以利用那些死去的老人的社会保障号码,是不是?或是那些死去的中年人的,你明白吗?”

“我想是的。”我说,“那么您怎么伪造身份证明呢?”

“啊哈,我不去伪造它们,”艾比开心地笑着说,“我利用真正的证件。”

“我不明白。”

艾比对着方块儿皱眉。“我记得你说他在街上混过。”

“很久以前。”方块儿说。

“好吧,让我们试试。”艾比·古德伯格又转向我。“你刚才见到了楼上那个人,在你们后面进来的那个。”

“是的。”

“他看上去没有工作,是吧?他也许无家可归。”

“我可说不准。”

“别和我玩儿政治正确那一套。他很像个流浪汉,是不是?”

“我猜是这样。”

“不过他也是人。他有名字。他有妈妈。他出生在这个国家。而且”——他微笑着,戏剧化地舞动着他的双手——“他还有社会保障号码。甚至他可能还有汽车驾驶执照,大概过期了。没关系。只要这个人有社会保障号码,他就存在着,他就有身份证明。你听懂了我说的这些吗?”

“还行。”

“现在我们假设这个人需要一点儿钱。我不想知道他拿钱干什么,反正他需要。而他最不需要的就是他的身份。他在大街上混日子,他要身份有什么用?他也不需要评定信用等级或买卖自己的土地。所以我们把他的名字输进这台小小的计算机。”他拍了拍显示器的上端。“我们得查查他身上是否背着没过期的拘捕令什么的。如果他没有——多数人都没有——我们就把他的身份买下来。我们假定他的名字叫约翰·史密斯。我们再假设你,威尔,需要用你真名以外的一个名字住进旅店,或不管你干什么。”

我听懂了他的意思。“你把他的社会保障号码卖给我,而我就变成了约翰·史密斯。”

艾比打了个响指。“没错儿。”

“可是我们的长相并不一样。”

“社会保障号码并没有对人的体貌特征做出描绘。一旦有了这个号码,你可以给任何一个政府机构打电话,你也就能拿到你需要的任何文件资料。如果你很着急,我这里有设备,能给你做一张俄亥俄州的驾驶执照。当然,它可能经不起特别严格的检查。但重要的是,你的身份经得起检查。”

“假设我们真正的约翰·史密斯先生被当成非法移民驱逐,他需要用自己的身份证明呢?”

“完全可以用啊。嗨,五个人都可以同时用它。又有谁会知道呢?很简单,对吧?”

“很简单,”我赞同。“这么说希拉过来找了你?”

“是的。”

“什么时候?”

“两天,还是三天以前。我说过,她不是我们这儿那种常见的顾客。那么好的一个姑娘,还那么漂亮。”

"她告诉你她要去什么地方了吗?"

艾比微笑着,碰了碰我的胳膊。"你看这像是个问东问西的生意吗?他们不想说——我也不想听。你要知道,我们从来不议论这些,一句都不说。萨迪和我是讲信誉的。而且,就像我在楼上说的,你说得太多,就会被人干掉。你明白吗?"

"明白。"

"事实上,拉葵尔第一次来试探的时候,我们什么都没说。还是小心为妙。这类的生意就是如此。我们喜欢拉葵尔,但我们还是三缄其口,一个字都不说。"

"是什么让你们改变了主意?"

艾比仿佛受到了伤害。他转过去看看方块儿,又回头看着我。"怎么,你以为我们是畜牲吗?你以为我们没心没肺吗?"

"我不是——"

"凶杀。"他打断了我。"我们已经听说那个可怜的、可爱的姑娘遇到了什么。这可太不应该了。"他举起双手。"但是我们能做什么?我没法儿去找警察,是不是?可我相信拉葵尔和方块儿先生,他们是好人,他们身处黑暗当中却能绽放光芒。就像萨迪和我,懂吗?"

上边的门开了,萨迪朝下走来。"我把店门关了。"她说。

"好。"

"说到哪儿了?"她问艾比。

"我正在告诉他为什么我们要吐露实情。"

"好。"

萨迪·古德伯格慢慢摸索着走下楼梯。艾比再次把猫头鹰样的眼睛转向我说:"方块儿先生告诉我,这件事儿还牵扯到一个小女孩儿。”

“她的女儿，”我说，“这女孩儿大概12岁。”

萨迪发出啧啧声。“你不知道她在哪儿？”

“是这样。”

艾比摇着头。萨迪挪到他身旁。两个人的身体挨在一起，看起来非常和谐。我不禁想知道，他们结婚有多长时间、是否有孩子、家乡在哪里、如何来到了这里，又如何干起了这个行当。

“你想知道一件事儿吗？”萨迪问我。

我点点头。

“你的希拉，”——萨迪向空中伸出双拳——“她很特别，她有气质。当然她很漂亮，不过她还有点儿别的东西。她竟然死了……我们很不好受。她来过这儿，看样子吓坏了。也许我们给她的身份还是出现了纰漏，也许她就是因为这个原因死了。”

“所以，”艾比说，“我们想提供帮助。”他在一张纸片儿上写下几个字，然后递给了我。“我们让她用的名字是唐娜·怀特。这里写了社会保障号码。我不知道这对你们是否有帮助。”

“那个真正的唐娜·怀特呢？”

“一个无家可归的瘾君子。”

我低头看着手里的纸片儿。

萨迪走到我面前，把一只手放到我的脸颊上。“你看起来是个好小伙子。”

我抬头望着她。

“找到那个小女孩儿。”她说。

我点头，又接着点头。我承诺，我会的。

28

回到家里的时候,凯蒂·米勒的身体还在发抖。

不可能是这样,她想。一定是个误会,我把名字弄错了。

“凯蒂?”她妈妈喊道。

“唉。”

“我在厨房里呢。”

“我一会儿就过去,妈妈。”

凯蒂朝着地下室走去。她的手碰到了门把手,又停住了。

地下室。她真不愿意下到那里去。

已经过去这么多年,人们会以为凯蒂对那张破旧的沙发、那块儿带有水渍的地毯和那台老得连有线网都无法接入的电视等早已麻木了。其实不然。她身上的全部感官都在提示她,她姐姐的尸体仍在那里,肿胀着、腐烂着,死亡的味道如此浓烈,使人连咽下一口唾沫都感到困难。她的父母非常理解她。凯蒂从来不用自己去洗衣服。她爸爸从来不让她去储藏室为他取工具箱或新的电灯泡。假如有什么事儿非得去地下室,她的妈妈或爸爸会为她代劳。

这次不行。这一次,她需要自己来办。

她在楼梯顶端打开了电灯开关。一只光秃秃的灯泡亮了起来——它的玻璃罩在凶案发生时被打碎了。她慢慢地迈下楼梯,尽可能避免视线直接落到沙发、地毯和电视这类的东西上。

为什么他们至今还住在这里?

凯蒂觉得匪夷所思。琼贝尼·拉姆西[①]被杀后,拉姆西一家搬得远远的,跑到了这个国家的另一头。不过话说回来,当时人人都以为是他们杀了孩子。拉姆西一家之所以跑到别处安家,恐怕既是为了淡化女儿在家中被害的痛苦记忆,也是为了躲避左邻右舍投向他们的那种不堪忍受的目光。当然了,凯蒂她家的情况与之不同。

然而,这个镇子毕竟是朱莉被杀的地方。可她的父母留在了这里。克莱因家也留在了这里。没有哪一家愿意屈从于这里的环境。

这一切又有什么意义?

她在角落里发现了朱莉的行李箱。她爸在箱子下面垫了木板条,以防被淹。凯蒂回想起了姐姐上大学前装箱子的情景。她记得在朱莉装衣物的时候,她爬进了箱子,先把这只行李箱当作一个防御堡垒,接着又央求姐姐把她一起装到箱子里,这样她们两人就能够一起上大学。

行李箱上面还堆着一些盒子。凯蒂把它们挪到旁边的角落

---

① 琼贝尼·拉姆西(JonBenet Ramsey):曾获选美国儿童选美皇后,六岁时(1996 年 12 月)被人残杀在科罗拉多州博尔德市自己家的地下室。案发后,警方以及媒体曾强烈怀疑其父母和哥哥有作案嫌疑。此案成为 20 世纪 90 年代轰动全美的一个重大案件,至今尚未告破。

里。她察看了箱锁。她没有钥匙,不过有个合适的工具就行。她在存放着的餐具里挑了一把切奶油的刀子,将刀尖儿插进锁孔空隙里拧了拧,锁开了。她解开两边的卡环,如同猎手范海辛打开吸血鬼德库拉的棺材一样,小心翼翼地抬起了箱盖。

"你在干吗呢?"

妈妈的声音吓了她一大跳,她本能地往后跳开。

露西尔·米勒靠上前来。"这不是朱莉的箱子吗?"

"天哪,妈妈,您都快吓死我了。"

妈妈朝她凑得更近了。"你打开朱莉的箱子干什么?"

"我只是……只是想瞧一瞧。"

"瞧什么?"

凯蒂理直气壮地说:"她是我的姐姐。"

"这我知道,宝贝儿。"

"难道我就没有权利思念她吗?"

她妈妈盯着她看了好一会儿。"所以你才到这里来?"

凯蒂点点头。

"一切都好吧?"妈妈问道。

"都好。"

"你可不是个喜欢缅怀往事的人啊,凯蒂。"

"那是您从来没让我这么做。"她说。

她妈妈想了想,说:"我想这倒是真的。"

"妈妈?"

"怎么?"

"你们为什么要留在这里?"

有那么一会儿,她妈妈似乎准备像往常一样表示她不愿意谈论此事。不过刚度过的这个星期不同寻常——先是威尔出乎意料地来到她家门前，再就是她本人鼓起勇气到克莱因家表示慰问。她妈妈坐到一只盒子上，整理了一下自己的裙子。

“当不幸刚刚降临到你身上的时候，”妈妈开始说道，“我是说，当你刚刚遭到打击的时候，仿佛那就是世界末日。这就像是在暴风雨中你被抛到了大海。海浪将你卷来拍去，你对此无能为力，只能挣扎着漂浮。你在一定程度上——甚至在绝大程度上，不想再把脑袋保持在水面上了，你不想再去抗争，想听之任之，就此沉下去算了。但是你不能。生存的本能不允许你这么做——或者，就我而言，也许还因为我有另一个孩子需要抚养。我也说不清。但是不管怎么说，不管你愿意不愿意，你必须坚持浮在水面上。”

妈妈用手指揩了揩眼角。她静静地坐在那里，勉强露出微笑。“我的比喻不一定合适。”她说。凯蒂握住了妈妈的手。“我听着非常棒。”

“也许吧。”米勒夫人点头说，“不过你知道，过了一阵子，风暴平息了，这是更糟糕的时刻。你被冲上了岸。可是狂风巨浪的拍打和冲刷，已经给你造成了无法修补的伤害。你承受着巨大的痛苦，而这一切并没有结束。因为你现在面临着更为可怕的抉择。”

凯蒂仍然握着妈妈的手，听着她说下去。

“你可以尽力地摆脱痛苦，你可以忘记过去，开始新的生活。可是对于你爸爸和我来说，”——露西尔·米勒闭上眼睛，坚定地摇了摇头——“选择忘记，那太可耻了。我们不能这样，这是背叛你姐姐。继续留在这里的痛苦可能是难以忍受的。但是如果抛弃了朱莉,我们将无法继续生活。她从未离开,她活生生地存在着。尽管我知道我这么说没有什么道理。”

但是,凯蒂心想,也许确有道理。

她们静静地坐在那里。露西尔·米勒终于松开了凯蒂的手。她拍了一下自己的大腿,站了起来。“现在我把你自己留在这儿吧。”

凯蒂听着她离去的脚步声。然后,她朝那只行李箱转过身,开始翻找里面的东西。半个小时后,她找到了它。

它改变了一切事情。

29

回到面包车上,我问方块儿接下来应该做什么。

“我有个内线,”方块儿用我听过的最为轻描淡写的语气说道,“我们将在航空公司的电脑里检索一下唐娜·怀特这个名字,看能不能查清她是什么时候坐的飞机,或者她在哪儿停留过什么的。”

我们陷入了沉默。

“总得有人说说这事儿。”方块儿说道。

我低头望着自己的双手。“那你就说吧。”

“你到底想干什么,威尔?”

“找到卡丽。”我回答得太快了。

“然后呢?你想独自抚养她?”

“我也不知道。”

“你当然清楚,你是靠这事儿来逃避。”

“你也是如此。”

我朝车窗外望去,四周到处是瓦砾堆。我们驶过为最贫穷的那些人建造的住宅区。我想发现一点儿赏心悦目的东西。遍寻无果。

“我本来打算求婚的。”我说。

方块儿继续开着车,不过我注意到他的神态有了一点儿变化。

“我买了一枚戒指,我妈都看过了。我本想找一个合适的时机送给她。你知道的,我妈去世了,还有后来发生的这一切。”

车遇到红灯停下了。方块儿并未转过脸来看我。

“我必须继续调查下去,”我说,“如果我不这么做,我不知道会干出什么事儿来。我不会去自杀什么的,但是如果我停止行动,”——我思索着如何来表述,最后选择了比较容易的方式——“厄运就会赶上来缠住我。”

“不论怎样,它早晚都会缠住你。”方块儿说。

“我知道。不过到那时候,也许我已经做出了一些好事。也许我已经救出了她的女儿。也许,尽管她死了,但我已经实实在在地帮过她了。”

“或者,”方块儿反驳说,“也许你会发现她并不是你所认为的那种人,也许她欺骗了我们所有的人,甚至比这更糟。”

“那就顺其自然吧。你还会和我同舟共济吗?”

“直到最后一刻。”接着,他又用印第安语说出了一句“真正的朋友”。

“好啊。我想我有个主意。”

他的如同罩着一张皮革毫无表情的脸竟然莞尔一笑。“真不赖,伙计。说说看。”

“有些事儿我们一直没有想到。”

“什么事儿?”

“新墨西哥州。在新墨西哥州的凶杀现场有希拉的指纹。”

他点点头。“你觉得凶杀案同卡丽有点儿联系?”

“有这种可能。”

他又点点头。“但是我们甚至连新墨西哥州被杀的人是谁都不知道。妈的,我们甚至连凶杀现场到底在什么地方都不知道。”

“我的计划就从这里开始。”我说,“送我回家。我需要到网上冲冲浪了。”

是的,我是有个主意。

显然,那两具尸体不会是FBI首先发现的。也许是当地的警察,也许是哪家邻居,或者是某个亲属。既然这起凶杀案发生在一个对这类暴力事件还很陌生的小镇,当地的报纸也许早已对它进行了报道。

我登录refdesk. com,点击“国内报纸”。新墨西哥州一栏下有33个条目。我接着点了其中有关阿尔伯克基市的内容,向后靠在椅背上等待网页加载。打开了一个。好!点击资料库。我敲入“凶杀案”开始搜索,显示的条目太多。我又试着敲入“双人凶杀案”,没找到有用的东西。我进入另一个网页,接着是又一个。

折腾了近一个小时,我终于找到了:

二男枪下身亡

小区宁静不再

伊芳·斯特诺报道

昨日深夜,阿尔伯克基市郊设有门卫的斯通帕因特住宅小区的居民，对两名男子均因头部中弹在该小区身亡一案大为震惊。两名死者的尸体在该小区一居民住宅内被发现。据估计，凶杀案发生在当日白天。“我什么声音也没听到，”居民弗雷德·戴维森说，“我实在不敢相信此类事情竟然会在我们的小区发生。”两名死者的身份尚未得到确认。警方除表示正在进行调查以外未做任何评论。他们说：“我们正在根据已掌握的一些线索，对这起案件进行侦查。”该住宅登记的户主为欧文·恩菲尔德。尸体剖检安排在今天上午进行。

就是这些。我接着寻找第二天的相关报道。没有。查第三天的，仍然什么也没有。于是我搜索伊芳·斯特诺写的所有报道，其中有不少是关于当地的婚礼和慈善活动之类的。没有。关于这起凶杀案，再没有任何报道。

我靠在椅子上。

为什么没有其他报道？

有一个办法可以找出答案。我拿起电话，开始拨新墨西哥州《星光灯塔报》的号码。如果我的运气不坏，也许能够找到伊芳·斯特诺。也许她会告诉我一些事情。

电话交换机以语音提示我输入通话对方的姓。还没等我把斯特诺这个姓的字母全部按完，交换机就切了进来，告诉我如果想找伊芳·斯特诺请按#号键。我按要求操作。两声铃响后，对方的答录机做出应答。

“这里是《星光灯塔报》的伊芳·斯特诺。我也许正在通话或者不在办公桌旁，请……”

我挂断了。我仍然在线，接下来我点击电话公司网站，输入了斯特诺的名字和她所在地区。成了。有一户姓斯特诺的人家，登记住址为阿尔伯克基市坎特伯雷大道25号。我拨了这家的电话号码，有个女人接起了电话。

“您好！”然后就喊道，“静一点儿，妈妈在接电话。”

孩子们的尖叫声丝毫没有减弱。

“您是伊芳·斯特诺吗？”

“您想推销什么吗？”

“不。”

“那么，我是伊芳·斯特诺。请讲。”

“我的名字是威尔·克莱因——”

“听起来您像是要推销什么东西。”

“不是的，”我说，“您就是那个为《星光灯塔报》写稿的伊芳·斯特诺吗？”

“您说您的名字是什么来着？”没等我做出回答，她又喊道，“嘿，我早就告诉你俩停下来。汤米，把游戏机给他。不行。现在就给！”她回到线路上，“喂？”

“我的名字是威尔·克莱因。我想和您谈谈您最近报道过的这起两人遇害凶杀案。”

“啊——哈。您和这个案子有什么关系吗？”

“我只是有几个问题想请教。”

“我可不是图书馆，克莱因先生。”

“请您叫我威尔，而且请您容忍我一小会儿。在斯通帕因特小区这样的地方，经常发生凶杀案吗？”

“很少。”

“两个人同时在这种地方被害的案子呢?”

“据我所知是第一次。”

“那么,”我问,“为什么关于它没有更多的报道?”

孩子们在大喊大叫,于是伊芳·斯特诺也同样喊叫着。“够了!汤米,回你的屋去。好了,好了,你的话留着给法官听,小子,快走。还有你,把游戏机给我。你不递给我,我就把它插到厨房水池的绞刀里去。”我听到话筒被重新拿了起来。“我还想再问一遍:您和这个案子有什么联系?”

我对记者有足够的了解。你想获得他们的欢心,就得做点儿帮助他们出名的事儿。“我手里有一些与案件相关的信息。”

“相关的,”她重复着,“这个词不错,威尔。”

“我相信您会发现我提供的内容很有趣。”

“您从哪儿打来电话?”

“纽约市。”我说。

短暂的停顿。“离凶杀现场的距离可不近。”

“是的。”

“我听着呢。怎么说,请告诉我,我会得到既是相关的又是有趣的东西?”

“在此之前,我需要知道一些基本事实。”

“这可不是我干活儿的方式,威尔。”

“我读过您的其他文章,斯特诺太太。”

“是斯特诺女士。既然我们之间已经成了朋友,就叫我伊芳好了。”

“好啊,”我说,“您主要写特写,伊芳。您写婚礼、社交晚宴这类的事情。”

“他们那里的食物很棒，威尔，而且我穿上黑色的礼服仪态万方。您想说的意思是什么？”

“我要告诉您的可不是每天都能碰到的东西。”

“好吧，您已经让我坐立不安了。您的意思是？”

“我的意思是，冒险试一下。只是回答我几个问题，那会有什么损失？而且没准儿我这么做是合法的。”

听她没有马上做出回应，我又催了她一下。

“您碰到了这么大的凶杀案，可是您的文章竟然没有列出死者的名字或是嫌疑人的情况，也没有任何真正的细节。”

“我什么也不知道。”她说，“那篇报道是很晚才扫描过来的。我们好不容易才让它赶上早晨的版面。”

“为什么没有后续报道？这是一个很重大的案子。为什么仅仅发了一篇小消息呢？”

沉默。

“喂？”

“容我一点儿空儿。孩子们又吵起来了。”

这一次我可没听到一丁点儿吵闹的声音。

“我必须中止报道。”

“您的意思是？”

“我的意思是我们能把这篇消息发到报纸上就算是很幸运了。第二天早晨事发现场到处是联邦调查局的探员。联邦调查局的本地负责人找到我们老板，要求停止关于这个案件的报道。我自己试着做了些调查，结果到处都回答‘无可奉告’。”

“这种情况是不是有些反常？”

“我不知道，威尔，我以前没报道过凶杀案。不过，是的，我得承认确实是有些怪怪的。”

“您是怎么看的？”

“从我老板的反应来看，”伊芳深吸了一口气。“这事儿很大，非常大，比两个人的凶杀案还要大。轮到您了，威尔。”

我在考虑我到底可以走多远。“关于在现场发现的那些指纹，您知道些什么吗？”

“不知道。”

“其中的一枚属于一个女人。”

“接着讲。”

“那个女人昨天已经死了。”

“哇，不会吧。是谋杀吗？”

“是。”

“在哪儿？”

“内布拉斯加的一个小镇。”

“她叫什么？”

我又向后靠去。“和我谈谈那家房主，欧文·恩菲尔德。”

“噢，我明白了。有来有往，投桃报李。”

“体现公平嘛。恩菲尔德是那两个死者之一吗？”

“我不知道。”

“关于他您还知道些什么？”

“他在那里住了三个月。”

“他一个人吗？”

“据邻居们讲，他是一个人搬进来的。在最后几个星期里，一个女人和一个小孩儿经常在这里出入。”

小孩儿。

我的心脏加快了跳动。我又坐直了身子。“那个小孩儿有多大?”

“我不知道。似乎是上学的年龄。”

“也许是12岁。”

“也许,是呀。”

“男孩儿还是女孩儿?”

“女孩儿。”

我全身僵住了。

“哎,威尔,您还在吗?”

“知道那女孩儿叫什么吗?”

“不,没人知道关于他们这些事情的细节。”

“他们目前在哪儿呢?”

“我不知道。”

“那怎么可能?”

“我猜这里有一个大大的谜团。我没能继续追查下去。就像我说过的,不准我再碰这个案子。我自己也没下更多功夫去查它。”

“您能查出他们的下落吗?”

“我可以试试。”

“还有别的吗? 您听到过哪个犯罪嫌疑人或者是受害者的名字吗? 或者别的任何事情?”

“我说过,这事儿搞得悄无声息。我只是兼职为报纸工作。也许您已经察觉出来,我是个全职妈妈。我能发这个消息,是因为它传到报社那会儿刚好就我一个人。但是我有一些很好的线人。”

“我们需要找到恩菲尔德,”我说,“或者至少应该找到那个女人和孩子。”

“听起来是个不错的调查点,”她表示同意。“您愿意告诉我这一切同您有什么关系吗?”

我考虑着。“您打算先摸摸我的底细,伊芳?”

“哈,威尔,没错,我想是的。”

“您在这方面擅长吗?”

“我做点儿展示好吗?”

“当然好。”

“也许您现在是在纽约给我打电话,不过确切地说您是新泽西人。事实上——尽管世上肯定有不止一位威尔·克莱因——我认为您就是那个臭名昭著的杀人犯的弟弟。”

“未经证实的臭名昭著的杀人犯。”我纠正她,“您怎么知道的?”

“我家的电脑装有律商联讯的数据库。我往里输入您的名字,一切就明白了。其中一篇文章提到您现在住在曼哈顿。”

“我哥哥同这事儿没有任何关系。”

“当然,在您家邻居被杀的事情上,他也是无辜的,对吗?”

“我不是这个意思。他同您这件双尸案没有任何关系。”

“那么您同它有什么关系呢?”

我长长地吁出一口气。“另外一个同我关系非常密切的人。”

“谁?”

“我的女朋友。在现场发现的那枚指纹是她的。”

我听到那两个孩子又开始调皮了。听起来他们是在模仿警车的声音跑来跑去。伊芳·斯特诺这次没有冲他们喊叫。“这么说,被人发现死在内布拉斯加的那个女人,是您的女朋友?”

“是的。”

“所以您这么关心这起案件?”

“这是一部分原因。”

“其他原因是什么?”

我现在还不想和她谈到卡丽。“找到恩菲尔德。”我说。

“她叫什么名,威尔?您的女朋友?”

“找到她就是了。”

“嗨,我们不是要合作吗?您不能对我吞吞吐吐。实际上我用五秒钟就能查出来。告诉我吧。”

“罗杰斯。”我说,“她的名字是希拉·罗杰斯。”

我听到她又在敲击键盘。“我会尽全力的,威尔。”她说,“等着。我会很快给您打电话。”

30

我做了一个奇怪的似梦非梦的梦。

说它“似梦非梦”，是因为我并没有完全入睡。我浮沉于昏然入睡和神志清醒之间的某种情境，就是处在有时你觉得被什么东西绊了一脚，有时又感到身体骤然下落、使你不得不抓住床沿儿的那种状态。我躺在黑暗之中，双手垫在脑后，闭着两眼。

我在前面提到了希拉酷爱跳舞。她甚至拉着我加入了新泽西州西奥兰治犹太社区中心的一家舞蹈俱乐部。那儿离我妈妈住的医院和我们在利文斯顿的家都不远。我们在每个星期三探望妈妈之后，晚上六点半去那里同其他舞友相聚。

我们是这家成员平均年龄 75 岁的俱乐部中——只是个粗略的估计——最年轻的一对儿。不过，嘿，这些老人那才叫会跳舞。我很想跳出他们的范儿，可就是不行。身处他们当中我有点儿难为情，希拉却不然。有时一支舞曲跳到中间，希拉会放开我的手，摇摆着从我身边离开，闭着双眼，脸上洋溢着光彩，全然进入陶然忘情的境界。

塞格尔斯夫妇在这些老人中尤为引人注目。他们从 20 世纪

40 年代劳军协会组织舞会时就在一起跳舞了。他们是体面优雅的一对儿。塞格尔斯先生总是系着白色的领巾。塞格尔斯夫人喜欢穿蓝色的服装,佩戴着珍珠短项链。他们在舞池里施展的简直就是魔法,跳得如同热恋的情侣,所有的动作一气呵成。舞场休息时,他们开朗亲切地同其他人交流,而一旦音乐响起,他们彼此的目光就会牢牢地锁在一起。

去年二月的一个雪夜——原以为舞会会因大雪而取消,可还是照常进行了——塞格尔斯先生独自一人来到舞场。他仍系着白色的领巾,身上的西装无可挑剔。不过,一见他那僵硬的表情,我们就全明白了。希拉不禁攥住我的手,眼里涌出泪水。音乐奏响后,塞格尔斯先生站起来径直步入舞池,一个人跳了起来。他伸出胳膊跳着,如同妻子依然在他的怀抱里。他引领着妻子缓缓滑过舞池,温柔地呵护着只有灵魂没有躯体的她。

我们谁都不敢上前惊扰他。

塞格尔斯先生没有出现在下一个星期的舞会上。我们从别人嘴里听说,塞格尔斯夫人已同癌症搏斗了很久,最后终于战败了。可是,她一直跳到了最后。音乐又响起来了。我们邀请舞伴儿一道步入了舞池。我用难以置信的力气紧紧地抱住希拉。我意识到,尽管塞格尔斯夫妇的遭遇令人哀伤,但是面对无法改变的命运,他们表现得比我们所有的人都更有尊严、更为坚强。

就在这时我进入了似梦非梦的情境,虽然从开始我就能意识到它是虚幻的。我又来到了劳军协会的俱乐部,塞格尔斯先生也在,还有一群过去我从未见过的人,大家都没有舞伴儿。音乐响起,我们都独自起舞。我环顾四周,看到爸爸正一个人笨拙地跳着狐步舞。他对我点点头。

我朝其他跳舞的人望去。他们显然都能切实地感受到已故爱侣的存在,深情地凝视着灵魂舞伴儿的眼睛。我想照他们的样子做,事情却不大对头,我什么也看不到,只是孤零零地一个人跳着舞。希拉的灵魂永远也不会回到我的身边。

我听到远处传来电话铃声。答录机上一个低沉的声音闯入了我的梦乡。"我是利文斯顿警察局的副队长丹尼尔斯。我想和威尔·克莱因通话。"

在副队长丹尼尔斯的语音背景中,我听到一个年轻女人不甚清晰的笑声。我猛然间睁开眼睛,舞蹈俱乐部的场景登时消失了。在我的手伸向话机时,传来了那个年轻女人的又一阵笑声。

听起来像凯蒂·米勒。

"也许我应该给你父母打电话。"副队长丹尼尔斯对那个发出笑声的女人说。

"不行。"是凯蒂。"我 18 岁了。你不能说我是——"

我拿起听筒。"我是威尔·克莱因。"

副队长丹尼尔斯说:"你好,威尔。我是蒂姆·丹尼尔斯。我们一起上过学,记得吗?"

蒂姆·丹尼尔斯。他曾在本地的赫斯石油公司加油站打工,总穿着一套油渍斑斑的公司制服来上学,口袋上还绣着名字。我猜他至今仍然喜欢穿制服。

"当然记得。"我困惑至极。"你过得怎么样?"

"不错,谢谢你。"

"你现在是警察?"我仍然一头雾水。

"是啊,而且我家还在镇里。我和贝蒂·乔·史特森结婚了,有两个孩子。"

我使劲儿回忆着贝蒂·乔的样子,却一无所获。“真好,恭喜你。”

“谢谢,威尔。”他的声音变得凝重。“我在《论坛报》上看到你母亲去世的消息,真令人难过。”

“我很感激,谢谢。”我说。

凯蒂·米勒又开始笑了起来。

“我给你打电话是因为,嗯,我猜你认识凯蒂·米勒?”

“认识。”

出现了片刻的沉默。他也许想到了我曾和凯蒂的姐姐约会,想到了她后来的悲惨命运。“凯蒂请求我给你打电话。”

“出什么事儿了?”

“我在蒙特游乐场里发现了她,还有只剩半瓶的瑞士绝对牌伏特加。她已经烂醉如泥了。我想给她的父母打电话——”

“绝对不行!”凯蒂又喊了起来。“我18岁了。”

“好了好了。不管怎么说,她倒是让我给你打电话。咳,我还记得我们小时候的样子,我们也都不是完人,你知道我的意思吗?”

“知道。”我说。

就在这时凯蒂喊出了一句话,令我的全身变得僵直。我希望我听错了,然而她的话语、她喊话时所用的那种近乎嘲讽的语气,像是一只冰冷的手从后面掐住了我的脖颈。

“爱达荷州!”她喊道。“对不对,威尔?爱达荷州。”

我紧攥听筒,想确认我没有听错。“她在喊什么?”

“我不知道,她一直在喊着爱达荷什么的。不过她醉得一塌糊涂。”

凯蒂又叫了起来:“该死的爱达荷！土豆[①]！爱达荷！我对了,是不是?”

我的呼吸变得微弱。

“喂,威尔,我知道已经很晚了,不过你能过来接走她吗?”

我终于发出声来:“我马上就去。”

---

① 爱达荷州的土豆产量居全美第一,故有土豆州(Potato State)之称。

31

方块儿没乘电梯,而是蹑手蹑脚地从楼梯走了上去。他怕惊醒旺达。

这栋楼的产权属于方块儿瑜伽公司。方块儿和旺达住在瑜伽课教室上面的第二层楼。灯全黑着。方块儿迈进了房间,路灯给屋里投下几道刺眼的光亮。

黑暗中旺达坐在沙发上。她的两臂交叠,两腿盘坐着。

“嗨,”他轻声打了个招呼,仿佛害怕吵醒什么人似的。这个房间里并没有别的人。

“你要我拿掉孩子吗?”她问道。

方块儿真希望他还戴着那副太阳镜。“我真累了,旺达,就让我睡几个小时吧。”

“不。”

“你想让我说什么呢?”

“现在还没超过三个月。我只要吞下一粒药片儿就行。所以我想搞清楚,你确实想拿掉吗?”

“就是说突然间这一切都取决于我了?”

"我等着呢。"

"我记得你是一位了不起的女权主义者,旺达。女性不是有自主选择的神圣权利吗?"

"不要和我来这一套。"

方块儿把手插进衣袋儿。"你是怎么想的?"

旺达把头扭向一边。他能看见她的侧影、她修长的脖子、她傲人的体态。他爱旺达。他过去从来没有爱过别的人,也从来没有别的人爱过他。在他还是个婴儿的时候,妈妈喜欢用卷发钳烫他。他在两周岁时——很巧,就是生日的那一天,彻底摆脱了妈妈的折磨。那天爸爸活活打死了妈妈,然后在衣柜里上吊自杀了。

"你把你的过去烙在前额上,"旺达说,"不是我们每个人都能获得这份殊荣的。"

"我不懂你的意思。"

两人谁都不去开灯。他们的眼睛已经适应了黑暗,可是任何东西看起来都是朦朦胧胧的。也许这样使他们更容易直抒胸臆。

旺达说:"在高中毕业时我是致告别词的学生代表。"

"我知道。"

旺达闭上了眼睛。"让我们说说这事儿,好吗?"

方块儿点点头,鼓励她说下去。

"我是在富裕的郊外社区长大的,那里的黑人家庭很少。在毕业班300个学生里,我是唯一的黑人姑娘,而我的成绩列在第一。我按照我的志愿考取了大学。我选的是普林斯顿。"

方块儿早就知道这些,可是他没有吭声。

"我到了那里后,就开始觉得我比不上人家。我不想叙述对我做的那些诊断,什么缺乏对于自我价值的认同之类的东西。反正我开始不吃东西,体重不断下降。我坚决不吃那些我真正想吃的东西。我患上了厌食症。我整天做仰卧起坐。我的体重变得不到 90 磅,而我还是对镜子里那个盯着我的胖乎乎的丫头恨得咬牙切齿。"

方块儿靠近她。他想握住她的手。然而由于他是个蠢货,他没有这么做。

"我饿到了非得住院不可的程度。我的器官受到了损害,像肝脏、心脏什么的,不过医生也说不清究竟有多严重。我并没出现心脏骤停的症状,可有一阵子我觉得快了。到头来我还是康复了——对此我不想叙述更多——然而医生说也许我永远不能怀孕了。即使怀了孕,我可能也很难顺利地生下孩子。"

方块儿朝她俯过身子。"你的医生现在怎么说?"他问道。

"她不敢保证任何事情。"旺达朝他看去。"我从来没有这么害怕过。"

他体验到了心痛欲裂的感觉。他很想坐到她的身旁,伸出胳膊揽住她。可是仍然有些无形的东西阻止他这样做,他为此憎恨自己。"假如这会给你的身体带来风险的话——"

"那也是我自己的事儿。"她说。

他试图微笑。"了不起的女权主义者又复活了。"

"我说我很害怕,绝不仅指我的身体。"

他懂得这一点。

"方块儿?"

"唉。"

她的声音近似于一种恳求。"别不理睬我,好吗?"

他不知说些什么好,就强调了一个明显的事实。"这对我们是重大的一步。”

“我懂。”

他缓缓地说:“我不认为我有足够的能力来面对这种变化。”

“我爱你。”

“我也爱你。”

“你是我见过的最坚强的人。”

方块儿摇头。街上有醉汉开始大声唱歌,大意是他的罗斯玛丽离开后他的爱变得更加强烈,他的心事除了他自己没人能懂什么的。旺达把交叉的手臂垂下,等着方块儿说话。

“也许,我们不应该冒这个风险。就算不说别的,至少也要考虑你的身体。”

旺达眼看着他往后退去,掉头走开。她还没来得及说什么,方块儿已不见了。

我在37街一家24小时营业的车行租了一辆车,朝着利文斯顿警察局开去。自从在伯内特希尔小学上一年级的时候集体参观过一次,我就再没有进入过这栋神圣的大楼。那是个阳光明媚的上午。我们这些孩子未被允许接近拘押嫌犯的那些小牢房,因为隔着几码远关着的或许是个无恶不作的大牌罪犯的想法,会让我们这些一年级小学生兴奋异常,也许会给我们的未来留下难以磨灭的负面影响。同那天一样,今晚此处也关着一些人。我在这里找到了凯蒂。

蒂姆·丹尼尔斯警官过于用力地同我握了握手。我注意到他动不动就提一下腰带。走起路来发出稀里哗啦的响声——也许是身上带着太多的钥匙或手铐什么的。他的身体比年轻时壮实多了，那张脸依然光滑无瑕。

我填写了一些表格。凯蒂在我的监护下被释放了。在我忙着办手续的一个小时里，她逐渐清醒过来，不再发出笑声，而是垂着头，脸上挂着十几岁孩子典型的闷闷不乐的表情。

我再次对蒂姆表示感谢，凯蒂却根本没有微笑或挥手告别的意思。可是一到门外，她就拽住了我的胳膊。

“我们散散步吧。”凯蒂说。

“现在是凌晨四点，我太累了。”

“坐进车里我会呕吐的。”

我停下脚步。“你在电话里为什么总是喊爱达荷？”

凯蒂却自顾自地穿过了利文斯顿大街。我只好跟了过去。走到街口的转盘时她加快了脚步，不过我还是追上了她。

“你的爸爸妈妈一定很担心。”我说。

“我说过我和朋友在一起，所以不要紧。”

“你想对我说说为什么你一个人喝酒吗？”

凯蒂继续向前走着，她的呼吸变得很沉。“我渴了。”

“啊哈，那你为什么要喊爱达荷？”

她朝我看过来，脚步却依然很快。“我以为你知道呢。”

我抓住了她的胳膊。“你同我玩儿什么游戏？”

“玩游戏的不是我，威尔。”

“你这是什么意思？”

“爱达荷州，威尔。你的那位希拉·罗杰斯是爱达荷州人，对不对？”

她的话像是击在我身上的一记重拳。“你怎么会知道？”

“我读到的。”

"在报纸上?"

她咯咯地笑出声。"你真的不知道?"

我扳过她的肩膀。"你都在说些什么?"

"你那位希拉上的是哪一所大学?"她问我。

"我不知道。"

"我以为你们两人爱得很疯狂。"

"这里面的一些事儿很复杂。"

"我敢肯定是这样。"

"我还是不明白,凯蒂。"

"希拉·罗杰斯上的是哈维顿学院,威尔。她和朱莉一起上学。她们是同一个女生联谊会的成员。"

我站住了,感到无比震惊。"这不可能。"

"我真不敢相信你竟然一无所知。希拉从来没对你说起这事儿?"

我摇着头。"你能肯定吗?"

"希拉·罗杰斯,爱达荷州梅森市人,主修传播学专业。这些全都印在女生联谊会的手册上。我是在地下室那只旧箱子里找出来的。"

"我还是不明白。都过去这么多年了,你还能记住她的名字?"

"当然。"

"怎么可能?我是说,你能记住朱莉那个联谊会的所有人的名字?"

"不可能。"

"那么怎么就偏偏记住了希拉·罗杰斯?"

"因为,"凯蒂说,"希拉和朱莉住在同一个寝室。"

32

方块儿带着面包圈儿和鲑鱼鱼子酱来到了我的公寓。现在是上午十点,凯蒂还睡在那张沙发上。方块儿点燃了一支香烟。我注意到他没有换下昨天夜里的那身衣服。要察觉到这一点也不那么容易——方块儿从来不是上流社会时尚服饰的领军人物——然而今天早晨他显得格外衣冠不整。我们坐在厨房餐台旁的凳子上。

"嘿,"我说,"我知道你想和街上那些流浪汉打成一片,可是……"

他从橱柜里拿出盘子。"你是想继续油嘴滑舌地夸我,还是想告诉我究竟发生了什么?"

"有谁规定不能同时做这两件事儿吗?"

他低下头,目光越过太阳镜的上方继续打量着我。"很糟糕吗?"

"比原来更糟糕。"我说。

凯蒂在沙发上扭动了起来。我听到她"啊"了一声,便递给她一杯水和早已准备好的两片儿强力泰诺。她用水吞下药片儿后，蹒跚着走向淋浴间。我回到了凳子上。

“你的鼻子好点儿了吗？”方块儿问道。

“好像我的心脏跑到鼻子里去了，正想咚咚地从那儿蹦出来。”

他点点头，咬了一口涂着鲑鱼鱼子酱的面包圈儿。他咀嚼得很缓慢，肩膀无力地耷拉着。我猜想，他昨夜没待在家里，他和旺达之间一定发生了什么事情。同时我清楚地知道，他不希望我问起此事。

“你说更糟糕？”他提示我。

“希拉对我撒谎了。”

“这我们已经知道了。”

“我说的不是那些。”

方块儿继续嚼着面包。

“她认识朱莉·米勒。她们在大学里是女生联谊会的姐妹，甚至还是一个寝室的室友。”

他停止了咀嚼。“你说什么？”

我把已经知道的事情告诉了他。淋浴间一直哗哗地响着水声。我估计宿醉的反应还会让凯蒂难受一阵子，不过年轻人恢复起来要比我们快得多。

听我说完后，方块儿往后一靠，抱起膀子，咧嘴笑了笑。“几乎模式化了。”他说。

“没错儿，是的。我听了以后脑子里也冒出了这句话。”

“我不明白，伙计。”他开始往另一块面包圈儿上涂抹鱼子酱。“你原来的女朋友 11 年前被杀了。她在大学时的室友成了你新近的女朋友，结果也被人杀了。”

“是的。”

“而第一次谋杀案的犯罪嫌疑人是你哥哥。”

“我还得说,是的。”

“是呀,没错儿。”方块儿充满自信地点点头,却又不得不说,“我还是搞不懂。”

“一定是事先设计好了。”

“设计什么?”

“希拉和我。”我勉强地耸耸肩。“这一切一定是有人设计好了的。这是一场骗局。”

方块儿用头部做出了个既可理解为赞同也可能是相反意思的动作。长发落到了他的脸上,被他用手指拨开。“达到什么目的?”

“我不知道。”

“想想看。”

“我想了,”我说,“整整一夜都在想。”

“好吧,假设你是对的,假设希拉欺骗了你,或者怎么说,为你设计了一场骗局。你听着呢,是吗?”

“我听着呢。”

他朝我扬起两只手掌。“目的究竟何在?”

“我再说一遍,我不知道。”

“让我们梳理一下各种可能性。”方块儿说着,竖起了一根手指头。“第一,这可能是个天大的巧合。”

我只是盯着他。

“别急,你和朱莉·米勒相恋的时间,距现在已经超过 12 年了,对吗?”

“是这样。”

“所以希拉可能早就不记得了。我是说,要是你,能记住所有朋友过去的恋人吗?也许朱莉从来就没对她说起过你,也许希拉把你的名字忘掉了。然后过了一些年你们两人相遇……”

我还是直勾勾地盯着他看。

“好吧，没错儿，这实在太牵强了。”他表示同意。“我们不说它了。可能性之二是”——方块儿竖起另一根手指，抬头望着房顶——“妈的，我也说不清了。”

“是这样。”

我们吃着东西。他又思索了一会儿。“好，让我们假设希拉从一开始就清楚地知道你究竟是谁。”

“好。”

“我还是搞不懂，伙计。还有什么？”

“某种模式化的东西。”我回答。

淋浴的水声停止了。我抓起一只罂粟籽面包圈儿，好多籽粒粘在了手上。

“我已经想了快一夜了。”我说。

“结果呢？”

“我思来想去还是要想到新墨西哥州。”

“为什么？”

“FBI 要找希拉，是为了讯问在阿尔伯克基尚未破案的两人被杀事件。”

“那么？”

“许多年前，朱莉·米勒也是被人杀死的。”

“而且同样没有破案，”方块儿说，“尽管他们怀疑是你哥干的。”

“是这样。”

“你在寻找这两起案子之间的联系。”方块儿说。

“肯定有某种联系。”

方块儿点头。“我现在看明白了A,也看明白了B,可就是不明白怎么能把两者联系到一起。”

“我也一样看不明白。”我说。

我们又陷入沉默。凯蒂在门口探进脑袋,脸色显出宿醉后的苍白。她呻吟着说:“我又吐了。”

“谢谢及时通报。”我说。

“我的衣服在哪儿?”

“在卧室的衣柜里。”

她一脸痛苦地表示感谢后,关上了门。我望着沙发的右侧,那是希拉通常坐着阅读的地方。怎么会发生这样的事儿?一句古老的格言浮现在我的脑海:“相爱却又分手,胜过不曾拥有。”我很想知道是否真是如此。不过我现在更想知道的是,以下两者哪个更糟——是永远地失去你一生的挚爱,还是认请她也许从来就没有真正地爱过你这样一个事实。

多棒的选择。

电话响了。这次我没等答录机作答,直接拿起听筒说了声“您好”。

“威尔?”

“是的。”

“我是伊芳·斯特诺,”她说,“阿尔伯克基的吉米·奥尔森①。”

---

① 吉米·奥尔森(Jimmy Olsen):《超人》系列故事中的人物。超人(Superman)从外星到地球长大后,在一家报社当记者,暗地里除暴安良、维护正义。吉米·奥尔森是超人的记者同事和朋友。

“您发现什么了吗?”

“我为此熬了整整一夜。”

“结果?”

“结果这事儿变得越来越离奇。”

“我听着呢。”

“是这样,我请人去查了契约和税收记录。您能明白,帮我调查的这个人是政府工作人员,我让她在下班后查查这事儿。把水变成葡萄酒或者是让我的叔叔主动买单,都比说服一个公务员还要容易——”

“伊芳?”我打断了她。

“怎么?”

“我对您广博的人脉关系早就留有深刻印象。直接告诉我您发现了什么。”

“噢,好,您是对的。”她说。我听到翻动纸张的沙沙声。“凶杀案现场的那套房屋是由一家叫克里普科的公司对外出租的。”

“他们是?”

“查不到相关信息。它是个空壳儿,好像什么业务都没有。”

我思索着。

“欧文·恩菲尔德有一辆汽车,是灰色的本田雅阁。同样也是那个克里普科公司的好心人租给他的。”

“也许他在为他们工作。”

“也许。我正在查这件事情。”

“那辆车目前在哪儿?”

“这是又一件有趣的事情,”伊芳说,“警察发现它被丢在拉辛达一家超市的门口。拉辛达在东部,离我们这里有200英里。”

“那么欧文·恩菲尔德呢?”

“要让我说的话,他已经死了。就我们所知,他是现场的死者之一。”

“那个女人和小女孩儿呢?她们在哪里?”

“没有任何线索。我甚至不知道她们究竟是什么人。”

“您和邻居们谈过吗?”

“是的。就像我之前对您透露过的,大家对这家人没有更多的了解。”

“关于他们的外表有描述吗?”

“啊!”

“啊什么?”

“这正是我想和你谈谈的。”

方块儿不停地吃着东西,可我知道他一直在听。凯蒂还在我的屋里,或者穿衣服,或者接着膜拜陶瓷神①。

“他们的描述很模糊。”伊芳继续说下去,“那个女人有30多岁,很漂亮,深褐色头发。街坊邻居能告诉我的就是这些。没人能叫出那个小姑娘的名字。她十一二岁,浅褐色的头发。有个邻居说她非常聪明可爱,不过这个年龄的孩子不都是这样吗?恩菲尔德先生有六英尺高,灰发,板儿寸平头,留着山羊胡子,40岁左右。”

“那么他就不在那两个死者当中。”我说。

“您怎么知道?”

“我看过凶杀现场的照片。”

---

① 陶瓷神(porcelain god):指厕所马桶,用向它膜拜形容在马桶前呕吐。

“什么时候?”

“FBI讯问我女朋友下落的时候。”

“那两个死者你看清了吗?”

“不太清楚,但可以确认,两个家伙没一个留平头的。”

“嗯,这么说他们一家人全都失踪了。”

“是的。”

“还有一件事儿,威尔。”

“什么事儿?”

“斯通帕因特是个新社区,那里面什么服务设施都有。”

“什么意思?”

“您熟悉‘快可购’吗?那是一家大型连锁便利店。”

“当然,”我说,“我们这里也有一家快可购。”

方块儿摘下太阳镜,用疑问的表情看着我。我耸耸肩,他朝我挪了过来。

“在这个社区的边儿上有一家大型的快可购超市,”伊芳说,“几乎所有居民都去那儿买东西。”

“那怎么?”

“有位邻居做证说,在凶杀案发生的那天下午三点,他在超市见到了欧文·恩菲尔德。”

“我还是不大明白,伊芳。”

“是这样,嗯,所有的快可购都装有监控摄像机。”她顿了一下,“您明白了吗?”

“啊哈,我想是的。”

“我已经查了。”她继续说下去,“他们的摄像资料可以保存一个月。”

“就是说如果我们拿到他们的摄像资料,”我开始说,“我们也许就能搞清楚恩菲尔德先生的模样。”

“只不过,嗯,那家超市的经理很难通融。他不会交给我任何东西。”

“总该有办法吧。”我说。

“我会考虑的,威尔。”

方块儿把手放到我的肩膀上。“怎么了?”

我捂住听筒对他简单说了说。“你认识同快可购有联系的人吗?”我问。

“听起来也许难以置信,不过答案是:不认识。”

该死。有片刻工夫,我们都在思索着。伊芳哼起了快可购的广告短曲,就是那种从你的耳孔钻进脑壳里又蹦又跳、然后再想寻个出口钻出来却怎么也寻不到的让你无比难受的曲调。我想起了快可购最近发动的新一轮广告大战,电吉他、音响合成器和低音贝斯都被加进乐队翻唱这支老曲子,而最抢眼的是站在乐队前面的当红流行歌手索娜。

等一等,索娜。

方块儿望着我。“什么?”

“我想你能帮上大忙了。”我说。

33

希拉和朱莉都曾是女生联谊会的成员。我深夜租来开往利文斯顿的那台车还在手里。于是凯蒂和我决定花两个小时开车去康涅狄格州的哈维顿学院,看看能否有新的发现。

之前,我已经给哈维顿学院的学生注册管理办公室打过电话,了解了一点儿情况。时任女生联谊会管理人的罗斯·贝克已于三年前退休,住在学院提供的对面街上的一栋房子里。今天她是我们这两个伪侦探的主要调查对象。

我们把车停在女生联谊会的楼前。我在阿默斯特学院读书时来过这里,不过只是很少的几次。你一眼就能看出这是女生联谊会的会所。南北战争前的仿希腊—罗马式的圆柱,全白的色调,线条柔和的褶皱花边儿,这些元素使得这座建筑具有一种女性化特质。它让我联想起婚礼上的大蛋糕。

罗斯·贝克的家,说得委婉一点儿,过于简朴了。这是一幢起初按照科德角式样建造的小房子,可是房屋的线条已经被岁月熨平了,原本的红色也已褪成黯淡的土红,窗户的花边儿窗帘像是被小猫扯裂了,成块儿剥落的墙面板使房子看起来像是得了脂溢性皮炎。

按常理我应该先和主人约个时间。当然电视上从来不这么做，警官总是充当不速之客，而主人又总是刚好在家。我过去认为这样的情节安排既不现实又很笨拙。不过我现在对此多了些理解。首先，学生注册办公室那位饶舌的女士告诉我，罗斯·贝克很少出门，即使出去也不会走得很远。其次——我认为是更重要的一点——如果我先给罗斯·贝克打电话，而她问我为什么要见她，我该怎么说呢？嗨，我们谈谈凶杀案？不行，最好还是和凯蒂一道贸然拜访，看看能有什么样的收获。如果她不在家，我们可以去查阅图书馆的档案或是造访女生联谊会的会所。不知道我们的努力会有什么效果，本来我们就是到处乱撞的无头苍蝇。

在我们走向罗斯·贝克家的时候，我对身边背着沉重的书包来来往往的大学生不由得产生一股妒意。我喜欢大学。我喜欢校园里的一切。我喜欢和邋遢懒惰的同学一起胡混。我喜欢独立生活，偶尔去一次洗衣房，半夜大吃意大利贝贝罗尼比萨。我喜欢与平易近人、带有嬉皮士范儿的教授聊天。我喜欢争论一些高远博大的话题，也喜欢严峻残酷的现实生活从来都是、永远都会被阻挡在学校绿茵茵的草坪之外的那种感觉。

踏上那块花哨的脚踏垫儿时，我们隔着木门听到了熟悉的旋律。我做了个鬼脸儿，挨近门缝儿更仔细地听了一会儿。歌声不甚清楚，然而听起来是艾尔顿·约翰——更确切地说，是他的双碟装经典音乐专辑《再见，黄砖路》中的歌曲《风中之烛》[①]。我

① 《风中之烛》(Candle in the Wind)：英国著名音乐家艾尔顿·约翰和词作家伯尼·陶品合作为纪念玛丽莲·梦露创作的经典曲目，后又被艾尔顿·约翰改编为纪念戴安娜王妃的歌曲。

敲了敲门。

一位女士用悦耳的声音说:“请稍等。”

几秒钟后门开了。罗斯·贝克有70多岁的样子,令人吃惊地穿着一身出席葬礼的服装。她的行头,从宽檐儿的帽子、与之相衬的面纱直到那双朴素的鞋子,全是黑色的。她脸上的脂粉像是用喷雾器慷慨地喷上去的,嘴唇涂成了几近完美的O形,眼睛仿佛是两个红色的大碟子。她的整个脸部呈现着受到惊吓后立即僵住的样子。

“您是贝克夫人吗?”我问。

她挑起了面纱。“是的。”

“我叫威尔·克莱因。她是凯蒂·米勒。”

碟状眼睛转向凯蒂,视线定住不动。

“现在是不是不大方便?”我又问。

她似乎对这句问话感到诧异。“一点儿也不。”

我说:“如果方便的话,我们想和您谈点儿事儿。”

“凯蒂·米勒。”她重复道,目光仍聚焦在凯蒂的脸上。

“是的,夫人。”我说。

“朱莉的妹妹。”

这并不是发问,不过凯蒂还是点了点头。罗斯·贝克推开了里层那道纱门。“请进吧。”

我们随她走入起居室。凯蒂和我猛然止步,被眼前的景象吓了一跳。

戴安娜王妃。

到处都是她。整个房间里与戴安娜王妃相关的东西铺天盖地、泛滥成灾。有许多图片,这是当然的了,还有茶具、纪念盘、绣着图案的枕头、灯具、小塑像、书籍、顶针、酒杯(多么富有敬意)、牙刷(呦!)、夜灯、太阳镜、胡椒盐罐等,应有尽有。我意识到刚才听的不是艾尔顿·约翰和伯尼·陶品合作的原版歌曲,而是后来为戴安娜王妃改编的那一首。歌词已经改成对我们的“英国玫瑰”道一声再见。我在哪里读到过,为戴妃改编的这一版已经成为史上全球销量最大的一首单曲。这其中也许蕴含着深刻的意义,不过我不想去探究个中奥秘。

罗斯·贝克问道:“你们还记着戴安娜王妃逝去的日子吗?”

我瞅了瞅凯蒂,她瞧瞧我。我们一起点点头。

“你们还记得全世界为她哀悼的情景吗?”

她更执着地盯着我们。我们又点了点头。

“对于大多数人来说,他们的悲伤和哀悼不过是赶个时髦,几天后,也许一两个星期一切就过去了,”她打了个响指,很有魔术师的范儿。她的眼睛或者说是碟子,变得更大了。“就好像她从来没在这个世界上存在过。”

她盯着我们,等待着附和与赞同。我尽力克制着不做鬼脸儿。

“但是对于我们这些人来说,威尔士王妃戴安娜是一个真正的天使。她太完美了,这个世界配不上她。我们永远不会忘记她。我们要让纪念她的火焰永远地燃烧在世上。”

她轻轻地擦了擦眼睛。讽刺的话语已经到了嘴边儿,可还是被我咽了回去。

她说:“请坐下吧。想来点儿茶吗?”

凯蒂和我礼貌地拒绝了。

“要不来点儿饼干吧?”

她端出了一盘饼干，形状竟然是戴安娜王妃的侧面头像，巧克力屑撒在王冠上。我们又婉转地拒绝了，谁也没有心情一口一口地咬掉死去的戴安娜。我决定开门见山。

“贝克夫人，”我说，“您还记得凯蒂的姐姐朱莉，是吗？”

“当然记得。”她放下盛着饼干的盘子。“我记得所有那些姑娘。我的丈夫弗兰克——他在这儿教过英语——是1969年去世的。我们没有孩子，我的家人也都不在世上了。那个女生联谊会、那些姑娘，在26年的时间里就等于是我的生命。”

“我明白。”我说。

“而朱莉，嗯，一到夜晚，当我熄了灯躺在床上的时候，朱莉总是比别的姑娘更多地浮现在我的眼前。不仅因为她是一个非常出众的孩子——噢，她的确出众——还由于在她身上发生的那些事情。”

“您是指被人谋杀？”这是个愚蠢的问题，不过我在这方面是个新手。我只是想让她继续说下去。

“是的。”罗斯·贝克伸出胳膊，握住了凯蒂的手。“这真是一个悲剧，我为你难过。”

凯蒂说：“谢谢您。”

也许不够厚道，可我禁不住暗想：悲剧，当然是的。但为王妃举哀的这锅大杂烩早已让人晕头转向，不要说朱莉，即便是罗斯·贝克的丈夫和她的家人，在此会有栖身之地吗？

“贝克夫人，您还记得联谊会另一个叫希拉·罗杰斯的女生吗？”我问道。

她的脸抽搐了一下，声音短促地说：“是的。”接着她又变得一板一眼，“是的，我记得。”

从她的反应中可以明显看出,她对希拉的死讯还一无所知。我决定先不告诉她。显然她同希拉曾有些过节,我想弄明白究竟是怎么回事儿。我们需要听真话。如果我告诉她希拉已经死了,她的回答可能是一些大而不当的溢美之辞。没等我追问下去,贝克夫人扬起了一只手。“我能问个问题吗?”

“当然了。”

“为什么你们现在到这里问这些?”她的眼睛还是盯着凯蒂。“都是很久以前的事儿了。”

凯蒂回答了这个问题。“我想找出真相。”

“关于什么的真相?”

“我姐姐在这期间像是变了一个人。”

罗斯·贝克合上了眼睛。“你不需要听到这些,孩子。”

“拜托您了,我们需要知道真相。”凯蒂透出那股不管不顾的劲头儿的声音,似乎能震碎窗户的玻璃。

罗斯·贝克继续闭着眼睛。过了一会儿,她下决心似的对着自己点点头,睁开了双眼,两手合拢在膝盖上。

“你多大了?”

“18 岁。”

“是朱莉刚到这里时的年龄。”罗斯·贝克露出微笑。“你长得很像她。”

“人们都这么说。”

“这是一种赞美。朱莉真的能让蓬荜生辉。在许多方面她都让我想起了戴安娜。她们都很美丽,她们都很特别——近乎圣洁。”她露出微笑,晃动着一根手指。“呵,她们也都有一种野性,都特别固执。朱莉是一个好人,亲切善良,聪明伶俐,是个非常优秀的学生。”

“不过，”我说，“她后来辍学了。”

“是呀。”

“为什么？”

她转过来看着我。“戴安娜王妃想尽力做到更坚强。但是没人能控制命运的走向。命运自有变数。”

凯蒂说：“我不懂您的意思。”

一座戴安娜王妃时钟开始报时，声音模仿了大本钟的回响。罗斯·贝克等着它重新沉默后才说道：“学院会改变一个人。这是你第一次离开家门，你第一次独立生活……”她的思绪渐渐地飘远了，有一阵子我忍不住想推推她，期盼她赶快说下去。“我说得不够严密。朱莉开始时表现很好，可是后来，嗯，她开始不那么合群了，躲着我们所有的人。她旷课。她和家乡的男朋友断绝了关系。这算是稀松平常的事儿，几乎所有的姑娘在大一的时候都这么做。可是她和她的男朋友很晚才告吹，我记得是大学三年级的时候。我相信她确实很爱他。”

我吞咽一下口水，静静地坐着。

“刚才，”罗斯·贝克说，“你提到了希拉·罗杰斯。”

凯蒂说：“是的。”

“她给别人带来了坏影响。”

“怎么会呢？”

“在那一年希拉加入联谊会的时候”——罗斯把一根手指杵在下巴上，歪着脑袋，像是有个新念头闪了出来——“嗯，也许她代表一种命运的变数，就像那些逼得戴安娜的汽车不得不加速的狗仔，或者像那个可怕的司机亨利·保罗。你们知道他血液里的酒精浓度超出规定三倍吗？”

“希拉和朱莉变成了朋友？”我尽力拉回话题。

“没错儿。”

“她们是一个寝室的室友，对不对？”

“一度是室友。”她的眼睛潮湿了。“我不想感情用事，不过希拉·罗杰斯确实给女生联谊会带来了坏风气。我早应该把她撵出去。我现在明白了，可那时没有足够的证据证明她在做坏事。”

“她都做了什么？”

她下意识地摇了摇头。

我沉吟片刻。大三那年，朱莉曾到阿默斯特学院来看我，而她却不愿让我到哈维顿去找她，有些怪怪的。我回想起朱莉和我最后一次聚在一起的情景。她没有让我留在校园，而是在米斯蒂克的一家家庭旅馆安排了住处。当时我以为朱莉是在营造浪漫情调。现在，我开始明白是怎么回事儿了。

三个星期之后，朱莉打电话提出分手。现在回忆起来，那次见面时她就有些精神萎靡，举止怪异。我们在米斯蒂克只住了一个晚上。甚至在我们做爱时，我也能感受到她的注意力越来越不集中。她归咎于功课太多，说填鸭式的授课让她有些吃不消。我相信了她的说辞。其原因，根据后见之明，是我自己宁愿自欺欺人而不愿意相信其他。

当我把这些事实拼在一起，答案就越来越明晰了。希拉是刚刚摆脱路易斯·卡斯特曼的虐待、毒品和街头生活后来到校园的。与旧生活一刀两断绝非易事。我估计她带来了一些污泥浊水。一枚坏鸡蛋会毁了一锅汤。希拉上大学是在朱莉读三年级的时候，朱莉从那时开始变得不大正常了。

这种分析不无道理。

我换个角度发问："希拉·罗杰斯毕业了吗？"

"没有，她也退学了。"

"是和朱莉同时退学的吗？"

"我甚至不能确定她们是否正式退了学。朱莉到学期末就根本不去上课了。她待在寝室里，睡到午后才起来。我当面批评她以后"——她的声音有些哽咽——"她就搬出去了。"

"搬到哪儿去了？"

"校园外的一个公寓。希拉也到那儿待着去了。"

"那么希拉·罗杰斯到底是什么时候退学的呢？"

罗斯·贝克假装在回忆。我说"假装"，是因为我知道她早已清楚答案，而她不马上作答在某种意义上也是为了让我们好受些。"我记得朱莉死后希拉就离开了。"

"隔了多长时间？"我问。

她继续低垂着目光。"朱莉的谋杀案发生后我就没见过她。"

我望了望凯蒂。她的目光同样低垂着。罗斯·贝克用一只颤抖的手捂住了嘴。

"您知道希拉到哪儿去了吗？"我问。

"不知道，反正她离开了学校。这才是最重要的。"

她的眼睛一直拒绝正视我们。我觉得必有缘由。

"贝克夫人？"

她还是不抬头看我。

"贝克夫人，还发生了什么事儿？"

“你们为什么到这儿来?”她问道。

“我们对您说过,我们想知道——”

“是的,可为什么是现在来?”

凯蒂和我对视了一眼。她点点头。我转向罗斯·贝克说:“昨天,人们发现希拉·罗杰斯死了。她是被谋杀的。”

我以为她没听到我说什么。罗斯·贝克的眼睛锁定在一个诡异可怕的戴安娜深色丝绒肖像制品上。戴安娜的牙齿是蓝色的,她的皮肤是难看的酒瓶般的深褐色。罗斯继续盯着肖像,而我又不由自主地想到这里没有一张她的丈夫、家人或是女生联谊会姑娘们的照片,只有大洋彼岸那位已故的陌生人这样一个事实。同时我也想到我自己是如何面对那些死者、如何通过追逐幻影来逃避痛苦的。我猜想这间屋子里存在的这一切,表明房主人和我有着相似的心路历程。

“贝克夫人?”

“她也是像她们那样被勒死的吗?”

“不是,”我说,然后怔住了。我转向凯蒂,她也听到了。“您说的是她们?”

“是的。”

“怎么是她们?”

“朱莉是被勒死的。”她说。

“对。”

她的肩膀瞬间塌了下来,脸上的皱纹显得更深更明显了。我们的来访,把她藏在盒子里或者埋在各种戴安娜饰件下面的魔鬼唤了出来。“你们不知道萝拉·爱默生的事情,是不是?”

凯蒂和我又对视了一眼。“我们不知道。”我回答。

罗斯·贝克的目光在四周墙壁上瞥来瞥去。“你们真的不想来点儿茶吗?”

“求您了,贝克夫人,萝拉·爱默生到底是谁?”

她站起来,蹒跚着走向壁炉架,伸手轻轻抚摩着一座戴安娜的半身塑像。“女生联谊会的另一个孩子,”她说,“萝拉比朱莉低一年级。”

“她怎么了?”我问道。

她发现塑像上沾了一小块脏东西,便用手指把它刮了下去。“在朱莉死前八个月,人们在北达科他州她家附近发现了她的尸体,是被人勒死的。”

一时间我感到有只冰冷的手拉住我的腿并用力往下拽。凯蒂的脸色变得苍白,她朝我耸耸肩,表示也是刚刚听说这件事儿。

“抓到杀手了吗?”我问。

“没有。”罗斯·贝克说,“一直没抓到。”

我试图对这些新的信息进行筛选和加工,尽快理出个头绪来。“贝克夫人,朱莉死后警察找过您吗?”

“来的不是警察。”她说。

“但还是有人来过?”

她点点头。“两个FBI的人。”

“您还记得他们的名字吗?”

“不记得了。”

“他们问了有关萝拉·爱默生的事儿吗?”

“没有。但我还是告诉他们了。”

“您怎么说的?”

“我提醒他们有另外一个女孩儿也被勒死了。”

“他们做何反应?”

“他们告诉我不能再对别人讲起这事儿,表示某些事情可能会妨碍调查。”

太突然了。所有这一切突如其来。很难想象,死了三位年轻女孩儿,三位都是同一个女生联谊会的成员。这里可能有一种我尚未发现的内在联系。这种内在的联系意味着,朱莉的被杀并非如 FBI 企图让我们和所有人相信的那样,是一个偶然的、孤立的暴力事件。

最令人气愤的是,FBI 早就知道这一切,而这么多年他们始终把我们蒙在鼓里。

现今的问题是——为什么?

34

我强忍着怒火。我真想大步冲进皮斯蒂罗的办公室，揪住他的衣领大声吼叫，问个水落石出。然而在现实中却不可能这么做。95 号公路上随处可见的施工现场阻滞着车辆的通行。我们在布朗克斯快速干道上又遇到触目惊心的塞车。哈林河公路上的汽车像伤兵一样蠕动着。我用力按着喇叭，在各种小巷里钻来钻去。不过，这样的事情在纽约也算见怪不怪。

凯蒂用手机联络到了一位对电脑非常在行的朋友罗妮。罗妮在网上查到了萝拉·爱默生的信息，进一步确认了我们已经了解到的那些事实。她在朱莉死前八个月遭人勒杀。她的尸体是在北达科他州费森登市一家名叫宫廷庄园的汽车旅馆里被人发现的。当地媒体对这一案件进行了持续两个星期的、大量的、也是很模糊的报道，之后渐渐淡出一版，最终销声匿迹。报道中没有提到死者是否遭受性侵犯。

我急转方向盘驶出出口，闯了一个红灯，在联邦广场附近进入金尼停车场。下车后，我们快速向 FBI 纽约分局大楼走去。我昂首挺胸，步伐有力，却不幸遇到了安检。我们不得不通过金属探测门的检查。我取出钥匙,掏空口袋,抽出腰带。保安拿一个像是震颤器的棒状东西对我的身体上下扫描着。还好,我们通过了。

我们来到皮斯蒂罗办公室的外间,我以最严厉的声音要求马上见到他。他的秘书并没有被我吓倒。她露出政治家的妻子那般真诚的微笑,用甜美的嗓音请我们坐下来等等。凯蒂看看我,耸了耸肩。我没有坐下,而是像一头关在笼子里的狮子一样来回踱步,不过我感到心中的怒潮正在消退。

十分钟后,秘书告诉我们现在联邦调查局纽约分局局长乔瑟夫·皮斯蒂罗要接见我们——她就是这么说的,用了头衔,还用了全名。她打开门,我大步冲进了他的办公室。

皮斯蒂罗已经站起身迎接我们。他朝凯蒂做了个手势。"这位是谁?"

"凯蒂·米勒。"我说。

他看起来十分吃惊。他对她说:"你和他在一起做什么?"

我不想被打岔。"为什么您从来都不提萝拉·爱默生?"

他转身朝向我。"谁?"

"不要欺人太甚,皮斯蒂罗。"

皮斯蒂罗稍顿片刻后说:"大家为什么不先坐下来?"

"回答我的问题。"

他坐到了椅子上,目光始终盯着我。他的办公桌很光亮,不过也有些黏糊糊的,屋里飘散着碧丽珠护理蜡的柠檬气味。

"你没有资格在这里指手画脚。"他说。

"萝拉·爱默生在朱莉死前八个月被人勒死了。"

"所以呢?"

“她们俩是同一个女生联谊会的成员。”

皮斯蒂罗把十指搭在一起。他在玩儿看谁沉得住气的把戏。他赢了。

我说:“您想告诉我您根本不知道这件事儿吗?”

“噢,我知道这件事儿。”

“而您没有看到它们之间的联系?”

“的确没有。”

他的目光很镇定,显然他在这方面训练有素。

“您不会当真吧?”

他让自己的目光在墙上定格,尽管那里没有太多可观赏的东西。一幅布什总统的照片、一面美国国旗、一些证书,仅此而已。“当然,我们当时对案子进行了调查,我记得当地的媒体也做了报道。也许他们还追查过一些线索——我已经记不得了。不过到头来没有发现这两起案子有什么实质性的联系。”

“您在开玩笑。”

“萝拉·爱默生是在不同的州、不同的时间被勒死的,没有被强奸或遭到其他性侵犯的证据。她在汽车旅馆里被人发现。朱莉——”他朝凯蒂说,“你的姐姐是在家里。”

“那么她们同在一个女生联谊会的事实呢?”

“只是一个巧合。”

“您撒谎。”我说。

他面露不悦,脸色发红。“注意你的口气,”他边说边用粗粗的手指指着我。“在这里不允许你信口胡说。”

“您是在告诉我们,您看不到这两起凶杀案之间有任何联系?”

“是这样。”

“那么现在您怎么看，皮斯蒂罗？”

“现在怎么了？”

我的怒火又一次被点燃。“希拉·罗杰斯也是那个女生联谊会的成员。这也是巧合吗？”

我的爆料让他猝不及防。他向后靠靠身子，想拉开点儿距离。是由于他不知道此事还是由于他没想到我会发现此事？“我不会与你谈论正在调查中的案子。”

“您知道此事，”我一字一句地说，“而且您知道我的哥哥是无辜的。”

他让人解读不清是何意味地摇着头。“我过去不知道，现在还是不知道你说的这一切。”

鬼才信他。他从一开始就欺骗我们，我现在确信这一点。他挺直身体准备应对我的火冒三丈。可是出乎我的意料，我的声音突然柔和下来。

“您能意识到您都做了些什么吗？”我近乎耳语般地说道，“我们家蒙受的那些伤害，我的爸爸、我的妈妈……”

“这些事儿和你没有关系，威尔。”

“没有关系才他妈见鬼。”

“请你们二位离这事儿远一点儿。”他说。

我盯着他。“不。”

“这是为你们考虑。说出来你们也许不信，我是想保护你们。”

“保护我们免遭谁的伤害？”

他没有回答。

“有谁会伤害我们?”我重复道。

他拍了一下椅子扶手,站了起来。“谈话结束了。”

“您究竟想从我哥哥身上得到什么,皮斯蒂罗?”

“我不打算再和你们谈论正在调查中的案子的任何事情。”他走向门口,我企图拦住他。他瞪了我一眼,绕过了我。“你不要干扰我的调查。不然我会因妨碍公务而逮捕你。”

“您为什么要栽赃陷害他?”

皮斯蒂罗站住脚,慢慢转过身,瞬间好像变了一个人。腰板儿挺得更直了,眼睛里闪过一丝火花。“你总想了解真相,威尔?”

我不喜欢他声调中的细微变化。我突然不知道该如何应对。“是的。”

“那么,”他缓慢地说,“让我们从你开始。”

“从我什么?”

“你一直坚信你哥是无辜的。”他接着说下去,神态更具进攻性。“根据什么?”

“因为我了解他。”

“真的吗?在出事之前你们依然很亲近吗?”

“我们一直都很亲近。”

“能经常见到他,是吗?”

我挪动一下双脚。“亲近的人之间不一定非要经常见面。”

“是这么回事儿吗?那你告诉我们,威尔,你认为是谁杀了朱莉·米勒?”

“我不知道。”

“那么,让我们依照你的想法回头看看都发生了什么。”皮斯蒂罗迈步走向我。不知不觉间反被他占了上风。他一副怒火中烧的样子,尽管我不明白原因何在。他在足以侵犯我私人空间的距离停住了。“你那位亲爱的哥哥,那个你觉得如此亲近的人,在凶杀案当晚同你曾经的女朋友发生了性关系。你不会否认这一点吧,威尔?”

我的身体做出了蠕动状。“不否认。”

“你曾经的女朋友和你哥搞到了一起,”他发出啧啧的声响,“一定让你怒不可遏。”

“您在胡说些什么?”

“真相,威尔。我们在说明真相,不是吗?所以,来吧,把我们手里的牌都亮到桌面上。”他的眼睛一直盯着我,目光里带着一股寒意。“你哥哥,有多长时间,两年来第一次回家,然后他做了什么?他溜溜达达走过几个街口,去和你爱着的姑娘一道寻欢。”

“我们已经分手了。”我喊道。不过,连我自己也听得出,我的声音流露的更多的是恼羞成怒,而不是理直气壮。

他发出短促的冷笑。“当然了,这么一来一切都说得通了,对不对?分手后她自由了,尤其他还是你亲爱的哥哥。”皮斯蒂罗还是盯着我的脸。“你声称当晚还看到了别的人。有人鬼鬼祟祟地躲在米勒家附近。”

“是这样。”

“你是怎么看到他的?”

“您是什么意思?”

“你说你见到有人躲在米勒家旁边。是吧?”

“是的。”

皮斯蒂罗微笑着摊开双手。“但是你瞧，你从来没有对我们讲过当晚你做了什么，威尔。”他说这话时用的是一种很随意的、如唱歌般悦耳的语调。“你，威尔，恰好在米勒家的外边，一个人，夜深人静的时候。当你的哥哥和你过去的情人在里面……”

凯蒂转头盯着我。

“我在散步。”我用飞快的语速回答。

皮斯蒂罗踱着步子，借助已有的优势步步紧逼。“啊——哈，当然了，让我们看看这么说对不对。你哥哥正在和你仍然爱着的姑娘寻欢，你当晚碰巧在她家房子附近散步。结果她死了。我们在现场发现了你哥的血迹。而你，威尔，认定你哥哥绝对不会做出这事儿。”

他停住了，朝我咧嘴笑了笑。“如果你是负责侦查本案的探员，你会怀疑谁呢？”

一块巨大的石头压在我的胸口，使我说不出话来。“如果您的意思是我……”

“我的意思是你赶快回家待着。”皮斯蒂罗说，“就这样，滚回去，你俩都给我回去，再也别掺和这里的事儿。”

35

皮斯蒂罗提出找辆车送凯蒂回家。凯蒂拒绝了,并说要和我待在一起。他对此很不高兴,可他又能怎样呢?

我们在沉默中驾车回到了公寓。一进屋,我就向她展示了令人印象深刻的收藏品:各种外卖菜单。她点了中餐。我跑到楼下买回了饭菜,和凯蒂一道把那些白色的餐盒摊在桌子上。我坐在自己通常的位置上,凯蒂坐在希拉的座位上。我回想起了和希拉一道吃中餐的情景——她的头发束在后面,刚刚沐浴过的身体散发着香味儿,穿着一件厚绒浴衣,胸口上有几粒雀斑……

人们能够记住的东西实在有些奇怪。

悲伤再次不可阻挡地汹涌而来。只要我停下来不动,它就重重地击打我、深深地刺痛我。悲伤会让人精疲力竭。如果不建立起防御体系,它就会把人拖入无可救药的境地。

我把一些炒饭倒在盘子里,又浇了些龙虾汁儿。"你确定今晚还在这里过夜吗?"

凯蒂点点头。

"我把卧室让给你。"我说。

“我倒是愿意睡在沙发上。”

“你肯定吗?”

“当然。”

我们装作在吃东西。

“我没杀朱莉。”我说。

“我知道。”

我们还是装作在吃东西。

她终于说:“你当天晚上为什么会在那儿?”

我想挤出微笑。“你不相信我是在散步?”

“不相信。”

我放下筷子,像是担心它们会被我捏碎。我应该如何解释这一切,在我自己的公寓里,面对着我曾爱过的女人的妹妹,而她又坐在我曾打算与之结婚的女人的座位上。两人都被杀了,两人都和我有过亲密的关系。我抬眼说道:“我猜是因为我一直不能忘掉朱莉。”

“你想见她?”

“是的。”

“然而?”

“我按了门铃,”我说,“可是没人应答。”

凯蒂思索着,然后低头看看盘子,尽量以随意的口吻说道:“你去的时间选得有点儿奇怪。”

我又拿起了筷子。

“威尔?”

我仍然低着头。

“你是不是知道你哥哥在那儿?”

我扒拉着盘里的食物。她抬起头望着我。我听到邻居打开门又关上的声音。汽车喇叭在鸣响。有人在街上大声叫喊,听起来用的是俄语。

“你知道,”凯蒂说,“你知道肯在我们家,和朱莉在一起。”

“我没杀你的姐姐。”

“发生了什么,威尔?”

我抱起膀子,身体后靠,闭上眼睛,头最大限度地向后仰。我不想谈论这些事情,但现在我还有别的选择吗?凯蒂想知道,她有权知道。

“那是一个奇怪的周末。”我开始说。“朱莉和我分手有一年多了,其间我一直没见到她。我希望在放假时能够碰见她,可是她从来没露过面。”

“她很长时间没回过家了。”凯蒂说。

我点点头。“肯也是一样。所以事情显得很奇怪。突然间我们三个人同时回到了利文斯顿。我不记得过去是否有过这样的巧合。肯的表现很怪异。他不停地朝窗外望着,他待在家里一步不动。直觉告诉我他在准备着什么事情,但我不知道是什么。他问我是不是忘不掉朱莉,我告诉他不是这样,我们之间的事儿已经成为历史了。”

“你对他撒了谎。”

“这就像……”我考虑如何才能说得更清楚。“我哥对我来说就像是上帝。他很强壮,也很勇敢,而且……”我摇摇头,我说的还是不大确切。于是我重新开始。“我16岁的时候,父母带领全家到西班牙旅游,在太阳海岸。那里像是在举办一个大大的派对，好像把佛罗里达春假[①]搬到了欧洲。肯和我常去宾馆旁边的一家迪厅玩儿。我们在那儿的第四个晚上，有个家伙在舞池里撞了我一下。我瞅瞅他，他冲我笑。我接着跳舞，可又有个家伙撞我一下。我照样不理。先前撞我的那个家伙又跑过来，干脆把我推倒在地板上。”我停下来，为了赶走那段记忆而不停地眨着眼睛，仿佛眼里揉进了沙子。我看看凯蒂说，“你知道我是怎么做的？”

她摇摇头。

“我躺在地上大声喊肯。我没有跳起来，没有回手去推那个家伙。我喊我的哥哥救我，我自己却爬到了一边儿。”

“你被吓着了。”

“总是如此。”我说。

“这很正常。”

我可不这么认为。

“你哥哥跑来了？”她问。

“当然了。”

“然后呢？”

“发生了一场打斗。那是一群从北欧某个国家来的家伙，人很多。肯被他们打得够呛。”

“你呢？”

“我从来都不善于动拳头。我没敢冲上去，只是在旁边试图讲道理，想说服他们停下来别再动手。”羞愧至今还让我的脸颊发热。我那个动不动就同人打架的哥哥说的有道理。挨打的疼

---

① 每年3月中下旬，美国学校有一周加上两个周末的春假。由于北方的天气较冷，届时有大批美国学生拥到佛罗里达州等南部海滨度假。

痛毕竟是暂时的，做一回胆小鬼的羞耻却永远不会离你而去。“肯在这场混战中被打折了胳膊，他的右胳膊。他是个天才型的网球手，属于国家级的，斯坦福大学曾想录取他。可是自打胳膊受伤后，他的发球再也恢复不到从前了。后来他连大学的校门都没进去。”

“这并不是你的错儿。”

她说的完全不对。“重要的是，肯总是在保护我。当然，我们之间也像别人家兄弟一样吵架，有时他会毫不留情地取笑我。但是他会站在一列开来的火车前挡着我，保护我。而我却从来没有勇气如此回报他。”

凯蒂用手托起下巴。

“怎么了？”我问道。

“还是有点儿怪怪的。我就是有这种感觉。”

“你指的是什么？”

“你哥哥怎么会无视你的感受，去和朱莉上床。”

“这不是他的错儿。他问我是否已经忘掉了她，我说是的。”

“你给他开了绿灯。”她说。

“是这样。”

“可是你又忍不住跟在他的后面。”

“你不明白。”我说。

“不，我明白。”她说，“我们都会做出这样的事情。”

36

我睡得很沉，根本不知道他已经悄悄地来到了我身边。

我给凯蒂找出了干净的床单和毯子，确信她在沙发上能够舒适地睡觉后，自己冲了个澡，打算再读点儿东西。那些文字模糊不清地在我眼前游动。我一遍又一遍地重新阅读又重新忘记同一个段落。我干脆上网漫游。接着做俯卧撑、仰卧起坐和方块儿教我的瑜伽伸展。我只是不愿躺下来，不愿停下来，不愿让悲伤又一次乘虚而入。

尽管我是个值得敬重的对手，可是睡魔终究还是擒获了我，不客气地将我放倒，使我进入了全然无梦的昏睡状态。突然间我感到自己的手被猛然一拉，又听到咔嗒一声。我仍然迷糊着，企图把手拽回来，却白费力气。

某种金属物铐住我的手腕。

我的眼睛倏地睁开时，那人猛跳到我身上。他下压的力量很重，我肺里的空气似乎都被挤出了体外。这个不知是谁的家伙跨坐在我的胸口上，我拼命地大口喘着粗气。他用膝盖牢牢地压住我的双肩，我还没来得及做出点儿像样儿的挣扎，他又把我的另一只能动弹的手使劲儿扯到我的头顶。这次我没听到“咔嗒”的声音,但是我感觉到一圈儿冰凉的金属紧紧地卡住了我的皮肤。

我的两只手被铐在了床上。

我周身的血液变得冰冷。有片刻工夫大脑和身体完全丧失了功能,这是我遇到肢体冲突时肯定会出现的状况。我张开嘴试图喊叫或至少说点儿什么,可是袭击我的家伙抓住我的后脑勺往前拉,十分麻利地扯下一块胶带封在了我的嘴上。这还不够,他又用一盘胶带绕着我的脑瓜儿和嘴巴一气儿缠了10道,也许是15道,仿佛是在用收缩包装机对我的脑袋进行打包。

现在我绝对喊不出来也哭不出来了。呼吸变得异常艰难——我不得不忍受难以名状的痛苦,通过先前已经碎裂的鼻子吸气。我的肩膀由于手的被铐和他身体的重压而疼痛难忍。我使劲儿挣扎却是枉费力气。我想把他从身上掀下去,更是痴心妄想。我恨不能张嘴问问他究竟想干什么、面对毫无还手之力的我有何打算。

就在这时,我突然想到了另一个房间里孤身一人的凯蒂。

卧室里没有灯光,我只能看到这个偷袭者大概的轮廓。他戴着深色的面罩,我看不出上面是否有图案。呼吸几近停止,我忍着痛挺着用鼻子吸气。

不管他是谁,终于把我的嘴巴缠完了。只犹豫了一秒钟,他便从我的身上跳了下来。我以一种完全无助的恐惧,望着他走过去打开卧室通向外间的门,走进凯蒂睡觉的屋子,回手又关上了房门。

我的双眼暴突。我想大声叫喊,可是胶带使我发不出任何声音。我像匹野马一样乱拱乱踢乱蹬,却无济于事。

于是,我停止挣扎,仔细听着动静。有那么一阵儿,半点儿声音也没有。一片寂静。

突然,凯蒂惊叫起来。

噢,天哪。我扑腾得更厉害了。她的喊声很短促,中途便戛然而止,仿佛被人迅速关掉了开关。恐惧铺天盖地席卷而来,百分百的红色警报下的恐惧。我拼尽全力拉扯两边的手铐,前后左右扭动自己的脑袋。没用。

凯蒂又发出了喊声。

这次的声音变得微弱了,像是受伤的动物在猛烈地喘息。没人会听到她的声音,即便听到了也不会有人挺身而出。不会有人,因为这里是纽约。不会有人,特别是在这样的深夜。话说回来,即便有人出手相助,即便有人打电话报警或赶到身边救她,怕也来不及了。

我完全失控了。

我的理智似乎被撕扯成碎片。我正在发疯,如同癫痫病发作一般猛烈地翻来覆去。鼻子的疼痛越发剧烈。胶带上的一些纤维被我咽到了嗓子里。我更加奋力地挣扎。

还是白折腾。

上帝啊。好吧,冷静下来,稳住神儿,动动脑筋。

我转头去看右边的手铐。感觉不像刚才那么紧了,有了一定的活动余地。如果动作慢一点儿,也许能把手从手铐中抽出来。有门儿。我冷静下来,尽量把手并拢往外抽。

我试了又试,努力把自己的手变得更细。我将大拇指的根部贴近小拇指的根部,全力把手掌并在一起。我开始将手向外拔,先是缓缓的,接着再用力。不行。皮肤卡在手铐的边缘,一用力就会被划破。我不在乎，继续使劲儿往外拔。

这个办法绝对不行。

外屋又变得悄无声息。

我竖起耳朵捕捉声音，任何的声音。没有声音。我用力地拱身腾跃，在床上最大限度地抬起自己，心想没准儿还能带着这张床悬离地面。哪怕升起一两英寸，摔回去时都可能出现震裂。我连着试了多次，这张床向旁边滑开了几英寸，可是没什么用。

我仍被困在这里。

我听到凯蒂又开始叫喊，而且，她的充满恐惧的声音喊的是“约翰——”。

声音立时又断了。

约翰，我马上反应过来。她喊的是约翰。

阿谢尔塔？

幽灵……

噢，不，求求你。噢，上帝，不！我又听到了一种压抑的声音。也许是呻吟，像是被枕头捂住的呻吟。我的心在胸腔里急剧地跳动，恐惧灌满我的全身。我来回转动着脑袋，焦急地寻找对我有帮助的东西，任何的东西。

电话。

能不能……我的双腿是自由的。把腿甩过去，没准儿能用双脚把电话夹到身边，再让话筒落到我手里。那样的话，也许就能拨出 911 或 0。我的腿已经伸出去了。我绷紧腹部肌肉，举起两腿向右甩去。可是我整个人仍处在歇斯底里的状态，身体的重心不稳，结果双腿失控。我收回腿，尽力掌握平衡，又试一次，终于让脚碰到了电话。

可是,话筒被撞到了地板上。

妈的。

现在怎么办?我的精神已近崩溃,方寸早已大乱。我想到了被猎人的夹子套住后咬断自己的爪子逃生的野兽。我精疲力竭,无计可施,不禁想放弃挣扎,听任命运的摆布。就在这时,我忽然记起了方块儿教过我的一招。

瑜伽犁式。

这就是它的名称,印度语称它是“哈拉萨那”。这一招式通常以肩部为重心。先是仰卧,双腿举起向后翻过头,同时抬起臀部,脚尖触到脑后的地面。我不知道自己能否做出来,没关系,我缩腹抬腿,有多大力气使出多大力气。我的双腿翻到了我的脑后,脚掌够到了墙壁,胸口顶住了下巴,呼吸变得更加吃力。

我用两腿用力向墙上蹬去。肾上腺素明显地发挥着作用。这张床渐渐滑离墙壁,我又蹬了几下,获得了足够大的空间。太好了。现在到了最困难的阶段。如果手铐过紧,我的手腕不能在其中转动,那就只能以失败结束或是以我的双肩脱臼告终。没关系。

寂静,另一间屋里死一样寂静。

我让双腿落向地板,实际是我从床上向后翻了个大跟头。腿部的重量使我获得了冲力。突然降临的一点儿运气,使我的手腕竟然在手铐里转了过来。我的脚重重地砸到地上,我顺势而动,两腿的前面和肚子都被低矮的床头木板划破了。

整套动作结束后,我竟然站在了床头的地面上。

我的双手还铐在床栏上,我的嘴还被胶带封着。然而我站起来了。我又一次感受到了肾上腺素的奔涌。

好啊,现在呢?

没时间了。我弯曲膝盖,低下肩膀顶住床头,用力把床向门口推去,仿佛我是一位橄榄球的前锋,而这张床就是我的擒抱橇①。我的两腿宛若迅疾运动的活塞,没有一丝的犹疑,没有刹那的延缓。

床重重地撞击到门上。

撞击造成巨大的震颤。疼痛从我的肩膀蔓延到胳膊和脊柱。仿佛有什么东西在体内爆裂,灼热的痛感传遍全身各个关节。我对这一切毫不理会,把床拉回来又狠狠地朝门撞去。接着再撞一次。封嘴的胶带使得我的呐喊仅仅回响在自己的耳际。第三次,我准确地捕捉到床撞向房门的瞬间,使出全力将手铐向两边扯去。

床栏碎裂了。

我自由了。

我把床从门前拉开。我试图撕开缠在嘴上的胶带,可是时间紧迫。我抓住并转动把手,砰地打开房门,迅速扑入黑暗。

凯蒂在地板上。

她双目紧闭,身体瘫软。那人跨坐在她的胸口,双手扼住她的喉咙。

他正准备勒死她。

我不敢有片刻懈怠,如火箭发射般朝他飞扑过去。在空中滞留的时间显得十分漫长,像是在黏稠的糖浆中费力地穿越。那人

---

① 擒抱橇(tackle sled):橄榄球训练中运动员练习擒抱技术的一种器械。运动员的推力使橇的平面在草地上快速滑行,橇板后的立状物体为模拟对手,运动员从后面扑上去进行拦截和擒抱训练。

看到我向他扑去——他有足够的时间做准备——不得不松开凯蒂的脖子。他转身朝向我，我仍然是除了一道黑影外什么也看不清。他抵住我的肩膀，朝我的肚子狠踢一脚，又借着我的前冲力朝后打了个滚儿。

我被踢得飞向屋子的另一头，胳膊风车似的在空中旋转。不过运气又一次眷顾了我，至少我是这么想，我跌落到那只松软的单人沙发上。它来回摇晃着，终于因我的重压而翻倒。我的脑袋先是重重地撞向墙边的条桌，接着又磕到地板上。

我强忍眩晕，挣扎着跪了起来。正在我往起站准备向对方第二次出击的时候，我看到了从未见过的可怕景象。

那个黑衣夜袭者也站了起来。他的手里多了一把刀。而且他正朝着凯蒂冲去。

一切似乎都慢了下来。接下来的事情也就是发生在一两秒钟内，可是在我的记忆中，它像是发生在另外一条时光隧道里。时间的确会呈现出这种状况，时间的确是相对的。有的时刻飞逝而去，有的时刻静止定格。

我离得太远，一时够不到他。我明白这一点。尽管我的脑袋依然眩晕，刚才结结实实地砸在了那张桌子上……

桌子。

我把方块儿的那把手枪放在了那里。

拿到那把枪，再转身开火来得及吗？我的眼睛一直盯着凯蒂和那个杀手。不行，时间不够。我马上意识到了这一点。

那人弯下腰，薅住了凯蒂的头发。

我一边去抓那把枪，一边撕扯嘴上的胶带。胶带终于移了位，让我喊出一声："不许动！不然我就开枪了！"

他的头在黑暗中猛然扭了过来。我已经趴下了,肚子紧贴着地面向前爬着,大概挺像个特种兵。他看出我的手里并没有武器,便转回身去。我的手摸到了枪。没时间瞄准了。我扣动了扳机。

枪声使那人吓得一缩。

这为我赢得了时间。我一边挪移枪口,一边扣动扳机。他像体操运动员似的连连向后翻滚。我对目标依然分辨不清,只是把枪口移向那团黑影继续射击。枪里究竟有多少子弹?我已经打出去多少发?

他趔趄了一下,却依然在移动着。我射中他了吗?

那人跳向门口。我大喊不许动,他没有停留。我想冲他的后背开枪,然而有什么东西,也许是一闪而过的人性的慈软,使我停住了手。他趁机逃出门去。而眼下我有更要紧的事儿需要处理。

我低头向凯蒂望去。她一动也不动。

37

又一位警官——算来已是第五位了——来问我事情的来龙去脉。

“我想知道她的状况。”我说。

医生已经结束了对我伤势的检查处理。在电影里，医生总是护着他的患者，告诉警察不能在这时候向患者提出问题，病人需要休息。可是我的医生根本不想为我操这个心。他是急诊室的实习医师，我猜是巴基斯坦人。警察盘问我的时候，他正在往后扳我的肩膀。接着，往我手腕的伤口上倒碘酒，然后将我的鼻子拨来拨去，又拿出一把弓形钢锯——真不明白医院怎么还会有钢锯——锯断了我的手铐。所有这些都是在我接受警察讯问的过程中进行的。我仍然穿着睡衣睡裤。医院为我赤裸着的脚提供了一双纸拖鞋。

“不要说别的。回答我的问题。”那位警察说。

这样的审问已经持续了两个小时。我体内的肾上腺素已经消退，浑身的骨头正在遭受疼痛的围剿。我实在受够了。

“好吧，好吧，算您赢了。我先是用手铐把自己的两只手铐住,接着砸碎一些家具,又朝墙上开了几枪,在我自己的公寓里想要把她掐死,然后又是我自己打电话报了警。您是对的。”

“不是没有这种可能。”警察这样说。他是个大个子,蓄着用蜡定型的八字胡,让我不由得想到那些男声四重唱组合中的歌手。他对我提过自己的名字,不过从第三位警察出场起我就不去留意这些了。

“您说什么?”

“也许是设好的骗局。”

“我为了免受怀疑,就把自己的肩膀弄得脱臼,还割破自己的手腕,撞碎自己的床?”

他用典型的警察式动作耸了耸肩。“嘿,有一次我遇到这么个家伙,为了不让我们怀疑是他杀害了女友,就把自己的阴茎割了下来,还说有一群黑人袭击了他们。实际上他是想割破一点点,没想到一不留神就全下来了。”

“这故事真精彩。”我说。

“也许我当下面对的是同样的骗局。”

“我的那东西好好的,谢谢您的关心。”

“您对我们说是有人破门而入。邻居们也确实听到了枪声。”

“是啊。”

他用怀疑的目光望着我。“怎么没有一个邻居看到他跑出去?”

“也许因为当时是后半夜两点吧? 我这也是瞎猜。”

到现在我还是坐在医院的诊疗台上,一直悬荡着的双腿开始麻木。我从床上跳了下来。

“您这是打算去哪儿?”警察问我。

“我想去看看凯蒂。”

“如果是我就不去,”警察捻着八字胡说,“目前她的父母和她在一起。”

他观察着我的反应。我尽力不动声色。

八字胡又抖动了起来。“她父亲对您抱有强烈的偏见。”

“我肯定他会这样。”

“他认为是您干的。”

“出于什么目的?”

“您的意思是干这事儿的动机?”

“不,我指的是目的,是意图。为什么要说是犯罪动机,您真以为我干出了这事儿?”

他抱起膀子,耸了耸肩。“我听起来不是没有可能。”

“我为什么要在她还活着的时候报警呢?”我问道,“是我谋划的一个大骗局,对不对?我为什么不彻底杀死她呢?”

“掐死一个人并不容易,”他说,“也许您认为她已经死了。”

“当然您自己也明白,这话听起来多么愚蠢。”

他身后的那扇门开了,皮斯蒂罗走了进来。他用十分疲惫的目光望了我一眼。我闭上眼睛,用食指和拇指按摩着自己的鼻梁。跟着皮斯蒂罗进来的是早些时候讯问过我的一个警察。他朝八字胡做了个手势。八字胡因被人打扰面露不悦,然而还是和那个警察一起出去了。只有我和皮斯蒂罗留在屋里。

一开始皮斯蒂罗什么话也不说。他在屋里绕着,查看装着棉球的玻璃罐、压舌棒和有毒垃圾回收桶什么的。医院的病房通常散发着消毒剂的味道,可是这间屋子里弥漫着浓重的空中男乘务员的古龙香水味儿。我不知道这味道是医生还是哪个警察留下的,皮斯蒂罗正一脸嫌恶地抽动着鼻子。我已经习惯了这股气味。

“告诉我是怎么回事儿。”他说。

“难道您的纽约警察局的朋友们没说吗?”

“我告诉他们我想直接听你说,”皮斯蒂罗说,“趁他们把你扔到监狱之前。”

“我想知道凯蒂怎么样了。”

他对我的请求掂量了片刻。“她的脖子和声带会很疼,但是不会有什么事儿。”

我闭上眼睛,心里感受着一种由衷的宽慰。

“开始说吧。”皮斯蒂罗要求我。

我一五一十地对他说了。他一直静静地听着,直到我提及凯蒂喊出了“约翰”这个名字。

“知道这个约翰会是谁吗?”他问道。

“也许知道。”

“说说看。”

“我小的时候认识一个家伙,他叫约翰·阿谢尔塔。”

皮斯蒂罗的脸色沉了下来。

“您知道他吗?”我问。

皮斯蒂罗对我的问题未予理会。“你怎么知道她喊的就是这个阿谢尔塔?”

“因为他是那个打坏我鼻子的家伙。”

我又对他讲了幽灵闯入我的公寓动手打我的事情。皮斯蒂罗的表情越发阴郁。

“阿谢尔塔在找你的哥哥？”

“他是这么说的。”

他的脸涨红了。“你为什么不早点儿告诉我这些？”

“是啊，确实奇怪。”我说，“因为您一直是我可以求助的人，是我在任何事情上都可以信赖的朋友。”

他还是一脸愠怒。“关于约翰·阿谢尔塔你都知道些什么？”

“我们在同一个镇子里长大，大家通常叫他幽灵。”

“他是个最危险的疯子。”皮斯蒂罗说着，却摇摇头。“不可能是他。”

“您凭什么这么说？”

“因为你们两人都还活着。”

沉默。

“他是个铁石心肠的杀手。”

“那为什么至今逍遥法外？”我问道。

“别太天真。他干这一行很有一套。”

“杀人？”

“是的。他住在国外，没人确切知道他到底在哪儿。他在中美洲的一个政府雇用的敢死队里干过，他还帮过非洲的一个暴君。”皮斯蒂罗还是摇头。“不会的，如果阿谢尔塔想让她死，那么我们现在就得在她右脚的大脚趾上拴标签了。”

“也许她喊的是另外的约翰，”我说，“或者没准儿是我听错了。”

“也许是，”他思索着，“我还有一件事儿不大明白。如果幽灵或是别的家伙想杀死凯蒂·米勒，为什么不马上下手？为什么还要费尽周折地把你铐起来？”

同样的问题也让我困惑过，不过我想出了一种可能性。“也许这是杀手有意设的局。”

他皱起眉头。“这话怎么讲？”

“那个杀手把我铐在床上，把凯蒂掐死，然后”——我感到头皮发麻——“他伪造一个现场，让这一切看起来是我干的。”我抬头看看他。

皮斯蒂罗还是皱眉说道：“你是想说‘就像陷害我哥哥那样’，是吗？”

“是的，”我说，“我是想这么说。”

“一派胡言。”

“您想想，皮斯蒂罗。对于一件事情您的那些人一直没给个合理解释：为什么现场会有我哥哥的血迹？”

“那是因为朱莉·米勒反抗打伤了他。”

“您应当比我更清楚，现场的血太多了，不可能是朱莉所为。”我靠近他。“肯在11年前被人陷害了，而今晚也许有人想让历史重演。”

他发出讥笑。“别这么玄玄乎乎的。我告诉你吧，警察不相信你那套摆脱手铐的神奇逃脱术。他们认为你想杀死她。”

“您怎么认为？”我问他。

“凯蒂的爸爸在这儿。他快要气疯了。”

“这并不意外。”

“却能让人更加怀疑你。”

“您知道这不是我干的，皮斯蒂罗。尽管昨天您演了那么一出戏，您同样知道我没有杀朱莉。”

“我是警告你不要参与到这件事儿里来。”

“而我选择的是不去理会您的警告。”

皮斯蒂罗长吁了一口气，点头说道：“没错儿，你是硬汉子。那么我们就这么办，”他走上前，想用目光吓倒我。我的眼睛一点儿没眨。“你得去蹲牢房。”

我叹了口气。“我以为我今天受到的威胁早已超出每日最低需求量了。”

“不是威胁，威尔。你将被送进监狱，就在今晚。”

“好吧，我需要一个律师。”

他看看手表。“今天找律师太晚了。你先在拘留所待一宿。明天他们会提审你，指控的罪名是蓄意谋杀和人身侵犯。地方检查官会指出你有逃亡的危险——你哥哥就是一个有说服力的案例——他们会要求法官拒绝你的保释请求。而我的估计是，法官将同意他们的意见。”

我刚要开口说话，他举手制止了我。“别费口舌了，因为——你不会喜欢这个——我才不在意是不是你干的。我将找出足够的证据来证明你有罪。如果我无法找到证据，我就捏造证据。没事儿，你可以告诉你的律师，我就是这么说的。我会对此矢口否认。你是凶杀案的犯罪嫌疑人，你还帮助你的杀手哥哥藏匿了11年。我是这个国家最受敬重的一个执法机构的负责人。你认为他们会相信谁？”

我盯着他。“为什么您要这么干？”

“我告诉过你不要掺和进来。”

“如果您站在我的立场上，您会怎么做？如果是您的哥哥？”

“问题不在这里。你不听我的劝告。现在你的女友死了，凯蒂·米勒也险些丧命。”

“我没伤害她们中的任何一个。”

“不,你伤害她们了。因为事情是你引起的。假如你当初听我的话,她们会是今天这样的结局吗?”

他的话刺到了我的痛处,可是我依然奋力反击。“您怎样呢,皮斯蒂罗?您隐瞒了萝拉·爱默生这起案子同——”

“喂,我可不是来和你玩儿辩论游戏的。你今晚就得进监狱。而且你不用怀疑,我一定会让你被判有罪。”

他向门口走去。

“皮斯蒂罗?”我等他转身后发问,“您这么做到底是为了什么?”

他停下后向我探过身来,两片嘴唇离我的耳朵只有几英寸。他低语道:“去问问你的哥哥。”说完他就离开了。

38

我在位于中城南部西35街的警察局拘留所过夜。小牢房里充斥着尿液、呕吐物和醉鬼出汗溢出的发酸的伏特加的气味。不过这还是要比男空乘的古龙香水味道强。我有两个同牢难友。一个是易装癖的街头流莺，一直哭哭啼啼，面对那只金属马桶似乎拿不定主意是坐在上面，还是站在前边。另一个是一直在呼呼大睡的男人。没发生殴打、抢劫或强暴之类的监狱故事，我的牢房之夜平静无波。

晚上值勤的那个家伙正在播放音乐光盘，是布鲁斯·斯普林斯汀[①]的《与生俱来的奔跑》。谈到慰藉心灵的精神食粮，像所有新泽西的好孩子一样，我早就把这首歌的歌词背下来了。说来也怪，每当我听到“老板”充满感染力的叙事民谣时，都会不由自主地想到肯。肯和我不属于蓝领阶层，生活并不艰辛。我们也不去

---

① 布鲁斯·斯普林斯汀（Bruce Springsteen）：美国摇滚巨星、词曲作家。1949年出生，绰号“老板”（the Boss）。《与生俱来的奔跑》（Born to Run），是他的代表作之一。歌曲把自己描写成一个驾车骑士，在高速公路般的人生路上努力奔跑，决心与心爱的人一道闯出名堂。

疯狂飙车或在岸边（新泽西人总是说“岸边”而不称其为“海滩”）终日消遣。我听过一场 E 街乐团的音乐会，我看大多数来听他唱歌的粉丝可能和我们差不多——然而不知怎的，歌曲所描绘的挣扎于人生的故事，那种摆脱桎梏、争取自由、追求美好生活的渴求，那种为此而勇闯天涯、远走高飞的精神，不仅会引起我源自心灵深处的共鸣，也总让我想起我的哥哥，在那场凶杀案发生前就是如此。

然而，今夜当布鲁斯唱到她是如此美丽、使自己仿佛迷失在璀璨的星光中的时候，我想到的却是希拉。痛苦又赶来与我相伴。

我只给方块儿打了一个电话。说明发生的事情后，他嘟囔了一句“糟糕”。接着他答应给我找一位好律师，再去了解一下凯蒂的情况。

“噢，还有快可购的监控摄像。”他说。

“怎么了？”

“你的主意不错。我们明天就能看到它。”

“如果他们放我出去的话。”

“是呀，我想是这样。”方块儿又补充道，“如果他们不让保释你，那可就不妙了。”

到了早晨，警察把我押送到位于中央街 100 号的警察局总部，交到了监管部的狱警手里。我被塞进地下室的一间牢房。如果你对美国是个“大熔炉”的说法有所怀疑的话，你就应该到监狱这个袖珍联合国般的人类（或类人）混杂居住地待上一阵子。我听到至少十种不同的语言。令人眼花缭乱的各种肤色一定能让绘儿乐彩笔公司的产品设计者灵感迸发。戴在人们脑袋上的，有棒球帽、穆斯林头巾、假发,甚至还有土耳其无边圆筒帽。人人都在滔滔不绝地说话。当我终于听懂时——嘿,即使我听不懂——我意识到他们都在强调自己是无辜的。

我被带到法官面前时,方块儿已经等在那里,和他一起的还有我的新任律师、一个叫赫斯特·克伦斯汀的女人。我记得有个引人注目的案件是她辩护的,但一时想不出是哪个案子。她向我做了自我介绍,然后就再也不看我一眼。她转头盯着那位年轻的地区助理检察官,仿佛他是一头正在流血的野猪,而她是一只受超大痔疮折磨坐卧不宁的美洲狮。

"我们认为已被羁押的克莱因先生不能保释,"年轻的助理检察官说,"我们有理由相信他很可能在保释期间逃之夭夭。"

"为什么这么说?"法官问道。他身上的每个毛孔都透着百无聊赖。

"他的哥哥作为一起凶杀案的犯罪嫌疑人,已经逃亡在外11年。不仅如此,法官大人,他哥哥那起凶杀案的受害者是目前这位受害人的姐姐。"

这句话引起了法官的关注。"再说一遍。"

"被告克莱因先生被指控蓄意谋杀凯蒂·米勒。而克莱因先生的哥哥肯在11年前涉嫌谋杀受害人的姐姐朱莉·米勒。"

一直摩挲着脸颊的法官突然停住手。"噢,等等,我想起那件案子了。"

年轻的助理检察官如同获得了金质奖章般粲然一笑。

法官转向赫斯特·克伦斯汀。"克伦斯汀女士?"

"法官大人,我们认为应当立即撤销对于克莱因先生的一切指控。"她说。

法官又开始抚摩脸颊。“这倒让我感到意外，克伦斯汀女士。”

“除此之外，我们认为克莱因先生在自签保证书后应立即得到释放。克莱因先生没有任何犯罪记录。他在这座城市从事着帮助贫困者的工作，在社区里有着相当的影响力。绝不能将他同他哥哥进行荒唐可笑的类比，并据此让他遭受极不公正的株连。”

“您不认为他的保释也许会使人产生一种合乎情理的恐慌，克伦斯汀女士？”

“完全不会，法官大人。据我了解，克莱因先生的姐姐最近烫了头发，难道他也一定会去烫发吗？”

大家发出了笑声。

年轻的助理检察官以自命不凡的口吻说：“法官大人，虽然我对辩护人愚蠢的比喻表示应有的尊重——”

“哪一点是愚蠢的？”克伦斯汀厉声问道。

“我们的观点是，克莱因先生肯定具备潜逃的条件和手段。”

“荒唐至极，他有什么条件和手段？做出这种断言，是因为他们相信他哥哥确实是负罪潜逃——可是至今没有人能够证实这一点，他也许早已死亡了。但是不管怎么说，法官大人，地方助理检察官在这件案子中疏忽了一个关键问题。”

赫斯特·克伦斯汀向年轻的助理检察官露出微笑。

“是这样吗，托马森先生？”法官问道。

年轻的助理检察官托马森垂着头。

赫斯特·克伦斯汀稍等片刻后以不容置疑的口吻说道：“这起令人难以容忍的犯罪案件的受害人凯蒂·米勒，今天早晨证实凶手并非是克莱因先生。”

法官面露不悦。“托马森先生?”

“事实并非如此,法官大人。”

“并非如此?”

“米勒小姐说她没有看清袭击她的人。屋里很黑,那人还蒙着脸。”

“而且,”赫斯特·克伦斯汀替他说完,“她说那人不是我的当事人。”

“她说的是她不相信那人会是克莱因先生,”托马森反驳说,“法官大人,当时她受了伤,神志并不清楚。她没有看清那个凶手,所以她并不能真的排除他——”

“我们现在不是在审理案件,先生,”法官打断他说,“你们关于不予保释的请求被驳回了。保释金确定为三万美元。”

法官敲下了木槌。于是我自由了。

39

我想去医院看望凯蒂。方块儿摇着脑袋对我说这很不明智。她爸爸守在那里,寸步不离女儿。他还雇了一个武装保镖站在病房门外。我对此是理解的。之前米勒先生未能守护好自己的女儿朱莉,他决不能让这样的悲剧在凯蒂身上重演。

我用方块儿的手机给医院打了个电话,可是交换台表示打给凯蒂的任何电话都不得转接。于是我又拨通了一家花店的电话,请他们给她送去祝愿康复的鲜花。这种做法既没能充分表达心意也有些傻里傻气——凯蒂在我的公寓里几乎被人勒死,而我却送去一篮子花束、一只泰迪熊和拴在木棒上的一只聚酯薄膜气球——不过这是我能想出来的、让她知道我在关心她的唯一办法。

方块儿驾着他那台1968年的蓝色凯迪拉克De Ville敞篷车。这辆车引人注目的程度,堪比我们的易装癖朋友拉葵尔(罗斯科)混迹于美国革命女儿会[①]的聚会。我们正在林肯隧道穿行,

① 美国革命女儿会(the Daughters of the American Revolution):美国的一个致力于保护美国革命历史遗存、建设相关纪念设施的义工组织,成员均为美国独立战争参加者的女性后裔。

里面像往常一样拥堵。人们都在抱怨交通状况越来越差,我对这种看法不敢苟同。当我还是孩子的时候,载着我们全家人的那辆镶着木板的客货两用车每隔一周的星期六都要到这条隧道里爬行。我还记得当时隧道里的旅程多么的艰难和缓慢。在一片昏暗中,那些像蝙蝠一样吊在拱顶上的黄色警示灯愚蠢地闪烁着,好像我们真的需要注意慢行似的。我也记得里面坐着员工的小玻璃亭子和因长年被尾气熏染而呈尿黄色的隧道壁砖。所有的人都抻长脖子盼着见到外部世界的一道光亮。终于,看着像金属的橡胶隔离栏在前方向我们致意,汽车爬进到处是高楼大厦的世界,一个完全另类的世界,仿佛我们刚刚完成的是穿越时光隧道的旅行。我们或者去观看玲玲马戏团的表演,高兴地摇动拴在绳上的小灯泡;或者去无线广播城综艺剧场欣赏头十分钟令人目眩神迷而后越来越乏味的表演秀;或者到杜菲广场的售票厅排着长队买半价的音乐剧入场券;或者到巴诺书店(我记得那时它还只开着一家店面)去浏览各种书籍;或者去自然历史博物馆参观,去街头的展销会闲逛——妈妈最喜欢的是第五大道上的纽约九月街头书展。

我爸爸总是抱怨交通拥挤、停车困难以及无处不在的"堕落",可是我妈妈却真心地热爱纽约。她喜欢那些剧场、那些艺术品、那份大都市的热闹喧哗。珊妮尽力地让自己融入郊外社区拼车和打网球的生活,然而她的梦想、她的压抑已久的渴盼一直没有消失,只是被某种表层的东西掩盖着。她爱我们,我明白这一点。然而有些时候,比如坐在那辆客货车的后排看着她在前面望着窗外的样子,我就不禁想到,如果没有我们,妈妈的生活是否会更加幸福。

“你的主意不错。”方块儿说。

“什么?”

“还能想到索娜是方块儿瑜伽的铁杆儿会员。”

“管用吗?”

“我给索娜打了个电话,说了我们的想法。她说快可购是伊恩和诺亚·穆勒兄弟俩经营的。她打电话和他们说了她需要什么,于是就……”

我摇头。“你真神了。”

“是呀,我确实如此。”

快可购的总部设在3号公路旁的一家仓库里面。这里是新泽西北部湿地的中心地带。新泽西搞砸了许多事情,其中最糟糕的,就是我们一些交通流量最大的道路,总是在这个所谓花园州的最丑陋的地带穿过。我是家乡声誉最坚定的捍卫者。新泽西大部分地区的景色美得令人惊叹,然而批评家们也说中了两点。第一,我们的一些城市破败不堪。特伦顿、纽瓦克、大西洋城,随你点吧,哪个得不到人们应有的尊重都活该。举纽瓦克为例。我的几个朋友是在马萨诸塞州的昆西长大的,可是他们一直说自己是波士顿人。我还有朋友在布林茅尔长大,他们却总说自己是费城人。我生长的地方离纽瓦克市的中心区只有九英里,但是我还有同我一样的人一次也没说过我们是纽瓦克人。

第二是——我不在意别人怎么说——新泽西北部的这片湿地有股奇怪的味道。尽管它很微弱,但是这股味道的存在不容置疑。它不是那种闻起来令人愉悦的大自然的气味,而似乎是废气、化学物质和化粪池泄漏带来的味道。刚刚在快可购的仓库门前下车,这股味儿就钻进了我们的鼻孔。

"你放屁了?"方块儿问道。

我看着他。

"嗨,就是想放松一点儿。"

我们走进了仓库大楼。穆勒兄弟俩都是亿万富翁的身价,可是两个人却挤在库房中央的一间小办公室里。他们的桌子看起来像是在哪所小学关张的拍卖会上买来的,并按传统面对面地拼在一起。涂着防蛀清漆的椅子,肯定是人体工学诞生之前的产物。屋里没有电脑、传真或复印机,只有桌椅和高高的金属文件柜,还有两部电话。四面墙全是透明的玻璃。兄弟俩喜欢看到周边的货箱和叉式升降机。同时他们对别人的观望并不在意。

兄弟俩的模样很相像,穿的也一样。他们穿着我爸说的那种"炭黑色便裤",上身是鸡心领 T 恤,罩着一件白色纽扣的衬衫。扣子扣得很低,钢丝般的灰色胸毛露在外面。两人都站起来,瞄准方块儿露出最开心的笑容。

"想必您就是索娜小姐的导师,"其中一个说,"瑜伽方师。"

方块儿智者般沉静地点点头。

他们俩慌忙奔过来同他握手。我还以为他们接着要单膝跪下呢。

"我们让他们连夜送来了录像带。"兄弟中的高个子说,明显渴望得到赞许。方块儿纡尊降贵般地点了点头。他们两人引导着我们走过库房的水泥地面。我听见倒车的喇叭声,类似车库的大门打开了,卡车来装货。兄弟俩经过时同每个工人打招呼,工人们也都做出回应。

我们走进了一个没有任何窗户的屋子。台子上摆着咖啡机。一辆金属推车上放置着一台带有衣架式天线的电视机和一台录放机。我上小学时曾在视听教学课上看到过他们用的这种推车，以后再没见过。

哥俩中的高个子打开了电视，屏幕上一片雪花。他把一盘磁带插入了录放机。“这盘带子录了12个小时的内容，”他说，“您说那家伙大约是三点的时候在超市，对不对？”

“他们是这么说的。”方块儿回答。

“我把它设定为从两点四十五分开始播放。带子转得不慢，因为是每隔三秒钟拍摄一次影像。噢，快进功能不好用，对不起。我们也没有遥控器，所以请按这里的播放键。估计您二位希望不受打扰，所以我们就不陪了。忙着吧。”

“我们也许需要把带子拿走。”方块儿说。

“没问题。我们可以复制一份。”

“谢谢。”

哥俩中的一个再次同方块儿握手。另一个还——这可不是我瞎编的——鞠了一躬。只留下我们两人。我走到录放机前按下了播放键。雪花消失了，噪音也一道没了。我按电视机的音量键，不过当然了，监控录像并没有录下声音。

画面是黑白的。屏幕下方有个数字时钟。镜头自上而下地对着收银台。收银员是一个披着金色长发的年轻女人。她的动作猝然地一跳一跳，三秒钟拍一次的画面连在一起，让我脑袋发晕。

“我们怎么能认出这位欧文·恩菲尔德先生呢？”方块儿问道。

“我猜我们得寻找一个40岁左右、理着平头的家伙。”

望着屏幕，我意识到这件事情也许比原来想象的要容易。超市里的顾客基本都是穿着高尔夫俱乐部服装的老年人。也许斯通帕因特社区接纳的主要是退休老人。我提醒自己过后要向伊芳·斯特诺核实一下。

在下午3:08:15的画面上,我们一眼看到了他。应该说是他的背影。他穿着短裤和带领的短袖衬衫。我们看不到他的面孔,不过他留的是平头。他经过收银台,走进最边上的一条两侧摆满商品的通道。我们等待着。3:09:24的画面中,这个可能是欧文·恩菲尔德的人从拐角转过来,走向梳着金色长发的收银员。他拎着一桶半加仑装的牛奶和一条面包。我把手指放到暂停键上,随时准备停住画面仔细端详。

其实不必了。

那种被称为范戴克式的尖髯确实具有瞒天过海的作用,理得短短的灰色头发也是。如果我只是泛泛地浏览这盘带,或者是在人群熙攘的街道上与他擦肩而过,也许我不会对他留意。此刻的我却不敢有丝毫懈怠,聚精会神地盯着画面 ,所以一眼就认出来了。尽管如此,我还是按下了暂停键——3:09:51。

一切疑问已不复存在。我一动不动地站在那里,不知道是该额手称庆还是该痛哭流涕。我转向方块儿。他的眼睛盯的是我而不是屏幕。我对他点点头,证实了他的疑问。

欧文·恩菲尔德是我的哥哥——肯。

40

内线电话响了起来。

“麦圭因先生吗?”兼做他的保镖之一的接待员问道。

“是的。”

“乔舒亚·福特和雷蒙德·克伦威尔到了。”

乔舒亚·福特是旗下有300多位律师的斯坦福—卡明斯—福特法律事务所的资深合伙人。雷蒙德·克伦威尔则是为他做记录并领取加班薪水的跟班。麦圭因通过监视器观察着这两人。福特人高马大,高六点四英尺,重二百二十磅。他以处世硬朗、咄咄逼人且手段卑劣著称,他的外貌也的确与他狼藉的名声相符,他的那副嘴脸让人相信,他会如同嚼碎一支雪茄般嚼碎人的大腿。与他相反,克伦威尔十分年轻,温文尔雅,穿戴考究整洁。

麦圭因看了幽灵一眼,幽灵朝他微笑。麦圭因暗吸了一口冷气,再次怀疑让阿谢尔塔掺和进来是否明智。不过,此事既然也有幽灵一份儿,麦圭因决定顺其自然。

而且,幽灵在这方面确实有专长。

麦圭因仍然注视着幽灵令人不寒而栗的笑容,对着内线电话说:“请福特先生一个人进来。在接待室里照顾好克伦威尔先生。”

“是,麦圭因先生。”

麦圭因就如何处理此事在内心里同自己做过争论。他不喜欢单纯地诉诸暴力,然而他也绝不害怕使用它。暴力是一种达到目的的有效途径。幽灵关于在战壕里变成无神论者的那套说法是有道理的。事实上,所有人都不过是一种动物或是一种生物体,比最原始的草履虫复杂不到哪去。你死了,一切也都一了百了了。以为人类可以超越死亡,以为人类不同于其他生命、具备获得来生以至获得永生的能力,这纯粹是人类的妄自尊大。当然,在现实中人类确实独一无二、睥睨万物,这是因为人类最有力量也最为无情。人类主宰着世界。但是,声称人死了以后会被上帝高看一眼、生前的阿谀谄媚会逐渐地带来上帝的恩宠,噢,自有人的统治以来,类似的说法的确是富人用来控制穷人让其安分守己的思想工具。

幽灵向房门走去。

为了达到目的,必须采取一切手段。同样的事情,人家视为畏途,麦圭因却敢铤而走险。比如,一般人绝不敢对联邦调查局探员、地方检察官或警察下毒手,可是这三类人麦圭因都杀过。再如,一般人都认为不应该触碰那些有权有势的大人物,否则会带来不必要的麻烦。麦圭因却不信这个邪。

当乔舒亚·福特打开房门的时候,幽灵已操起了他的铁棍。这根铁棍有棒球棍那么长,弹性很好,非常适合出其不意地突袭。只要对着人的脑袋一挥,颅骨就会像蛋壳儿一样被击碎。

乔舒亚·福特以有钱人特有的大摇大摆的姿态迈进屋里,微笑着向麦圭因致意。“麦圭因先生。”

麦圭因也微笑作答。“福特先生。”

感觉到侧面有人，福特转身面向幽灵，习惯性地伸出胳膊准备握手。幽灵的眼睛盯着别处，用那根铁棍朝对方的小腿猛地击去。福特大叫一声，像一只断了线的木偶摔倒在地板上。幽灵再次出手，这次的打击部位是对方的右肩。福特顿时感到手臂失去了知觉。幽灵的铁棍又照着福特的胸腔抡去。随着碎裂声，福特高大的身躯蜷曲成了一团。

麦圭因站在房间的另一头问道：“他在哪里？”

福特强忍剧痛，有气无力地问：“谁？”

犯了大错。幽灵又举起他的武器向对方的脚踝猛然砸去，福特大声号叫。麦圭因回头望一眼监控视频。克伦威尔舒适地安坐在接待室里。他听不到任何动静，没人能听到这里的动静。

幽灵再次击打那只受伤脚踝的同一部位，制造出卡车轮胎碾碎啤酒瓶的声响。福特举起一只手连连求饶。

经过这么多年，麦圭因已经总结出，最好的步骤是先拷打再审问。如果审问在先，面对可能遭到的拷打，绝大多数人都选择利用唇舌、通过语言来逃脱皮肉之苦，那些善于辞令的人更是如此。他们会绞尽脑汁地选择有利于自己的角度，提供半真半假的信息，甚至编造出颇为可信的谎言。他们保持着理性，不停地做出估量和推测，逼得对手也不得不煞费苦心地应对他们。总之，话语会被他们充分利用，以排除肉体可能面临的危险。

必须让他们彻底丢弃这种幻想。

肉体遭到的突然殴打以及随之产生的痛苦和恐惧，能够有力地摧毁人们的心理防线。这时，你的认知和理性、你的知识和修养，也可以说你作为人类的一员经过进化获得的一切，都会消失、都会彻底坍塌，剩下的是一心想逃避肉体痛苦的、史前的、原始的、真正的你。

幽灵望着麦圭因，麦圭因点了点头。幽灵退到一边，麦圭因走上前来。

“他在拉斯韦加斯停留过，”麦圭因说，“这是一个重大的错误。他在那儿找了一位医生。我们查了附近的公用电话亭前后一个小时的通话记录。只有一个跨州的长途电话让我们感兴趣。那个电话是打给您的，福特先生。他给您打了电话。为了慎重起见，我让手下人监视了您的办公室。联邦调查局的人昨天去找过您。您瞧，这一切都说得通。肯必须找一位律师，他需要找一位能干的、独立办案的、同我一点儿瓜葛也没有的律师。那就是您。”

乔舒亚·福特说：“但是——”

麦圭因举起手制止了他。福特立刻服从，闭上了嘴巴。麦圭因向后退了一步呼唤幽灵：“约翰。”

幽灵上前，二话不说朝福特的胳膊肘上方用力一击。肘部立即扭曲成骇人的状态，福特的脸完全失去了血色。

“如果您否认或装作听不懂我说的，”麦圭因说，“我的朋友就不会对您这么客气，他将对您动真格的。您明白吗？”

过了几秒钟福特抬起头来。麦圭因吃惊地发现，他的目光变得十分坚定。福特看看幽灵，又看看麦圭因，喊了一句：“去死吧。”

幽灵看看麦圭因。麦圭因扬起眉毛，微笑着说：“真有种。”

“约翰……”

幽灵不听他的,铁棍朝福特的脸上挥去。伴着湿漉漉的某种撕裂的声音,福特的头耷拉到一侧,鲜血喷得满屋都是。福特倒在地上不再动弹。幽灵又向他的膝盖举起铁棍。

“他还有意识吗?”麦圭因问道。

幽灵停下来弯腰看了看。“还有意识,不过呼吸有点儿断断续续。”他站起身来。“再给他一棍子,福特先生就得拜拜了。”

麦圭因想了想。“福特先生?”

福特抬眼望他。

“他在哪里?”麦圭因又问一遍。

福特这次只是摇头。

麦圭因朝着监控显示器走了过去。他把它扭了扭方向,以便乔舒亚·福特能够看到屏幕。克伦威尔正跷着二郎腿喝咖啡。

幽灵指指显示器。“他的鞋真不错,是艾伦·埃德蒙兹牌的吧?”

福特试图坐起来。他想用双手支起身体,却又颓然趴下。

“他有多大了?”麦圭因问道。

福特没有回答。

幽灵举起了棍子。“他在问你——”

“29 岁。”

“结婚了吗?”

福特点点头。

“孩子?”

“两个男孩儿。”

麦圭因又仔细看了看显示器。“你说得对,约翰,他的鞋子不错。”他转向福特。“告诉我肯在什么地方,不然他就死定了。”

幽灵轻轻地放下了铁棍，从衣服口袋里掏出了印度暗杀帮使用的勒喉棒。把手是红木的，长约八英寸，直径约两英寸，呈八角形状，上面刻有便于手握的凹槽。一条用马尾巴编成的绳子拴在了棒的两端。

“他同这事儿一点儿关系都没有。”福特说。

“仔细听我说，”麦圭因说道，“我只说这一遍。”

福特等他说下去。

“我们决不虚张声势。”麦圭因说。

幽灵露出微笑。麦圭因盯住福特，等了片刻，然后按下了通话器的键子。保镖接待员应道：“您好，麦圭因先生。”

“请克伦威尔先生到这里来。”

“是的，先生。”

他们从显示器看到，一个大块儿头的保镖进门招呼克伦威尔出来。克伦威尔放下跷着的腿，撂下咖啡杯，站起身抻抻自己的上衣，跟着保镖走出了门。福特转眼朝麦圭因望去，两人的目光遇到了一起。

“您真是愚不可及。”麦圭因说。

幽灵握紧木棒把手等待着。

保镖打开了门。雷蒙德·克伦威尔脸上堆着已准备好的笑容走了进来。看到满屋的鲜血和瘫在地上的老板，他顿时目瞪口呆。“怎么回——”

幽灵已挪到克伦威尔的身后，照着他的后腿踢了一脚。克伦威尔大叫一声跪在地上。幽灵的动作纯熟、优雅、不费吹灰之力，像是在跳一种风格奇异的芭蕾。

那条绳子越过年轻人的脑袋套在了他的脖子上。幽灵粗暴地往后猛拉绳子,同时抬起膝盖顶住了克伦威尔的后背。绳子深深地嵌进了克伦威尔的肌肤。幽灵将木棒一拧,有效地截断了通向大脑的血流。克伦威尔的眼睛凸了出来,用双手乱抓绳子。幽灵丝毫不手软。

“停下!”福特喊道,“我说!”

没有人理他。

幽灵目不转睛地盯着他的猎物。克伦威尔的脸紫得吓人。

“我说过——”福特迅速转向麦圭因。麦圭因抱着膀子悠然地站在一边儿。两人的目光又遇到了一起。发自克伦威尔喉咙的细弱的、咕噜咕噜的声音在周围一片寂静之中可怕地回响。

福特低语:“求你了。”

麦圭因摇摇头,重复了一遍他先前说过的话:“我们决不虚张声势。”

幽灵再一次拧动木棒,丝毫没有松手之意。

41

我必须告诉爸爸监控录像的事儿。

方块儿把我送到了麦德兰草地附近的巴士站。我完全不知道对于刚刚看到的东西该做出什么样的反应。在沿着新泽西收费公路行驶的巴士上，我望着窗外那些日益破败的工厂，任凭自己的思绪信马由缰。这是我能够保持一丝生气的唯一办法。

肯真的还活着。

我已经看到了证据。他曾住在新墨西哥州，化名为欧文・恩菲尔德。我不禁为此欣喜若狂。终于有机会做出弥补、有机会同哥哥相聚、有机会让一切步入正轨——我竟敢抱有如此的奢望吗？

然而我又想到了希拉。

她的指纹留在了我哥哥的房间里，同时留下的还有两具尸体。希拉在这中间到底充当了什么角色？我实在想不明白。或者，我只是不愿意面对铁一样的事实。她背叛了我，当我的脑子还能运转的时候，浮现在我脑海中的都是一幕幕遭到背叛的场景。我呆呆地想下去，任凭自己陷入那些日常的回忆——她盘腿坐在沙发上同我聊天的样子,她如同站在飞溅的瀑布下把头发拢向脑后的样子,她穿着棉绒浴袍香喷喷地走出淋浴间的样子,她在秋日套上我那件过于肥大的运动衫的样子,她在我们跳舞时在我耳边轻声哼唱的样子,她在房间的另一头用令人窒息的目光向我顾盼的样子——而所有的这些,竟然都是精心设计的骗局。

思绪信马由缰。

我拖着沉重的脚步走在路上,脑子里只有一个念头:告别过去。我的哥哥和我的恋人都同我不辞而别,一句"再见"都没有说。除非知道真相,否则我永远不可能摆脱这一切。方块儿早就警告过我,我所发现的东西未必会让我好受。也许这是必须付出的代价。现在终于到了我应该勇敢面对的时候,到了我应该挺身救下肯的时候。

我的注意力完全集中在这样一个事实上:肯还活着。他是无辜的——如果在下意识里我曾经对此有过怀疑的话,通过皮斯蒂罗已间接做了澄清。我又能见到肯、和肯在一起了。我可以——怎么说才好——洗雪往日的耻辱,让妈妈真正得到安息。

这是服丧期的最后一天。爸爸没在家。姨妈塞尔玛在厨房里忙着,说爸爸散步去了。姨妈塞尔玛穿着一件围裙,我想不出她是从哪儿弄来的。我们家里没有围裙,我敢肯定这一点。难道是她自己带来的吗?她看起来好像总是穿着围裙,即使她没穿的时候也是如此,假如你明白我的意思的话。我望着她清理着洗涤池。塞尔玛——妈妈珊妮的安静的妹妹,一直在默默地干活儿。我总是忽视她的存在,我相信大多数人都是如此。塞尔玛只是……在那里。她是尽力避开生活的雷达搜索的那类人中的一个,似乎害怕招来命运之神的关注。她和姨父默里一直没有孩子，我不知道原因，不过偶尔听到爸妈谈论过死胎什么的。我站在那里望着她，第一次意识到，我面前的是又一个每天兢兢业业地过着正直生活的人。

"谢谢您。"我对她说。

她点点头。

我想对她说我爱她、也很感谢她，尤其在妈妈走后我希望我们之间的关系更加亲近，我知道这也一定是妈妈的企盼。然而我没能把这些话说出口，只是上前拥抱了她。塞尔玛先是一怔，对于我异乎寻常的情感表达感到吃惊，但是接着便放松了下来。

"一切都会好的。"她对我说道。

我清楚爸爸散步的线路。我穿过考丁顿街，小心翼翼地绕过米勒家的房子。我知道爸爸也会这样做，多年前他在散步时就开始绕开这里。我抄近路插过费洛特和安奈家的院子，又选择那条穿越芳草溪的小路，来到了镇里少年棒球联盟的球场。由于赛季已过，棒球场里空荡荡的。爸爸孤零零地坐在金属露天看台的最上面一排。我想起他是多么喜欢给孩子们当教练。他穿着白色T恤，大半截长的袖子却是绿色的，胸前印着"议员队"的字样。绣着字母S的帽子高高地扣在他的脑袋上。他喜欢坐在球员席，随意地把胳膊搭在栏杆上，汗水洇湿腋下，右脚踏着球场的地面，左脚蹬着水泥台阶。他会用很利索的动作摘下帽子，用前臂擦拭眉毛上的汗水，再把帽子很规矩地扣回脑袋上。在晚春夜色的映衬下，尤其是肯在场上比赛的时候，他总是容光焕发。他和他的两个最好的朋友、也是喝啤酒的酒友伯特里奥和霍洛维茨共同做教练。这两位都由于心脏病发作不到60岁就离开了人世。我坐到了爸爸的身旁。我知道他的耳畔仍然回响着掌声和笑声，他的鼻子仍然能嗅到球场泥土的芳香。

他看到我便露出了微笑。"还记得你妈妈当裁判是哪一年吗?"

"记得一点点,我想是的。那时候我多大,四岁?"

"呵,差不多。"他摇摇头,仍然微笑着沉浸于对往事的回忆。"那时候你妈妈处在追求妇女解放热情最高涨的时期。她穿的T恤衫上都印着'女人的舞台是家庭也是参议院'之类的口号。那时候离允许女孩子参加少年棒球联盟还差好几年,你知道吗?你妈不知从什么地方得知棒球比赛没有女裁判,她就去查规则手册,发现并没有明文规定女人不能当裁判。"

"所以她提出了申请?"

"对了。"

"结果呢?"

"那些岁数大的官员气得要命。可是规则就是规则,所以他们不得不让她做裁判。不过,这里有两个问题。"

"是什么呢?"

"她应该算是世界上最糟糕的裁判。"爸爸又露出了笑容,对我来说是久违了的笑容,那种由于完全植根于往昔回忆而让我的心有些发痛的笑容。"她几乎不懂球赛的规则。而且你知道,她的视力也不好。我还记得她在第一次球赛中竖起大拇指喊'安全'①的样子。每次宣布判定结果的时候,她的身体就在场上陀螺似的直转圈子,好像在跳鲍勃·福斯②编的舞蹈。"

---

① 安全(safe):棒球比赛中裁判员对跑垒运动员合法取得所占垒位的判定,称为"安全"。

② 鲍勃·福斯(Bob Fosse):美国音乐剧编舞大师和导演,多次获托尼奖最佳编舞奖,还获过一次奥斯卡最佳导演奖。

我们咯咯地笑了起来。我仿佛看到当年的爸爸望着场内的妈妈，摆手示意她不要做出那些过分戏剧化的动作，既为她感到窘迫，又为她感到骄傲。

“那些教练快气疯了吧？”

“当然了。但是你知道竞赛组委会是怎么做的吗？”

我摇头。

“他们把她和哈维·纽豪斯编在一个裁判组，你记得他吗？”

“上学时他的儿子和我在一个班。他是职业橄榄球队的选手，对吗？”

“他是公羊队的进攻截锋。哈维的体重肯定有300磅。他在后面做本垒裁判，你妈妈做场上裁判，一旦哪个教练情绪失控，哈维就使劲儿用眼睛瞪他，那个教练只能乖乖坐下。”

我们又发出咯咯的笑声，然后渐渐地陷入沉默。妈妈的无限活力竟然被无情地扼杀，在她病魔附体之前就已消失殆尽，真让人感慨不已。爸爸终于转过身来望着我，我脸上的瘀伤让他瞪圆了眼睛。

“你怎么了？”

“没什么。”我说。

“和人打架了吗？”

“我没事儿，真的。我需要和您谈点儿事情。”

他又沉默了。我正在考虑如何提起话头时，爸爸却采取了主动。

“给我看看。”他说。

我瞧着他。

“你姐今天早晨来电话，她说了那张照片的事儿。”

我身上还带着它。我拿出照片,爸爸接过它放在掌心,唯恐会被什么东西碾碎似的。他看了看说道:“天哪!”他的眼睛由于湿润而发光。

“您不知道吗?”我问。

“不知道。”他又看看照片。“你妈什么也没说,直到……你是知道的。”我看到他的脸上闪过的某种表情。他的妻子、他生命的伴侣竟然连这样的事儿都瞒着他,这让他难过。

“还有别的事情。”我说。

他又看着我。

“肯在新墨西哥州住过。”我向爸爸简单地叙述了我的发现。爸爸沉静而镇定地听着这一切,像是一个具备抗晕船能力的水手。

当我说完,他问道:“他在那儿住了多长时间?”

“只住了几个月。为什么问这个?”

“你妈妈说他快回家了。她说一旦证明了自己是无辜的,他就会回家来。”

我们又陷入沉默。我动脑筋思索着。假设事情是这样的:11年前,肯被别人陷害了。他逃亡海外,像新闻媒体说的那样过着东躲西藏的生活。过了这些年他又回到了家乡。

为什么回来?

像我妈说的那样,来证明自己的无辜?我觉得讲得通。可为什么是现在回来?我说不清楚,但不管是什么理由,他确实回来了——也由此引火烧身,因为有人发现了他的行踪。

是谁呢?

答案很明显:是杀害了朱莉的家伙。这个人,不论是他还是她,需要封住肯的嘴巴。还有什么？不清楚，还缺乏足够的线索。

“爸爸？”

“嗯。”

“您曾经想到肯还活着吗？”

他拖了一会儿回答：“要说他死了更容易接受一些。”

“您没有回答我的问题。”

他的目光又变得游移。“肯非常爱你，威尔。”

我没吭声，任这句话飘浮在空中。

“不过他也并非十全十美。”

“这我明白。”我说。

他顺势说下去。“朱莉被杀之前，他已经遇到了麻烦。”

“您说的是什么意思？”

“当时他跑回家来躲避风头。”

“是什么事情？”

“我不知道。”

我想了想。我记起在那之前肯至少有两年没回过家，他看起来坐立不安，即使同我谈到朱莉时也是如此。我不知道他为何心绪不宁。

爸爸问我：“你记得菲利普·麦圭因吗？”

我点点头。“我听说他搬进博纳诺家的老房子里去了。”麦圭因是肯在高中时的老朋友，当时是所谓的“学生领袖”，据说如今“很不一般”。

“是呀。”

在我童年的时候，博纳诺是大名鼎鼎的黑手党成员，他家住在利文斯顿镇最大的豪宅里，大铁门前的车道旁还有两个石狮子坐镇。有这样的传言——你大概想象得出,郊外社区总是有层出不穷的传言——说是在他家的院子里埋着一些尸体,他家围墙的栏杆通着电,如果哪个小孩儿想从后院的林子里钻进他家院子,就会挨上一枪。我怀疑这些传言的真实性,不过警察终于在博纳诺 91 岁的时候逮捕了他。

"麦圭因怎么了?"我问。

"肯和麦圭因搅和在了一起。"

"什么事儿?"

"我知道的也只是这些。"

我想到了幽灵。"也牵扯到约翰·阿谢尔塔了吗?"

我爸爸闻言一怔,我看到他的眼中流露出恐惧。"为什么你要问这个?"

"他们三个在高中很要好。"我本想——但我改了主意,决定把事情说出来。"我最近见到了他。"

"阿谢尔塔?"

"是的。"

他轻声问我:"他回来了?"

我点头。

爸爸闭上了眼睛。

"怎么了?"

"他很危险。"爸爸说。

"我明白。"

他指了指我的脸。"是他干的?"

问得一针见血。"至少有一部分是。"

"一部分?"

“说来话就长了，爸爸。”

爸爸又合上了眼睛。过了片刻，他重新睁开眼，把两手支在大腿上站了起来。“回家吧。”他说。

我还想问他一些事情，可我知道现在不是时候。我站起来跟在他的后面。爸爸吃力地走下摇摇晃晃的看台楼梯。我伸过手想扶他，被他拒绝了。我们下到地面转向那条小路。就在路口，幽灵两手插在兜里，笑容可掬，正在耐心地等待着我们。

开始我以为是幻觉，只是由于刚刚提到他，所以在脑海中唤出了这样一个恐怖的幻影。可是我听到爸爸倒吸了一口气，接着听到那个声音。

“呵，多么感人啊！”幽灵说。

爸爸站到我前面，像是要当我的盾牌。“你想干什么？”他喊道。

幽灵却笑起来，用讥讽的口吻说：“嗨，小子，我当年三击不中出局以后，吃了整整一卷软糖才觉得好受点儿。”

我们立在原地谁也没动。幽灵抬头看看天空，又闭上眼睛，用力地吸了一口气。“啊，少年棒球联盟。”他又看着我爸爸。“您还记得我的老爸来看比赛的事儿吗，克莱因先生？”

我爸爸绷紧嘴唇。

“那真是了不起的时刻，威尔。真的，精彩一幕。我亲爱的老爸喝得太多了，竟然站在快餐柜台旁边撒尿，你能想象吗？我当时还以为坦斯默太太要中风了呢。”他开怀大笑，回荡的笑声让我浑身不自在。笑声渐渐消失了，他又补充道：“多么美好的时光，哈？”

“你到底想做什么？”我爸又问道。

可是幽灵自顾自地说下去，不容别人打岔。“要说起来，克莱因先生，还记得您在州决赛中担任全明星队教练的事儿吗？”

爸爸说：“记得。”

“肯和我那时是，嗯，四年级学生，对不对？”

爸爸没作声。

幽灵突然喊道：“噢，等等。”他的脸上不见了笑容。“我几乎都忘了。那年我没参加比赛，是吗？第二年也没参加。我坐牢去了，您不记得吗？”

“你从来没坐过牢。”爸爸说。

“没错儿，没错儿。您说得太对了，克莱因先生。我被送到医院”——幽灵用瘦骨嶙峋的手指画着引号——“‘治疗’去了。你知道这是什么意思吗，威尔小子？他们硬把一个小孩子同这个悲惨的世界上最邪恶的疯子关在一起，说是为了给这个小孩子做治疗。我同屋的第一个病友，是个名叫蒂米的纵火狂。他在 13 岁小小的年纪放火烧死了他的父母。有天晚上，他从喝醉了的勤杂工身上偷了一盒火柴，放火烧了我的床。我不得不到烧伤科住了三个礼拜。我差一点儿再放一把火把自己真的烧死，那样我就不用回去了。”

一辆小车开过芳草溪的小路。我看到后排有个小男孩儿被高高地放置在儿童安全座椅上。四周没有一点儿风，所有的树木都静静地站立着。

“那是很久以前的事儿了。”爸爸轻声说。

幽灵的眼睛眯缝起来，似乎对爸爸的这句话很关注，最后他点点头说：“是呀，是呀，您这话说得很对，克莱因先生。我并没有生在一个特别幸福的家庭。我是说，像我这样的孩子还指望什么？您甚至可以认为我还挺有福分：能去那儿入院治疗，省得在家动不动就领教我老爸的拳头。”

我这时才意识到他是在谈论杀死丹尼尔·斯金纳的事儿，那个小恶棍是被他用厨刀捅死的。不过，真正触动我并引发思索的，是幽灵的遭遇听起来同圣约家园救助的那些孩子很相似——充满暴力的家庭生活、少年时代的犯罪记录、一定程度上的精神变态。我试图把幽灵想象成是我那些孩子当中的一个。然而他是一幅实在无法描绘的图画。他已经不再是孩子。我也说不清楚准确的时间节点——从什么时候起，一个需要人们帮助的孩子会变成一个需要拘押起来的坏蛋；我甚至说不清楚究竟怎样对待他们才算是真正的公平。

“嗨，威尔小子？”

幽灵想对上我的目光，可爸爸倾过身子去遮蔽他的视线。我把一只手放到爸爸的肩上，向他表明我能够应付眼前的事情。

“怎么？”我问道。

“你知道我后来又去”——他又用手指画出引号——“‘治疗’了一次，是不是？”

“是的。”我说。

“我那时是高中四年级，你是二年级。”

“我记着呢。”

“我在那儿的时候，从头到尾只有一个人来看过我。你知道是谁吗？”

我点头。答案是朱莉。

“很有讽刺性，你不觉得吗？”

“是你杀了她吗？”我问道。

“我们当中确实有个人应该为此负责。”

我爸上前挡住我说:“够了。”

我挪向一边。“你这是什么意思?”

“你,威尔小子,我指的是你。”

我感到困惑。“什么?”

“够了。”我爸又说。

“你应该为她挺身而出,”幽灵继续说,“你应该保护她。”

虽然出自这么一个精神错乱家伙的嘴里,这些话还是如冰凿般刺进了我的心房。

“你为什么回到这儿来?”我爸问他。

“说真话吗,克莱因先生?我也不太清楚。”

“离我的家人远远的。要找你就找我。”

“不,先生。我不会找您。”他上下打量着我的爸爸,我感到有什么冰冷的东西在我的腹部升腾着。他接着说,“我倒是喜欢您保持现在这个样子。”

幽灵略微挥下手表示再见,转身走进了树林。我们一直望着他进入林木深处,直到他像自己的绰号那样在我们的眼前消失。我们仍在原地站了一两分钟。我听到爸爸的呼吸空泛而细弱,如同从深深的洞穴里传出。

“爸爸?”

他已经转身朝小路走去。“我们回家,威尔。”

42

爸爸不愿意再说话了。

我们到家后，他径直走进他与妈妈用了近40年的卧室，并关上了门。一下子冒出这么多事情，我很想理出头绪却毫无进展。我的脑子已经发出了罢工的信号。我掌握的东西太少了，至少现在还很不够。我需要搜集更多的线索。

希拉。

还有一个人，也许对破解我心爱的女人身上的种种谜团会有帮助。我找了个理由同家人道别，回到了城里。我跳上地铁赶往布朗克斯区。天已经渐渐转暗，这一带的治安很差，这是我平生第一次把一切恐惧抛到了脑后。

没等我伸手去敲，那道门就开了一条缝儿，安全门链还扣着。塔尼娅说："他睡着了。"

"我想和您谈谈。"我说。

"我可没什么说的。"

"我在追思会上看到您了。"

"快走开。"

“请让我进去,这事儿很重要。”

塔尼娅叹了口气,解开了门链。我溜进屋里。房间远处角落里的那盏灯依然发着昏暗的光。我环视着这个令人无比压抑和沮丧的地方,心中暗想,实际上塔尼娅同路易斯·卡斯特曼一样,也是这间房子里的囚犯。我转过来面向她,她不由得缩了一下,好像我的目光会灼伤她。

“您打算把他关在这里多久?”我问道。

“我没什么计划。”她回答。

塔尼娅没有请我坐下。我们两人站在那里相互望着对方。她把两臂叠在胸前等待着。

“您为什么要去参加那个仪式?”我问。

“我想表达我的哀悼。”

“您认识希拉?”

“认识。”

“您和她是朋友?”

塔尼娅可能露出了微笑,但是她的脸被糟蹋得不成样子,那些凹凸不平的疤痕同她的嘴角连在一起,使我无法确认她的真实表情。

“我和她连熟悉都算不上。”

“那您为什么要来?”

她把脑袋歪向一边。“您想听点儿奇怪的事情吗?”

我不知道该做何反应,后来就点点头。

“那是16个月以来我第一次走出这个屋子。”

我同样不知道该如何作答,只是想出了一句:“您能来我很高兴。”

塔尼娅用怀疑的目光看着我。屋里除了她的呼吸声一片寂静。我不清楚她的器官出了什么毛病，是不是遭受折磨造成的后遗症，反正听到她的每次呼吸都让你觉得，她的气管就像是里面粘着几滴液体的狭窄的吸管。

“请告诉我，您为什么要参加追思会？”我说。

“就像对您说过的，我去是为了悼念她。”她略作停顿。“而且我以为我能提供些帮助。”

“帮助？”

她望了一眼路易斯·卡斯特曼卧室的门。我也顺着她的目光看去。

她接着说：“他对我说了您到这儿来的目的。我想也许我能给您提供一些线索。”

“他是怎么说的？”

“说您爱上了希拉。”塔尼娅将身体向灯光移了移。能始终把目光聚焦到她的脸上，真是一件不容易的事情。她终于坐了下来，“是真的吗？”

“是这样。”我回答。

“是您杀死了她吗？”塔尼娅问。

这个问题吓了我一跳。“不是。”

她看起来将信将疑。

“我不明白。您去那里是为了提供帮助？”我问道。

“是的。”

“那您为什么又跑了呢？”

“您不清楚是怎么回事儿吗？”

我摇头。她坐在——更像是瘫在——椅子上，两只手放在腿上,身子开始一前一后地摇晃起来。

“塔尼娅?”

“我听到了您的名字。”她说。

“您说什么?”

“您问我为什么要跑,”她的身体停止了晃动。“是因为我听到了您的名字。”

“我不明白。”

她又看看那扇门。“路易斯不知道您是谁。我原来也不知道——直到方块儿在致辞里提到您的名字。您是威尔·克莱因。”

“我是。”

“而且,”——她的声音变得更轻了,轻得我必须倾过身子去听——“您是肯·克莱因的弟弟。”

沉默。

“您认识我哥?”

“我们见过。很久以前的事儿了。”

“怎么见面的?”

“通过希拉。”她挺直了身子望着我。很奇怪,人们常说眼睛是心灵之窗,事实并非如此。塔尼娅的眼睛里什么也没有,没有伤痕或缺陷,没有她的历史或是她受到的那些折磨的印迹。她继续说,“路易斯对您说过,有个黑帮老大同希拉混在了一起。”

“是说过。”

“那就是您的哥哥。”

我摇起了头。我还想更多地反驳她,可是看她话还没有说完,就忍住了。

“希拉同我们的生活方式有些格格不入。她太有野心了。她和肯一拍即合。肯安排她进了康涅狄格州的一所名牌学院。目的不是别的,是为了多卖些毒品。在这里,那些家伙为了争夺街角的一小块地盘打得你死我活。可是在那些富家子弟聚堆的名牌学院,如果能渗透进去并控制住局面,就能轻轻松松地赚很多钱。”

“按照您的说法,是我哥哥安排了这一切?”

她又开始前后摇晃起来。“您是在认真地告诉我,您对这一切一无所知?”

“是的,我是认真的。”

“我以为——”她打住话头。

“什么?”

她摇头。“我也不知道我的想法是什么。”

“求求您,讲下去吧。”我说。

“我只是觉得有些奇怪。先是希拉和您的哥哥。后来希拉又突然冒出来和您在一起。而您的样子就像是一点儿也不知道这些事情。”

我又一次不知道应该做何反应。我问道:“希拉后来遇到了什么事儿?”

“您应该比我更清楚。”

“不,我是指她在大学的时候。”

“她脱离这里的街头生活后我再没见到她,只接过她的两三次电话,后来电话也没有了。肯不是什么好家伙。您和方块儿看着都是好人,我觉得希拉到头来还是有了不错的归宿。但是当我突然听到您的名字……”她耸耸肩,似乎要抖去心中的念头。

“对卡丽这个名字您有印象吗?”我问。

“没有。我应该知道她吗?”

“您知道希拉有个女儿吗?”

塔尼娅又摇晃起来。她的声音里含着痛楚。“噢,上帝。”

“您知道?”

她用力地摇头。“不知道。”

我紧接着问下去:“您认识一个叫菲利普·麦圭因的人吗?”

她还是摇头。“不知道。”

“约翰·阿谢尔塔呢? 或者是朱莉·米勒?”

“不知道,”她回答得很干脆,“我不知道这些人。”她站起来离开我。“我曾希望她逃脱这种生活。”

“她逃脱了,可没能永远地逃脱。”我说。

她的肩膀耷拉下来,呼吸更加吃力了。“她的结局不应该这么惨。”

塔尼娅向门口走去。我留在原处没动,回头看了看路易斯·卡斯特曼的房间。我又一次想到这间公寓里实际关着两个囚犯。塔尼娅站住了,我能感受到她望着我的目光。我朝她看去。

“有做整形手术的。”我对她说,“方块儿认识不少人,我们能帮您。”

“不用了,谢谢。”

“您不应该永远生活在仇恨里。”

她又露出微笑。“您以为一切只是因为这个吗?”她指指自己破相的脸。“您以为我把他留在这儿只是因为这个?”

我困惑了。

塔尼娅摇摇头。“他说过他是如何把希拉拖下水的吗?”

我点头。

“他把这一切都归功于他自己。他大谈自己如何衣冠楚楚、如何能言善辩。实际上大多数姑娘,哪怕是刚从巴士上下来的雏儿,谁都没有胆量跟着一个男人单独离开。所以您瞧,路易斯高出别人一筹的地方在于他有个搭档,一个女人。她帮助他搞定交易,哄骗那些女人,解除她们的戒心。”

她等着我的反应。她的眼神冷漠超然。一阵战栗发自我的内心深处,很快蔓延全身。塔尼娅走到门口,为我打开了门。我匆匆离开,再也没有回到这里。

43

我的语音信箱里有两个电话留言。第一个是希拉的母亲埃德娜·罗杰斯。她的语气拘谨冷淡。她说葬礼将于两天后在爱达荷州梅森市的小教堂举行。罗杰斯夫人说了时间、地点和从博伊斯机场到那儿的路线。我保存了这份留言。

第二个来自伊芳·斯特诺。她说有急事儿,要我尽快回电话。她的语调中有一种不加掩饰的兴奋。我对此有些不安,她是不是查出了欧文·恩菲尔德的真实身份——如果是的话,是件好事儿还是坏事儿?

铃声一响伊芳就接起了电话。

“什么事儿?”我问道。

“这里有很重大的发现,威尔。”

“我听着呢。”

“我们早就该想到这事儿。”

“什么事儿?”

“把各种线索集中起来。一个化名的家伙。受到FBI的高度关注。所有那些安全措施。在一个僻静的小社区。您明白了吗？”

“我还不明白。”

“克里普科是关键。”她继续说道，“就像我说的，这是个假冒的公司。我通过一些关系查了一下，事实上，他们隐藏得不深，没做太多的伪装。按照他们的看法，如果有人看见那个家伙，最重要的是能不能认出他，没有人会对他做深入的背景调查。”

“伊芳？”我说。

“怎么了？”

“您在说什么，我一点儿也听不懂。”

“克里普科，就是那家出租房子和汽车的公司，他们的背后是美国联邦法警局。”

我又一次感到眩晕。我顾不上这些，只觉得在混沌和黑暗中看到了一线希望的曙光。“等等，”我说，“照您的意思，欧文·恩菲尔德是个卧底的探员？”

“不，我不这么想。我是说，他在斯通帕因特那样的社区卧底干什么——看谁在打扑克时作弊？”

“那是怎么回事儿？”

“美国联邦法警——不是联邦调查局——负责落实证人保护计划。”

我更加困惑。“您是说欧文·恩菲尔德……”

“政府把他藏在了那里，是的。他们给了他新的身份。问题是，就像我刚才说过的，他们对于相关联的一些东西隐藏得不够仔细。许多人注意不到这些，咳，有时候他们简直蠢得要命。我在报社的一个内线告诉我，他们竟然把巴尔的摩的一个黑人毒贩子藏在芝加哥郊区一个纯白种人的社区里，结果把事情完全搞砸了。我们这个案子的情况当然有所不同。不过,这么说吧,高第一伙儿一直想查出公牛萨米的下落①,于是人们关心的往往是公牛萨米能不能被认出来,而对于相关背景方面的东西琢磨得就少,这样就不能做到万无一失。您明白我的意思吗?”

“我想是的。”

“所以我的猜测是这样的:这个欧文·恩菲尔德是个坏家伙,大多数被列入证人保护名单的家伙都是如此。他也是列在保护计划中的一个,可是不知什么原因,他竟然在杀掉两个人后逃之夭夭。FBI可不想让这个消息泄露出去,想想这会多丢脸——政府同一个家伙做了个交易,可这家伙却又举办了一场杀人盛宴?好事儿的媒体对这类事儿可是求之不得。您明白我的意思吗?”

我什么也没说出来。

“威尔?”

“唉。”

电话那头稍作停顿。“您有事儿瞒着我,对不对?”

我在想如何应对。

“别这样,”她说,“有来有往,记得吗?我投桃,您报李。”

我不知道自己会如何回答——会不会告诉她那个欧文·恩菲尔德和我哥哥是同一个人,把这事儿公开后会不会觉得比藏在暗处好——可是我的决定权突然被剥夺了。我听到咔嗒一声,电话断了。

---

① 高第(Gotti)和公牛萨米(Sammy the Bull)两人分别为纽约黑手党甘比诺家族的第三任教父和“二老板”。1991年,公牛萨米作为警方证人,指证黑帮老大高第,使高第于1992年被判终身监禁。公牛萨米被列入联邦证人保护名单,获得了新的身份,还做了整容手术。高第在狱中继续遥控整个家族,后患癌症死于狱中。

突然响起了急促的敲门声。

“联邦探员。快开门。”

我听出这是克劳迪娅·费希尔的声音。我伸手拧动了门把手，却差点儿被撞个跟头。费希尔举着枪夺门而入。她的搭档达瑞尔·韦尔考克斯紧跟着进来。两个人看起来苍白、疲倦，甚至有些惊恐。

“这他妈是怎么回事儿？”我问。

“举起手来。”

我照做了。她掏出手铐，可又改变主意停住了。她的声音突然间变得轻柔。“您会乖乖合作吧？”

我点点头。

“好吧，我们走。”

44

我没同他们争执。没要求拿出证据，没要求打个电话，甚至也没要求他们告诉我要去往何处。我知道，在这种微妙的时刻，所有的抗争或是多余的，或是有害的。

皮斯蒂罗早就警告过我不要掺和进来。他为此甚至不惜以莫须有的罪名逮捕我。他还发誓如果需要就捏造证据来陷害我。可是我依然没有罢手。我想弄明白我究竟从哪儿获得了这种以往不曾有过的勇气，我随即意识到，很简单，因为我已经一无所有，没有任何东西可以失去。也许所谓的勇敢历来就是如此——你已经不需要在乎什么。希拉和我妈妈已经死了，我哥哥不知人在何处。你若把一个人逼得走投无路，即便是像我这种软蛋，也会眼看着他突变为一只猛兽。

我们的车在新泽西费尔劳恩镇的一排房屋前停了下来。我的目光所及之处完全是同样的景象：整洁的草坪，得到过度照料的花圃，已经带有锈斑的白色户外家具，蜿蜒穿过草地的水管连接在懒洋洋转动的洒水器上。我们来到一栋与其他并无二致的房屋前。费希尔转动把手，房门没锁。他们带我穿过一间摆着粉色沙发和电视机的屋子。柜子上有一大排两个男孩儿的照片。这些照片是依年龄递进排列的。开始一张是两个婴儿,最后一张是两个十多岁的男孩子一身正式打扮,分别从两侧亲吻一个女人的脸颊。我估计这个女人是他们的母亲。

厨房有一道旋转门。皮斯蒂罗坐在一张摆着冰茶的富美家牌餐桌前。照片里那位可能是妈妈的女人站在洗涤池边。费希尔和韦尔考克斯自动退下了,我站在原地。

"您偷听了我的电话。"我说。

皮斯蒂罗说:"我们用了窃听设备。这是合法的,法院下达了许可令。"

"您想从我这儿得到什么?"我问他。

"是我11年来一直想得到的,"他说,"你的哥哥。"

洗涤池边上的女人打开水龙头冲洗一只水杯。冰箱上用小磁铁贴着更多的照片,主角仍然是那两个男孩儿,有他们与这个女人和皮斯蒂罗照的,也有与其他年轻人照的,都是不久前拍摄的,拍得比较随意,多是在海滩和家的后院儿之类的地方。

皮斯蒂罗喊道:"玛丽?"

女人关掉水龙头转向他。

"玛丽,这是威尔·克莱因。威尔,这是玛丽。"

我猜她是皮斯蒂罗的妻子。她用毛巾擦擦手,同我握手时挺用力。

"很高兴见到您。"她的语气十分客套。

我寒暄着点点头后,在皮斯蒂罗的示意下坐在一把蒙着泡沫坐垫儿的金属椅子上。

"您想喝点儿什么吗,克莱因先生?"玛丽问我。

“不了,谢谢您。”

皮斯蒂罗举起自己那杯冰茶。“很不错,你应该来一杯。”

玛丽还等在旁边。我终于要了一杯红茶,好让谈话进行下去。她慢条斯理地倒上茶放到我的面前。我向她致谢并挤出了一个微笑。她也回我以微笑,看着比我还勉强。

她说:“我在旁边屋里等着,乔瑟夫。”

“谢谢,玛丽。”

她推一下旋转门,走了出去。

“是我的妹妹,”皮斯蒂罗说,目光还停留在她刚刚走出去的那道门上。他指着冰箱上的那些照片说,“这是她的两个孩子。维克·朱尼尔现在18岁,杰克16岁。”

“啊哈,”我并拢起双手搁到桌子上。“您窃听了我的电话。”

“是啊。”

“那么,您早就明白我根本不知道我哥哥在哪儿。”

他啜了一口冰茶。“是这样。”他仍然望着冰箱,还用脑袋示意我也看向那里。“你注意到这些照片里缺少什么了吗?”

“我目前实在没有兴致玩儿什么游戏,皮斯蒂罗。”

“是的,我也一样。不过你再仔细看看。少什么?”

我没有劳神再做观察,因为我早有答案。“没有孩子们的爸爸。”

他打了个响指,又用手指点着我,就像一场游戏的庄家。“一猜即中,”他说,“不简单。”

“这究竟是什么把戏?”

“我妹妹在12年前失去了她的丈夫。这两个男孩儿,嗯,你可以自己做这道算术题,当时是六岁和四岁。玛丽独自抚养着他们。我也尽力帮助她,不过一个舅舅毕竟不是孩子的爸爸,你知道我的意思吧?”

我没吭声。

“他的名字是维克托·道伯。你对这名字有印象吗?”

“没有。”

“维克托被谋杀了。头部中了两枪,用的是处决死刑犯的方式。”他喝干了杯里的冰茶,又补充道,“当时你哥哥在现场。”

我的心头一震。没等我说什么,皮斯蒂罗站起身来。“我的膀胱恐怕要提出抗议,威尔,可是我还是想再来一杯。你再来点儿吗?”

我需要消化这个让我震惊的消息。“您说我哥在那里,这是什么意思?”

此刻皮斯蒂罗却不急于作答。他拉开冰箱,取出制冰盒在洗涤池壁上敲动冰块儿。迸出的冰块儿撞上陶瓷哗啦啦作响。他用手抓出一些冰块儿放进杯子里。“把话说开之前,我希望你做出一个承诺。”

“什么承诺?”

“这关系到凯蒂·米勒。”

“和她有什么关系?”

“她还是个孩子。”

“我知道。”

“我们面临着十分危险的处境,即使不是天才也能看得出来。我不想再让她受到伤害。”

“我也一样。”

“这么说我们的意见是一致的。”他说,“向我做出承诺,威尔，承诺你不会再让她卷入此事。”

我看着他，知道没有讨价还价的余地。“好吧，不让她参与此事。”我说。

他审视着我的脸，寻找我说谎的迹象。在这一点上他是正确的。凯蒂已经付出了很大的代价，我不能让她做出更多的牺牲。

“和我谈谈我哥哥的事儿。”我说。

他往杯子里倒上冰茶，坐到自己的椅子上，先是盯了一会儿桌面，然后抬眼望着我。“你在报纸上读到那些突击搜捕行动的消息，”皮斯蒂罗开口了，“你读到富尔敦鱼市①如何得到了清理整顿，你在电视上看到成群结队的罪犯被押上警车，你会想那些坏家伙横行的日子终于过去了，大大小小的黑帮都完蛋了，警察们获胜了。”

他靠向椅子的后背。我的嗓子突然变得十分干涩，随时会闭合得不留一点儿缝隙。我咕嘟喝下一大口冰茶。不好喝，太甜了。

“你对达尔文的理论了解一点儿吗？”

我以为这是一个修辞意义上的设问句。可是他等着我的回答。我说：“是关于强者生存什么的。”

“不是强者，”他说，“那是一些现代人的演绎，而且他们错了。达尔文学说的核心不是什么强者生存——是适者生存。你明白这里的区别吗？”

我点头。

---

① 富尔敦鱼市(Fulton Fish Market)：位于纽约布朗克斯区，是美国东海岸最大的鱼类和其他食品的批发市场，年销售额逾十亿美元。这里的黑帮势力活跃，有组织的犯罪活动猖獗，时常遭到纽约警方的清剿和整顿。

“那些脑子灵光的坏蛋,他们善于适应环境。他们把生意挪出曼哈顿。比方说,他们到竞争不那么激烈的郊区去销售毒品。人类最原始的堕落的本性,使他们能够在新泽西的城镇里越做越大。拿卡姆登来说,前五个市长中已经有三个被判有罪。大西洋城更是如此,不搞点儿贿赂连马路都走不过去。纽瓦克大谈什么城市复兴的屁话。复兴意味着金钱。金钱意味着回扣和贿赂。”

我不由得在椅子上扭动。“这些话里有什么含意吗,皮斯蒂罗?”

“没错儿,你这个浑蛋,有着很重要的含意。”他的脸色泛红,面部依然保持着镇定,但是看得出来是有所克制才做到的。“我的妹夫——那两个男孩儿的爸爸——想除掉这些街头的人渣。他去卧底。有人识破了他。他和他的搭档到头来都被杀了。”

“您认为我哥哥卷进了这些事情?”

“没错儿,是的,我的确这么认为。”

“您有什么证据吗?”

“不是什么一般的证据。你哥哥坦白了。”

我的身体往后一靠,仿佛被他猛击了一拳。我摇着头。镇定。他能说出、也能干出任何事情,昨天晚上他不是还想给我栽赃吗?

“我还是慢慢跟你说吧。我也不想让你产生什么误会。我们并不认为你哥哥杀了人。”

我的心头又是一震。“可是您刚说——”

他举起一只手。“听我说完,好吗?”

皮斯蒂罗又站了起来。我看得出他需要时间。他摆出一副很吓人的公事公办的架势。他的脸色保持沉静,是因为他正在强制自己把愤怒塞进橱柜里。我怀疑柜门是否能够掩紧;我也猜测当他面对自己妹妹的时候,橱柜的门有多少次自动打开,让原本禁锢其中的愤怒尽情释放。

“你的哥哥过去在菲利普·麦圭因手下效力。我估计你知道这个人。”

我没有直接回答。“请继续说。”

“麦圭因比你那位阿谢尔塔更危险。因为他更聪明。有组织犯罪调查部把他列为东海岸地区最重要的黑帮人物之一。”

“是吗?”

“早在年轻的时候,麦圭因就善于觉察不祥之兆,为自己留好后手。谈到适应能力,这家伙无人能比,能在各种环境中侥幸生存。我不用细数那些犯罪组织的现状,就像新俄罗斯帮、三合会、华人帮、老牌的意大利黑手党什么的。麦圭因在黑帮的竞争中能够比别人多看出好几步。他在23岁的时候就当上了黑帮老大。他什么生意都干——贩卖毒品、组织卖淫、发放高利贷——可是他最拿手的是行贿和吃回扣,在竞争不是很激烈的郊外社区的某个地方建立自己的毒品交易网。”

我想起了塔尼娅关于希拉在哈维顿学院贩卖毒品的叙述。

“麦圭因杀死了我的妹夫和他的搭档柯蒂斯·安格勒。你哥哥也参与了这起犯罪。我们逮捕了他,但是有意给他安了个不严重的罪名。”

“这是什么时候?”

“朱莉·米勒被杀之前的六个月。”

“我怎么会一点儿都不知道?”

“因为肯没有告诉你。我们要的不是肯,我们想要的是麦圭因，所以我们策反了肯。”

“策反？”

“我们赦免了肯，以换取他同我们的合作。”

“您让他作为证人指控麦圭因？”

“不仅如此。麦圭因非常谨慎，我们想以谋杀罪起诉他，可是缺乏足够的证据。我们需要一个线人。所以我们在肯的身上装上窃听器，把他送了回去。”

“您是说肯为您做卧底？”

皮斯蒂罗的眼睛里分明闪出了火花。“别说的那么好听，”他喝道，“你哥哥不是执法部门的探员，他是个下三烂。他就是个想保住自己小命儿的人渣。”

我点点头，一再提醒自己他的这些话可能都是谎言。“请继续说。”

他转回身从台子上抓起一块饼干。他慢慢地嚼着，就着冰茶把饼干吞了下去。“我们不知道究竟发生了什么，我只能告诉你我们对这件事儿的推论。”

“好的。”

“被麦圭因识破了。你必须记住，麦圭因是个杀人不眨眼的王八蛋。你知道，决定杀掉一个人，对他就像是选择走林肯隧道还是走荷兰隧道那么简单。根本不当回事儿，他没有一点儿心肝。”

我开始明白他想说的意思。“就是说如果麦圭因发现肯变成了一个线人——”

“肯就死定了。”他替我说完。“你哥知道这里的风险。我们一直保持着联系，可是有一天晚上他跑了。”

“因为麦圭因识破了他？”

“我们是这么认为的，是的，他跑回了你们家。我们不明白究竟是为什么，估计他觉得这是个藏匿起来的好地方，主要是因为麦圭因永远也想不到他会把自己的家人拖进危险之中。”

“后来呢？”

“现在你一定能猜得出，阿谢尔塔也是麦圭因的人。”

“如果您这么想的话，那就算是吧。”我说。

他不接我的话茬儿。“阿谢尔塔与此利害攸关。你提过萝拉·爱默生，又一个被杀死的女生联谊会成员。你哥告诉我们，是阿谢尔塔杀死了她。她是被勒死的，这是阿谢尔塔最喜欢的杀人方式。据你哥哥讲，萝拉·爱默生发现了哈维顿校园里的毒品生意，她打算报告这事儿。”

我怒不可遏。“就为这个杀了她？”

“是的，他们就为这杀了她。你以为他们会怎么做，赏她一支冰激凌吗？他们是魔鬼，威尔，你的笨脑袋要牢牢记住这一点。”

我记起当年菲利普·麦圭因到我家玩儿“大冒险”纸牌游戏的情景。麦圭因从来都是赢家。他安静沉稳，观察敏锐，属于那类静水流深的孩子。我记起他在学校还是个班长。我对他有很深刻的印象。幽灵是众所周知的变态狂，他做出什么样的事情我都不会惊讶。可是麦圭因？

“他们不知用什么办法查出了你哥哥躲藏的地点。也许是幽灵从学校一直跟踪朱莉到了家，我们说不确切。不管怎样，他在米勒家里堵到了你哥。我们判断他原想把他们俩都杀死。你说过那天晚上看见附近有人，我们相信你的说法，我们还认为你看到的那个人可能就是阿谢尔塔。现场留下了他的指纹。他的突袭使肯受了伤——那些血迹说明了这一点——但是肯还是想办法逃了出去。幽灵留在了那里,还有朱莉的尸体。该怎么办?最自然不过的事情就是让罪案看起来是肯干的。要想中伤肯的名誉或吓跑他,还有比这更好的办法吗?"

他停下了,伸手去抓另一块饼干。他不肯正视我的目光。我猜测他有可能在说谎,不过他的话听起来像是真的。我尽力冷静下来,去理解和分析他告诉我的这些情况。我始终望着他,他的目光却一直停留在饼干上。现在轮到我发泄心中的怒火了。

"就是说,这么长时间以来"——我停住了,咽下一口唾沫,努力让自己继续说下去——"这么长时间以来,你们始终知道杀死朱莉的不是肯。"

"不,并非如此。"

"可是您刚刚说——"

"一种推论,威尔,这只是一种推论。反过来,也可以推论成是肯杀了她。"

"但是您并不相信这一点。"

"不用你来告诉我相信什么。"

"肯怎么可能有杀害朱莉的动机呢?"

"你哥哥是一个坏人,一定不要搞错了。"

"这并不是动机。"我摇头。"为什么?既然您知道肯很可能不是杀害朱莉的凶手,为什么您还一直坚持说是他干的呢?"

他噤声不语。也许不需要他来回答,我突然意识到,答案显而易见。我朝冰箱贴着的那些照片瞥去,一切不言自明。

"您要不惜一切代价把肯弄回来。"我说,我开始回答自己刚才提出的问题。"肯是唯一能够帮您指控麦圭因的人。如果他仅仅是一个躲藏起来的证人,就不会引起人们的更多注意,不会有媒体的消息和专题节目,也不会有警方撒下的天罗地网。可是如果肯在地下室里杀害了一个年轻的女人——关于郊外社区治安环境恶化的故事——一定会引起媒体的高度关注。您估计到了,那些头版的大字标题会把肯逼得走投无路。"

皮斯蒂罗继续研究着自己的手指。

"我说得对吧,是不是?"

他缓缓地抬眼向我望来。"你哥同我们达成了交易,"他冷冷地说,"他跑掉了,也就撕毁了协议。"

"这样一来谎言就变得有理了?"

"这样一来就有理由不惜任何代价去追捕他。"

我不由自主地颤抖。"把他的全家都罚入地狱?"

"别和我说这个。"

"您知道您对我们一家人干了什么吗?"

"你知道吗,威尔?我才不管那个。你以为只有你痛苦?你看看我妹妹的眼睛。你看看她的两个儿子。"

"那也不能证明您做的——"

他用手猛地拍了一下桌子。"不要告诉我什么是对错。我妹妹是个无辜的受害者。"

"我妈妈也一样。"

"不!"他这次是用拳头砸桌子,又用手指点着我。"我把话说开吧,她们的情况完全不同。维克托是一个被坏人杀死的警察,他没有别的选择,他无法解除他的死给家人带来的痛苦。而你的哥哥,与此相反,他选择了逃跑。这是他自己做出的决定。如果这给你们全家带来了伤害,你们应该责怪的是他。"

"但是您促成了他的逃亡，"我说，"有人想杀死他，可是您又推波助澜，让他误以为自己被当作杀人犯而通缉。您捆住了他的手脚，您逼得他再也不敢公开露面。"

"都是他自找的，不是我的责任。"

"您想帮助您的家人，为此您不惜以牺牲我们全家的幸福为代价。"

皮斯蒂罗啪地推开桌上的玻璃杯。冰茶溅到了我的身上，玻璃杯落在地上摔得粉碎。他站起身居高临下地逼视着我。"你竟敢拿你的家人经历的事情同我妹妹的痛苦相提并论。你竟有胆量做这样的比较。"

我迎着他的目光。同他争吵下去并无益处——而且到现在我也搞不清，他是在说真话还是为了达到某种目的而歪曲事实。不管怎样，我希望听到更多的东西。激怒他对我没什么好处。这里还隐藏着不少事情，他的话还没有说完，还有许多问号没有打开。

门开了，克劳迪娅·费希尔探头进来查看情况。皮斯蒂罗举起一只手表示一切正常。他坐回到自己的椅子上。费希尔迟疑了片刻又退了回去。

"那么以后怎样了？"我问他。

他抬起眼睛。"你猜不出来吗？"

"猜不出。"

"实际是凭运气碰上的。我们的一个探员在斯德哥尔摩度假。纯粹是侥幸。"

"您说什么？"

"我们的探员，"他说，"在街上碰到了你哥。"

我直眨眼睛。“等等。这是什么时候?”

皮斯蒂罗在脑子里做着速算。“四个月前。”

我仍然感到困惑。“肯又逃脱了吗?”

“哈,没有。那位探员不敢有丝毫大意,当场猛扑上去。”

皮斯蒂罗交叠双手,朝我探过身来。“我们逮住了他,”他如同耳语一般说道,“我们逮住了他,把他带了回来。”

45

菲利普·麦圭因倒着白兰地。

年轻律师克伦威尔的尸体已经被拖走了。乔舒亚·福特像一张熊皮地毯一样趴在地上。他还活着,甚至还有意识,却已经一动不能动了。

麦圭因递给幽灵一个狭口的高脚杯,两人坐了下来。麦圭因深深地呷了一口。幽灵托起酒杯微笑着。

“怎么了?”麦圭因问。

“上好的白兰地。”

“是呀。”

幽灵盯着杯里的液体。“我刚刚想起当年我们常到雷克山后面的林子里瞎逛,还喝那种最便宜的啤酒。你还记得吗,菲利普?”

“是老密尔沃基之类的啤酒。”麦圭因说。

“没错儿。”

“肯在酒类专卖店有朋友,所以不查他的身份证。”

“好时光啊。”幽灵说。

“这个”——麦圭因抬抬杯子——“更好呀。”

“你这么想吗?”幽灵啜了一口,闭着眼睛咽了下去。“你听过这样一个哲理吗?一个人所做的每一项选择,都会让我们的世界呈现出一种不同的、多样化的面貌。”

“我听过。”

“我经常想,假如当初我们做出了不同的选择——或者是完全相反的选择,我们还会命中注定是现在这个样子吗?”

麦圭因发出干笑。“你的心是不是变软了,约翰?”

“完全不是,”幽灵说,“不过坦白地说,有时我禁不住会想,我们是否一定得按这种方式做事。”

“你喜欢伤害别人,约翰。”

“是这样。”

“你总是能从中找到自己的乐趣。”

幽灵想了想。“不,并不总是这样。不过关键的问题在于,为什么?”

“为什么你喜欢伤害别人?”

“不仅是伤害他们。我喜欢看到他们万分痛苦地被我杀死。我选择勒杀别人,就因为对于死者而言,这是一种十分可怕的死法。不是一枪毙命,不是白刀子进红刀子出。让他拼命挣扎着吸进生命的最后一口气,让他感到维持生命的氧气在彻底地离他而去。我就是这样地杀死他们,近距离地看着他们为最后一口气而徒劳地扑腾。”

“哎哟喂,”麦圭因放下杯子。“你肯定能成为晚会上的笑星,约翰。”

“噢,当然了。”幽灵表示同意,然后他又以一本正经的语气说,“可是,菲利普,为什么这么杀人会给我带来快感?我究竟怎么了,道德标准出什么问题了,为什么我只有在扼住别人的喉咙时,才觉得自己特别有活力呢?”

“你不是在抱怨你的爸爸吧,约翰?”

“不,那种说法太老套了。”他放下酒杯,正眼盯着麦圭因。“你会杀了我吗,菲利普?如果那天在墓地里我没把你的两个手下干掉,你会杀了我吗?”

麦圭因选择据实回答。“我不知道,有可能。”

“可你是我最好的朋友。”幽灵说。

“你可能也是我最好的朋友。”

幽灵露出微笑。“我们都不是等闲之辈,对不对,菲利普?”

麦圭因没有回答。

“我四岁的时候认识了肯,”幽灵继续说,“所有邻居家长都警告他们的孩子,一定要离我家远远的。阿谢尔塔一家会教人学坏——孩子们总是听到大人这么说。你能明白那种情形。”

“当然了。”麦圭因说。

“但是越这么说,肯越感到有吸引力。他愿意跑到我家来,就像是来探险。我记得我们发现了我老爸的枪。那时我们六岁,我记得。我们举着枪,有一种握着权力的感觉,这种感觉让人着迷。我们用枪吓唬理查德·沃纳——你可能不认识他,他在小学三年级就搬走了。我们绑架了他,把他捆了起来。他大声哭喊,还尿了裤子。”

“而这让你们很开心。”

幽灵慢慢点头。“也许是这样。”

“我有一个问题。”麦圭因说。

“说吧。”

“既然你爸爸有把手枪，你为什么还要用厨刀去对付丹尼尔·斯金纳?”

幽灵摇着头。“我不想谈论这件事儿。”

“你从来不谈这事儿。”

“是这样。”

“为什么?”

他没有直接回答这个问题。“我老爸发现我们玩儿他的手枪，”他说，“他把我打了个半死。”

“你曾想过要报复他吗?”麦圭因问。

“报复我爸? 不。他太可怜了，不值得去恨他。我妈抛弃了这个家，他一直摆脱不掉这件事儿带来的痛苦。他总觉得有一天她会回来，他随时准备着迎接这一天。当他喝醉的时候，就一个人坐在沙发上同想象中的她说话，对着她笑，然后又开始哭泣。她撕碎了他的心。我折磨别人，麦圭因，我见过人们忍受不了那份痛苦而哀求我快点儿让他们死去。但也从来没见过像我爸为我妈伤心哭泣这么悲惨的。”

乔舒亚·福特在地板上发出低沉的呻吟声。他们两人置若罔闻。

“现在你爸爸在哪儿呢?”麦圭因问道。

“怀俄明州的夏延市。他戒酒了，找到了一个不错的女人。他现在成了狂热的宗教信徒。酒精换成了上帝，一种嗜好变成了另一种嗜好。”

“你跟他还有联系吗?”

幽灵的声音很柔和。“没有。”

他们默默地喝着酒。

“你是怎么回事儿呢,菲利普?你并不贫穷,你的父母也不是虐待成性的那种人。”

“他们就是正常的父母。”麦圭因表示同意。

“我知道你舅舅是帮派里的人物,是他把你拉下水的。不过你完全可以改邪归正,你为什么不这么做呢?”

麦圭因咯咯地笑了起来。

“怎么了?”

“我们之间的区别比我想象的要大得多。”

“怎么会呢?”

“你后悔了。”麦圭因说,“你对人下手,你从中获得刺激,你是这方面的行家里手。但是同时你把自己看作是一个恶魔。”他猛然直起身子。“噢,上帝啊!”

“怎么?”

“你比我想象的要危险得多,约翰。”

“为什么这么说?”

“你回来不是为了肯,”麦圭因说道。他放低了声音,“你是为那个小女孩儿回来的,对不对?”

幽灵呷了一大口酒,没做任何回答。

“你说的关于选择和世界多样性的那套东西,”麦圭因接着说下去,“你觉得如果肯在那天晚上死掉的话,事情就会完全不一样了。”

“确实会出现完全不同的结果。”幽灵说。

“但不一定是更好的结果。”麦圭因反驳道,接着又问,“现在呢?”

“我们需要威尔的合作,只有他能把肯引出来。”

“他不会帮我们的。”

幽灵皱眉。“你应该比任何人都清楚。”

“他爸爸?”麦圭因问道。

“不是。”

“他姐姐?”

“她住得太远了。”幽灵说。

“你还有别的主意吗?”

“想想吧。”幽灵回答。

麦圭因想了想,脸上浮现出微笑。“凯蒂·米勒。”

46

皮斯蒂罗一直盯着我，等待着我对他抛出的惊人消息做出反应。我很快恢复了理智，也许是因为意识到事情正在露出端倪。

“你们逮捕了我哥?”

“是的。”

“您把他引渡回美国了?”

“是的。”

“为什么报纸上没有报道呢?”我问。

“我们封锁了消息。”皮斯蒂罗说。

“你们担心麦圭因会听到风声?”

“这是主要的原因。”

“还有别的吗?”

他摇摇头。

“您仍然想抓到麦圭因。”我说道。

“当然。”

“而我哥哥还是能起到作用。”

“他能为我们提供帮助。”

“所以您和他又做了新的交易。”

“可以说是恢复过去的交易。”

我感到眼前的迷雾正在慢慢消散。“您把他列入了证人保护计划。”

皮斯蒂罗点点头。“一开始他在我们的监护下住进了一家旅店。过去了这么长时间，你哥手里掌握的东西有不少已经过时了。当然，他仍然是我们的关键证人，也可以说是最重要的证人，不过我们需要更多的时间。我们不能一直把他放在旅店里，他自己也不愿意在那里待。肯找了一位大牌律师，我们之间达成了一项协议。我们在新墨西哥州给他找了个地方，他必须向我们的探员报告每天的活动。我们会在需要的时候找他出来做证。如果他违背我们达成的协议，我们会重新对他提出指控，包括指控他谋杀了朱莉·米勒。”

“出什么岔儿了？”

“麦圭因发现了这事儿。”

“怎么会呢？”

“我们也不清楚，也许有内鬼泄密。不管怎么回事儿，反正麦圭因派出了两个杀手去杀你的哥哥。”

“那栋房里的两具尸体。”我说。

“说对了。”

“谁杀了他们？”

“我们认为是你哥。他们低估了他，他杀了他们两个，又逃走了。”

“现在你们想让肯重新回到你们手里。”

他的视线又投向了冰箱上的那些照片。“是这样。”

“但是我确实不知道他在什么地方。”

“我现在已经相信了。唉,也许是我们把事情搞砸了,我还说不好。但是肯一定要回来。我们会为他提供保护,二十四小时监控、一间安全屋,他要什么都可以,这是胡萝卜。还有大棒,就是说,对他的量刑取决于他同我们合作的诚意。”

“您需要我怎么做?”

“他早晚会和你联系。”

“您为什么这么肯定?”

他叹口气,盯着杯子。

“您凭什么如此肯定呢?”我又追问了一句。

“因为,”皮斯蒂罗说,“肯已经给你打过电话。”

沉重的石块儿压在了我的心头。

“在阿尔伯克基离你哥住处不远的一处公用电话亭里,有两个电话打到了你的公寓。”他说下去,“一个是在那两个杀手被杀前一周打的,一个是在那两人刚刚被杀之后。”

我应该大惊失色才对,可我并没有。所有的一切终于开始有了合理的解释,只是目前我还解释不清。

“你并不知道那两个电话,是不是,威尔?”

我吞咽了一下,思索着如果肯确实打来了电话,有谁,除了我,会去接听。

希拉。

“不,”我说,“我不知道他打来电话的事儿。”

他点头。“在开始讯问你的时候,我们对此还不清楚。一般会很自然地认为是你接了那两个电话。”

我望着他。“希拉·罗杰斯在其中是什么角色?”

“谋杀现场有她的指纹。”

“这我知道。”

“我问问你,威尔。我们已经知道你哥给你打过电话,我们还知道你的女朋友去了肯在新墨西哥州的家。如果换了你是我们,你会得出什么样的结论?”

“我一定以某种方式卷入了这件事儿。”

“的确如此。我们猜测希拉是你们之间的联络员,你以某种方式帮助你哥逃了出去,我们估计你和希拉两个人知道肯的下落。”

“现在您已经知道并非如此。”

“的确是这样。”

“那您目前怎么想?”

“和你想的一样,威尔。”他的声音变得温和而且——该死——我听出其中含有怜悯。“就是说,希拉·罗杰斯利用了你,她是麦圭因的手下。一定是她把你哥哥的行踪透露给了麦圭因。袭击肯的行动出了岔子,麦圭因便杀死了她。”

希拉。她的欺骗和背叛让我痛彻心扉。到现在,还去为她辩护,以为我在她心目中除了是个傻瓜外还占有着更大的分量,那就是纯粹的自欺欺人。除非你天真到愚不可及的地步,除非你被玫瑰色的玻璃无可救药地罩住了双眼,否则不会看不清残酷的现实。

“我对你说了这么多,威尔,是因为担心你会做出一些愚蠢的事情。”

“比如对媒体透露消息。”我说。

“是的——而且也是由于我想让你明白,你哥哥有两种选择:

或者是让麦圭因和幽灵找到他并杀掉他，或者是由我们找到他并保护他。”

“可不是，”我说，“您的下属到目前为止做得还真是顶呱呱。”

“我们仍然是他最好的选择。”他反驳我的讥讽。“不要以为麦圭因会对你的哥哥罢手。你真的以为对凯蒂·米勒的袭击是偶然事件吗？我们需要你的合作，这对你有好处。”

我没作声。我明白我还是不能相信他。我不能相信任何人，这就是我在整个事件中总结的经验教训。皮斯蒂罗尤其是个危险人物。十多年来，他始终面对着他妹妹那张悲苦的脸庞。这足以扭曲一个人的心灵。我懂得对于某种结果的极度渴盼会使人产生什么样的畸变。皮斯蒂罗的态度十分坦诚，为了将麦圭因绳之以法，他可以不惜采取任何手段。为此，他可以牺牲我的哥哥，还把我送进监狱，更有甚者，他毁了我们全家。我想到跑到西雅图的姐姐。想到我的妈妈。我意识到，就是这个坐在我对面、自称是我哥哥的救星的人，害得妈妈珊妮再也不能露出阳光般灿烂的笑容。是他害死了我的妈妈——没有人能让我相信妈妈的癌症同她所承受的这一切没有关系，她的免疫系统无疑也是那个恐怖之夜的受害者之一——而现在，这个家伙却让我来帮助他。

我不知道谎言在他的话里占了多大比重，但是我决定以谎言来应对他。“我愿意提供帮助。”我这样说。

“很好，”他说，“我会确保原先对你做出的指控立即撤销。”

我没有道谢。

“如果你愿意，他们可以开车送你回去。”

我想拒绝，可是我不想让他存有戒心。他想骗人，好啊，我也可以照方抓药。所以我表示有车送我很好。我起身时,他说:“我知道希拉的葬礼快要举办了。”

“对。”

“既然对你的指控已经撤销,你可以自由出行。”

我没说话。

“你会去参加吗?”他问道。

“我不知道。”这次我说的是实话。

47

我无法在家里没头没脑地待着，所以早晨我去上班。有趣的是，我原以为以我目前这种状态，我在工作上派不上什么用场，事实却不然。一走进圣约家园，那种感觉就像是运动员带着坚定严肃的表情踏进比赛场地。我提醒自己，这些孩子值得我付出自己的一切。听起来像是套话，不过我真诚地相信这个道理，也很快就沉浸在我的工作之中。

当然了，人们接二连三地来到我身边表示慰问。而且，在这里希拉的影子无处不在，收容所的每一个角落都让我不由得想起她。不过我挺得过去。并不是由于我已忘却了一切，也不是我不再想寻找我的哥哥、查出杀害希拉的凶手或不再关心她的小女儿的命运。所有的一切都没有发生变化，只是今天我有劲儿使不上。我往凯蒂的病房打过电话，交换台依然不给转接。方块儿找了一家侦探事务所，查找希拉的化名唐娜·怀特是否记录在哪家航空公司的电脑里，到目前为止尚无消息。我等待着。

我自告奋勇地跳上面包车，承担了夜晚的外展服务工作。方块儿加入进来——我早已把发生的一切告诉了他——我们共同消失在茫茫夜色之中。街头的孩子们在深蓝色的夜空下开始活跃起来,他们的脸平展光滑,没有岁月的刻痕。你见到那些成年的漂泊者,比如捡拾垃圾的女人、坐在购物推车旁的男人、躺在纸箱里的人、举着小餐馆用的纸杯乞讨零钱的人,你马上就会意识到他们无家可归,只能在街头讨生活。但是,由于家庭暴力而离家出走,或吸毒成瘾、或出卖肉体、或精神变态的十五六岁的孩子们,却能很好地适应街头的环境。面对这些青少年,你很难马上判断出他们是无家可归还是在街上瞎逛。

无论别人怎么说,你都难以对成年流浪汉的苦难熟视无睹。他们的困境赤裸裸地展示在你的眼前。你可以移开你的目光,继续走你的路。你可以提醒自己不要心软,如果抛给他们一块美金或一些零钱,他们马上就会跑去买酒、买毒品或其他乱七八糟的东西。但是你对他们的不予理睬、你快步越过那些乞求你帮助的人这一事实,会扎在你的心里,使你产生负疚感。可是那些孩子却不同,他们一点儿也不显眼,他们和街头的夜晚浑然一体。你稍不留神就会忽略他们,而且过后也不会产生什么异样的感觉。

拉丁节奏的音乐震耳欲聋。方块儿递给我一沓儿等一会儿要发放的电话卡。我们直奔以海洛因闻名的 A 大道,开始上演我们惯常的拿手好戏。我们说服、诱导和倾听。我望着孩子们塌陷的眼睛,看到他们下意识地挠着皮肤驱赶那些可以想象的小虫。我还注意到他们身上的注射针眼儿和干瘪的血管。

凌晨四点,方块儿和我回到了面包车上。在这几个小时里我们彼此没有交谈。他朝窗外望着,孩子们仍然待在街上。沦落街头的孩子越来越多,似乎那些砖砌的房屋在自动地向外排放着他们。

“我们应该去参加葬礼。”方块儿说。

我不敢发出声音，因为我对自己的声音缺乏信心。

“你见过她来这里的样子吗？”他问道，“她帮助那些孩子的时候脸上的那种表情？”

我见过，而且我知道他的意思。

“那是装不出来的，威尔。”

“我希望我依然相信那都是真的。”我说。

“希拉给你带来什么样的感觉？”

“感觉我是世界上最幸运的男人。”我说。

他点点头。“不是能够装出来的。”

“那么你如何解释这一切呢？”

“不做解释，”方块儿挂上挡，把车开上了大街。“我们用脑子想得太多了，也许最需要记住的是心灵的感受。”

我皱起眉头。“听起来很美，方块儿。但是我不敢说它有道理。”

“那么换个说法：我们去悼念我们心目中的那个希拉。”

“即使那个希拉可能是个假象？”

“即使那样。也许我们还能了解到一些东西，帮助我们弄清这里发生的事情。”

“你不是说过，我们可能不会喜欢我们所发现的东西吗？”

“嘿，是这样。”方块儿挤眉弄眼。“妈的，我就是这么棒。”

我报以微笑。

“我们欠着她这份情，威尔，这是对她的纪念。”

他说的有道理。说来说去还是应该有个了断。我需要答案。或许葬礼上有什么人能提供一点儿线索——或许葬礼本身、埋葬我的伪情人这一行为本身,会帮助我缩短疗伤的过程。我想象不出会有什么具体的结果,但是为了寻求答案我可以去试一试。

“而且我们需要尽快考虑卡丽的事儿。”方块儿指指窗外,“挽救孩子。我们所做的一切都是为了这个目的,对不对?”

我朝他转过脸去。“是呀,”我说,又加上了一句,“特别是提到孩子。”

我等待他的反应。我看不到他的目光——他在夜晚还戴着太阳镜——然而他把方向盘攥得更紧了。

“方块儿?”

他的话短促而清晰。“我们现在谈的是你和希拉。”

“这已经是过去的事儿了。不论我们调查出什么东西,也没法改变现有的事实。”

“此时我们的注意力要专注在一件事情上。好吗?”

“不好。”我说,“友情不是单行道。”

他摇着头把车向前开去。我们陷入了沉默。我继续用眼睛注视着他那张有麻点儿、没有剃须的脸。他脑门儿上的刺青显得更醒目,他用牙齿咬住自己的下嘴唇。

过了一会儿,他说:“我从来没和旺达说过。”

“关于你有个孩子?”

“一个儿子。”方块儿温柔地说。

“他在哪儿呢?”

他的一只手离开方向盘,在脸上胡乱抓了抓。我注意到他的手抖得很厉害。“他还不到四岁,就升到天堂去了。”

我不禁闭上双眼。

“他叫迈克尔。那时我不想同他有任何联系,我只见过他两次。我把他孤零零地扔给他的妈妈。她是个 17 岁的女孩儿，毒瘾很大，让她照看一条狗都不放心。孩子三岁多的时候，她嗑药太多，神志恍惚地开着车直接冲一辆大卡车撞了过去。她和孩子都死了。我到现在也搞不清她是不是故意自杀。”

“我真难过。”我轻声说道。

“迈克尔要活着应该是 21 岁了。”

我想找点儿话说，可什么样的语言都显得苍白。不过我还是试图安慰他。“那是很久以前的事儿了，”我说，“你那时候只是个孩子。”

“别为我辩解，威尔。”

“我不是辩解。我只是说”——我不知应当怎么说——“如果我有了孩子，我会请求你做孩子的教父。万一我出了什么事情，我会请你当孩子的监护人。我不是出于朋友间的友情或是忠诚要这么做，我会出于自私的缘故这么做，出于对我孩子的考虑这么做。”

他继续开着车。“在有些事情上，我们永远也不会原谅自己。”

“他并不是你杀死的，方块儿。”

“是呀，当然了，我完全没有责任。”

遇上了红灯。他拧开了收音机。电台广告正在介绍一种神奇的减肥药。他又把收音机关掉了。他探身向前，把两只前臂搁在方向盘上。

“我看到流落街头的孩子，想尽力拯救他们。我始终有这样的想法，如果我拯救了足够多的孩子，怎么说呢，可能就会改变我对迈克尔做出的那些事情，或许从某种意义上算是我拯救了他。”他摘下了太阳镜，声音变得粗哑。“然而我明白，我心里一直明白，不论我做什么事情，我永远不会得到救赎。”

我连连摇头。我想说出一些让他宽慰、让他振作或至少让他分心的话，可是脑袋里空空如也。我想出的都是些陈腐的、千篇一律的东西。在大多数悲剧情境中，这类老生常谈的话语能够阐明许多道理，唯独对当事人毫无裨益。

搜肠刮肚，我说出的只是“你错了”。

他重新戴上太阳镜朝路面望去。我看出他将关闭自己的心扉。

我决定再将他一军。“你说我们参加葬礼是因为我们欠希拉的。那么，对旺达呢？”

“威尔？”

“嗯？”

“我不想再说这事儿了。”

48

清晨飞往博伊斯机场的航程平淡无奇。我们是从拉瓜迪亚机场起飞的。老天保佑,这家糟糕的机场没有让我们延时等候。如往常一样,我坐的是经济舱。一位身材娇小的老妇人坐在我的前排,一路上坚持把座椅向后倾斜,顶住我的膝盖。她靠到椅背上的脑袋几乎垂落到我的腿上了。研究她苍白的头皮和灰色的毛囊,帮助我分散了对其他事情的注意力。

方块儿坐在我的右边。他在阅读瑜伽期刊上一篇有关他的文章。隔一会儿,他就会为其中有关自己的某段描述连连点头,还一再说:"没错儿,太对了,我就是这样。"他这么做是为了惹恼我,也因为如此他才成了我最好的朋友。

"爱达荷州梅森市欢迎您"的大字横幅映入眼帘,万般思绪马上又浮上我的心头。方块儿租了一辆别克云雀。我们有两次停下来问路。即使是在这样一个被人视为偏远的城市,也雄踞着商业广场。到处是人们熟悉的大型品牌店——家得宝、老海军什么的。这个国家在千篇一律的单调和复制中体现着自命不凡的凝聚和统一。

教堂是座小小的白色建筑,看着毫不起眼儿。我一眼就看到了埃德娜·罗杰斯。她一个人站在教堂外面吸烟。方块儿靠边停下车。我迈出车门时感到心头发紧。烧焦的草地呈棕黄色。埃德娜·罗杰斯朝我们望过来。她的目光停在我的身上,吐出了长长的一口烟。

我在方块儿的陪同下朝她走过去。眼前的一切显得很虚幻、很遥远。希拉的葬礼。我们来这里埋葬希拉。这个念头在我脑海里像老式电视机的水平线一样乱颤。埃德娜·罗杰斯继续吞云吐雾,双眸冰冷干涸。"我不能确定您会不会来。"她对我说。

"我到这儿了。"

"您打听到有关卡丽的消息了吗?"

"没有。"我说,尽管不全是真话。"您呢?"

她摇头。"警察并不热心。他们说没有希拉有个孩子的记录。我甚至认为他们并不真的相信她的存在。"

之后的场景在我眼前模糊而快速地掠过。方块儿打断了我们,表示了他的慰问。其他的吊唁者走了过来,他们大都穿着一身西服。从他们的谈话中,我得知这些人都是希拉的父亲在生产车库库门开关装置的工厂的同事。我产生了一种奇怪的感觉,可又说不清楚是什么。我和每个人握手,却记不住任何一个人的名字。希拉的父亲是个高大帅气的男人。他紧紧地拥抱了我,接着走向了他的同事。希拉有一个弟弟和一个妹妹,都很年轻,都一脸阴沉,心不在焉。

人们大都站在外面,似乎害怕葬礼正式举行。大家分成了不同的队伍。年轻人同希拉的弟弟妹妹聚成一堆。一群站成半圆形的穿西装的男人同希拉的爸爸在一起,彼此点头,都系着宽宽的领带，两手插在衣兜里。女人们聚拢在靠近教堂门口的地方。

方块儿吸引来不少目光，对此他早都习以为常。他还是穿着那条脏兮兮的牛仔裤，不过套上了一件蓝色的轻便西装上衣，扎了一条灰领带。他微笑着告诉我，他本应穿一套正式的西装，可是担心希拉认不出他来。

吊唁的人们开始鱼贯入场。出席的人数多得让我惊讶。不过我见到的每个人都是由于这个家庭才来这里的，而不是为了希拉。她同这里的人分别得太久了。埃德娜·罗杰斯站到我的身旁，用胳膊挽住了我。她抬起头，露出勇敢的微笑。我仍然搞不懂她究竟是一个什么样的人。

我们排在最后走进了教堂。人们轻声议论着希拉看起来“多么漂亮”，“就像活着一样”。葬礼上的这类评论从来都让我毛骨悚然。我不是狂热的宗教信徒，不过在对待死者的方式上，我喜欢我们犹太民族的宗教习俗——尽快入土为安，不去打开棺木同遗体告别。

我不喜欢开棺的葬礼。

理由很简单。已经失去体液流动和生命活力的一具遗体，经过防腐处理，穿戴整齐光鲜，涂着脂粉油彩，就像是刚从杜莎夫人蜡像馆里被人搬出来躺在这里，而且是那样的栩栩如生，“就像活着一样”，甚至感到他或她会重新呼吸并突然坐起来，是的，这种感觉让我心里发毛。更糟糕的是，将一具遗体像一条熏大马哈鱼般进行展示，会给死者的亲友留下怎样的最后印象？我当真希望我与希拉永远告别时的记忆，是她合着双眼、躺在软绵绵的——为什么棺木里都要铺上软垫儿？——四周密封的、上好的桃花心木的盒子里吗？当我和埃德娜·罗杰斯排在队尾，随着大家缓缓移动的时候，这些想法重重地压在我的心头。

然而我无法躲避。埃德娜更用力地抓住了我的胳膊。我们快要走到棺木前的时候，她的膝盖一软，我连忙帮助她站直身体。她微笑着望了我一眼，这一次眼神中流露的是真诚和友善。

“我爱她，”她耳语道，“当妈妈的永远都会爱自己的孩子。”

我点点头，没敢乱说话。我们又向前缓缓走去，这和在机场里排队登飞机没什么区别。我以为会有人在旁边喊：“25 排以后的吊唁者现在可以上前同遗体告别。”傻帽儿的念头，可是我有意允许我的意识闪转腾挪。怎么都行，只要能稍稍远离眼前令人窒息的环境就好。

方块儿站在我的后边，是队伍中的最后一个。我的目光游移不定。可是在我们走到近前时，一种不可理喻的期望又悄然叩击我的心房。我并不认为这有多么反常，在我妈妈的葬礼上，我就突然滋生过这样的期望。我期望这一切只是一场误会、是上天开的一个最大的玩笑，我期望我低头凝视的是一口空空如也的、或者是躺着别人而不是希拉的棺材。也许这就是人们打开棺盖的缘由。最后的确认，你看到了，你终于接受了。我妈妈去世时我在她的身边。我亲眼看见她咽下最后一口气。然而葬礼那天我仍然想查验一下那口棺材，想弄清上帝是否又改变了主意。

我觉得许多经历过丧亲之痛的人都会有这样的感受。拒绝接受，是过程的第一步。接着是一个又一个不切实际的期望。我正处于这一过程之中，我愿意同我并不相信其存在的某个宇宙主宰做交易，希望它带来这样的奇迹——那些指纹、FBI 的探员、罗杰斯夫妇的遗体确认以及所有这些朋友和家人的悼念，都大错而特错。希拉还活着，没有被人杀害，没有被人抛到路上。

当然这一切不会发生。

不论怎样都不会发生。

埃德娜·罗杰斯和我走到棺材前面,我一狠心朝里望去。只一眼,我觉得地面突然塌陷,骤然间我坠入深渊。

“希拉的神态很好,你说呢?”罗杰斯夫人同我低语。

她攥紧我的胳膊,开始哭了起来。可是这一切仿佛发生在别处、在十分遥远的地方。我对她的话语和哭声充耳不闻,又朝下定睛望去,不禁恍然大悟。

希拉·罗杰斯确实死了,毋庸置疑。

但是,我爱的那个女人,我曾与之朝夕相处并准备向她求婚的那个女人,不是希拉·罗杰斯。

49

我倒是没有彻底昏厥过去,不过也差不多了。

周围的一切都在旋转。我的视线忽明忽暗,见到的景物忽近忽远。我朝前踉跄了一步,差点儿扑倒在棺材里的希拉·罗杰斯身上——一个我从来没有见过却已经了解得那样深的女人。一只大手迅速抓住了我的胳膊。方块儿。我回头看他。他的表情僵硬,脸色煞白。我们四目相对,他朝我微微点了个头。

这不是我的臆想,也不是海市蜃楼般虚幻的映象。方块儿也看到了。

我们留在葬礼上,不然又能怎样?我坐在那里,目光不离那具陌生女人的遗体,什么话也说不出来。我不知所措,瑟瑟发抖,不过并没有人注意我,毕竟这是人家的葬礼。

棺材放置到墓穴后,埃德娜·罗杰斯邀请我们去她家。我们婉言谢绝,抱怨航班时刻表给我们留出的时间太少。我们坐进租来的车里,方块儿驾车开到很远的地方才停下来,让我一吐为快。

"咱们碰一碰,看看彼此的想法是否一致。"方块儿说。

我点点头，比刚才镇定了许多。我仍然需要克制自己的情感，不过现在需要克制的，是可能出现的欣喜若狂的感觉。我现在还不能纵览重大的、全局的事情，目光仍聚焦在具体的细枝末节的问题上。我盯的是单棵树，我一下子还承受不了整片森林。

“我们所了解的有关希拉的一切，”方块儿说，“她的离家出走、她的街头生活、她的贩卖毒品、她与你原来女朋友的同居一室、她在你哥哥的住处留下的指纹，所有这些——”

“都和刚刚下葬的那个陌生女人有关。”我替他说了下去。

“就是说，我们的希拉，我的意思是，我们两人都以为是希拉的那位女士——”

“和这些事情没有关系。她不是这样的人。”

方块儿认真考虑着我的说法。“她属于不同的类型。”他这样说。

我露出微笑。“肯定如此。”

在飞机上，方块儿说：“如果我们的希拉没死，那她就是还活着。”

我只是望着他。

“嘿，人们可都是花大价钱来汲取我的智慧。”

“我竟然免费领教了。”我说。

“我们现在应该怎么做？”

我抱起膀子。“唐娜·怀特。”

“她从古德伯格那里买的假身份？”

“对了。你的人只是检查了航空乘客名单？”

他点点头。“我们一直想查出她是怎么跑到西部的。”

“你能让那家调查公司拓展调查范围吗？”

“我想没问题。”

乘务员给我们送来了小吃。我的脑子在不停地打转。飞行带来的好处不少，它使我有时间思考。同时它也给了我脱离现实去做出各种想象和展望的时间。我不断驱走无端的想象。我不能让美好的希望干扰严肃的思考。现在不行。了解的东西太少了。话虽如此……

“这说明了许多事情。”我说。

“比如？”

“她的秘而不宣。她不愿让人拍照，她个人的物品很少，她更不愿意谈论自己的过去。”

方块儿点头。

“有一次，希拉”——我止住了，因为这大概不是她的名字——“顺嘴说出她是在农场长大的。可是这个真正的希拉·罗杰斯的爸爸，是在一家生产车库库门开关装置的工厂工作。一提到给她父母打电话，她就很紧张——因为，现在看来很简单，他们并不是她的父母。我曾经以为，她不打电话是因为她在家的经历不堪回首。”

“可实际是为了隐姓埋名。”

“对了。”

“那么这位真正的希拉·罗杰斯，”方块儿眼睛往上翻着说了下去，“我是指刚刚下葬的这位，和你的哥哥相好？”

“看起来是这样。”

“她的指纹留在了杀人现场。”

“没错儿。”

“而你的那位希拉?”

我耸耸肩。

“好的,”方块儿说,“让我们设想,同肯一起在新墨西哥州的那个女人、被邻居们看到过的那位,就是这位死去的希拉·罗杰斯。”

“对。”

“而且有一个小女孩儿和他们在一起。”他又说道。

沉默。

方块儿看看我。“你也想到同样的事情了吧?”

我点头。“就是说,那个小女孩儿是卡丽,而肯很可能是她的爸爸。”

我靠回椅背合上双眼。方块儿打开乘务员发的纸袋儿查看里面的小食品,不满地嘟囔了一声。

“威尔?”

“怎么?”

“那个女人,你爱着的那个,能想出她究竟是什么人吗?”

我仍旧闭着眼睛,答道:“毫无头绪。”

50

方块儿回家了。他答应一旦就唐娜·怀特这个化名查出点儿什么,马上就给我打电话。我拖着疲惫不堪的双腿走向我的公寓。我刚把钥匙插进锁孔,突然有只手搭在了我的肩膀上。我吓得连忙跳开。

"不要紧。"她说。

凯蒂·米勒。

她声音嘶哑,戴着护颈套,脸部有些肿胀,眼睛里布满血丝。我从她的护颈套上方、也就是下巴颏儿下面露着的地方,看到了深紫色和黄色的瘀伤。

"你还好吗?"我问。

她点点头。

我小心翼翼地拥抱了她,过于小心翼翼,只用我的双臂,保持着相当的距离。我唯恐弄痛了她。

"我碰不碎。"她说。

"什么时候出院的?"我问。

"几个小时前。我只能待一小会儿。如果我老爸知道我来——”

我举起一只手。“不用多说。”

我们推开门走进屋里。由于疼痛，她走路时有点儿龇牙咧嘴。我们走进厨房。我问她要不要一份饮料或来点儿吃的。她拒绝了。

“真的不用继续住院了吗？”

“他们说可以了，但是让我休息好。”

“你怎么从你爸爸的监视下跑开的？”

她想微笑。“我很任性。”

“能看出来。”

“而且我还撒了谎。”

“毫无疑问。”

她用眼睛看向一旁——只是用眼睛，护颈套使她的头部不能转动——而且她的眼睛里噙着泪水。“谢谢你，威尔。”

我摇摇脑袋。“我总感到，这一切都是我的错儿。”

“那是瞎扯。”她说。

我在椅子上挪动了一下。“在你遭到袭击的时候，你喊出了‘约翰’。至少我觉得你是这么喊的。”

“警察对我说过了。”

“你不记得了吗？”

她摇头。

“你都记得些什么？”

“卡住我喉咙的那双手。”她又看向一旁。“我在睡觉。突然有人勒住我的脖子。我拼命地想喘气儿。”她的声音渐渐变弱。

“你知道约翰·阿谢尔塔是谁吗？”

“知道。他和朱莉的关系不错。”

“你喊的会不会是他?”

“你是说我喊‘约翰’的时候?”她想了想,“我不知道,威尔。为什么这么问?”

“我觉得”——我记起了我对皮斯蒂罗做过的不再让她参与的承诺——“我觉得他也许和朱莉的谋杀案有一点儿联系。”

她的眼睛一点儿也没眨。“你说的有点儿联系——”

“我现在只能说这么多。”

“听着你就像是个警察。”

“这个星期出了不少怪事儿。”我说。

“快告诉我你了解到的那些事情。”

“我明白你很想知道这些,不过我认为你应当听从医生的嘱咐。”

她用力瞪着我。“这是什么意思?”

“我认为你应当休息。”

“你想让我出局?”

“是的。”

“你是怕我再次受到伤害。”

“非常怕,是的。”

她的眼里冒出火花。“我能照顾好我自己。”

“这我不怀疑。不过我们面对的是非常危险的局面。”

“到目前为止,我们面对的不都是这样的局面吗?”

说得不错。“听着,在这件事儿上你得相信我。”

“威尔?”

“嗯?”

“你别想这么容易就把我打发了。”

“我倒不想这么做,”我说,“可是我必须保护你。”

“你不能这么干,”她轻轻地说,“你知道的。”

我不作声。

凯蒂靠近我身边。“我需要搞清这一切。你比任何人都理解我的心情。”

“我理解。”

“那么?”

“我承诺过不对你说出任何事情。”

“向谁承诺?”

我摇头。“你就相信我吧,好吗?”

她站了起来。“不好。”

“我是想——”

“如果换成是我告诉你别插手,你会听我的吗?”

我的头依旧垂着。“我什么也不能对你说。”

她向门口走去。

“稍等。”我说。

“我没时间了,”她的语气很不客气。“我爸会起疑心的。”

我站起身。“给我打电话,好吗?”我把手机号告诉了她。她的号码我早已记住了。

她砰地关上门走了。

凯蒂·米勒走到了街上。她的脖子疼得要命。她明白刚才她逼得太紧了。她不禁火冒三丈。难道他们把威尔收买过去了?不大可能。不过也许他和那些家伙一样坏。也许不是。也许他真心地以为他是在保护她。

她现在必须加倍小心。

她感到喉咙发干，很想喝点儿东西，可是吞咽对她来说仍然是件痛苦的事情。她很想知道这一切何时能够尘埃落定。快了，她希望是这样。无论如何，她一定要自始至终地参与和见证整个过程，她早已向自己做过这样的承诺。没有退路，绝不罢休，直到杀害朱莉的凶手以某种方式得到应有的惩罚。

她向南走到18街，又向西朝肉类包装区走去。这里很安静，正处在白天卸货的喧嚷已经结束、夜晚堕落的帷幕尚未拉开的间歇阶段。城市就是如此，像是每日轮流上演两台大戏的剧场，两场戏的道具、布景甚至是演员截然不同。但是不论白天还是夜晚，抑或是现在暮色渐浓的黄昏，这条街上总是弥漫着一股难闻的腐肉味道，想躲也躲不掉。至于是人的还是动物的腐肉，凯蒂分辨不清。

她又有了心惊肉跳的感觉。

她停下脚步，试图驱走恐惧，驱走当时的那种感觉：一双手掐住她的喉咙，对她进行耍弄，一会儿卡断她的气管，一会儿又松开它。强悍有力的一方随心所欲地摆布柔弱无助的一方。她后来被掐得完全不能呼吸，想想那种场景吧，他一直卡着她的脖子，直到她停止呼吸，直到生命离她而去。

就像是朱莉。

她沉浸在可怕的回忆中，没有察觉有人来到了近前。那人抓住了她的胳膊。她猛然转身。“谁——？”

幽灵没有松手。“我知道你喊的是我，”他以轻柔的嗓音说道。带着微笑，他又补充了一句。“瞧，我来了。”

51

我一直坐在这里。凯蒂有充分的理由发脾气。不过我愿意忍受她的愤懑,这要好于再出现一场新的葬礼。我揉揉眼睛,双脚抬到茶几上。我觉得我也许睡着了——虽然不敢肯定——不过当电话铃响起时,我吃惊地发现天已经亮了。我看了一眼来电显示,是方块儿。我笨拙地摸起听筒放到耳边。

"嗨。"我说。

他省去了一切开场白。"我想我找到了我们那位希拉。"

半小时后,我走进了罗吉娜宾馆的大厅。

这儿离我的公寓不足一英里。我们曾以为她早就跑到了不知有多遥远的地方,可是希拉……我到底应该叫她什么?……竟然离我这么近。

方块儿看好的这家调查公司没费多大力气就找到了她,其中重要的原因,是那个也叫希拉的女人死后,她变得有些大意。她以前在第一国家银行存过钱并办过一张借记卡。在这座城市里——呃,实际上是在所有的地方——你的生活离不开银行卡。

那种在汽车旅馆里用假名签字，然后付现金的日子早已成为历史。少数条件恶劣的下等小旅馆也许还这么做，可是几乎所有的宾馆现在都要求你使用信用卡，至少也要用它做个登记——免得你偷走东西或给房间造成严重的损坏。你不一定非得用银行卡结账——就像我刚刚说过的，也许他们只是要求你出示它——但是你仍然离不开这张卡。

她以为自己不会露出马脚，这也许不无道理。向她出售新的身份的古德伯格夫妇是靠把紧口风吃饭的。没有理由怀疑他们会对外乱说——他们向我透露这一消息的唯一原因，是他们同方块儿和拉葵尔的交情，还包括他们以为她已被杀而在某种程度上产生的负疚感。再加上有了希拉·罗杰斯已经“死亡”这一事实，就不会有人继续追查她的下落。这样一来，她的防范意识有所放松也是说得通的。

昨天在联合广场的一台自动提款机上，显示从这张银行卡里取出了一些钱。剩下要做的，就是查寻周边的宾馆、旅店。绝大多数私家侦探的消息都来源于线人或贿赂。两者实际是一回事儿。那些能干的调查员给电话公司、税务部门、信用卡机构、机动车监管所或其他有用的地方的线人支付酬金。假如你以为这是一件难事儿，以为很少有人会为了金钱而提供内部情报，就说明你是一个很少阅读报纸的人。

可这次线人和贿赂都省了。他们所做的只是打电话给那些宾馆找唐娜·怀特，直到其中一家说“请稍等”并开始转接电话。此刻，我怀着惴惴不安的心情走进罗吉娜宾馆的大厅。她活着。除非亲眼看到她，否则我不能也不会让自己相信她还活着。希望很会捉弄人。它会让你乐观，也会让你恐惧。我曾经一再让自己相信奇迹是可能发生的。可是现在，我害怕我的一切会被重新夺走，害怕那口棺材里躺着的真是我的希拉。

永远地爱着你。

她是这么写的——永远地爱着你。

我走到前台。我告诉方块儿想独自处理这件事儿，方块儿表示完全理解。脸上勉强挂着笑容的金发女接待员正在打电话。她对我露了一下牙齿，指了指电话，表示她很快就会通完话。我以一个耸肩的动作表示不着急，并斜倚在台子上故作轻松。

一分钟后她放下听筒，注意力转向了我。“我能为您做点儿什么？”

“是这样，”我的声音听起来很不自然，过分做作，仿佛是《轻松一刻》调频广播节目的主持人。“我来这里找唐娜·怀特。您能把她的房间号告诉我吗？”

“对不起，先生。我们不能透露客人的房间号。”

我差点儿拍一下自己的脑门儿。这么蠢？“当然了，我很抱歉。我应该先打电话。您有内线吗？”

她朝右一指。墙上挂着三部没有键盘的白色话机。我拿起其中一部的听筒。铃声响起后接线员接起电话。我请她转接唐娜·怀特的房间。她说了一句——最近我注意到这似乎成了酒店电话接线员的通用语——“很高兴为您服务”，然后我听到电话转入房间的铃声。

我的心提到了嗓子眼儿上。

两声铃响。第三声。第六声铃响后电话转到了酒店的语音信箱，它用机械的声音提示我客人目前不能接电话，如想留言应该怎样怎样。我挂断了电话。

现在怎么办？

等待，我想。还能做什么？我到书报亭买了一份报纸，选了大厅角落里能够看清门口的地方坐了下来，用报纸遮住了脸。标准版的“谍对谍”。我感觉自己像个白痴，感觉五脏六腑正在上下翻腾。我过去从未有过溃疡的症状，可是灼热的强酸此刻开始剥蚀我的胃黏膜。

我想读一读报上的东西，当然白费力气。我无法专心致志，无法集中注意力去关心什么时事，无法在两三秒就瞥一眼大厅入口的同时连续阅读。我打开其他版面，光盯着照片，我试图对棒球排行榜做出评论，我又翻到漫画专版，就连《菜鸟从军记》[①]也让我遇到了理解上的困难。

那个金发女接待员隔一会儿就朝我这里瞥一眼。每当我们的目光相遇，她就给我一个似乎是怜悯的微笑。毫无疑问，她在监视我。也许，是我疑神疑鬼。我坐在大厅读报。没有任何事情可以引起她的怀疑。

一小时过去了，什么也没发生。我的手机响了，我把它举到耳旁。

“见到她了吗？”方块儿问。

“她没在房间，或者是她没接电话。”

“你现在在哪里？”

“我在宾馆大厅实施监控。”

方块儿啧了一声。

---

① 《菜鸟从军记》(Beetle Bailey)：美国著名连载漫画，描述在读大学生甲壳虫贝利弃学从军后的一系列谐趣幽默的故事。自1950年在报刊上发表后连载至今，其间被改编成动画剧，还发行过漫画邮票等。

“怎么了?”我问道。

“你刚说的当真是‘实施监控’吗?”

“行了,放我一马吧。”

“嗨,干吗不请调查公司的人干这个?他们一发现情况就会给我们打电话。”

我思量着这个提议。“目前还不用。”我说。

就在这时,她走进了大厅。

我的瞳孔顿时放大,呼吸变得急促。天哪。真是我的希拉。她还活着。我手忙脚乱,差点儿把手机掉到地上。

“威尔?”

“我得挂了。”我说。

“她来了吗?”

“我回头打给你。”

我彻底关掉了手机。我的希拉——我还这么叫她,因为我不知道应该用什么称呼——变换了发式。原本长长的直发剪短了,在天鹅般的脖子上方烫出了弯儿,前额上留了刘海儿,还染成了黑色。然而那种效果……我一望见她,就感到有人在用重拳照我的胸膛猛击。

希拉向里走着。我想站起身来,眩晕使我又坐了回去。她的步态一如既往——果断利落、抬头挺胸、方向明确。电梯门已经开了,我突然意识到我来不及了。

她进入了电梯。我刚刚站起来。我快步(不是跑步)穿过大厅。我不想惹人注意。不管发生的是什么样的事情——不管是什么使她突然失踪、隐姓埋名、乔装打扮,还有天知道的别的什么——我都必须审慎对待。我不能大呼小叫地在大厅奔跑。

我的鞋敲击在大理石地面上咔咔作响,在我听来犹如贯耳的雷鸣。赶不上了。我停在那里,眼睁睁地看着电梯合上门。

该死。

我连忙按键叫梯。又一部电梯马上开了门。我往里迈步却又收住脚,等等,这怎么行?我不知道她去哪层楼。我盯着希拉那部电梯的指示灯。上升得太平稳了。五层,然后是六层。

电梯里只有希拉一个人吗?

我觉得是。

电梯停在了九层。好。我又按下键子。那部电梯还在。我连忙进去按下九层,一心希望在她进入房间之前赶到那里。电梯门徐徐关上,我倚到电梯后壁上。就在最后一秒钟,一只手突如其来地伸了进来。两扇门夹了一下这只手,然后徐徐打开。一个穿着灰色西装的男人汗津津地挤了进来,还对我点点头。他按了11层。电梯重新关上门开始上升。

"天真热啊。"他对我说。

"是啊。"

他叹了口气,又说:"这宾馆不错,您说是不是?"

这是位游客,我这么想。纽约的电梯我乘坐过上百万次。纽约人明白一个规矩:你只需盯着闪烁的数字,别和其他人交谈。

我回答,是的,宾馆不错。门开了,我一步蹿了出去。走廊很长。我朝左边看,什么都没有。我又看向右边,恰好听到了关门声。我像只发现了目标的猎狗,飞快地朝声音扑去。应该是右手一侧,在走廊的尽头处。

我循着声音发出的气味——假如可以这么说的话——追去,并推断声音应该来自912房或914房。我看看这扇门,又看看那一扇。我记起了在《蝙蝠侠》的某一集当中，猫女说两扇门里选准一扇打开可以找到她，若打开另一扇，里边就是只老虎。结果蝙蝠侠选错了。咳，来吧，这里不上演《蝙蝠侠》。

我同时敲了两个房间的门。我站在两扇门的中间等待着。

没反应。

我又敲，这次很用力。有动静，912 房间有窸窸窣窣的声音。我挪到门口，整理了一下衬衣领子。我听见安全链滑落的声音。我挺直了身子。把手转动，门开了。

一个粗壮的男人气冲冲地站在那里。他穿着鸡心领内衣和条纹短裤，吼道："干什么？"

"对不起，我在找唐娜·怀特女士。"

他把双拳架在腰上。"你看我像唐娜·怀特吗？"

从这个粗鲁男人的屋里传出奇怪的声音。我仔细听了听。呻吟。假装高潮来临而故作放浪的呻吟。我们四目相对，男人躲开了我的目光。我朝后退去。声音来自房间里的付费电视节目。怪不得，这家伙正在看色情电影。我搅了好事。

"噢，对不起。"我说。

他哐的一声关上了门。

912 房排除了，我巴不得排除它。真是荒唐。我伸手又去敲 914 房，听见一个声音问道："我能帮您做什么吗？"

我转过身，看到走廊的另一侧站着个穿蓝色夹克上衣、几乎没脖子、留平头的家伙。夹克衣领上有个不大的标志，袖子上钉着臂章。他的胸脯挺得很高。是宾馆的保安，看得出他为干上这一行而自豪。

"没什么。我没事儿。"我说。

他皱起眉头。“您是住在宾馆的客人?”

“是的。”

“您的房间号是?”

“我没有房间号。”

“可是您刚刚说——”

我更用力地敲门。留平头的小子迅速赶了过来。瞬间我还以为他会用一个鱼跃搂扑的动作制伏我,从而保护好那扇房门。不过在最后一刻,他站住了。

“请您跟我来。”他说。

我不理他,继续敲门。屋内仍然没有动静。留平头的小子伸出胳膊拉我,被我甩开了。我一边接着敲门一边喊道:“我已经知道了你不是希拉。”平头小子有些困惑,眉头皱得更紧。我俩都停下来盯着房门。没人应声。平头小子又一次拉住我的胳膊,用力柔和了些。我没做挣扎,随着他下楼穿过大厅。

我出来站到了人行道上。我转身看到留平头的小子又挺起了胸脯,还抱起了膀儿。

现在做什么?

纽约的又一条不成文的公理:你不能呆呆地站在人行道上的某个地方。人的流动是这里的基本形态。人们匆匆地走过,并不想着在路上发现什么。即使有人想在路上寻找某种东西,他们也是迂回、转向、穿梭,绝不会待在原地静止不动。

我四下观察,寻找一个把握的地方,当然是离这栋建筑越近越好。应该是人行道和墙根相连之处。我在一块厚玻璃窗前哈下身子,掏出手机给宾馆总机打电话,要求转到唐娜·怀特的房间。又一句“很高兴为您服务”后,电话接通了。

无应答。

这次我留下了简短的语音信息。留下手机号码请她回话，我尽力使自己的声音听起来不像是哀求。

我把手机放回衣袋儿，又一次问自己：现在做什么？

我的希拉就在里面。这样的念头让我有些头重脚轻。太多的渴望、太多的可能和太多的“如果……会怎样”。我强迫自己先把这些搁置一旁。

那么，到底应该关注些什么？首先，宾馆有没有另外的出入口？地下室的或是后侧的小门？难道她那双躲在太阳镜后面的眼睛早就看到我了，所以她才急急忙忙地走进了电梯？当我追过去的时候，我搞错了房间号码吗？这很可能。我已经知道她住在九楼，这是个不错的开端。果真如此吗？她会不会事先看到了我，所以故意在别的楼层停下来以掩盖行踪？

我还要在这里继续站着吗？

我不知道。反正我不能回家，这是肯定的。我深吸了一口气，默默地注视着匆匆过往的行人。这么多的人，一个个独立的实体加在一起，构成了模糊混沌的一团。就在这时，穿过这一团模糊和混沌，我看见了她。

我的心不再跳动。

她站在那里凝视着我。我激动得无法移动，只感觉体内有什么东西正在爆发、正在奔涌。我用一只手捂住嘴掩住哭喊。她朝我走来，眼睛里噙着泪水。她一直走到我的身边，把我向她拉了过去。

“没事儿的。”她耳语着。

我闭上双眼。我们长时间地紧紧相拥。我们什么也不说，一动也不动，任我们之外的一切悄然逝去。

52

“我真实的名字是诺拉·斯普林。”

我们坐在公园大道南端一家星巴克的最下面一层，座位离消防紧急出口很近。目前这一层没有其他顾客。她的眼睛不停地扫着楼梯，担心我身后带着“尾巴”。这家星巴克也同其他连锁店一样，以土褐色作为装修的主基调，配上夸张扭曲的超现实壁画，还有一张棕色皮肤的男人们以过分兴高采烈的表情采摘咖啡豆的巨幅照片。她用双手捧着大杯的冰拿铁咖啡。我喝的是星冰乐。

紫色的椅子宽大、柔软、舒适。我们把椅子并排摆在一起，手拉着手坐着。当然我还是很困惑，渴望寻求答案。然而远比这重要的，是洋溢在我全身的无与伦比的幸福感。这种不可思议地涌动着的情感使我欣喜，也使我安心。不论谜底是什么，也不会让这种情感有丝毫的变化。我爱的女人回到了我的身边，我决不允许这一事实再有任何改变。

她啜了一口拿铁。“我很抱歉。”她说。

我使劲儿捏了一下她的手。

"我竟然不辞而别,让你以为"——她略作停顿——"我无法想象你究竟会怎么以为。我永远也不想伤了你的心。"她的眼睛捕捉着我的目光。

"我还好。"我说。

"你怎么会知道我不是希拉?"

"在她的葬礼上。我看到了遗体。"

"我想过要告诉你,特别是听说她被人杀害以后。"

"那你为什么不告诉我?"

"肯说这会给你带来杀身之祸。"

她提到我哥哥的名字使我大为震惊。诺拉转过脸去。我的手滑向她的胳膊,最后停在了她的肩膀上。她的肌肉组织由于精神紧张绷得很紧。我轻轻地为她揉捏着,这是一种我们两人十分熟悉的爱抚。她闭上眼睛体会着我手指的游动,彼此间好半天没说话。后来我打破了沉默。"你认识我哥有多长时间了?"

"快四年了。"她说。

我在震惊之余点点头,鼓励她继续说下去。可是她的脸依然朝着别处。我温柔地捏住她的下巴,将她的脸转了过来,轻轻地吻了吻她的嘴唇。

她说:"我好爱你啊。"

一句话让我心旌摇曳,几乎从座位上飘起来。"我也十分爱你。"

"我害怕,威尔。"

"我会保护你。"我说。

她迎着我的目光说道:"我对你撒了谎。我们在一起的这段时间一直是这样。"

"我现在知道了。"

“这种情况下,你相信我们还能继续相爱吗?”

“我已经失去你一次了,”我说,“我决不想再次失去你。”

“你肯定吗?”

“我爱你,”我说,“永远地爱下去。”

她审视着我的脸,我不知道她在看什么。“我结婚了,威尔。”

我尽力不动声色,事实上并不容易。她的话犹如一条大蟒蛇紧紧地缠住我,越缠越紧。我差点儿把自己的手从她那儿抽开。

“说说吧。”我说道。

“五年前我从我丈夫的身边逃走。我的丈夫克雷,克雷是个”——她闭上了眼睛——“令人难以置信的暴力狂。我不想和你说细节,那并不重要。我们住在密苏里州一个叫克兰美顿的小镇,那里离堪萨斯城很近。有一天克雷又把我送进医院,我从那里逃走了。你知道这些就行了,好吗?”

我点点头。

“我没有任何家人。我有些朋友,可我不想让他们受到牵连。克雷是个疯子,他不会善罢甘休。他曾经威胁说……”她的声音渐渐消失。“别管他是怎么威胁我的。反正我不想把任何人拖进来。所以我找了一家安顿受虐妇女的收容所。然而我很怕克雷,你要知道,克雷是镇里的警察。你不知道什么时候会……你长久地生活在恐惧之中,你就会以为那个男人无所不能。这种感觉很难解释。”

我仍然握着她的手,又把椅子朝她挪了挪。我见过暴力虐待造成的后果,我对此完全理解。

“那家收容所帮助我逃到了欧洲。我住在斯德哥尔摩。这很不容易,我找了一份服务生的工作,我感到非常孤独。我想回国,可我仍然十分惧怕我的丈夫,没有那个胆量。就这样过了六个月,我以为我要疯了,我依然在夜里做噩梦,梦到克雷找上门来……”

她的声音中断了。我不知道应该做些什么。我想把椅子挪得离她再近一点儿,可事实上两把椅子的扶手早已挨到了一起。尽管如此,我感到她仍然对我这一举动心存感激。

“不论怎么着,我后来还是遇到了一个女人。她是住在那里的美国人。开始我们的交往很谨慎,然而她身上的某些东西吸引着我。可能是因为我俩都漂泊异乡。我们两人都孤独得要命,不过她至少还有丈夫和孩子。他们深深地隐藏着自己,而我开始并不知道是为什么。”

“那个女人,”我问道,“就是希拉·罗杰斯吗?”

“没错儿。”

“而那个丈夫,”我使劲儿吞咽了一下,“就是我的哥哥。”

她点点头。“他们的女儿叫卡丽。”

事情终于有了眉目。

“希拉和我成了非常要好的朋友。虽然你哥哥又过了一段时间才开始相信我,但是我和他也熟了起来。我搬到了他们的家里,帮助他们照看卡丽。你的侄女是个了不起的孩子,威尔。聪明,漂亮,而且——我不想说那些玄乎的东西——她身上确实有一种独特的气质。”

我的侄女。肯有个女儿。我有个从未见过的侄女。

“你哥哥不停地谈论你,威尔。他也谈到你的妈妈、爸爸还有梅莉莎,但是你才是他在世界上的一切。他始终关心你的事业,知道你在圣约家园所做的一切。他那时已藏匿了多长时间,七年多吧?我猜他也很孤独。所以他一旦信任了我,就和我谈得很多。而他同我谈得最多的就是你。”

我眨眨眼，低头朝向桌子，端详着星巴克的褐色纸巾。上面印着一些愚蠢的诗句，咏叹咖啡的芳香和永恒的承诺什么的。这种纸巾肯定是用再生纸造的。它之所以是褐色的，只因为可以省掉漂白的工序。

“你没事儿吧？”她问我。

“我还好。”我说，并且抬起头来。“后来发生了什么？”

“我和家乡的一位朋友保持着联系。她告诉我克雷雇了一个私人侦探，查出了我在斯德哥尔摩一带。我吓得不行，不过那时候我也正好想挪动挪动。我刚才说过我和克雷原来生活的地方，是密苏里州。我估计如果去纽约大概会安全些。不过我需要一个靠得住的新身份，以免穷追不舍的克雷查到我。希拉和我有同样的需求，她的假身份只是换了个名字，有些靠不住。所以我想出了一个简单而又两全其美的办法。”

我点点头，这我明白。“你们两人互换了身份。”

“是这样。她变成了诺拉·斯普林，我变成了希拉·罗杰斯。这样一来，如果我丈夫按名索骥，他实际找到的却不是我。那些替他追查的人发现希拉后只会是一头雾水。”

我想了想她说的这些事情，有些地方还有点儿说不大通。“好啊，这么说你变成了希拉·罗杰斯，你们交换了身份。”

“对。”

“然后你来到了纽约。”

“对。”

“然后”——这就是我还没弄清楚的地方——“不知怎么我们就遇见了。”

诺拉微笑着。“你觉得我们的相遇很蹊跷,是不是?”

“我的确有这种感觉。”

“你认为,我恰好到你工作的地方去当志愿者,很难说是一个巧合。”

“很难认为是个巧合。”我承认。

“嗯,你是对的。这并不是巧合。”她靠到椅背上叹了口气。“我不知道怎么解释才能说清楚,威尔。”

我握着她的手等待着。

“是这样,你应该理解,我在国外的时候非常孤单。我接触的只有你哥、希拉,当然还有卡丽。你哥哥说了那么多关于你的事情,他一直夸你,慢慢地……慢慢地我感到你和我认识的那些男人不一样。事实上,我认为在我们还没有相遇的时候,我就开始有点儿爱上你了。所以我暗想,一旦我到了纽约,我一定要想法见见你,看你究竟是什么样。我甚至想也许在合适的时候,我会告诉你肯还活着、他是无辜的,尽管肯一再警告我这样做会很危险。当然我只是这么想想,并没有做出精心的计划。我到了纽约,有一天走进了圣约家园。说是命中注定也好、是上天安排也罢,不管是什么,反正在见到你的那个瞬间,我就意识到我会爱你到永远。”

我感到吃惊,露出了表示不敢相信的微笑。

“怎么?”她问我。

“我爱你。”

她把头倚在我的肩膀上,我们一言不发。当然还有不少问题,慢慢都会弄清楚的。此刻的我们,只想默默地尽情享受彼此又在一起的幸福。过了一会儿,诺拉缓过神来继续说了下去。

“几个星期前,我在医院里陪伴你妈妈。她遭受着巨大的痛苦，威尔。她告诉我她已经承受不下去了，她希望尽快死掉。她当时的那种状态，威尔，你是知道的。”

我点点头。

“我爱你的妈妈，你是知道的。”

“我知道。”我说。

“我不愿意束手无策地干坐在那里。所以我违背了我对你哥做过的承诺。在她去世之前我希望她知道真相，她有权知道。我想让她明白，她的儿子还活着，他一直爱着她，他没有伤害任何人。”

“你把肯的事情告诉了她。”

“对。不过，虽然她的意识有些模糊，她还是对我说的消息表示怀疑。我想，她需要的是证据。”

我一怔，转头看着她。现在我开始明白这一切是如何发生的了。葬礼后我们在父母卧室的盘桓，那张藏在镜框下面的照片。“原来是你把肯的那张照片给了我妈。”

诺拉点头。

“她没能见到他，只是看了那张照片。”我说。

“是这样。”

这解释明白了为什么我们从来不知道哥哥还在人世。“你还告诉妈妈，他就要回来了。”

“是的。”

“你说的是宽慰她的谎言吗？”

她想了想。“也许我说得有点儿夸张，但不完全是谎言。你要知道，在他被抓后，希拉同我联系了。肯始终非常谨慎，他预先为希拉和卡丽做出了所有安排。所以他们抓肯的时候，希拉和卡丽逃出去了。警察根本不知道她俩的存在。希拉继续待在国外，后来肯告诉她一切都是安全的，她才偷偷溜回国内。”

“她回来后就给你打了电话？”

“是的。”

这一切都对得上茬儿。“用新墨西哥州的公用电话打的。”

“对了。”

那应该是皮斯蒂罗提到的第一个电话——从新墨西哥州挂到我的公寓。“后来发生了什么？”

“局面完全出乎意料。”她说，“我接到了肯的电话，他快要疯了。有人找到了他们。那两个人闯进他家时，恰好他领着卡丽出去了。他们拷打希拉，想问出肯的下落。就在这个过程中，肯回到了家。他开枪打死了他们，可是希拉已经奄奄一息了。他打电话告诉我赶紧躲藏起来。警察会查出希拉的指纹。麦圭因和他的手下会发现希拉·罗杰斯和他住在一起。”

“警察和麦圭因都会追查希拉的下落。”我说。

“当然。”

“而今你已经成了希拉，所以你必须立刻消失。”

“我想告诉你，可是肯坚决不同意。他说如果你什么都不知道，你就会是安全的。而且他提醒我还要考虑到小卡丽。这些家伙折磨死了她的妈妈，如果卡丽再发生什么事儿，我永远都不会饶恕自己。”

“卡丽有多大了？”

“现在快12岁了。”

“这么说她是在肯逃亡之前出生的。”

“我想那时候她刚六个月。”

我感到难过。肯有了孩子,可他却从未对我说起这事儿。我问道:“为什么他要隐瞒卡丽的存在呢?”

“我也不知道。”

到目前为止,我大概能够理清她讲述的事情的内在逻辑,可是卡丽的事情我仍想不明白。我反复琢磨着。肯出逃前的六个月。当时在他的生活中究竟发生了什么?应该是FBI策反他的时候。会和这有联系吗?会不会是肯害怕他的行动会危及出生不久的小女儿的安全?我猜可能是这么回事儿。

不,我还是遗漏了什么东西。

我想追问一些问题,得到更多的线索。这时我的手机响了起来。可能是方块儿。我瞥了一眼来电显示。不是方块儿,不过我一眼就认出了这个号码。凯蒂·米勒。我按下应答键,把手机举到耳边。

“凯蒂?”

“噢噢噢,对不起,你说错了。请再猜一猜。”

恐惧如电流般传遍我的全身。天哪,幽灵。我闭上了眼睛。“如果你敢伤害她,我——”

“得了,别这样,威尔,”幽灵打断了我,“这种软绵绵的威胁可有失你的形象。”

“你想做什么?”

“我们需要谈谈,小伙计。”

“她在哪儿?”

“谁?噢,你是说凯蒂?怎么了,她当然就在这儿。”

“我要同她说话。”

“你不相信我,威尔?真让我伤心。”

“我要同她说话。”我重复道。

“你想让我证明她还活着？”

“差不多是这样。”

“这样行不行？”幽灵轻声柔语，“我可以让她发出尖叫。这会有所帮助吗？”

我再次闭上眼睛。

“听不到你的声音，威尔。”

“不行。”

“你肯定吗？这很简单，我刺她一下，她就会叫得撕心裂肺。行吗？”

“请不要伤害她。”我说，“她和这些事儿没关系。”

“你在哪儿？”

“我在公园大道南边。”

“说具体一点儿。”

我给了他两个街区外的地址。

“我会派车过去，五分钟后到。看到车你就坐进去。明白吗？”

“明白。”

“还有，威尔？”

“怎么？”

“别给任何人打电话，别对任何人讲。上次的遭遇中，凯蒂·米勒的脖子已经伤得很厉害了。你不知道我多想看看这次会怎么样。”他停顿一下又低语道，“你还听着吗，威尔？”

“是的。”

“那就按我说的去做。这一切快要结束了。”

53

克劳迪娅·费希尔慌忙冲进了乔瑟夫·皮斯蒂罗的办公室。

皮斯蒂罗抬起头。“怎么了?”

“雷蒙德·克伦威尔失去了联络。”

克伦威尔是他们派到肯的律师乔舒亚·福特身边的卧底探员。“我记得在他身上装了窃听器。”

“他们同麦圭因有个会面。他没法带窃听器进入那里。”费希尔说。

“自从他们见面后,就没再见他的人吗?”

费希尔点点头。“福特也是如此,两个人都不见了。”

“我的天。”

“您说应该怎么办?”

皮斯蒂罗已经站起来要动身了。“把能找的人都找来。我们现在去突袭麦圭因的办公室。”

就这么离开诺拉——我已经习惯这个名字了——让我十分揪心。可我还有别的选择吗?一想到凯蒂孤零零一个人置身在变态狂的掌控之下，我不禁刺心切骨。我还记得他偷袭凯蒂时我被铐在床上那种绝望无助的感觉。我闭上眼睛，不愿再想这些。

诺拉想阻拦我，可是她理解这是我非做不可的事情。我们分手时的亲吻绵长温柔。我终于抽开了身子，看到她已是满眼泪水。

“一定回到我身边来。”她说。

我对她说一定会的，便急急地跑到街上。

那是一辆黑色的福特 Taurus，车窗贴着深色的膜。车里只有司机一个人，我不认识他。他递给我一副类似飞机上发的眼罩，叫我戴上后躺在后排椅子上。我按他说的做了。他开动了汽车。我利用这段时间抓紧思考。我现在掌握的情况还不够多，还不全面，但也不算少。而且我有理由相信幽灵的话是对的：这一切快要结束了。

我在脑子里把事情前前后后又梳理了一遍，大体得出这样的推论：11 年前，肯和他的那些老朋友一起卷入了犯罪活动。不必怀疑，一定是同麦圭因和幽灵一道干的。肯做了坏事。他也许是我心目中的英雄，可是我姐姐梅莉莎曾一针见血地指出，肯喜欢诉诸暴力。我想把这句话修正为肯渴望着冲突和危险带来的刺激。不过这只是如何修辞的问题。

后来，肯被捕了，答应协助警方将麦圭因捉拿归案。他冒着生命危险去卧底，身上带着窃听器，却不知为何被麦圭因和幽灵识破了。肯设法逃走，出于我说不清楚的原因回到了家里。同样我不知道朱莉在这些事情中扮演了什么角色。她已经有一年多没回过家，事发时她却回到了自己家里。这只是一种巧合吗？她跟着肯跑回来，是由于肯成了她的情人，还是由于肯是毒品的提供者？是不是幽灵跟踪在她的身后，知道她早晚会把他引到肯的身边？

所有这些我都说不清楚，至少现在不行。

不论如何，幽灵最终发现了他们俩，也许是在他们做爱的微妙时刻。他发动了突袭。肯受了伤，却还是逃了出去，而朱莉却没有这么幸运。幽灵为了对肯施加压力，栽赃给肯，让他背上凶手的罪名。由于担心被杀或是出现其他更可怕的后果，肯决定逃亡，带着他最稳定的女友希拉·罗杰斯以及他们出生不久的女儿卡丽跑到了异国他乡。这三个人从此消失了。

尽管戴着眼罩，我的眼睛还是感觉出光线变暗了。我听到车辆行进中发出的唰唰声。一定是进入隧道了。不能排除是东侧的皇后中城隧道，不过我猜我们还是在西侧的林肯隧道里朝新泽西方向开去。我又想到了皮斯蒂罗以及他在整个事件中充当的角色。在这件事情上，他做的是历史上并不鲜见的“只重结果，不问手段”的考量。在其他案子上皮斯蒂罗可能会注重“手段”的合理性和合法性，可是这件案子关系到他个人的恩怨。他的想法不难理解。肯是个坏蛋，他们达成了协议。然而不管是出于什么理由，肯逃跑了，从而背弃了自己的承诺。这样一来，对肯做出任何事情都不过分。于是皮斯蒂罗把肯列为亡命天涯的逃犯，撒下漫天大网，翻遍犄角旮旯儿，抓不回来就绝不罢休。

许多年过去了。肯和希拉一直在一起，他们的女儿卡丽也长大了。突然有一天，肯被逮捕了。他们将他押回美国并判决他有罪。我估计他们会以谋杀朱莉的罪名判处他死刑。可是当局早已知道真相，他们抓肯的目的不在于此。他们是擒贼要擒王，拿下麦圭因。而肯仍然能够帮助他们对麦圭因做出指控。

于是他们之间又做了交易。肯在新墨西哥州隐姓埋名住了下来。确信安全以后，接希拉和卡丽从瑞典回来团聚。但是麦圭因是个法力无边的复仇之神。他查出了肯的行踪，派去了两个杀手。肯没在家，那两个人为了问出他的下落而残酷地折磨希拉。肯突然到家后杀死了他们，拉着受伤的情人和女儿，又开始了新的逃亡。他警告冒用希拉身份的诺拉，告诉她警方和麦圭因都会追查她。于是诺拉也被迫出逃。

我知道的大体就是这些。

福特 Taurus 停下了，我听见司机熄了火。不能再消极地任人摆布了，我对自己说。如果希望活着离开这里，必须坚定果断地采取行动。我扯下眼罩，看看手表。我们在车上待了一个小时。我坐了起来。

这里是一片森林的深处。地面被落下的松针覆盖着，树木茂密高大、郁郁葱葱。有一幢和瞭望塔形状差不多、体积不大的铝结构建筑物，立在一座离地面十英尺的平台上。它可能是个工具间，而且完全是从实用的角度搭建的，风格单调，也缺乏维护，大门和墙脚锈迹斑斑。

司机回过头来。“下车。”

我服从了他的命令。我的眼睛仍然盯着那座建筑。我看到门开了，幽灵从里面走了出来。他穿着一身黑色衣服，仿佛是要到村里表演诗朗诵。他朝我挥挥手。

“嗨，威尔。”

“她在哪里？”我问道。

“谁？”

“别来这套废话。”

幽灵抱起双臂。“哟,哟,”他说,“真像英勇的童子军。”

“她到底在哪里?”

“你是问凯蒂·米勒?”

“你知道我问的是她。”

幽灵点点头。他的手里拿着绳子之类的东西,可能是一副套索。我全身凝固了。“她长得可真像她的姐姐,你说呢?我怎么能抵挡得住呢?我是指她的脖子,像天鹅一样美丽的脖子,已经又青又肿……”

我尽力掩饰声音的颤抖。“她在哪里?”

他眨巴着眼。“她死了,威尔。”

我的心不由得沉了下去。

“我等得不耐烦了,而且——”他开始放声大笑,笑声在寂静的山林里回荡。“你瞧瞧你那样子。咳,我只是开玩笑,威尔小子。寻一点儿开心。凯蒂现在好好的。”他挥手让我过去。“过来看看吧。”

我急忙朝平台走去,我的心脏跳到了嗓子眼儿。平台边儿有个生锈的铁梯,我爬了上去。幽灵一直在笑。我推开他,走过去打开了这间铝屋的门。我朝右边看去。

凯蒂在那里。

幽灵的笑声回响在我的耳边。我奔向凯蒂。她的眼睛是睁着的,可是被几绺头发遮住了。她脖子上原来青紫的瘀伤现在变成了黄颜色。她的双臂被绑在椅子上,不过看起来她还没有受到新的伤害。

我弯下身子,拨开了那几绺头发。“你还好吗?”我问道。

“我不要紧。”

我感觉到心底的怒火越燃越烈。“他伤害你了吗?”

凯蒂·米勒摇了摇头。她的声音发颤。“他想从我们这里得到什么?”

“我来问问他。”

我们转头看到幽灵走进了屋里。他没有关门。地板上横七竖八地躺着破碎的啤酒瓶。角落里立着一只老式的文件柜。离角落不远有一台手提电脑。屋里共有三把金属折叠椅,像是学校师生大会上用的那种。凯蒂已经占了一把,幽灵在另一把椅子上坐下,并示意我坐他左边的椅子。我仍然站着,没有理他。幽灵叹了口气,又重新站了起来。

“我需要你的帮助,威尔。”他转身朝向凯蒂。“而且我认为把米勒小姐请到这里,嗯”——他又露出让我直起鸡皮疙瘩的笑容——“我认为她可以起到一种激励的作用。”

我摆出了要动手的姿势。“如果你伤害她,如果你敢动她一指头——”

幽灵没有做任何出手前的收缩体位或积蓄力量的动作。他只是从身体一侧迅疾地抬起一只手,猛然向我的脖子来了一个空手道的手劈。我的唇间发出窒息的咕噜咕噜的声音,我感觉像是正在吞吃着自己的喉咙。我脚步踉跄,身体歪向一边。幽灵乘胜进逼,弯下身子打出一记上钩拳,指关节全力击中我的腰眼儿。我被打得跪倒在地上,几乎动弹不得。

他低头看着我。“你的架势真让我心烦,威尔小子。”

我感觉快要吐出来了。

“我们需要联系你哥哥,”他接着说,“这就是你到这里的原因。”

我抬起头说:“我不知道他在哪里。”

幽灵从我身边挪开,走到了凯蒂的身后。他轻柔地、几乎是过于轻柔地把手放到了她的肩上。他的触碰使她开始战栗。他用两手的食指在凯蒂脖子的瘀痕上划来划去。

“我说的是实话。”我说。

“呵,我相信你。”他说。

“那你还想怎么着?”

“我知道如何联系肯。”

我有些迷惑不解。“什么?”

“你在老电影里看过那些逃亡者利用分类广告发送暗语信息吧?”

“我想是的。”

幽灵微笑了,仿佛我的回答让他很高兴。“肯对这种办法做了创新。他利用网络的专题贴吧。具体说,他在网上一个叫作 rec. music. elvis 的地方发出和接收信息。你能猜得出,这是猫王埃尔维斯的粉丝在网上的专题讨论区。就是说,比如,肯的律师如果需要联系他,就会把日子和时间用化名贴到上面。肯就会知道什么时候同律师利用网上即时通信工具进行联系。”

“真的吗?”

“我估计你也曾经用过这种即时通信工具。这就像是在私人聊天室里一样,无法对它进行追踪。”

“你是怎么知道这些的?”我问道。

他又露出了微笑,他的手离凯蒂的脖子更近了。“信息搜集,”他说,“一直是我的专长。”

他的手从凯蒂脖子上滑落了。我意识到刚才我一直屏着呼吸。他的手伸进口袋里,又掏出了那副套索。

“你需要我做什么?”我问。

“你哥哥不会同意与他的律师见面,”幽灵说,“我相信他会怀疑那是一个圈套。不过我们还是安排了又一次即时通信联系。我们非常希望你能说服他和我们见一面。”

“如果我做不到呢?”

他又举起了那副套索。有只把手连在套索的两端。“知道这是什么吗?

我没回答。

“这是潘杰卜套索。”他如讲课一般地说,“在印度,那些暗杀帮的人就用这个。他们被人称为沉默的刺客。有些人以为暗杀帮早在19世纪就彻底绝迹了。另外一些人,呃,对此可不敢那么肯定。”他看了看凯蒂,把他那件原始武器举得更高了。“需要我继续说吗,威尔?”

我摇头后说:“他会看出这是圈套。”

“你的任务就是解除他的怀疑。如果你做不到”——他抬起头笑着——“嗯,从乐观的角度描述,你可以有幸在现场亲眼目睹多年前朱莉遭受痛苦的样子。”

我的四肢发凉。“你会杀了肯。”我说。

“噢,根本没这个必要。”

我知道这是谎话,然而他的表情骇人地真诚。

“你哥做了一些录音,搜集了不少罪证材料,”他说,“不过到目前为止,他还没有向联邦调查局交出任何东西。这些年里他一直藏着它。这是件好事儿,是一种合作的态度,说明他还是我们了解和喜爱的那个肯。而且”——他停住思索了一下——“他手里还另外有我需要的东西。”

“什么?”我问。

他摇头不答。“条件是这样的:如果他交出所有材料并且承诺再次消失,我们就既往不咎。”

谎言,我知道这是谎言。他会杀掉肯,而且会把我们全杀掉,我对此毫不怀疑。“如果我不相信你的话呢?”

他把套索套在了凯蒂的脖子上。她轻声叫喊了一下。幽灵笑着直视着我。“那有什么关系吗?”

我咽下唾沫。“我猜关系不大。”

“你猜是?”

“我会合作。”

他把套索留在原处。它套在凯蒂的脖子上像是一条超级丑陋的项链。“别碰它。”他说,“我们还有一个小时。用这段时间盯着她的脖子,威尔,好好想想。”

54

麦圭因感到意外。

他从监视器里看到 FBI 的探员正夺门而入。这是他没有预料到的。没错儿，乔舒亚·福特是个重要人物，他的突然失踪一定会引起人们的关注，尽管他们已迫使福特给他妻子打了电话，说他要出城办一点儿“不便透露的事情”。可是引来如此大规模的集中搜查？这可有点儿太过分了。

没关系，麦圭因一直有备无患。血迹已经被人用一种新问世的过氧化氢漂洗剂冲洗过了，即使用蓝光测试也显现不出任何痕迹。纤维和毛发也已得到清理，即使他们还能找到一些也没有关系，他不会否认福特和克伦威尔来过这里。他会愉快地予以承认，还将提供必要的证据：他的保安人员早已把原版的监控录像带调包为经过数字化处理的新版本。新带子能够证明福特和克伦威尔完全是主动地、自由地走出这栋大楼的。

麦圭因按下那个能够自动消除文件并对电脑进行格式化的按键。什么痕迹都不会留下。麦圭因还通过电子邮件为自己留下备份，计算机每隔一小时就会自动地向一个秘密网址发送邮件。这些文件将被安全地保存在网络世界里。只有麦圭因知道这个网址。需要时他可以随时从中取出那些有利于自己的证据。

皮斯蒂罗闯进门，后面跟着克劳迪娅·费希尔和另外两个探员。麦圭因站了起来，整理了一下自己的领带。皮斯蒂罗手里的武器对着他。

麦圭因摊开两手。不要恐惧。永远不要表现出恐惧。“真是出乎意料的荣幸。”他说。

“他们在哪儿？”皮斯蒂罗喊道。

“谁？”

“乔舒亚·福特和联邦探员雷蒙德·克伦威尔。”

麦圭因的眼睛一点儿不眨。呃，原来如此。“您是说克伦威尔先生是一位联邦探员？”

“我是说了，”皮斯蒂罗吼道，“快说，他在哪儿？”

“如果是这样的话，我要正式提出投诉。”

“什么？”

“克伦威尔探员是以一个律师的面目出现的。”麦圭因继续说着，声音镇定如常。“我相信了他的表面身份。我对他吐露了一些不宜公开的内情，而且我以为这会得到律师和当事人保密特权的保护。现在您却告诉我他是一个卧底探员。我想确认我对他说过的东西不会被用来对付我。”

皮斯蒂罗脸涨得通红。“他在哪儿，麦圭因？”

“我对此一无所知。他是和福特先生一起离开的。”

“你同他们谈的是哪方面的生意？”

麦圭因微笑着。“皮斯蒂罗先生，您明白，我们的谈话应当得到律师和当事人保密特权的充分保护。”

皮斯蒂罗真想扣动扳机。他的枪口对着麦圭因那张脸的正中央。麦圭因依旧不动声色。皮斯蒂罗放下枪喊道:“给我搜。全部东西都装箱,做好标记后带走。逮捕这个家伙。”

麦圭因听任他们给他戴上手铐。他不会主动对他们提到监控录像带,他们自己会发现它的,这样效果才更好。尽管如此,当探员们押他出门的时候,麦圭因还是感觉不妙。对簿公堂时矢口否认、硬撑到底是他的拿手好戏——如前面提到的,这并不是他第一次杀害联邦探员——然而他禁不住担心自己是否有什么疏忽,是否在哪个地方露了马脚,是否百密终有一疏、犯下了一个足以颠覆一切的大错误。

55

幽灵走到外面的树林,把凯蒂和我留在了屋里。我坐在椅子上瞅着凯蒂脖子上的套索。它的确能制造出它主人追求的效果,迫使我同他合作。这根绳子随时可能勒进眼前这位吓坏了的小姑娘的脖子,我决不能冒这个风险。

凯蒂对我说:“他会杀了我们。”

我对此没有疑义,肯定会这样的。可我拒绝接受命运的安排。我向她保证她会好好的,我会想出办法来,不过这并没有解除她的担忧和恐惧。这不奇怪。我的喉咙好些了,腰还在阵阵作痛。我环视着整个屋子。

动动脑筋,威尔,快想办法。

我知道接下来会发生什么。幽灵会逼我安排同肯会面。肯一旦出现,我们都死定了。我思考着,试图想出个办法警告肯。也许可以使用某种暗语。我们唯一的希望是,肯能够识破圈套并给他们以出乎意料的打击。不过我还得多留几手,想办法逃出去,任何办法都行,只要能救出凯蒂,牺牲我也行。应该有机会,幽灵也会犯错误。我必须及时地发现它。

凯蒂小声说:“我知道我们现在所在的地方。”

这引起我的注意。“在哪儿?”

“是在南奥兰治水源保护区。”她说,“我们有时来这地方喝酒。这儿离霍巴特盖普公路不远。”

“有多远?”

“也许一英里。”

“你认路吗?我是说,如果跑出去,你能把我们带到那条路上吗?”

“我想没问题。”她说,又点点头,“是,是的,我能找到路。”

好啊,这挺好,也许不算重要,但毕竟是个好的开端。我朝门外看去,那个司机倚在汽车上,幽灵背着手站在那里,用脚尖一下下地踮起身体。他的脑袋朝上仰着,好像在寻找小鸟。司机点燃一支香烟。幽灵在原地没动。

我迅速地扫视地面,发现了我想找的东西——一大片碎玻璃。我又瞥了一眼窗外。没人朝这里张望。我爬到凯蒂的椅子后面。

“你干吗?”她悄声问我。

“我把绑你的绳子割开。”

“你疯了?如果他看到——”

“我们不能坐以待毙。”我说。

“可是,”凯蒂停顿一下又说,“你就是割开了,又能怎么样?”

“我也不知道。”我实话实说,“不过得准备好。往下没准儿会有机会,我们必须把握好。”

我开始用那片玻璃来回锯绳子。绳子一点点被磨破。很费功夫,我加快了速度。绳子开始一绺一绺地断开了。

进展到一半的时候，我感到平台在晃动。我马上住手。有人在登铁梯。凯蒂发出啜泣的声音。我忙不迭地回到座位上。幽灵紧跟着走进了屋。他用怀疑的目光注视着我。

“你有点儿上气不接下气，威尔小子。”

我把碎玻璃藏在身后，几乎坐到了上面。幽灵对我皱着眉头，我什么话也不说，只感到脉搏在加快。幽灵又看看凯蒂，她怒目回视他。她是个勇敢的姑娘。在我定睛看凯蒂时，却吓了一跳。

磨断的那几绺绳头赫然露在外面。

幽灵眯缝起眼睛。

“嗨，那就开始好了。”我说。

我的话转移了他的注意力。幽灵转向我。凯蒂调整自己被绑的手，磨断的绳头得到遮掩。经不住仔细打量，但还蒙得过去。幽灵顿了顿，走向那台手提电脑。有一秒钟——大概是最短的一秒钟——他背朝着我。

就现在，我想。

我应该跳起来，把这片碎玻璃当作犯人越狱用的小剃刀，割开幽灵的脖子。我快速地算计着：我离他太远吗？也许。那个司机怎么办？他有武器吗？我能——

幽灵朝我转过身。这个机会，如果它确实是个机会，已经失去了。

电脑打开了。幽灵联上互联网，又打开一个文本框。他微笑着对我说：“该和肯聊聊了。”

我的心纠结着。幽灵按下输入键。我在屏幕上看到他问：

你在吗？

我们等待着。过一会儿有了回复。

在这里。

幽灵微笑。“哈,是肯。”他又打了几个字,按下输入键。

我是威尔,和福特在一起。

停顿了很长时间。

告诉我同你相处的第一个女孩儿的名字。

幽灵对我说:“果然和我想的一样,他想证明到底是不是你。”

我没搭腔,但是脑袋在拼命地运转。

“我知道你在想什么,”幽灵继续说,“你想警告他。你想给他一些似是而非的答案。”他走到凯蒂身后,抓起了套索的把手。他稍微用了点儿力,绳子碰到了凯蒂的脖子。

“我把话说明白,威尔。你站起来走到电脑那儿,正确地回答他的问题。我在这里勒着绳子。如果你和我玩儿什么花样——哪怕只是让我怀疑你在玩儿花样——我就勒紧绳子,直到她死去为止。明白吗?”

我点点头。

他把套索勒得稍紧了一点儿,凯蒂发出一声呻吟。“去吧。”他说。

我连忙走到屏幕前面。恐惧使我的脑子变得迟钝。他是对的,我的确打算想办法警告肯。没法实现,至少现在不行。我用手指在键盘上打出:

辛迪·莎皮洛。

幽灵笑了。“真的吗?伙计,她是个小辣妹,威尔。我真服你了。”

他把套索松开了。凯蒂大口喘着气。他来到键盘前。我回头看看我的椅子,碎玻璃明晃晃地摆在那里。我赶快回到椅子上坐下。我们等待着回复。

回家去,威尔。

幽灵揉搓着脸。“有意思的回答。”他想了想。“你是在哪儿和她约会的?”

“什么?”

“辛迪·莎皮洛。是在她家,还是你家,什么地方?”

“埃里克·富兰克林的成人礼上。”

“肯知道吗?”

“是的。”

幽灵笑着敲击键盘。

你核实了我。现在轮到我了。我和辛迪是在哪儿约会的?

间歇很长。我的心忐忑不安。幽灵的做法很聪明,给对方还了一点儿颜色,更重要的是,我们确实不清楚对方是不是肯。他的回复可以让我们判明这一点。

30 秒后。回复还是:

回家去,威尔。

幽灵又打出一些字:

我需要知道到底是不是你。

更长的间歇。终于:

富兰克林的成人礼。现在回家吧。

我的心房一颤。真是肯……

我向凯蒂望去,我们的视线遇到一起。幽灵又敲键盘:

我们需要见面。

回复很快:

不可能。

这很重要,求你。

回家。不安全。

你在哪里？

你是怎么找到福特的？

“嗯，”幽灵想了想，又打出：

皮斯蒂罗。

又是很长的停顿。

我听说了妈妈的事儿。她临终很痛苦吗？

幽灵也没问我就回答：

是的。

爸爸怎样？

不好，我们需要见你。

又是停顿：

不行。

我们可以帮助你。

别卷进来才好。

幽灵看着我说：“我们利用他喜欢的东西刺激他一下怎么样？”

我不懂他的意思，但是看到他打出的是：

我们可以拿些钱给你。你需要吗？

会需要的，但是可以用海外账户转。

如同读懂了我的心思，幽灵又打出：

我真的需要见到你，答应我吧。

我爱你，威尔。回家去。

又一次，仿佛是钻进了我的脑袋，幽灵答道：

等等。

快下线吧，弟弟。别担心。

幽灵长出一口气。“这不管用。”他大声说着，手指在键盘上快速移动。

如果下线，肯，你弟弟就没命了。

短暂的停顿。接着是：

你是谁？

幽灵露出笑容。

只能猜一次。提示:卡斯珀小精灵。

没有停顿。

不许碰他,约翰。

我可不这么认为。

他和这事儿没有一点儿关系。

别寄希望于我的同情心。你露一次面,给我需要的东西,我就不杀他。

让他先离开。然后我会把你需要的东西给你。

幽灵大笑着继续敲下去:

噢,得了。院子,肯。你记得那个院子,对不对?给你三个小时赶到那里去。

不可能。我不在东海岸。

幽灵咕哝着:“胡扯!”然后狂躁地敲击着:

那你最好抓紧点儿。三个小时。如果你不到,我割掉他一根手指。剩下的手指半小时割掉一根。然后是脚趾。接着干什么看我的创意。那个院子,肯。三个小时。

幽灵下线,啪地合上手提电脑后站了起来。
“啊,”他笑着说,“事情进展得不错,不是吗?”

56

诺拉打通了方块儿的手机。她简单说明了她失踪的前前后后。方块儿专心听着不去打断她，同时把车开到了她所在的地方。他们在公园大道的大都会人寿保险大楼前相遇。

她跳上面包车拥抱了方块儿。回到外展救助车的感觉真好。

“我们不能找警察。”方块儿说。

她点头。“威尔也一再这么说。”

“那我们到底应该怎么办？”

“我不知道，可我很害怕，方块儿。威尔的哥哥对我说起过这些家伙。他们会杀了他，肯定的。”

方块儿思考着。“你和肯怎么保持联系？”

“通过网上的专题贴吧。”

“我们先让他知道这个消息。也许他会有办法。”

幽灵和我们保持着距离。

时间越来越紧迫了。我一直处于警醒的状态。如果出现机会、任何机会，我都会冒险一试。我用掌心触摸着那片玻璃，同时研究着他的脖子。我在脑子里演练着我该如何出手,猜测幽灵可能以什么样的动作反击,我又如何应对。我盘算着他的动脉的位置,寻找着他的身体最薄弱的部位。

我朝凯蒂望去。她很刚强。我又想起皮斯蒂罗的话,他一再强调不能牵连凯蒂,他是对的。这是我的错。她第一次来求助时,我就应该坚决地拒绝她。是我把她带入了危险之中。尽管我真心想帮助她,尽管我理解她寻求真相的迫切心情,但这丝毫不能减轻我对她的负罪感。

我一定要想办法救出她。

我回头发现幽灵在盯着我。我没有畏缩。

“放她走。”我说。

他装作打哈欠。

“她的姐姐对你不错。”

“那又怎么样?”

“你没有理由伤害她。”

幽灵举起手掌,用含糊不清的声音说:“我不需要什么理由。”

凯蒂闭上了双眼。我没再与他争辩。这样只会把事情弄糟。我看看表,还剩两个小时。幽灵说的“院子”,是那些瘾君子东游西逛一天后聚到一起嗑药的地方,在赫里蒂茨中学附近,离这里不到三英里。我清楚幽灵为什么选择那个地方。那里便于掌控,十分隐蔽,特别是夏天的这几个月里。你进入那里后一旦遇到伏击,就很难活着出来。

幽灵的手机响了。他低头愣愣地看着,仿佛从未听过手机的铃声。我第一次看到有什么东西,也许是困惑,掠过了他的脸。

我更加紧张。虽然现在还不敢拿起那片玻璃,现在还不到时候,可是我已做好了准备。

他把手机放到耳旁。“说吧。”

他在仔细听。我观察他没有血色的面部。他保持着沉静的表情,可我能意识到有什么事情发生了。他的眼睛眨得很厉害。他伸出手腕看看表。大约有两分钟他一句话也没有说。最后只说了一句:“我马上出发。”

他站起来走到我旁边,弯下身子,对着我的耳朵说:“如果你离开这把椅子,到头来你得哀求我把她杀了。明白吗?”

我点头。

幽灵离开时关上了门。屋里一下子变得昏暗。外面的光线开始变弱,透过树叶照进屋内。门的那一侧墙上没有窗户,所以我无法知道他们在做什么。

“怎么回事儿?”凯蒂低声问道。

我在唇间竖起一根手指,更仔细地听着外面的动静。发动引擎的声音,汽车开动了。我想想他的警告:不要离开这把椅子。幽灵的命令很难抗拒,不过迟早他会对我们下手。我弯腰从椅子上滚了下来。动作不是很流畅,事实上,有点儿像痉挛。

我抬头看凯蒂。我们的目光相遇,我示意她保持安静。她点点头。

我尽可能低下身子,小心翼翼地朝那扇门挪过去。我本想四肢着地,像特种兵那样匍匐前进,然而地上那么多的碎玻璃会割得我体无完肤。我躲开玻璃,慢慢地朝前移动。

到了门口,我头贴着地板,顺着门底的小缝儿往外窥视。我看到车开走了。我费了很大力气却看不到更多的东西。我坐起来，眼睛紧贴在侧面的门缝儿上。还是什么也看不到，缝隙太小了。我又站起来一点儿，有了，他在那里。

那个司机。

幽灵呢？

我迅速盘算。两个人，一部车，车开走了。我的数学不怎么样，不过还能算出剩下的大概只有一个人。我回头对凯蒂低声说：“他走了。”

“什么？”

“司机还在，幽灵开车走了。”

我回到椅子上拿起了那片碎玻璃。我蹑手蹑脚地移动着，担心最轻微的重量变化也会引起这座铝结构建筑的晃动。我重新来到凯蒂椅子的背后，接着锯那根绳子。

“我们该怎么办？”她小声问我。

“你知道外面有条路，”我说，“我们想办法跑出去。”

“天开始黑了。”

“所以我们现在才动手。”

“另外那个家伙，”她说，“他会不会有枪？”

“可能有，但是你愿意在这儿等着幽灵回来吗？”

她摇头。“你怎么知道他马上会回来？”

“我并不知道。”绳子断了，她自由了。当她揉自己的手腕时我问，“你和我一起干吗？”

她看着我的样子，和我过去看肯的样子差不多，表情中混杂着希望、敬畏和信任。我尽力显得英勇无畏，可惜我从来都不具备英雄气质。她点点头。

后墙有一扇窗户。我的计划——如果可以这么说的话——

是打开窗户，爬出去，再悄悄潜入森林里。我们尽量保持安静，若是他听到声音，我们就撒腿快跑。我料想司机或者是没有枪，或者是不敢擅自对我们下死手。他们会考虑到肯行事谨慎，他们需要我们活着——嗯，至少是我——来诱他上钩。

也许并非如此。

窗户打不开。我顶住窗框又推又拉却毫无用处。它应该是百万年前上的油漆，窗框和窗扇早就粘到了一起。开窗逃跑毫无可能。

“现在怎么办？”她问。

走投无路，像只被逼到死角里的老鼠。我望着凯蒂，想到幽灵说的我没能保护好朱莉的那番话。我不能让历史重演，不能让这种事情发生在凯蒂身上。

“只有一个地方能出去。”我说着，目光扫向门口。

“他会看见我们。”

“也许看不见。”

我又把眼睛贴在那道门缝儿上。阳光已经退去，暮色越来越浓。我看到那个司机坐在树桩上抽烟，发亮的烟头成了昏暗中的标志物。

他背朝着我们。

我把那片玻璃放进口袋，手掌向下示意凯蒂压低身体，然后把手伸向门把手。不用费力就转动了。开门时嘎吱响了一声。我停下来朝外望去，司机仍然没有朝这个方向看。豁出去了。我又把门推开了一点儿，这次响声不大。门只开了一英尺，刚好够侧身钻出去。

凯蒂抬起头看着我。我点点头。她爬出门去，我蹲下身子跟在后面。我们趴在平台上,完全暴露在外面。我关上了门。

司机还没有转身。

好。下一步:如何离开这个平台。我们不能走铁梯,那样太容易暴露。我示意凯蒂跟着我。我们肚皮贴着平台朝边儿上爬去。好在平台是光滑的铝板,没有裂缝和毛刺。

我们爬到了小屋的侧面。可是当我转到角落时听到了某种类似呻吟的声音,接着有什么东西掉落下去。我呆住了。原来是平台下面的一道横梁脱落了,小屋和平台整个在摇晃。

司机喊道:"他妈的怎么……"

我一把将凯蒂拉了过来,我们俩都躲到了小屋的这一侧。他看不到我们。他听到声音,会东张西望,但看到的只是关着的门和空空的平台。

他喊道:"你们两个在那儿搞什么鬼?"

我们屏住了呼吸,周围只有风中的树叶在沙沙作响。我对此有所准备,已经构思出了应对方案。这时他又喊了起来:"你们两个究竟——"

"没什么,"我喊道,嘴巴贴在铝墙壁上,希望我的声音听起来发闷,仿佛是从室内传出来的。我不得不冒这个险。如果我不做回答,他肯定会来查看。"这破房子太差了,"我说,"总是晃来晃去。"

静下来了。

我们继续屏住呼吸。凯蒂紧紧靠在我的身上。我能够感觉到她在颤抖。我拍了拍她的后背,表示我们不会有事儿的。当然了,我们肯定不会有事儿。我竖起耳朵捕捉他的脚步声。没有声音。我看看她,用目光告诉她爬到后面去。她略有迟疑,但马上照做了。

我的下一个计划是抱住后边角落的柱子爬下去。凯蒂需要打头阵。如果司机听到声音——这种情况很可能发生——我另外还有应对的方案。

我用手指了指,她点点头,目光变得锐利,朝那根柱子挪了过去。她的身体从平台滑落后贴到了柱子上,有点儿像消防员。平台又开始晃动,我眼睁睁地看着它摇摆得越发厉害。刚才那种类似呻吟的声音重新响了起来,只是音量更大。我看到有根螺栓马上就要脱落。

“怎么回……”

这一次司机没有坐着喊,我听到了他走过来的脚步声。仍抱着柱子的凯蒂抬头朝上望着我。

“跳下去,快跑!”我喊道。

她一松手落到了地上。平台并不高。着地后她回头等着我。

“快跑!”我又喊。

司机喊道:“不许动,不然我就开枪了。”

“跑,凯蒂!”

我将两腿往平台边儿上一搭,跳了下去。我离地较远,落地更重。我记得在什么地方读过落地时应该弯曲膝盖,然后就势打滚儿。我如法炮制,滚到了一棵树旁。当我站起身时看见那个男人正逼近我们。也许有 15 码远。他的脸气得有些扭曲。

“再不站住,你们就死定了。”

不过他的手里没有枪。

“跑!”我又冲凯蒂大喊一声。

“可是——”她说。

“我就在你后边,快跑!”

她知道我在骗她。我这样做也是计划的一部分。我目前的任务是拖住对手——迫使他放慢速度,以便凯蒂可以逃脱。她犹豫不决,显然不希望我为她做出牺牲。

他很快就要赶上来了。

“快去喊人救命,”我催她,“快!”

她终于听命于我,跳过那些树桩和草丛跑走了。当他扑上来把我摔倒的时候,我的手已经伸进了口袋。我摔得骨头都要散了,可是我还是用双臂紧紧地缠住了他。我们在地上来回打滚儿。我在哪里读到过这方面的东西。几乎所有的格斗最终都要在地上滚成一团。在电影里,打斗者是用拳头把对方击倒在地。而在现实中,人们是埋下自己的脑袋,拖住对手摔到地上互相扭打。我和他滚在一起,挨了几记重拳。我把注意力集中在手里的玻璃“利刃”上。

我像熊一样把他抱得紧紧的,使出最大的力气挤压他,尽管我知道这不会给他带来实质性的打击,但是无所谓,因为可以拖住他。每一秒都很珍贵,凯蒂需要时间。我继续给他施压,他拼命挣扎着。我决不能松开他。

这时,他突然向我施展了头槌功夫。

他把头仰到后面,猛地将前额撞向我的脸。我从来没有领教过头槌,它带来的疼痛怕是别种击打无法比拟的,如同一只大铁球砸在脸上。我两眼模糊,胳膊无力,身体瘫软。他仰头准备再来一击,可是本能使我避过脸去,身体蜷缩成一团。他立刻又抬脚向我的胸口踢来。

可是,现在该看我的了。

我已做好了准备。他踢向我的时候,我很快用一只手攥住了他的脚。我的另一只手举起那片碎玻璃,把它刺进他的小腿。在玻璃深深地插到肌肉里时,他发出了锥心刺耳的尖叫。叫声回响在森林里,树上的鸟儿呼啦啦惊飞了一片。我拔出玻璃又刺了一下,这次刺中的是腿的肌腱部位。我的手感觉到有热乎乎的鲜血涌出。

那人跌倒在地,像上钩的鱼儿一样扑腾。

我还想再刺一下。他说:“求求你,快走吧。”

我看看他。他的一条腿拖在地上没法走路,已经不会给我们造成威胁,至少现在不会。而我也不是杀手,至少现在还不是。时间正在流逝。也许幽灵马上就会赶回来。我们需要在这之前抓紧逃走。

我转身飞跑。

跑出去二三十码后,我回头看看。那人没有追我,而是在地上挣扎爬着。我刚要继续跑,忽然听到了凯蒂的声音。“威尔,过这儿来!”

我一转脸看到了她。

剩下的路我们一直都在跑。树枝划破了我们的脸,树根常常绊住我们的脚,但是还好,我们没有摔倒。凯蒂说得没错儿。15分钟后我们走出了森林,踏上了霍巴特盖普公路。

当威尔和凯蒂跑出那片森林的时候,幽灵在一处隐蔽的地方看着他们。

他注意拉开距离,然后微笑着走回去坐进了自己的车。他开车回到小屋进行清理。现场有血迹,这倒出乎他的意料。威尔·克莱因不断地制造惊奇,给他留下了深刻的印象。

这并不坏。

清理结束后,幽灵把车开到南利文斯顿大道。没有威尔或凯蒂的踪影。挺好。他在诺斯菲尔德大道的一只邮筒旁停车,略作犹豫之后,把包裹投进了邮筒。

行了。

幽灵经过诺斯菲尔德大道开到280号公路,再进入花园州高速公路向北行驶。不会拖得太久了。他想着这一切是如何发生的,又应该如何结束。他想到了麦圭因、威尔、凯蒂,还有朱莉和肯。

但最重要的是,他想到了自己的誓言,想到了自己回到这里的目的。

57

接下来的五天里发生了许多事情。

逃出来后,凯蒂和我马上向警方报了案,把警察带到我们曾被关过的地方。那里没有人,小屋是空的。搜查中发现了血迹,离我刺伤那家伙的地方不远。可是搜查中没有发现指纹或是毛发什么的。完全没有线索。话说回来,我没有指望在那里会发现什么,而且我也不认为这真的很重要。

一切都快结束了。

菲利普·麦圭因由于杀害一位名叫雷蒙德·克伦威尔的卧底探员以及一位名叫乔舒亚·福特的著名律师而被捕。不管怎么说,这一次他没能获得保释。当我见到皮斯蒂罗时,他的眼睛里闪烁着志得意满的亮光,仿佛终于征服了巍峨高耸的珠穆朗玛峰,终于发掘出了魔力无边的圣杯,终于战胜了与他个人不共戴天的最强悍的恶魔对手。随你怎么描述都不过分。

“他们土崩瓦解了。”皮斯蒂罗十分张扬地表达着他的欣喜之情,“我们以谋杀罪逮捕了麦圭因,这起罪案的来龙去脉已经水落石出,铁证如山。”

我问他最终如何获取了麦圭因的犯罪证据。同以往不同，这一次皮斯蒂罗因过度兴奋而乐意与他人分享。

“麦圭因制造了假的监控录像带，录着我们的探员离开他办公室的画面。他拿这作为自己与此案无关的证明。我和你讲，这盘录像带毫无瑕疵。不过，用数字技术做到这一点并不难——至少实验室里的那帮家伙是这么告诉我的。”

“后来发生了什么？”

皮斯蒂罗笑容可掬。“我们收到了通过邮局寄来的另外一盘录像带，邮戳表明是从新泽西的利文斯顿寄出的。真让人难以置信，这才是真实的录像带。它记录着两个家伙拖着尸体进入一部私人电梯。这两个人已经招供，成了即将出庭揭发和提供证据的证人。一起寄来的还有一张纸条，告诉我们到哪里能够找到他们的尸体。更有甚者，包裹里还有你哥哥在许多年以前搜集的那些录音磁带和其他证据。”

我想弄懂这些带有戏剧性的事情是如何发生的，却找不出答案。“您知道是谁寄来的这些东西吗？”

“不知道。”皮斯蒂罗回答。不过看起来他对此并不在意。

“约翰·阿谢尔塔怎么样了？”

“我们已经对他发出了全面通缉令。”

“你们过去不也发过吗？”

他耸耸肩。“我们还能做什么呢？”

“他杀死了朱莉·米勒。”

“他是受人指使。幽灵只是别人的打手。”

这种说法很难让人释怀。“您没有把握捉到他，是不是？”我问。

“你瞧,威尔,我很想把幽灵绳之以法。不过我也得对你说实话,这可不容易。阿谢尔塔早跑到国外去了,我们已经接到了有关的报告。他还会去为哪个向他提供保护的暴君卖命。不过说到底——记住这一条很重要——幽灵不过是别人手里的一把枪。我想要的是那些扣动扳机的家伙。”

我不赞成他的说法,不过我也不想同他争辩。我问他所有这些事情对肯意味着什么。他过了好一会儿才说话。

“你和凯蒂·米勒没有对我们说出全部事实,对不对?”

我在椅子上扭动了一下。我们对他们讲了被绑架的过程,然而我们决定不告诉他们我们同肯在网上联络过。这是属于我们自己的秘密。我说:“不对,我们全说了。”

皮斯蒂罗盯了我一阵,耸耸肩说:“事实上,我不确定我们是否还需要肯的帮助。不过,他现在安全了,威尔。”他朝我探过身子。“我知道你没有同他联系过。”——从他的表情可以看出,他虽然这么说,可心里并不相信——“如果你有什么办法找到他,就告诉他不必东躲西藏了。现在一切都安全了。而且,我们还要请他为那些当年的证据提供证词。”

我说过,这是令人眼花缭乱的五天。

除了同皮斯蒂罗联系以外,我一有时间就同诺拉待在一起。我们谈起了她的过去,然而说得并不多。她的脸上依然不时地掠过阴影,她对以前那位丈夫的恐惧至今还未消除。我为此愤恨不已,我们一定要想办法对付这个密苏里州克兰美顿镇的克雷先生。我不知道该怎么做,现在还不知道,但是我决不能让诺拉在恐惧中度过余生。决不能。

诺拉对我谈起哥哥,他如何把钱藏匿在瑞士,他如何用户外远足来消磨时间，他如何渴望过上平静的生活，而平静看起来却总是在躲避他。诺拉也谈到了希拉·罗杰斯，我早已不再陌生的那只受过伤的小鸟，是如何在国际性的追捕和小女儿的陪伴中逐步疗伤的。诺拉对我谈得最多的，是我的侄女卡丽，而一谈起她诺拉总是容光焕发。卡丽喜欢闭上眼睛从山路上跑下来，她是个酷爱读书的小书虫，她喜欢翻跟头，她有着最有感染力的笑声。起初，卡丽很孤独，见到诺拉很腼腆——她的父母出于可想而知的理由，不让她与别人更多地接触——然而诺拉耐心地帮助她克服了障碍。离弃这个孩子（离弃是诺拉用的词，虽然我觉得有点儿苛刻），使卡丽失去诺拉这个唯一被允许交往的朋友——是诺拉最难受的事情。

凯蒂·米勒和我保持着距离。她不知去了什么地方——她没告诉我，我也没有追问她——不过她几乎天天给我来电话。她已经了解了事情的真相，但是我认为到头来对她未必有太大的帮助。幽灵仍然没有抓获归案，她也就不能算是得到了彻底的解脱。只要幽灵还逍遥法外，我和她就难免提心吊胆，缺乏应有的安全感。

我们都将生活在恐惧之中，我想。

不过对我而言，离一个完美的结局并不遥远。目前我所差的，就是没有见到我的哥哥。我对他的思念比以往更加强烈。我想到了肯这么多年孤独的日子，想到了他逃亡在外的漫长的旅程。这不是肯的选择，肯永远不会甘于接受这种命运。他喜欢直面他人、直面人生、直面世界，他不是一个能够躲藏在阴影中的人。

我渴盼重新见到哥哥，是出于很原始很质朴的原因。我想和他一起去看球赛,我想和他一起玩儿一对一的半场篮球,我想和他一起在深夜里看那些老电影。当然,除此之外,现在我想见他也有些新的原因。

我说过,凯蒂和我没有透露过曾同肯联系的秘密。所以,肯和我能够继续在网上沟通。我们决定换一个专题贴吧进行联系。我在网上对他说一定不要被死神吓倒,希望他能懂得我的暗语。他果然懂。这是源于我们对童年生活的记忆。蓝牡蛎乐团的《不惧死神》,是肯当年最喜欢的歌曲。我们在网络上找到了关于这支资深的重金属乐团的专题讨论区,上面的帖子不算多,然而我们每次还是设法确定了即时通信的时间。

肯仍然很谨慎,但是他也希望这件事儿有个最后的结果。我毕竟还有爸爸和梅莉莎,而且我还陪伴妈妈度过了她人生的最后11 年。尽管我想肯都快想疯了,但是我觉得也许他想我们想得更厉害。

无论怎样,经过一系列的准备,肯和我终于约定了相聚的时间。

在我 12 岁、肯 14 岁的时候,我们曾在位于马萨诸塞州玛什菲尔德镇的一个夏令营度过了一段时光。夏令营的名字叫"砥砺营"。广告上说它"坐落在鳕鱼角",如果这是真的,就意味着这个海角几乎占据了半个美国。营员们住的宿舍分别用大学的名字来命名。肯住在耶鲁,我住在杜克。我们喜欢在那里度过的夏日。我们打篮球和垒球,参加模拟的蓝灰战争①。我们吃粗劣

① 指美国历史上的南北战争。由于北方军身着蓝色军服,南方军则穿灰色军服,亦有人称之为"蓝灰战争"。

的饭菜,还喝营区提供的一种被称为“虫汁”的劣等合成饮料。我们的辅导员是一些挺风趣却喜欢虐待人的家伙。依我现在的见识,至少在一百万年里我不会让我自己的孩子去夏令营打发时光。但是我自己却很喜欢。

这类事儿能讲出什么道理吗?

四年前我拉着方块儿去砥砺营转了转。它当时正遭到法院查封拍卖。于是方块儿把该营区的产权买了下来,把它改造成了一家高档的瑜伽静修所。在曾经是夏令营足球场的地方,方块儿建了一所农场住宅。这栋房子就建在当年足球场的中央,而且进出只有一条路,所以在房子里能够看到任何企图接近它的人。

我们认为这里是我们相聚的理想地点。

梅莉莎从西雅图飞过来了。由于我们高度警觉,担心走漏风声,就安排她在费城下了飞机。她、我的爸爸和我三个人,在新泽西付费高速公路的文斯·伦巴迪停车休息处会合,然后共同乘坐一辆车。除了诺拉、凯蒂和方块儿以外,没有其他人知道我们的这次团聚。他们三人将分别开车赶过来,于明天同我们家人见面。这是因为,这件事情的结局同他们也都有着这样那样的关系。

不过,今晚也就是第一晚,将仅仅是直系亲人之间的相会。

我负责开车,爸爸坐在同我并排的副驾驶位置上,梅莉莎坐在后排。我们谁都不说话,每个人都很紧张,不过我想最紧张的肯定是我。我已经学会了遇事不要先入为主。除非我亲眼见到肯,除非我拥抱着他并听到他的话语,否则我不会允许自己相信事情的进展正常。

我想到了希拉和诺拉。我也想到了幽灵和高中的学生领袖菲利普·麦圭因。麦圭因的所作所为应该让我震惊不已，不过我已经见怪不怪。我们总是为郊外社区发生的暴力事件而“震惊”，似乎这里精心维护的草坪、错层式房屋、少年棒球联盟、足球妈妈①、钢琴课、四格球场和家长老师联席会等，具有类似抗狼毒药剂的作用，能够确保郊区避免任何魔鬼的产生和侵入。如果幽灵和麦圭因在离利文斯顿九英里的地方长大——再提醒一遍，纽瓦克市的中心区离我们就这么远——对于他们的所作所为，就不必表示“震惊”或“忧虑”了。

开车途中，我播放了斯普林斯汀 2000 年麦迪逊广场夏季音乐会的歌曲专辑。它为我们消磨时间提供了一点儿帮助，然而作用不大。95 号公路上到处是维修道路的工地——你能发现没有这类工地的时候吗？整个路程耗去了紧张、烦闷的五个小时。我们终于把车停在了这幢砖红色的农场住宅前，它的旁边居然还配建了完全是摆设的粮仓。没有其他任何车辆。这是预料之中的，说好了我们先到，肯随后再来。

梅莉莎第一个下了车。她关车门的声音回响在空地上。我跨出车门时，重新记起了当年那个足球场的样子。现在这条车道，正好从当年的看台座席区横穿过去。我转头看看爸爸，他把视线投向了别处。

有一会儿工夫，我们三个人只是定定地站在那里。我首先冲破了无形的咒语，朝房子走了过去，爸爸和梅莉莎在几英尺后面跟着我。我们都在思念着妈妈。她应该也来到这里，她应该有机会再看一眼自己的儿子。我们都意识到，那一定会召回久违了的

① 足球妈妈（Soccer Moms）：指美国城市郊区经常开车送孩子上足球课和参加其他体育活动的中上阶层妇女。

珊妮的笑容。诺拉为了宽慰临终前的妈妈,给她看了那张照片。我无法描述我为此多么感激诺拉。

我知道肯会一个人来。卡丽已被安置在了某个安全的地方,我不清楚她究竟在哪里。我们在网上很少谈到她,肯可以不惜冒着个人风险到这里相聚,但是他绝不会让自己的女儿冒这个险。我对此完全理解。

我们在房间里来回踱步,没有人提出要喝点儿什么。角落里摆着一台纺车。老式落地钟嘀嘀嗒嗒的响声大得令人难以承受。爸爸终于坐了下来,梅莉莎走到我身边,用惯常的大姐眼神望着我低语:“我为什么找不到噩梦马上就要结束的感觉呢?”

我连想都不愿想这个问题。

五分钟后,我们听到了汽车驶近的声音。

我们全都奔向窗户,我把窗帘拉开朝外望去。已是黄昏时分,视线却还清楚。这是一辆灰色的本田雅阁,很低调的选择。我的心跳在加速,很想夺门冲出去却又克制住自己。

本田雅阁车停下了。有几秒钟——按照落地钟的嘀嗒——没有动静。接着,驾驶座一侧的门开了。我的手紧紧扯住窗帘,差点儿把它撕破了。一只脚先落在了地上,然后是整个人跨出车门站立着。

是肯。

他向我露出了微笑。肯的微笑,那种自信的、一切都不在话下的微笑。这就是我需要的一切。我发出极度喜悦的尖叫,朝着门口奔去。我拉开门,只见肯已经飞步跑了过来。他闯进屋里,一个擒抱把我搂倒在地。漫长的离别岁月突然间没了踪影,真是这样。我们在地毯上滚来滚去,我咯咯笑得像个七岁的孩子,我也听到他同样的笑声。

余下的都是些由于无比的欢乐而变得模糊不清的场景。爸爸跑了过来,接着是梅莉莎。我仿佛是通过一张张快照看着他们。肯拥抱了爸爸;爸爸搂住他的脖子,闭上眼睛久久地吻着他的头发,泪水不住地流淌在脸颊上;肯抱起两脚离地的梅莉莎转了一圈儿又一圈儿;梅莉莎一边哭叫,一边不停地拍打着肯,仿佛在确认她的弟弟真的出现在了面前。

11 年啊。

我不记得我们这种异常狂喜的乱象持续了多久。我们终于平静了下来,一起坐到了沙发上。肯用一只胳膊扣住我的头,时不时地让我"吃栗子"——用指关节敲我的脑壳。我过去从来不知道脑袋被人家敲来敲去的感觉会这么好。

"你和幽灵过招儿,还活了下来。"肯依然用腋窝夹着我的脑袋说,"我猜以后不需要我守在旁边照料你了。"

我挣脱脑袋,情不自禁地恳求:"不行,我还是需要。"

天完全黑了,我们来到了房子外面。夜晚的空气让我心旷神怡。肯和我走在前面,梅莉莎和爸爸离我们有十码远,也许是认为我们兄弟现在需要这样的空间。肯用胳膊揽住我的肩膀。我想起当年在夏令营的一次篮球比赛中,我因一次关键的罚篮不中使我们的球队败下阵来。赛后我的队友一再埋怨我。这倒没什么,夏令营就是这样,每个人都有过这种遭遇。可是那天肯拉我出来散心,就像今天这样用胳膊揽着我的肩。

我重新体验到了那种安全感。

他开始讲述自己的经历,同我已经知道的情况十分吻合。他做过一些坏事。他同联邦调查局做了交易。麦圭因和幽灵识破了他。

他避而不谈为什么那天晚上突然回家,还有更重要的,为什么他又跑到了朱莉的家。可是我希望这一切都能大白于天下。蒙蔽和欺骗已经够多的了。所以我直截了当地问道:“你和朱莉为什么要回家来?”

肯掏出了一盒香烟。

“你现在抽烟了?”我问他。

“嗯,不过我会戒掉的。”他看着我说,“朱莉和我觉得回到家我们见面就更方便了。”

我想起凯蒂说的那些事情。和肯一样,朱莉当时也有一年多没回过家。我等着肯说下去。他盯着那支香烟,却没有点燃它。

“我对不起你。”他说。

“没什么。”

“我知道你仍然忘不了她,威尔。可是我那时候嗑药,整个人变得一塌糊涂。也许和这并没有关系,也许我就是一个只顾自己的浑蛋,我也不知道。”

“这没什么。”我说的是真心话,确实是。“不过我还是不明白。朱莉同这些事儿有什么关系?”

“她在帮助我。”

“怎么帮助?”

肯点着了烟。我看得见他脸上的那些皱纹。他的五官如雕塑般轮廓鲜明,却难以掩饰风吹雨打的痕迹,这反倒使他显得更加英俊。他的双眸依旧冷若冰霜。“她和希拉在哈维顿学院旁边共同租用一套公寓。她们是朋友。”他顿住了,摇了摇头。

“咳,朱莉摆脱不掉毒瘾了。这都是我的错儿。希拉刚来到哈维顿时,是我介绍她们认识的。朱莉陷入了那种生活。她也开始为麦圭因干活儿。”

他说的情况和我猜想的差不多。“她也贩卖毒品吗?”

他点点头。“可是当我被捕,当我答应回去卧底时,我需要有一个帮手——一个能帮我搞掉麦圭因的同伙。开始我俩很害怕,不过我们也看出这是一条出路,能让我们实现自我救赎的出路。你懂我的意思吗?”

“我想是的。”

“他们对我盯得很紧,对朱莉却不怎么防范。她没有什么可让人怀疑的。她帮助我把那些罪证材料偷偷带出去。我录了音后就把磁带交给她。那天晚上我们见面的原因就在这里。我们终于掌握了足够的证据。我们打算把它们交给 FBI,然后彻底脱离这一切。”

“我不明白,”我说,“为什么你们俩要把那些证据留在自己手里?为什么你们不一拿到手就转给联邦调查局?”

肯露出笑容。“你见过皮斯蒂罗了?”

我点点头。

“你必须明白,威尔。我不是说所有的警察都腐败了或是怎么着,不过有些警察是这样。我是说,就是他们中的一个向麦圭因透露了我在新墨西哥州。而更重要的,是他们当中的一些人急不可待、野心勃勃,皮斯蒂罗就是如此。我需要有和他们讨价还价的筹码,我不能把自己完全交到他们手里,我得想法让局面有利于我。”

我觉得他的话不无道理。“但是幽灵发现了你们的踪迹。”

“没错儿。”

“怎么会?”

我们走到了一根围桩前,肯把一只脚抬起来搭到上面。我回头看了看,梅莉莎和爸爸还在保持着距离。

“我不知道,威尔。你知道,朱莉和我一直十分害怕,也许这会引起怀疑。不管怎么说,我们快要谢幕了,我以为我们在家里是安全的。我们在那间地下室里,在沙发上,后来我们开始亲吻……”他的目光移开了。

“然后呢?”

“突然间有根绳子套住了我的脖子。”肯深吸了一口烟。“我当时在朱莉的上面,幽灵偷偷潜到我们身旁。我的气儿喘不上来了,我被勒住了。约翰用力向后拉绳子,我感到脖子快断了。我甚至不能确定后来发生了什么。朱莉还手打了他,我想是,所以我才能挣脱出来。他猛击朱莉的脸。我腾出身来开始反击。幽灵掏出枪来开了火。第一枪击中了我的肩膀。”他闭上了眼睛。

“我于是就跑。上帝啊,我就这么跑了。”

我们两人全身浸泡在夜色中。我听得见蟋蟀的叫声,不过它们叫得很轻柔。肯又吸了几口烟。我理解他在想什么。跑了。然后她死了。

“他有枪,”我说,“这不是你的错儿。”

“是啊,当然了,”然而他的声音听起来却不那么自信。“你大概能够猜出以后发生的事情。我跑去找希拉,我们抱走卡丽。我在麦圭因手下干的时候存了一些钱。我们赶紧乘飞机逃走了,因为我们明白麦圭因和约翰一定会对我们紧追不舍。几天过后,当报纸上把我说成是杀害朱莉的嫌疑人时,我猛然间意识到,从此我不仅要躲避麦圭因,而且要躲避整个世界。”

我提出了从一开始就困扰着我的问题。“为什么你不告诉我有关卡丽的事情?”

他的脑袋立即转到一边,仿佛他的下巴被我的右拳猛击了一下。

“肯?”

他不肯面对我。“我们不提这事儿,好吗,威尔?”

“我想知道是怎么回事儿。”

“没有什么秘密。”他的声音变得奇怪,从中听得出正在回归的自信,然而还是夹杂着一些不同寻常的东西,也许是一点儿粗鲁。“我处在很危险的境地。就在她快要出生的时候,我被联邦调查局逮捕了。我非常担心她。所以我没有对任何人说起过她的存在,任何人都不知道。我常去看望她们,可是我不和她们住在一起。卡丽同她的妈妈还有朱莉待在一起。我不敢让她沾我的一点边儿。你明白吗?”

“明白,当然了。”我说。我等着他接着说下去,他却笑了。

“怎么?”

“想起了夏令营。”他说。

我也笑了。

“我喜欢这儿的夏令营生活。”他说。

“我也是,”我表示赞同。“肯?”

“什么?”

“你怎么有办法藏匿了这么长时间?”

他温和地笑了笑,然后说:“卡丽。”

“卡丽能帮助你?”

“我没对任何人说起她。我想就是这一点救了我的命。”

“怎么会呢?”

“人人都在关注一个东躲西藏的逃亡者,这意味着这个逃犯是孤零零一个人,也许他还会搭上哪个姑娘。没有人想到要追捕一户三口人的家庭。正因为这样,尽管我们转移了好多地方,却从来没有引起执法部门的注意。”

我又一次感到,他的话不无道理。

“联邦探员后来抓到我纯属碰运气。我逐渐大意了,或者,我说不好,有时我觉得也许是我希望落到他们手里。像我们这样活着,永远地担惊受怕,永远地四处漂泊……这让人很疲惫,威尔。我想念大家,尤其是你。也许是我放松了戒备,或者我就是希望有个了断。”

“他们把你引渡回国了?”

“是。”

“你同他们又达成了协议。”

“我原以为他们肯定会把杀害朱莉的罪名安到我头上。可是当我遇到皮斯蒂罗,呃,我发现他只是一心想把麦圭因捉拿归案。朱莉的事儿是被硬加在一起的。而且他们知道我不是杀她的凶手。所以……”他耸了耸肩膀。

接着肯谈到了新墨西哥州。他说他从来没对 FBI 谈到卡丽和希拉,以便于保护她们。“我不想让她们那么快就回来,”他说道,声音变得更加轻柔。“可是希拉听不进去。”

肯告诉我,当那两个家伙赶到他家时,他和卡丽恰好不在家。他到家时发现他们正在拷打他的女人,他把两个人全杀了,又一次开始了颠沛流离的逃亡生活。他告诉我,他在那个公用电话亭里停下给我的公寓打电话，找到了诺拉——那应该就是FBI掌握的第二个电话。“我知道联邦探员会追查到她头上。家里到处是希拉的指纹。如果联邦探员不去找，麦圭因也会找她。所以我让她赶快躲起来，等这事儿完全过去再说。”

肯用了两天时间，在拉斯韦加斯找到了一个没有执照的行医者。那位医生尽了力，但是已经太晚了。伴随了他11年的女友希拉·罗杰斯于第二天死去。当妈妈希拉咽下最后一口气的时候，卡丽还在汽车座位上睡觉呢。想不出还能做些什么——也是希望借此减轻诺拉的压力——他把心爱的女人的遗体摆在路旁，将车开走了。

梅莉莎和爸爸开始走到近前来。我们两人陷入了沉默。

“后来呢？”我轻声问道。

“我把卡丽放在希拉的一个朋友家里，事实上是她的堂妹。我知道孩子在那里会是安全的。然后我就开始向东海岸一路赶来。”

当他这么一说，当他赶往东海岸的这些话一出口……就从这时起，一切开始变得不对劲儿了。

你曾遇到过这样的时刻吗？你倾听，你点着头，你的注意力很集中。一切听起来都很有道理，都符合内在的逻辑。可是你突然发现了一点儿东西，看起来不大的、不相干的、几乎完全可以忽略的一点儿东西——就从这时起，你怀着巨大的恐惧意识到——一切的一切都出错了，错得那样可怕。

“我们在星期二安葬了妈妈。”我说。

“什么？”

“我们是星期二安葬妈妈的。”我重复道。

“是呀。”肯说。

“那天你在拉斯韦加斯，对吗？”

他想了想。“你说对了。”

我的脑子过滤着这一切。

“怎么了？”肯问我。

“我有点儿不明白。”

“什么？”

“葬礼那天的下午”——我顿住，等着他面向我，四目锁定在一起——“在另一处墓穴旁，你和凯蒂·米勒在一起。”

有什么东西掠过了他的脸庞。“你在说些什么？”

“凯蒂在墓地看到了你。你在离朱莉墓碑不远的一棵树下站着。你告诉凯蒂你是无辜的，你还告诉她你回来是为了找到真正的凶手。如果当时你是在西海岸，你怎么会到那里说出这番话呢？”

我哥哥没有做出回答。我们只是站在那里，我感到我的五脏开始急剧地蜷缩。就在这时，我听到了让我的周围世界又一次出现急剧晃动的声音。

“那是我骗你的。”

我们循着声音转过身，只见凯蒂·米勒从树后走了出来。我没有作声，望着她走到近前来。

凯蒂手里端着一把手枪。

枪口所指，是肯的胸膛。我大大地张开了嘴巴，听到梅莉莎倒吸了一口气，我还听到爸爸大喊一声“不”。然而这一切似乎隔着整整一光年的距离。凯蒂目光锐利地望着我，似乎要告诉我一些我永远也不会明白的事情。

我摇了摇头。

“我那时才六岁，”凯蒂说，“很容易被认定为不具备证人资格。我懂得什么？不过是个小孩儿，对不对？我那天晚上看到了你哥哥，我还看到了约翰·阿谢尔塔。警察也许会说我把他们两人弄混了。还有，一个六岁的孩子怎么能区分得了性爱高潮和垂死挣扎时不同的呻吟？对一个六岁的孩子来说，两者是一回事儿，是不是？皮斯蒂罗和他的探员们随随便便地就把我的口供搁置一边儿。他们的目标是麦圭因。对他们而言，我姐姐不过是郊外社区又一个贩毒吸毒的败类。”

“你在说些什么呀？”我问道。

她的目光转向了肯。“那天晚上我在现场，威尔。我还是藏在我爸爸那只军用箱子后面。我看到了所有的事情。”她又看了我一眼，而我不敢肯定我曾经见过如此明亮清澈的眼睛。

“约翰·阿谢尔塔没有杀我的姐姐，”她说，“是肯杀了她。”

我身体的承重梁开始坍塌。我又摇了摇头。我转头去看梅莉莎，她的脸色一片惨白。我又看看我的爸爸，他的脑袋低垂着。

肯说：“你见到的是我们在做爱。”

“不，”凯蒂的声音镇定得令人吃惊。“你杀了她，肯。你选择了勒杀的方式，因为你想嫁祸于幽灵——你用同样的方式勒死了萝拉·爱默生，因为她威胁要向警方报告哈维顿校园内毒品买卖的情况。”

我向前迈出脚步，凯蒂向我转过脸，我停下了。

“麦圭因在新墨西哥州刺杀肯失败后，我接到了阿谢尔塔的电话。”她开始说道。凯蒂说话的样子像是她已为此排练过很长时间，我猜她的确这样做过。“他告诉我联邦探员早已在瑞典逮捕了你哥哥。我开始不相信幽灵,我说如果他们抓住了他,为什么我们都不知道这个消息呢?他告诉我 FBI 如何把肯作为证人保护起来,因为他仍然能为对麦圭因定罪提供帮助。我很震惊。经过这么长时间,他们竟然打算让杀死朱莉的凶手从此逍遥法外?我决不允许出现这种事儿,在我的全家经受了这么多磨难之后,我绝对不能。我想阿谢尔塔知道我的想法,所以他才找到了我。"

我仍然在摇着脑袋,可是她继续说了下去。

"我的任务是近距离地同你接触。因为我们估计如果肯想同什么人取得联系,那人一定是你。我编出了在墓地里见到他的故事,就是为了让你信任我。"

我终于找到了自己的声音。"但是你在我的公寓里遭到了袭击。"

"是的。"她说。

"你甚至喊出了阿谢尔塔的名字。"

"好好想想吧,威尔。"她的声音是那样平静、那样自信。

"想想什么?"我问道。

"为什么有人把你铐在了床上?"

"因为他想栽赃给我,就好像他陷害——"

现在轮到她摇头了。凯蒂用枪比画着肯说:"是他铐住了你,因为他不想让你受到伤害。"

我又张开了嘴,可是什么也没说出来。

"他需要我一个人在那里。他需要查明我究竟对你说了一些什么——想知道我还记得一些什么——然后他会杀了我。没错儿,我是喊出了约翰的名字。那并不是由于我认为这个戴面罩的人是约翰，我喊约翰是要他来救我。而救出我性命的是你，威尔。他本来是会杀了我的。”

我的目光移向了哥哥。

“她满嘴谎言，”肯说，“为什么我要杀朱莉？她在帮助我。”

“确实如此。”凯蒂说，“而且你是对的：朱莉的确把肯的被捕看成是一次改过自新的机会，就像肯刚才对你说过的一样。同样，是的，朱莉同意帮助肯扳倒麦圭因。只是你的哥哥做得有些过分了。”

“怎么会？”

“肯认为他还必须同时除掉幽灵，他不想留下任何隐患。为了达到这个目的，他杀死萝拉·爱默生并把罪行转嫁到阿谢尔塔头上。肯本来以为朱莉对他的做法不会有任何异议，可是他错了。你记得朱莉和约翰曾经有多么亲近吗？”

我好不容易点了点头。

“他们两人之间有着一种默契。我不想装作我懂得其中的原因何在。我觉得他们俩自己也解释不清这是怎么回事儿。但是朱莉很在意幽灵，我认为她是唯一一个真正关心幽灵的人。她愿意看到麦圭因受到法律的制裁，她会很高兴为此提供帮助。但是她永远不会去伤害约翰·阿谢尔塔。”

我说不出话来。

“这完全是胡扯，”肯说，“威尔？”

凯蒂继续说道：“朱莉发现了肯的打算后，就给幽灵打电话警告了他。肯到我家来取录音带和文件。朱莉想拖住他，他们做了爱。肯要她交出那些证据，可是朱莉拒绝拿出来。肯非常生气，要求她说出她把证据藏在了什么地方，朱莉偏不告诉他。肯看出了事态不对头，就突然出手勒住她的脖子。幽灵晚到了几秒钟，在肯逃离时幽灵开了枪。我觉得他本来能追上肯，可是他一看到朱莉死在地板上，就完全失去了控制。他趴到地板上，用胳膊托起朱莉的脑袋，痛苦地哀号着。我从来没听过这么惨痛的哭声，简直不像是人的哭声。看起来就像是他身体里有什么东西被打得粉碎，再也得不到修补。”

凯蒂迈步上前拉近了我们之间的距离，她捕捉住我的目光后便再也不许它离开了。

“肯不是由于害怕麦圭因或是由于被人陷害而逃跑，”她说，“他逃跑是由于他杀死了朱莉。”

我坠入深不见底的暗道之中，伸张着四肢想拼命地抓住什么。“可是幽灵他，”我用手胡乱比画着说，“他绑架了咱们……”

“那是我们设计好的，”她说，“他故意让咱们两个逃走。我们两人谁都没想到的是，你的意志那么坚决，那么奋不顾身地救我。那个司机只是想做做样子，可谁知你把他伤得那么厉害。”

“可为什么要这么做？”

“因为幽灵已经把事情看透了。”

“看透什么？”

她又指了一下肯。“看透了你哥哥永远也不会为了救你而暴露自己。他决不会把自己置于危险境地。让事情变得像今天这样”——她举起了一只手——“才是让他同意见你们的唯一途径。”

我还是摇头。

“那天晚上我们派人在‘院子’里一直等着，只是以防万一。没有任何人露面。”

我蹒跚着退后一两步，看看梅莉莎，看看爸爸，明白了这一切都是真的。她说出的每一句话都是真的。

肯杀死了朱莉。

“我从来没想伤害你，”凯蒂对我说，“但是我们家需要一个了断。FBI竟然给了他自由。我别无选择。他对我姐姐做出那样的事情，我不能让他就这么走开。”

我爸爸终于开口说话了。“那么你现在想怎样，凯蒂？你真想对他开枪吗？”

凯蒂回答：“是的。”

话音未落，一切都乱套了。

爸爸挺身而出，大喊一声扑向凯蒂。她开枪了。爸爸踉跄了一下，继续冲向她，打掉了她手中的枪。他自己也捂着腿倒在了地上。

局面进一步失控。

我一抬头，见到肯已经掏出了自己的枪。他的眼睛，被我形容为冷若冰霜的那双眼睛，已经聚焦到凯蒂身上。他正要向她开枪。没有任何迟疑，他只差略作瞄准，扣动扳机。

我一跃而起扑向了肯。就在他击发之际我的手推开了他的胳膊。枪响了，子弹射偏了。我一个擒抱摔倒了肯。我们今天又一次翻滚在地上，可是这次和刚才完全不同。他用肘部使劲儿顶了一下我的肚子，让我几乎无法喘气儿。他直起身又把枪指向凯蒂。

“不。”我说。

“我必须如此。”肯回答。

我使劲儿拉住他，我们又摔在了一起。我大喊着让凯蒂快跑。肯很快就占了上风,压到我的身上。我们四目相对。

“她是最后的活口。”他说。

“我不能让你杀她。”

肯把枪筒顶在我的前额上。我们的脸离得只有一英寸。我听到梅莉莎在哭叫,我喊她离远点儿。我用眼角的余光看到她掏出手机拨号。

“来吧,”我说,“扣动你的扳机。”

“你以为我不会吗?”他说。

“你是我哥。”

“那又怎么样?”我不禁想到魔鬼总是以各种各样的身份和面貌出现,你永远防不胜防。他接着说:“你没听到凯蒂说什么吗? 你不明白我什么都能干出来吗? 你知道我伤害和背叛了多少人吗?”

“对我你不会。”我轻轻地说。

他笑了起来。他的脸离我仍不过几英寸,那把枪继续顶在我的前额上。“你说什么?”

“对我你不会。”我重复道。

肯仰起了头。他的笑声更响了,回荡在寂静的夜空里,使我的周身感到了从来没有过的寒意。“对你不会?”他边问,边将他的嘴凑向了我的耳朵。

“你,”他在我耳畔低语,“被我伤害和背叛得最厉害的,就是你。”

他的一字一句比煤渣砖块还硬,直直地砸在了我的脸上。我抬头看着他。他的脸绷得很紧,我确信他准备朝我开枪。我闭上眼睛等待着。叫喊和躁动的声音传了过来,不过听起来十分遥远。我听到——真正传导到我耳膜的唯一声音——肯哭了起来。我睁开眼睛。周边的一切都消失了，只剩下他和我两个人。

我说不清楚究竟是怎么回事儿。也许是我们所处的位置，我躺在地上，一脸无助，我哥哥这一次不再是我的救星和保护神，而是自上而下阴森森地逼视着我这个给他惹来诸多麻烦的家伙。也许肯在朝下盯着我的时候看到了我的脆弱无助，从而唤醒了他的某种天性，使得从小保护我的那种责任感占据了上风。也许是我不知道的因素使他产生了动摇，对此我说不清楚。只是在我们目光相遇的时候，我发现他的表情逐渐变得柔和了。

接下来的情势发生了逆转。

我感到肯控制我的力量在减弱，尽管他的枪管还抵在我的前额上。“我要你给我做出承诺，威尔。”他说。

“什么？”

“是关于卡丽的。”

“你的女儿。”

肯马上闭上了眼睛，而且我看出了他发自内心的痛苦。“她喜欢诺拉，”他说，“我希望你们两人照顾她。你们抚养她。答应我。”

“但是怎——”

“求你，”肯说，他的声音显出不惜一切的恳求。“请做出承诺。”

“好的，我承诺。”

“还要承诺你永远不带她来看我。”

“什么？”

他开始大声恸哭起来，眼泪不停地沿着脸颊淌下，把我的脸也打湿了。“向我承诺,该死。你永远不向她提起我,你亲自抚养她,你永远不让她到监狱来看我。承诺这些,威尔。不然我现在就开枪。”

“先把枪给我,”我说,“然后我就向你承诺。”

肯朝下看着我,把枪塞到了我手里,接着又重重地吻了我。我用胳膊搂住他,抱着他。这个杀手。我把他朝我用力揽过来,他埋头在我的胸口上哭得像个小孩子。我们这样待了很长一段时间,直到听见警笛的声音。

我想把他推开。“快离开,”我向他耳语着恳求,“赶紧跑。”

但是肯没有动。这一次,他一动没动。我永远也不明白这是为什么。也许他已经厌倦了逃亡,也许他试图控制住他身上的恶魔,也许他就是希望自己被逮捕,我不知道答案。肯继续待在我的怀抱里,他和我相拥相依,直到警察赶过来把他带走。

58

四天以后

卡丽的班机正点到达。

方块儿把我们送到机场。他、诺拉和我朝着纽瓦克机场C航站楼走去。诺拉走在前面，她认识那个孩子，并且急切而兴奋地期待着重逢。我呢？我有些紧张和害怕。

方块儿说："旺达和我谈过了。"

我盯住了他。

"我对她说明了一切。"

"那么？"

他停住脚，抖了一下肩膀。"看起来我们两个人都没想过这么快就要当爸爸了。"

我拥抱了他，为他和旺达高兴得要命。对于我面临的处境，我却不敢抱有乐观的态度。我将抚养一个从未见过的12岁的女孩儿。我会付出自己最大的努力，可不管方块儿怎么说，我肯定永远也当不了卡丽的爸爸。在肯的一再要求下，我对他做出了很多妥协和让步。包括他一再坚持的永远不让女儿去见他，尽管他很可能在监狱里度过余生。我不得不答应他，可这一直是让我自责和心痛的事情。我猜想他是想保护自己的女儿。他认为，还是我的猜想，同他没有关联才是对这个小姑娘最好的保护。

一再说“我猜想”，是因为我无法当面问他。自从被拘捕以来，肯就拒绝见我。我不清楚其中的原因，然而他的耳语——

被我伤害和背叛得最厉害的，就是你。

持续地回荡在我的体内，像一只利爪撕扯着我的五脏，我无论如何也无法逃脱。

方块儿留在外面，诺拉和我急忙进入航站楼。她已经戴上了那枚订婚戒指。我们显然来得太早了。我们找到了飞机的出港口，连忙沿着通道走过去。诺拉交出她的手包接受安检机的检查。我的通过遭到了金属探测门的抗议，不过问题出在我的手表上。安检后我们快步奔向出口，尽管飞机还要再过15分钟才能落地。

我们手牵着手坐在一起等待着。梅莉莎决定在家里待上一段时间护理爸爸。伊芳·斯特诺按照我们的约定获得了独家新闻，我不知道这对她的事业发展会起到什么样的作用。我到目前为止还没有同埃德娜·罗杰斯联系，我想很快就会了。

凯蒂没有因为开枪而遭到起诉。我明白她是多么需要有一个彻底的了断，我不知道与肯相遇的那个晚上对她是否有帮助。我认为会有的。

FBI纽约分局局长皮斯蒂罗最近宣布将于年底退休。我现在彻底明白了为什么他那么坚决地阻止凯蒂介入此事——不仅是担心她的安全,更担心她披露目击的真相。我不知道皮斯蒂罗是当真不相信一个六岁小女孩儿的证词,还是他妹妹悲伤的脸庞使他有意封杀凯蒂的声音以达到自己的目的。联邦调查局隐瞒凯蒂证词的理由,是保护这个小女孩儿。我对此深表怀疑。

可想而知,肯真实面目的暴露使我受到了无可名状的打击,但是——听起来也许奇怪——现在我已经能够承受了。说到底,最丑恶的真实也胜过最华丽的谎言。我的世界比过去更加暗淡,然而毕竟回到了正轨。

诺拉探过身来。“你没事儿吧?”

“有点儿害怕。”我说。

“我爱你,”她说,“卡丽也会爱你的。”

我们抬头注视着航班信息显示屏。屏幕开始闪烁,大陆航空公司的工作人员拿起麦克风宣布,672 班机着陆了。卡丽的班机。我看看诺拉,她微笑着,又在我的手上捏了一下。

我观望着周围。我的目光掠过那些等待登机的旅客。穿着西装的男人,提着手提行李的女人,还有一家家前去度假的游人。有人为航班延误而沮丧,有人显现出了旅途中的疲惫。我无意识地扫视着他们的脸。就在这时,我看到他在盯着我。我的心跳骤然停止。

幽灵。

我的全身一阵痉挛。

诺拉问:“怎么了?”

“没什么。”

幽灵示意我去他那边。我仿佛被催眠了似的站了起来。

“你去哪儿?”

“我马上就回来。”我说。

“她就要下飞机了。”

“我只是抓紧去趟厕所。”

我轻柔地吻了一下诺拉的脑袋。她有些神色不安,瞅了瞅那边的旅客,可是幽灵已经不见了踪影。我心里明白,只要我走过去,他就会出现在我身旁。如果不去理他,只会带来更多麻烦。逃跑也没有用,他终究会找到我们。

我必须面对他。

我朝着他刚才所在的方向走过去。我的腿发软,不过继续走着。正在经过一排已不大有人用的公共电话亭时,我听到了他的声音。

“威尔?”

我转过身看到他在那里。他招呼我到他身旁坐下。我照做了。我们两人都看着前面厚厚的玻璃窗,而不是看着对方。阳光透过玻璃变得更加刺眼,光线照射产生的热力令人窒息。我不由得眯起了眼睛,幽灵也是。

“我回来不是为了你的哥哥,”幽灵说,“而是为了卡丽。”

他的话使我不禁一怔,我说:“你不能打卡丽的主意。”

他笑道:“你不明白。”

“那你就说说看。”

幽灵向我转过身来。“你愿意给人排队,威尔,你想把好人排成一队,把坏人排成另外一队。这样做实际上行不通,你懂吗?人的本性从来没那么简单。比方说,爱能够带来恨。我觉得一切都是从它开始的,那种最原始、最本能的爱。”

“我不明白你在说什么。”

“你的爸爸，”他说，“他是那样地爱着肯。我寻找问题的根源，威尔，而我找到的就是它。你爸爸的爱。”

“我还是不明白你在说些什么。”

“我下面要讲的，”幽灵接着说下去，“仅仅和另外一个人讲过，你懂吗？”

我说我懂。

“事情还得从肯和我上小学四年级的时候讲起。”他说，“你听着，丹尼尔·斯金纳不是我用厨刀杀死的，是肯杀了他。但是你爸爸实在太爱他了，想尽一切办法保护肯。他用五千美金买通了我的老爸。信不信由你，你爸爸简直把他的所作所为看成是一种慈善行为。我爸总是狠狠地打我，许多人都说我迟早要被别人家收养。在你爸爸看来，我顶下肯杀人的事儿以后，能够以自我防卫为由逃脱责任，即使不成，大不了去接受心理治疗，一天还能混上三顿饱饭。”

我惊得哑口无言。我想起了我们在少年棒球联盟球场上的会面，我爸爸莫名的巨大恐惧、他和幽灵分手后冰冻样的沉默不语、他对幽灵说“要找你就找我”的那句话。我惊恐地意识到，所有这一切原来都是有缘由的。

“过去我只和唯一的一个人说过这件事儿的真相，”他说，“你不想猜猜吗？”

又揭开了一个谜底。“朱莉。”我说。

他点头。默契。这在很大程度上说明了他和朱莉之间那种奇怪的默契。

“你为什么要来这里？”我问，“要在肯的女儿身上报复吗？”

“不，”幽灵轻轻一笑说道，“想对你说清这事儿可不太容易，威尔，不过看来科学能帮上忙。”

他递给我一个文件夹。我低头望着它。“打开。”他说。

我按他说的做了。

“这是不久前死去的希拉·罗杰斯的验尸报告。”他告诉我。

我皱起眉头。我对于他弄到这份报告并不奇怪，我相信他有自己的路子。“看这个干什么？”

“你看这儿，”幽灵用细长的手指指点着这一页中下方的一个条目。“你看到下面的结论了吗？耻骨没有骨膜撕裂造成的瘢痕，也未发现腹壁到乳房间有细微的条纹。当然了，这一点也没有什么不寻常。它不意味着什么，除非你恰好在查证它。”

“查证什么？”

他合上了文件夹。“受害人曾经分娩的证据。”他看到我困惑的表情，又补充说，“简单说吧，希拉·罗杰斯不可能是卡丽的妈妈。”

我还想说点儿什么，可是幽灵又递给我另一个文件夹。我看了一眼上面的名字。

朱莉·米勒。

我全身冰冷。他打开文件，指着其中一个条目读了起来：“耻骨瘢痕，腹壁线纹，乳房和子宫细胞结构有变。”他说，“而且这些损伤是新近发生的。看到这儿了吗？外阴切开术造成的疤痕依旧明显。”

我盯着那些文字。

“朱莉回家不是为了和肯见面。有了那么一段痛苦的经历之后，她想重整旗鼓，开始新的生活。她在找回失去的自己，威尔。

她想对你说明真相。”

“什么真相?”

他摇了一下头,继续说了下去。“她应该早一点儿告诉你,但是她不知道你会有什么样的反应。你那么轻易地就答应了她分手的请求……我曾对你说你应该为她挺身而出,意思就在这里。你那么轻易地就让她离开了你。”

我们的目光相遇在一起。

“朱莉在死前六个月生下了一个孩子,”幽灵说,“她和那个孩子,一个小女孩儿,同希拉·罗杰斯一起住在公寓里。我想如果不是你哥突然跑到她家去,那天晚上她是打算找你说明一切的。希拉也喜欢那个孩子。朱莉被杀后你哥哥需要逃亡,希拉想把她作为自己的孩子带在身边。而你哥哥肯,好嘛,看出了带着一个婴儿对于他躲避国际刑警的追捕有很大的好处。他没有孩子,希拉也没有,孩子会为他们提供最好的伪装。”

肯的低语又回响在我的耳边……

“我说的你听明白了吗,威尔?”

被我伤害和背叛得最厉害的,就是你。

幽灵的声音穿透了迷雾。“你不是哪个人的替身。你就是卡丽真正的爸爸。”

我不相信我还有能力呼吸。我的眼前一片空白。伤害和背叛。我的哥哥。我的哥哥带走了我的孩子。

幽灵站了起来。“我回来不是为了复仇,甚至也不是为了寻求正义。事实上,朱莉是为了保护我而死去的。我辜负了她。我发过誓要救出她的孩子。为此,我用了整整11年的时间。"

我踉跄着站起身。我们肩并肩地站在一起。乘客们正在拥出飞机。幽灵往我的口袋里塞进了什么东西。一张纸片儿。我顾不上留意它。

"是我把监控录像带寄给了皮斯蒂罗,所以麦圭因不会归罪于你。我那天晚上在地下室里发现了那些证据,并且保存了这么些年。你和诺拉现在是安全的。我把一切都安排好了。"

越来越多的乘客走了出来。我站着、等着、听着。

"请记住凯蒂是卡丽的姨妈,米勒夫妇是她的外公外婆。他们应该成为卡丽生活的一部分。你听见了吗?"

我点头。就在这时卡丽从出口走了出来。突然我身体一切的一切完全停摆。她真像……像她的妈妈。卡丽四处张望。一看到诺拉,她的脸上立刻泛起了令人惊叹的笑容。此时此地,我的心碎了,碎成无数的裂片。她的笑容。你知道吗?她的笑容完全就是我妈妈的笑容。这是珊妮的笑容。所有这一切,犹如历史轮回,这笑容标志着妈妈还有朱莉,她们没有全然消逝。

我强忍啜泣,意识到有只手拍着我的后背。

"快去。"幽灵低语着,轻轻地把我推向我的女儿。

我回过头来,约翰·阿谢尔塔已经没了踪影。我做了我唯一能够做的事情。我走向我爱着的女人和我的孩子。

尾　　声

当天夜里，吻过卡丽并哄她睡着后，我发现了幽灵塞到我口袋里的那张纸片儿。这是从报上第一版的最上面剪下来的几行文字：

堪萨斯城先驱报

一男子陈尸车内

密苏里州克兰美顿镇的警官克雷·斯普林下班后被人勒死在自己的车内。据悉受害者的钱包已不知去向，显然是遭遇了抢劫。警方介绍，死者的汽车在当地一家酒吧后面的停车场里被人发现。警长埃文·克拉夫特指出目前还没有确定犯罪嫌疑人的可靠线索，该案的侦查工作正在继续进行。

黑版贸审字 08－2012－041 号

图书在版编目(CIP)数据

一去不返/(美)科本(Coben,H.)著;朴逸译.—哈尔滨:哈尔滨出版社,2014.1
(哈兰·科本畅销小说系列)
ISBN 978-7-5484-1776-7

Ⅰ.①一…　Ⅱ.①科…　②朴…　Ⅲ.①推理小说－美国－现代　Ⅳ.①I712.45

中国版本图书馆 CIP 数据核字(2013)第 315945 号

书　　名:一去不返

作　　者:[美]哈兰·科本　著
译　　者:朴逸　译
责任编辑:颜　楠　路　嵩
责任审校:李　战
封面设计:琥珀视觉
版式设计:恒润设计

出版发行:哈尔滨出版社(Harbin Publishing House)
社　　址:哈尔滨市松北区科技一街 349 号 3 号楼　　**邮编:**150028
经　　销:全国新华书店
印　　刷:哈尔滨市石桥印务有限公司
网　　址:www.hrbcbs.com　　www.mifengniao.com
E－mail:hrbcbs@yeah.net
编辑版权热线:(0451)87900272　87900273
邮购热线:4006900345　(0451)87900345 或登录**蜜蜂鸟**网站购买
销售热线:(0451)87900201　87900202　87900203

开　　本:880mm×1230mm　1/32　**印张:**14.75　**字数:**330 千字
版　　次:2014 年 1 月第 1 版
印　　次:2014 年 1 月第 1 次印刷
书　　号:ISBN 978-7-5484-1776-7
定　　价:35.00 元

凡购本社图书发现印装错误,请与本社印制部联系调换。
服务热线:(0451)87900278
本社法律顾问:黑龙江佳鹏律师事务所